MW00466955

La mitad fantasma

La mitad fantasma

ALAN PAULS

LITERATURA RANDOM HOUSE

Papel certificado por el Forest Stewardship Council®

MIXTO
Papel procedente de
fuentes responsables
FSC® C117695
www.fsc.org

Penguin
Random House
Grupo Editorial

Primera edición: abril de 2021

© 2020, Alan Pauls
Todos los derechos reservados
© 2020, Penguin Random House Grupo Editorial, S.A., Buenos Aires
© 2021, Penguin Random House Grupo Editorial, S.A.U., Barcelona

Penguin Random House Grupo Editorial apoya la protección del *copyright*.
El *copyright* estimula la creatividad, defiende la diversidad en el ámbito de las ideas y el conocimiento,
promueve la libre expresión y favorece una cultura viva. Gracias por comprar una edición autorizada
de este libro y por respetar las leyes del *copyright* al no reproducir, escanear ni distribuir ninguna
parte de esta obra por ningún medio sin permiso. Al hacerlo está respaldando a los autores
y permitiendo que PRHGE continúe publicando libros para todos los lectores.
Diríjase a CEDRO (Centro Español de Derechos Reprográficos, http://www.cedro.org)
si necesita fotocopiar o escanear algún fragmento de esta obra.

Printed in Spain – Impreso en España

ISBN: 978-84-397-3776-6
Depósito legal: B-746-2021

Impreso en Egedsa (Sabadell, Barcelona)

RH 3 7 7 6 6

Search rejected because no face was found.
Please, try again.

UNO

Siempre había vivido en departamentos alquilados. Sus finanzas, bastante estables para un país más bien propenso a la zozobra, le daban la posibilidad de elegir los edificios y barrios que le gustaban, disponer de las comodidades que necesitaba una vida como la suya y, en ocasiones, darse lujos muy por encima de su condición, una cochera, por ejemplo, o un balcón terraza, que por lo demás rara vez usaba. Pero esa situación de desahogo no le habría alcanzado para comprar, y tampoco para consuelos portátiles como imaginarse en el papel de propietario, un ejercicio que al menos le habría permitido evaluar mejor, desde una posición más idónea, las ventajas y desventajas de la condición que le estaba vedada. Al parecer, como la gran mayoría de sus semejantes, Savoy alquilaba porque no podía comprar. Sin embargo, el argumento, probablemente válido para otros, era en su caso poco convincente, a tal punto desconocía los placeres específicos que le proporcionaba el carácter de locatario. La relación con sus locadores era uno, no el menor. Pagaba, iba especialmente a pagar todos los meses él mismo en persona, con la puntualidad de un aprendiz de enamorado, menos por obsecuencia o exceso de responsabilidad que para no privarse de un deleite cuyo hábito había contraído muy temprano, con sus primeros alquileres: el contacto con sus locadores, tanto más gratificante cuando más fugaz y superficial. Le gustaban esas frases de cortesía, esos gestos formales, esos embriones de conversación que morían tan pronto como nacían, minados por la incomodidad de un vínculo que, basado en un acuerdo puramente económico, necesitaba disimular esa naturaleza de algún modo, con afabilidad, manifestando algún tipo de interés personal mutuo, pero rara vez lograba sostener esos simulacros más allá de un *small talk* que a él, por otro lado, le costaba muy poco. Era curioso: lo que se le daba bastante mal en la vida social, donde sólo hablaba si le hablaban y no necesariamente para decir cosas interesantes, ahí, en las oficinas, las salas de espera o los livings tres veces más opulentos que el suyo donde lo citaban para pagar el alquiler, frente a frente con aquellos desconocidos a los que sólo estaba atado por la letra de un contrato, era casi una fuente de regocijo. Savoy era relajado, ingenioso, incluso cruel: le bastaba notar que sus locadores estaban apurados, o demasiado ocupados para atenderlo, para verse asaltado por un sentimiento ocioso, una locuacidad y una avidez por saber de ellos que ni siquiera él mismo, tan bien predispuesto al encuentro como siempre, hubiera jurado que tenía.

La prueba de que la insuficiencia de medios no lo explicaba todo es que cuando tuvo la cantidad necesaria, fruto de una circunstancia fortuita que no se repetiría, tampoco compró. No es que no lo pensara. Ahora que tenía dinero, las cantidades destinadas a lo largo de su vida a pagar alquileres se le aparecieron por primera vez con toda su envergadura de escándalo: un drenaje de recursos estéril, imperdonable. Pero la idea drástica de pasar de locatario a dueño para remediar una situación que pertenecía al pasado le sonó mezquina, además de insensata, y lo deprimió. Pensó que seguir pagando alquiler nunca sería tan escandaloso como haberlo pagado. Por otro lado, usar esa inesperada inyección de fondos para salir de inquilino, como se decía entonces, hubiera sido aprovecharla. Y en ese momento, también por primera vez, quizá, y quizá por las circunstancias peculiares que hacían que no tuviera lo que se dice preocupaciones económicas, se dio cuenta de que el dinero, en su caso particular, no solía participar de una economía de la conveniencia, no era "aprovechable" (lo que sin duda explicaba su incomprensión, su insensibilidad total al ahorro y la inversión, los dos tipos de aprovechamiento más comunes entre los administradores considerados razonables), y aunque no era algo de lo que se jactara, le pareció honesto aceptarlo como un rasgo personal, tan antojadizo pero tan indiscutible como cualquier otro, al que podía entregarse sin remordimientos.

A su edad, más de una docena de mudanzas se apiñaban en su prontuario de inquilino, y si bien el trance no se contaba entre sus favoritos, hasta la mudanza más penosa o accidentada se endulzaba eclipsada por el recuerdo, cargado de una alegría que la distancia en el tiempo no conseguía atenuar, de las aventuras en las que lo había involucrado, sobre todo en las semanas previas a emprenderla, cuando, con las páginas de los avisos clasificados del diario plegadas en un bolsillo y media docena de candidatos prometedores enjaulados dentro de gruesos barrotes de marcador rojo, salía en busca de un lugar nuevo para vivir. Entonces todo era expectativa, entusiasmo, inocencia. Trasponía la puerta de calle del departamento que pronto abandonaría —y qué rápido, con qué falta de nostalgia entraba en ese modo cuenta regresiva, reduciendo a la indiferencia cualquier apego genuino que hubiera desarrollado por él— y, lloviera a cántaros o se le viniera encima uno de esos cielos bajos, plomizos, que aplastaban al optimista más entusiasta, siempre tenía la impresión de salir, de zambullirse en una de esas mañanas de sol frescas, intactas, de veredas relucientes, trabajadores apurados y reflejos enceguecedores aleteando en las vidrieras de los negocios, con que lo acogían a veces, en sus años de viajero, tan remotos ahora y tan inexplicables, cuando se le daba por pensarlos, ciertas ciudades extranjeras, que lo flechaban en el acto y con el ardor del flechazo borraban toda huella del calvario aéreo que acababa de depositarlo en ellas.

Había algo infantil en la obstinación con que Savoy creía en las posibilidades que encerraban esos departamentos. No era idiota: preveía que en nueve de cada diez casos no resistirían un primer vistazo, por benevolente que fuera, pero no podía evitar apostar a ciegas por el derroche de luz, la paz del pulmón de manzana privilegiado, la nobleza de los pisos de pinotea, las dimensiones generosas de los ambientes y todas las promesas de vida perfecta que interpretaba que ofrecían, con malicia o sin ella —él, para quien la jerga sincopada de los avisos inmobiliarios no tenía secretos. Como a tantos, sospechar no le costaba nada. De hecho era su primer reflejo, rápido, instintivo, maquinal, como el del pistolero que detecta la ceja que su oponente enarca bajo el sol y lleva la mano a la cartuchera para desenfundar. La verdad era una gema rara, esquiva, a la que se accedía, si se accedía, tras descartar fachadas distractivas y apartar pesados cortinados de terciopelo color obispo. Puesto a buscar departamento, sin embargo, las antenas de su desconfianza, misteriosamente, se retraían, entraban en una latencia extraña, no del todo indiferente, igual que los aparatos que, colocados en modo sueño, tiñen la noche con el vaivén lentísimo de su respiración, iluminándola con el diafragma de su única pupila, no lo mantenían en vilo pero tampoco lo desguarnecían. Como si fuera un artículo de fe, Savoy había decidido dar por sentado que los avisos decían la verdad y la decían siempre, aun cuando anunciaban los paraísos de lujo y voluptuosidad que el monto del alquiler pedido contradecía a gritos, demasiado bajo hasta para la peor de las pocilgas. Puede que el famoso parquet, una vez parado en él, fuera en rigor una superficie de tosco y áspero cemento, que las cómodas alacenas de la cocina estuvieran podridas y que un cortejo de sórdidas aureolas de humedad anunciara tormentas en los techos del dormitorio —todo eso mientras el encantador ascensor de jaula, hasta entonces dormido o amordazado, se ponía en marcha y hacía temblar el edificio entero. Pero ¿quién podía decretar que el aviso mentía? ¿Quién se atrevería a jurar que esas miserias no podían ser atracciones irresistibles para alguien? Y a Savoy le gustaba ser, o por lo menos imaginar que era alguien.

Era una especie de don. La obligación que abrumaba a otros como una pesadilla, un tormento del que nadie podía estar seguro no ya de salir victorioso sino indemne, tantas y tan distintas eran las decisiones que comprometía a tomar, tantos los peligros que las amenazaban, para Savoy era un enigma, un estímulo, un desafío. Sólo que él, además, los aceptaba con despreocupación, con esa naturalidad altiva con que los deportistas natos, bendecidos por un talento excepcional, comparecían ante el partido final del campeonato más importante del mundo y jugaban frescos como lechugas, más lúcidos e implacables que nunca, luego de haber trasnochado y bebido como cosacos en el antro del que los había rescatado al alba el mismo crápula que los había llevado, un *coach* de barba candado diligente, musculoso, harto de oficiar de chaperón todo terreno pero incapaz, como siempre, de arreglárselas sin el sueldo que cobraba por hacerlo. En un momento, incluso, Savoy comprendió que las posibilidades de mudarse que se le presentarían en lo que le quedaba de vida nunca serían suficientes para agotar su sed, su intriga, su perspicacia de *scouter*. Temiendo, como hacen los despilfarradores, llevarse esas virtudes a medio usar a la tumba, única morada, por otra parte, que no sentía ninguna tentación de elegir, decidió ponerlos a disposición de su círculo íntimo.

Era lo menos que podía hacer. Siempre lo había incomodado una especie de asimetría que creía detectar en sus relaciones amistosas. Sus amigos daban, él recibía. Y aunque nunca nadie le reprochó nada —más bien al contrario: la pasividad gozosa con que Savoy acogía lo que recibía de los demás era un factor decisivo en el afecto que le profesaban sus amigos—, la situación le resultaba algo gravosa. Con el tiempo había empezado a sentir que, por el simple hecho de no tener con qué retribuirlo, todo lo que le daban, más allá de que él, al hacerlo suyo, lo consumiera hasta hacerlo desaparecer, se almacenaba en alguna parte, día tras día iba acumulándose, alimentando en silencio la colosal mole de deudas con la que tarde o temprano se enfrentaría cuando abriera esa puerta sin darse cuenta, creyendo estar abriendo la del baño o la del armario de los artículos de limpieza. Ahora, por fin, tenía la oportunidad de equilibrar un poco la balanza.

El éxito no lo acompañó —no, al menos, en la misma medida de su entusiasmo. Comprendió muy pronto que lo que tenía para ofrecer no era una competencia técnica, esa puntería para detectar el departamento apropiado que habría ahorrado a sus amistades tiempo, energía, horas de dilemas y vacilaciones, sino más bien un capricho personal, un pasatiempo, un vicio que, arraigado quién sabe en qué profundidades, podía ser comprendido pero difícilmente compartido, como el arte del que se despierta en medio de la noche y sabe exactamente qué hora es. Y viceversa: las necesidades de sus "clientes" —como había empezado a llamar a los intrépidos desconcertados que aceptaban ponerse en sus manos—, arraigadas en maneras de vivir que no siempre le resultaban familiares, rara vez encontraban eco en la opción que él había elegido para satisfacerlas, básicamente porque no la había elegido pensando en ellas, no importa lo mucho que las tuviera presentes en el momento de visitar el departamento, sino en ciertas cualidades o encantos que, como muy pronto quedaría en evidencia, sólo eran convincentes para él, que lo conocía y lo había examinado en persona pero no lo necesitaba para sí, y por razones que no eran precisamente de orden inmobiliario.

Le gustaba visitar departamentos en alquiler —y punto. Le gustaba todo el proceso, desde rastrearlos en el diario o la red o las publicaciones del ramo, hasta apersonarse, a menudo después de atravesar toda la ciudad, y, tras ganarles de mano a los rivales que imaginaba pisándole los talones, recorrerlos de punta a punta con fruición, minuciosamente, como un espía al acecho de un cableado clandestino, y con una parsimonia que tomaba de sorpresa, muchas veces exasperándola, a la raza de seres en suspenso que se los mostraban, vendedores de inmobiliarias de aire mortecino, con los dedos manchados de nicotina y el dobladillo de una botamanga del pantalón descosido, o sus equivalentes mujeres embutidas en trajes sastre, fumadoras empedernidas, roídas por una impaciencia de convalecientes, o, privilegio supremo para él, los propietarios en persona, acostumbrados más bien a la velocidad "visita de médico" típica de los buscadores de departamento convencionales, siempre seguros de lo que buscaban y siempre cansados de buscarlo sin éxito.

A Savoy, en cambio, le gustaba charlar, averiguar, pedir y recibir explicaciones. No daba nada por sentado. No tenía pudor. Tampoco participaba de la tendencia al autoengaño de muchos locatarios que, seducidos por ciertas virtudes del departamento que visitaban, decidían, con tal de no echarse a perder el entusiasmo, pasar por alto todos los indicios negativos que las contrapesaban. Savoy veía una pared ampollada, la cola en zigzag de una grieta asomando tras el respaldo de un sillón o el naranja estridente de la flota de hormigoneras estacionada al pie del edificio, con su promesa de polvo y estrépito, y un segundo después de poner a sus interlocutores contra las cuerdas, enrostrándoles el surtido horizonte de desastres que pretendían ocultarle, asaltado por una súbita magnanimidad, les perdonaba la vida: cambiaba de tema, se dejaba distraer por la falsa arcilla cuarteada de una maceta, un mantel de hule tachonado de quemaduras de cigarrillo (tan parecido al que vestía la mesa de la cocina del chalet de Miramar donde había pasado un par de veraneos de chico) o el cubismo accidental del cuadro que colgaba ligeramente torcido sobre el gigantesco aparador atiborrado de chucherías de vidrio, retrato al óleo de cierto pariente tiránico pero entrañable, sobre todo una vez muerto, del que daba la casualidad de que la dueña de casa, para dicha de Savoy, que ya estaba acomodándose en el sillón detrás del cual hacía de las suyas la rajadura, tenía algunas intimidades suculentas que contar.

En el fondo, nada de lo que preguntaba le importaba realmente. Lo tenía sin cuidado que el techo fuera a desmoronarse, la pared se rajara en dos de un momento a otro o la obra que acababa de empezar en el edificio de al lado garantizara dos largos años de polvo y padecimientos. Preguntaba para hacerlos hablar, robarles esos minutos cruciales que le permitieran deslizarse en los pliegues menos evidentes del mundo que husmeaba, vibrante y tentador hasta en su oscuridad cuando era oscuro —que, por su experiencia, nada desdeñable, por cierto, solían ser la mayoría—, agazapado tras los signos pueriles que le mostraban. Le daba igual que fueran signos de esplendor o decadencia. A contrapelo de lo que habría preferido cualquier locatario razonable, es decir: verdadero, incluidos los amigos que siguieron confiando en él durante un tiempo, prefería toparse con lugares llenos de problemas —escombros, ventanas selladas, cables y pisos levantados, excremento de ratas, agujeros negros forrados de capas y capas de grasa donde alguna vez hubo una cocina— o sospechosos de gato encerrado, ya sea porque el precio no honraba lo que estaba a la vista o los dueños parecían demasiado apurados por alquilarlo, o porque aparecían y desaparecían de las páginas de avisos clasificados con misteriosa regularidad, antes que con las gangas perfectas, milagrosas, inobjetables, que lo habrían encumbrado entre su cartera de clientes, por cierto bastante exigente, y sin duda habrían expandido su fama más allá.

De hecho, lo primero que hizo tambalear su emprendimiento, si se puede llamar así a la media docena de acuerdos de palabra celebrados en sobremesas informales, entre gallos y medianoche, que apenas dos o tres días más tarde, disipados el entusiasmo de la conversación y los vahos alcohólicos que lo habían cebado, no habían dejado rastros en quienes a priori más interesados parecían en suscribirlos pero sí en Savoy, que, tomando a sus clientes muy al pie de la letra, ya se había puesto en campaña, fue la insistencia con que visitaba departamentos en alquiler *habitados*, cuanto más habitados, mejor, y por habitados había que entender por personas y muebles y objetos en general, todo cuanto estuviera en condiciones de ofrecerle los cabos sueltos de intimidad de los que él disfrutaba tirando en los veinte minutos que duraban sus visitas "profesionales". Para eventual incredulidad de sus clientes, la mayoría de los cuales ni siquiera estaba al tanto de serlo pero sin duda la habría puesto en el primer puesto de una posible lista de preferencias, Savoy, sin premeditación pero también sin desmayo, rehuía los departamentos que se presentaban como nuevos, un tipo de trampa muy común que detectaba cada vez que un aviso incurría en el calificativo "impecable" o la metáfora "joya", y le bastaba leer la expresión "a estrenar", con su ilusión de ambientes despejados, pisos recién lustrados y vastas paredes orgullosas de estúpida y flamante pintura blanca, para saltearse el candidato sin dudar y volcar en el siguiente el pálpito de su corazón expectante, ávido de todo lo que en el aviso insinuara baratijas, muebles vetustos, cuartos con olor a humedad, pasillos sembrados de ropa sucia, juguetes y accesorios para mascotas, dependencias de servicio acondicionadas como talleres de *bricolage* o dormitorios de emergencia para matrimonios en crisis.

Su clientela, por supuesto, recién se enteraba de sus peculiares criterios de selección cuando ya era demasiado tarde. Savoy todavía recordaba la expresión de Renée, una de sus amigas más antiguas, que, recién separada, y no en los mejores términos, del hombre con el que había convivido siete años en estado de amenaza constante, incapaz de pensar en nada que no fuera estar lo más lejos posible del monstruo, como lo llamaba, pero incapaz también de alejarse de él, había delegado en Savoy, menos por confianza que por agotamiento físico y mental, la tarea para ella absolutamente más allá de sus fuerzas de encontrar un lugar donde vivir, algo que fuera a la vez el refugio que necesitaban su cuerpo y su alma diezmados por siete años de calvario y el oasis donde su voluntad de felicidad y su entusiasmo, en el fondo intactos, pudieran vislumbrar un futuro posible, cuanto más apartado de monstruos como el que le había hecho la vida imposible mejor —recordaba aún su expresión de estupor, de incredulidad total, el tipo de azoramiento que sólo produce lo incomprensible, al descubrir en persona, con sus propios ojos, el tipo de cosa que

Savoy, que se la había vendido —para usar la jerga inmobiliaria que tanto le gustaba citar— con bombos y platillos, había imaginado ideal para el estado literalmente calamitoso en el que había quedado tras la separación, y eso a una edad en que, con la escarpada costa de los cincuenta asomando en el horizonte, el optimismo no era lo que se dice pan de cada día.

El *caso 14 de julio* —carátula con que lo rememorarían más tarde, ya convertido en uno de esos hitos de épica irrisoria que apuntalan los anales de la amistad. No le gustó mucho el barrio a Renée, ni que la casa estuviera en una calle con nombre de fecha, ni el pequeño jardín de la entrada y el diorama espontáneo con que dramatizaba su propio devastado paisaje interior —matas de maleza salvaje fagocitando con ímpetu selvático un par de canteros de rosas exangües—, ni el pasillo lateral de viejos ladrillos oscuros que se hundía diez metros en el pulmón de manzana y llevaba a la casa, con su enredadera colonizando paredes y techo, una de cuyas ramas le rozó sin lastimarla la mejilla más gastada por las semanas de llorar, ni el adoquinado irregular del piso, que la hizo tropezar y aferrarse a él para no caer, como en una página fácil de novela sentimental. Si no aprovechó el momento para abjurar de su amistad con Savoy fue porque, con las pocas fuerzas que el marasmo posconyungal había olvidado llevarse, las pocas que quería dedicar a algo que no fuera el goteo que desangraba su corazón, Renée consideró que esa insensibilidad ofensiva, o bien esa sensibilidad extrema para captar todo lo que ella no quería, era sólo el reverso próspero del desvalimiento que siempre la había conmovido de él, esa condición enclenque, arisca pero necesitada, que le parecía reconocer en todo lo que Savoy hacía o decía, pero sobre todo en lo que más parecía desmentirla. Fue eso, sin embargo, dar por terminada la amistad, no sin antes sopapearle una mejilla, lo primero que se le cruzó por la cabeza cuando por fin, dejando atrás ese prólogo poco auspicioso, vio la casa que le había elegido, al parecer después de largas horas de meditación y ponderaciones, y todo lo que venía con ella.

Luego de unos tironeos malhumorados (que Savoy, con esa liviandad para indultar a terceros que tienen los culpables profesionales, atribuyó a la humedad del clima), la vieja puerta despintada se entreabrió gimiendo. "¡Cuidado: se escapa una pantufla!", alertó Savoy, que había clavado la vista en el piso, donde una bola de pelos excedida de peso evaluaba con aire receloso posibles vías de escape. Sobre la marcha, en una décima de segundo que Renée hubiera jurado que usaba para premeditar, el gato aplazó la fuga y le roció la capellada del zapato con un chorrito de pis sanguinolento. Renée iba a soltar uno de esos portentos procaces por los que era famosa, pero alzó los ojos y se topó con la sonrisa amplia y amigable del dueño de casa, única señal de vida visible en noventa kilos de desconsuelo apenas disimulados por la seda raída de una *robe de chambre* escocesa. "Adelante, adelante", dijo el tipo con una especie de ímpetu jadeante, haciéndolos pasar mientras cerraba la puerta tras ellos con la rodilla. Una onda expansiva de gas, ajo y coliflor añejado los abrazó. "Ella es Silvia" —la mano se movió con desdén, como borrando lo que señalaba. Vestida con una *robe* gemela, menos usada pero no más limpia, la mujer, de espaldas, sacudió la mano desde un box de madera símil restaurante alpino, el único mueble que sobrevivía indemne a la ruina general, sin levantar la voz ni los ojos de la taza de té que debía llevar veinte minutos revolviendo.

Más, en realidad. Dos meses, según les contó el dueño apenas pudo, en uno de esos apartes de complicidad venal con los que seguramente soñaba desde que había agendado la visita, mientras los tres —Silvia quedó clavada en su box, hurgando con la punta de un cigarrillo la pirámide de colillas que amenazaba con derrumbarse en el cenicero— atravesaban un aguantadero de paredes amarillentas que alguna vez había sido el living de la casa. Savoy depuso en el acto la batería de preguntas que siempre llevaba consigo cuando veía departamentos: todo en el otro —la simpatía, la avidez, el estoicismo con que lucía su degradación— llamaba al monólogo. Dos meses atrás habían decidido alquilar la casa porque se separaban. Ahora, él, al menos —no ponía las manos en el fuego por ella, cuya mente, "igual que un par de otras cosas", le estaba vedada hacía rato—, alquilaba la casa para anunciarle al mundo que se separaba. Renée sintió que se descomponía. Preguntó, por decir algo, a dónde daba una puerta. "Debería dar a un baño", dijo el dueño, "pero..." —y apenas la abrió, una estampida de gatos minúsculos se dispersó entre sus piernas. "La gata tuvo cría y tuvimos que clausurarlo".

"Vamos, por favor", rogó Renée tirándole de una manga, mientras sorteaba el escollo de un par de zapatillas sin cordones, con el talón aplastado, pero no su fétido perfume. Llegaron a una puerta tatuada de *stickers*: calaveras, cabezas zombis en plena desintegración, tipografías chorreantes. "¿Y esto?", señaló Savoy: "¿La dependencia de servicio?". "Ponele", dijo el otro. Savoy insistió, menos para confirmar que había adivinado que por la atracción que le despertaba cualquier puerta cerrada. "¿Se puede?", dijo, y alargó una mano a la ingeniosa prótesis que hacía las veces de picaporte. El tipo dudó, medio se interpuso, la escena se paralizó. Hasta que de pronto, cargada de flema, oyeron una voz ronca que resucitaba y decía: "Abrí, dale: ya es hora de que se levante". Renunciando a su trono alpino, Silvia se les unió a velocidad récord, una proeza bastante impresionante teniendo en cuenta que había arrastrado sus pies, calzados con ojotas deportivas, como una esquiadora, sin levantarlos nunca del piso. Se deslizó entre Savoy y el espectro de lo que había sido su marido, que seguía dudando, estiró una mano y empujó la puerta con la palma de la mano. Renée se echó hacia atrás, como esquivando un monstruo radioactivo. Savoy se asomó, al borde de una de esas epifanías a las que se había vuelto adicto; vio cómo la luz de los tubos fluorescentes de la cocina inundaban el cuarto y encandilaban a una chica pálida, tapizada de granos, obligándola a incorporarse en la cama donde dormía vestida y a mirarlos con los ojos entrecerrados, como a seres de otra galaxia.

Para Renée ya era suficiente, pero había más. Estaba el cuarto principal, espacioso como un salón de baile, que daba a la calle y se dejaría inundar por la hermosa luz del barrio apenas alguien se tomara el trabajo de desmalezar el jardín delantero (el tipo cedía su kit de jardinería por un extra módico), pero desde que habían decidido separarse se turnaban para usarlo, una semana ella, otra él, y por el portazo que acababan de oír era evidente que Silvia, la beneficiaria de la semana, encaraba otra de las siestas de media mañana con que compensaba sus noches blancas. En teoría otro jardín acechaba en el fondo, más amigable que el del frente con su pequeña glorieta, su estanque de venecitas en forma de corazón y uno de esos pintorescos dispositivos de cascada y goteo cien por ciento feng shui, que sanan cuando funcionan, lo que no es tan común, pero daba la casualidad de que la reja que comunicaba con él estaba atascada (la humedad, la humedad). Y habrían tenido el privilegio de subir a la terraza, ideal para tomar sol en cueros, como en una playa nudista europea, mientras la carne se asaba a la parrilla, si un desprendimiento de mampostería —nada grave, nada que en una coyuntura emocional menos crítica no hubiera solucionado él mismo con un par de guantes, una pala y unas bolsas de consorcio— no hubiera barricado la escalera a cuyo pie, jadeando un poco, el tipo hizo una parada. "Está mal que lo diga yo", dijo, "pero es un nido de amor esta casa". Y sonriendo, mirándolos con una mezcla de complicidad y añoranza, agregó: "Ya me van a contar".

Renée ni se preocupó por disipar el malentendido. Consultó un reloj pulsera imaginario y alzó con fingida sorpresa las cejas espesas, casi postizas que tenía. "Disculpen, me esperan en otro lado", dijo. "Está abierto, ¿no?". En puntas de pie, besó a Savoy en una mejilla, y clavándole disimuladamente las uñas en el antebrazo dijo en voz alta: "¿La seguís vos por mí, querido?". Savoy la miró desconcertado. "Pero decí algo. ¿Qué te parece?", le preguntó. "¡En casa hablamos!", gritó ella, volatilizándose con esa liviandad adorable que tenía cuando estaba apurada, eludiendo con un hábil zigzag dos bolsas de tierra tiradas por el piso. "Parece que no le gustó", dijo el dueño con resignación. Savoy aprovechó para poner las cosas en su lugar: "No estamos juntos. La casa es para ella. Yo solamente la ayudo a buscar". El dueño se disculpó. No era la primera vez que le pasaba. "Viste cómo es", dijo, mientras se dejaba caer en el primer escalón de la escalera, haciéndose un lugar entre un escobillón y el esqueleto oxidado de una sombrilla: "Te estás separando y te parece que todo el mundo está enamorado y es feliz".

Renée fue la primera de la lista en desertar, la primera en sufrir en carne propia y poner en evidencia la inclinación que Savoy satisfacía con el pretexto de resolver la vida inmobiliaria de sus clientes. El efecto dominó no se hizo esperar: uno tras otro, los demás rescindieron sus "contratos" también, aunque en buenos términos, con excusas diversas que Savoy, que tenía sus debilidades pero no era estúpido, supo cómo interpretar sin pasar por la incomodidad de desenmascararlas. El que más demoró en retirarse, por tozudez o pereza, porque la insondable inmensidad que le representaba el trámite de buscar departamento era mil veces más atroz, al menos a primera vista, que cualquier extravagancia que le contaran acerca del *scouter* a cuyas manos se había confiado, fue un amigo tardío, diabético, una especie de Oblomov de la informática que rara vez veía la luz del sol, vivía solo, clavado a la silla ergonómica último modelo que había comprado por internet, conectado veinticuatro horas sobre veinticuatro al puñado de dispositivos que le proporcionaban las dosis de sexo, información, entretenimiento, comida y drogas que necesitaba para vivir. Por una u otra razón, con frecuencia sensatas, fue descartando las opciones que Savoy ponía a su consideración, siempre por la red, según lo había exigido, de modo de no importunar el estado de voluptuosa inercia en el que vivía, hasta que una, una irresistible, lo puso entre la espada y la pared. El departamento estaba en el mismo barrio donde vivía, el único en el que aceptaba vivir, a tiro del puñado de proveedores de los que dependía y de la clínica donde se internaba cada vez que se descompensaba, lo que, dados su peso, su dieta hipercalórica y su resistencia a cualquier desplazamiento físico que excediera el radio de su teclado, sucedía cada vez más a menudo. Pero era dos veces más barato, un factor clave para el profesional precario en el que, a fuerza de cortar todas sus relaciones con el mundo, había terminado convirtiéndose. Sin embargo, la dueña, una extranjera políglota y desconfiada, sostenía que no había red, por ubicua y múltiple que fuera, capaz de registrar sin anularlos todos los matices y tonos de una experiencia tan compleja como el encuentro, el descubrimiento mutuo, de un locador y un locatario. Exigía que todo fuera a la antigua, en vivo, "de carne y hueso", como dijo, y algo parecido a una sonrisa le tembló en un costado de la boca, el más lúbrico, el único que seguía obedeciéndole de ese portento de la taxidermia que era su rostro. De modo que Oblomov accedió a mover su fláccida, ancestral indolencia, un sacrificio que sólo la perspectiva de una guarida sórdida y maloliente pero dos veces más barata podía justificar, y todo eso para nada, o para peor que nada —para tropezar, por lo pronto, con una escalera obligatoria (el departamento no tenía ascensor y estaba en un cuarto piso), colmo de lo inadmisible para un *ethos* sedentario como el suyo, descubrir que el monoambiente carecía de persianas y, recién pintado de blanco, levitaba en una nube de claridad que lo obnubiló hasta las lágrimas, y comprender por fin que la verdadera razón por la que Savoy se había encaprichado con el lugar no era el lugar mismo, compendio de todo lo que su modo de existencia de trasnoche aborrecía, sino su elegante, sociable, carismática dueña, que en ese mismo instante, mientras él, con el corazón en la boca tras subir los cuatro pisos, paladeaba los aperitivos del infarto, con sus largas piernas de tero cruzadas y un agujero en la media a la altura del muslo derecho, embriagaba a Savoy con sus avatares de viuda internacional.

Como en el caso de Renée y luego, en cadena, del resto de sus clientes, Savoy entendía perfectamente que su amigo se sintiera desatendido, incluso traicionado. Pero ese escándalo no le resultaba más razonable, y por lo tanto defendible, que la naturalidad con que él, probablemente más sensible a los encantos de una historia escondida que a las necesidades de su clientela, cedía una y otra vez a su flaqueza. La viuda, por lo pronto, con su defensa a ultranza del cuerpo a cuerpo, la presencia, el aquí y ahora de la interacción, ¿qué era en efecto si no la versión oferta de la creencia que él encarnaba en su versión demanda? Ya maduro, alejado de algún modo de todo lo que significara lucha, competencia, rivalidad, todo eso que la rústica sociología del siglo diecinueve, con un melodramatismo terminológico conmovedor, llamaba *struggle for life*, Savoy también tenía fe en esos valores arcaicos que se daba el lujo de sostener, aun cuando la causa lo condenara a una de esas soledades sin solución, a la vez humillantes y meritorias, que los demás se hubieran hecho matar antes de compartir pero de las que no podían no compadecerse. Él, que seguía viviendo de las secuelas de su estrellato de precursor, brevísimo, como suelen serlo todos, languidecía ahora como un paladín del anacronismo. Cuánto habría disfrutado de la paradoja si sus propios desvanes personales, como los del mundo, no reventaran ya de ironía.

No hubo, por fortuna, catástrofes que lamentar —nada irreversible, en todo caso. Los amigos, felices de que la experiencia cliente hubiera muerto casi antes de nacer, tomaron el episodio con la magnanimidad reconfortante de la que sólo pueden jactarse los afectos verdaderos, los únicos capaces de distinguir a primera vista las perversidades personales, más o menos endémicas, de la amistad, de los efectos perturbadores o indeseables con que las épocas solían enrarecerla, un poco como treinta años atrás habían terminado perdonando a los que, hechizados por el llamado juego del avión, una de esas loterías piramidales diabólicas, organizadas en jerarquías (pilotos, tripulantes, pasajeros), que prometían rentabilidades pasmosas basadas en una maquinaria fabril de reclutamiento de participantes, habían logrado, a fuerza de insistencia, presión y argumentos extraordinariamente sinuosos, muchos de ellos calcados sobre el tipo de persuasión extorsiva de que se valen los adictos para doblegar la resistencia de quienes más prevenidos están contra los ardides de su retórica, sus seres queridos, arrancarles el dinero necesario para "hacerlos entrar", como se decía entonces, y mantener con vida el juego un tiempo más, dinero que, como sus dueños ya tenían claro en el momento en que aceptaban entregarlo, nunca volvía, o se suponía que volvería multiplicado si y sólo si el "inversor", que la época, excitada con la moda de los trasplantes de órganos —un *boom* que nunca pasó de ser moral—, prefería llamar "donante", se comprometía él también, a su vez, a "hacer entrar" a otro, en otras palabras, a estafar a otro con la misma insistencia, la misma presión, los mismos argumentos de adicto a los que él, que, como se dice, les había visto la hilacha desde el vamos, había aceptado sucumbir.

Pero Savoy, ¿qué iba a hacer él con toda la energía que le quedaba suelta? ¿Qué haría con su curiosidad, su vocación entrometida, su voluntad de captar al vuelo esos destellos de vidas ajenas? "Hacete *voyeur*", le dijo una tarde un amigo, quizás inspirado por el drama banal pero elocuente que una pareja había representado unas horas antes en el balcón de enfrente. Él intentaba leer en su reposera de playa; ella hacía como que regaba las plantas, pero cada veinte segundos se interrumpía y, como si la asaltara de pronto el reclamo que le había quedado en el tintero, se volvía hacia él y se lo enrostraba, salpicándolo de paso con el agua destinada a sus pobres helechos macilentos. Savoy tomó la sugerencia como un agravio. ¿*Voyeur*? Podía no entenderla, podía hasta despreciarla, pero ¿cómo podía su amigo confundir su inclinación con el usufructo vil de esos aprendices de depravados, todos seniles sin excepción, masturbadores de cejas superpobladas y uñas roídas, al acecho como depredadores capados, jadeando en la sombra maloliente de sus miradores clandestinos? El voyeurismo era un pasatiempo de postrados. Amparados en una invalidez siempre sospechosa, disfrazada de piernas enyesadas, depresión o simplemente timidez, desplegaban su asedio a distancia, convirtiendo a sus presas en espectáculos. ¿Qué le importaba a él mirar? No eran imágenes lo que buscaba: eran vidas, situaciones, tridimensionalidad, "carne y hueso", la carne y el hueso ajenos tal como reverberaban en él cada vez que se los cruzaba de manera casual, en la contingencia de un encuentro real pero furtivo. ¿Qué le importaba a él contemplar por la ventana a esa misma pareja media hora más tarde, sentados en el living, reconciliados ante el resplandor del televisor? No era cuestión de ver sino de trayectorias. Nada lo dejaba tan frío como la suficiencia, la inmunidad, el repliegue cobarde que blindaban al *voyeur*. Él, en cambio, quería *estar ahí*. Quería pasar delante de ellos, cruzarse, interferir aunque fuera un instante el haz de estúpida fascinación que los encadenaba a la pantalla (y comprobar, de paso, con el rabillo de un ojo voraz, qué rutilancia, qué obscenidad, qué programa prodigio podían aletargar de ese modo la beligerancia que los había crispado en el balcón). Quería pasar por la cocina y oler los vahos del guiso que perseveraba en el fuego, cruzar delante del baño y toparse con el abuelo emergiendo desorientado, con los lentes mal acomodados sobre la nariz, de la nube de vapor de la ducha. Quería asomarse al dormitorio y reconocer a un costado de la cama, caído como un paracaidista sobre el lomo de un libro abierto boca abajo, el *souvenir* lácteo de una noche de amor. Era esa intercepción a la vez fortuita y premeditada lo que perseguía en sus rondas inmobiliarias, inmiscuyéndose en los libretos cotidianos que organizaban la vida de los demás.

"Te subestimé", se disculpó su amigo: "sos un depravado *premium*". ¿Por qué no hacía como todos, entonces? ¿Por qué no aprovechaba el callejón oscuro, el vagón de subte a la hora pico, la sala de cine? No hacía falta logística alguna; ninguna de todas las gestiones previas, insípidas pero necesarias, que reclamaba una visita inmobiliaria. Ni siquiera tenía que moverse demasiado. Bastaba con aparecer, simplemente: aparecerse y sorprender a su blanco ocasional con lo que quisiera mostrarle, o decirle, o hacerle: deslizar suavemente hacia el asiento de al lado la mano impaciente que ya le costaba mantener quieta en el apoyabrazos, o correr apenas el propio cuerpo de su eje hasta entrar en contacto con otro y sentir su opacidad, su sorda resistencia. Savoy volvía a sentirse incomprendido y de la peor manera, la más vulgar. Nada le resultaba tan desolador, cuando intentaba exponer la naturaleza de sus impulsos, como verse alistado en esas ruedas de reconocimiento siniestras, flanqueado a un lado y otro por profesionales de una compulsión de la que, cualquiera fuera el objeto final, el acoso físico, la mera exhibición, la descarga agónica en los pliegues de la propia ropa, sentía que todo lo alejaba. No, él no quería nada, sobre todo nada de lo que querían los otros, monstruos del asedio y la incontinencia. Básicamente porque para hacer lo que hacía, ir al encuentro de las vidas de los demás, era decisivo hacerlo sin razón, sin propósito. A diferencia de los colegas sórdidos que le endilgaban, siempre en estado crítico, a punto de reventar y derramar la lava vana que los desvelaba, él no necesitaba nada, y por lo tanto no perseguía resultados. Esos cruces fortuitos, él ni siquiera apuntaba a hacerlos durar, mucho menos quería que cobraran peso y consistencia, valores que los malograrían de manera irreparable. Si duraban era por añadidura, por una confabulación peculiar de contingencias, no porque le interesara especialmente o lo reclamara un afán oculto en su inclinación.

Le gustaba que de esos encuentros no quedaran huellas. Había algo tranquilizador en esa abstinencia de posteridad, un sosiego nuevo que Savoy no podía sino agradecer, sobre todo porque no tenía a quien agradecérselo y porque, a diferencia de los recursos con que tradicionalmente había intentado mantener a raya la ansiedad, con poco éxito, o con un éxito tan efímero y tenue, tan difícil de atribuir de manera unívoca a la práctica terapéutica, el fármaco o la disciplina oriental a los que apostara en ese momento, que nunca merecía considerarse como éxito, prácticamente no le costaba nada. Pero aunque reconocía su excepcionalidad, no sólo por la eficacia que tenía sobre él, bastante impresionante a la luz de la multitud de rivales, algunos muy notorios, o muy caros, o recomendadísimos, que su ansiedad se había sacado de encima a lo largo de veinticinco años de carrera, sino porque era raro que las consecuencias no premeditadas de las cosas fueran benéficas, lo consideraba un simple efecto colateral. Temblaba menos, sí, no estaba tan pendiente de plazos y cuentas regresivas, no volvía tanto sobre sus propios pasos, resolvía mejor, a veces combinando una serie de operaciones mentales que no parecían salir de su propia galera, los mismos acertijos idiotas que en otro momento lo desesperaban. Pero no era eso exactamente lo que lo llevaba —con frecuencia dispar, aunque siempre con el mismo tímido, trémulo entusiasmo de principiante— a zambullirse en la selva de avisos clasificados, en busca de la excursión que le alegraría la vida.

Salía de ver departamentos en un estado de calma extraño, pesado, parecido al entumecimiento general que sobreviene al despertar de una anestesia. Pero durante las visitas, por alguna razón, las cosas, al revés, sucedían extraordinariamente rápido. Aun cuando no pasara nada, o lo que pasaba no tuviera la consistencia necesaria para convencerlo de que estaba pasando, era como si los hechos se manifestaran desnudos, en estado puro, en un telegrama redactado a toda velocidad y transcripto con máxima pereza. Cada vez que pisaba un departamento desconocido, Savoy, que, más para mal que para bien, por la perfidia sutil con que el rasgo complicaba su tipo de ansiedad, era puro "mundo interior", sentía que se daba vuelta como un guante, literalmente: como si sus "adentros", por alguna torsión mágica que él, "para sus adentros", asociaba con la velocidad con que sucedía todo, sufrieran una especie de succión fenomenal y se dilataran, expandiéndose y aplanándose como el cuero de un animal desollado, hasta quedar tal como eran pero al revés, completamente a la intemperie. Curiosamente, no había ninguna confusión. Los trances de velocidad siempre iban acompañados de una gran nitidez. Parecían inducir el tipo de visión límpida, un poco demente, que él creía haber experimentado muy poco, alguna vez, quizá, por ejemplo, que le había tocado asistir —porque también aquí, como en las visitas inmobiliarias, el elemento contingente era primordial— a una situación que no lo involucraba de manera directa y de la que lo único que podía decir, al menos en los primeros momentos, cuando la mente analiza los datos y busca y ejecuta las operaciones necesarias para procesarlos, era que *no entendía absolutamente nada*. Le había pasado en la época en que viajaba, tan lejana ya y tan poco añorada, cuando, recién llegado al hotel, en ese estado de estupefacción embelesada en que lo ponía la combinación de una ciudad desconocida, la precocidad del día y las diez o doce horas de cautiverio aéreo, lapso de máximo tormento y máxima concentración que le gustaba acometer a pelo, descartando los ardides que usaban sus amigos para sobrevivirlo, como ese samurái de la privación en el que cada tanto sentía la tentación de transformarse, se tendía en la cama, prendía el televisor con el control remoto y de pronto, irrumpiendo en medio de la ronda compulsiva de los canales, sorprendía un plano general de algo que parecía una batalla, o una danza colectiva, o un tipo de ceremonial organizado en bandos, o una evacuación humana extraordinariamente ordenada, y se quedaba media hora acostado, con la ropa del viaje puesta y la mano con el control remoto suspendida en el aire, absorto en el color de los trajes, la regularidad de los movimientos, los avances y retrocesos, agrupamientos y estampidas, aullidos y pozos de silencio que poblaban la pantalla. No paraban de suceder cosas y Savoy las veía todas, más que nunca, con todo detalle: las banderas verdes, negras y amarillas flameando al unísono, el pie descalzo enterrado hasta el tobillo en el círculo de arcilla roja, los cuerpos amarrados entre sí por gruesas fajas de cuero negro, el hilo de sangre brotando en zigzag de una nariz. Y sin embargo, cuando pensaba en lo que veía, lo que la mente le devolvía era una pared, su pared más blanca y más muda.

Una vez le abrió la puerta una mujer que temblaba. Una niña (no debía tener dos años) dormía enredada en bufandas en una cuna antigua. No acababa de entrar cuando el portero eléctrico sonó dos, tres veces, imperiosamente, y la mujer cerró la puerta de un golpe y se le colgó de un brazo. Estaba muy pálida, le costaba respirar. Le rogó que atendiera él, que dijera que lo habían mandado de la inmobiliaria para mostrar el departamento, que ella no estaba. Savoy empezaba a recitar su texto cuando la voz de un hombre lo cortó desde abajo a los alaridos. Gritaba tanto que los gritos le llegaban más por la ventana del living que por el auricular del portero. En medio del estrépito de ira, Savoy creyó oír: *Inmobiliaria la poronga* — *Perra* — *Que baje con la nena* — *Subo y los mato a los tres* — *Todo el tiempo del mundo*. La mujer, ya llorando, trataba de marcar un número de teléfono, pero no daba con las teclas. Los timbrazos se reanudaron, brutales. La nena se despertó: se incorporó con dificultad, trastabilló y cayó sentada, arrastrada por el peso de los pañales, pero volvió a incorporarse hasta quedar erguida sobre sus piernas combadas, sosteniéndose del borde de la cuna con las manos. Tenía los dedos muy rojos, como si la piel fuera transparente. Alguien golpeó a la puerta. La mujer gritó, pasó corriendo junto a la cuna, se llevó a la nena en brazos y desapareció dando un portazo en el interior del departamento. Savoy abrió la puerta. Un hombre bajo y calvo, con mucho olor a tabaco y ropa de trabajo, le hablaba en un tono extraño, entre desconfiado y diligente, mientras echaba un vistazo desconfiado hacia adentro. *Perra* —volvieron a oír, ahora juntos, incómodos, entre los timbrazos que volvían a multiplicarse—. *Bajá ya o subo* — *Ni tu puta madre te va a reconocer* —mientras en alguna parte la nena se ponía a llorar y se acercaba el sonido de una sirena.

No siempre sus "días de paracaidista", como le gustaba llamarlos, le deparaban aventuras tan dramáticas. Pero el efecto de vértigo y límpida precisión era el mismo aun en ocasiones banales, cuando lo que le tocaba ver, entrando y saliendo de habitaciones, baños, balcones, era el espectáculo de un viejo sentado a una mesa de fórmica, hundiendo una y otra vez, los ojos perdidos en el vacío, un saquito de té en una taza de agua caliente, el paisaje de una persiana averiada a mitad de camino, sostenida —para no bloquear del todo la luz— por una maceta estoica, o la acechante reciprocidad de dos mascotas enfrentadas por la codicia del mismo sillón, la misma alfombra, el mismo nido al pie de un radiador, el único que el dueño del caserón de suburbios prácticamente en ruinas aceptaba encender en pleno invierno. Savoy lo veía todo mientras sucedía, sólo que, obligado a seguir los pasos de la visita guiada, no siempre tenía tiempo de detenerse en lo que veía como le hubiera gustado. Por su carácter residual, sin embargo, seguía viéndolo más tarde, a veces hasta uno o dos días después de la visita, cuando, absorto en alguna otra cosa, la gota de un detalle nuevo caía estremeciéndolo, fruto de un deshielo misterioso, y la aventura aparentemente olvidada se desplegaba otra vez ante él, más clara, ahora, y más brillante, con sus nervios internos más definidos, como si alguien, en el ínterin, le hubiese cepillado el polvo que la velaba o corregido el foco de la imagen.

Ése, melancólico, inútil, era todo el después de las aventuras. Savoy no pretendía más. Pedirles otra cosa que lo que le proporcionaban —un comienzo, un germen, el goce de una mera posibilidad— hubiera sido tan impropio como excederse en el papel que él mismo se asignaba en ellas: llevar la función testigo a un protagonismo que se le vedaba. Por lo demás, esa falta de consecuencias era precisamente lo que lo atraía de todo el asunto. Para los que ponían en venta o alquiler sus propiedades, la importancia de Savoy —uno más en la calesita de compradores potenciales— se desvanecía tan pronto como le estrechaban la mano y se iba, él con los datos del departamento anotados a las apuradas en un papel, ellos con la decepción de no haberle oído decir lo único que querían escuchar, que a su vez se disipaba cuando el portero eléctrico volvía a sonar —el siguiente de la lista ya estaba abajo. (Más de una vez Savoy había sentido la tentación de mentir un entusiasmo que no sentía, o prometer una respuesta que sabía que no daría, con el solo propósito de incidir en la situación generando una expectativa. Una y otra vez lo había disuadido una suerte de amargura anticipada, la sensación de que de ese modo habría arruinado una obra llamada a ser perfecta). Y la misma fugacidad tenían las aventuras para él, aun cuando, sin los apremios de la necesidad, que obligaba a sacrificar por frívola cualquier cualidad que la dejara insatisfecha, le gustara regodearse un poco macerándolas en la posteridad mental del recuerdo. Paradójicamente, la falta de consecuencias con que atravesaba ese pequeño bloque de tiempo de un puñado de vidas ajenas lo hacía sentir más poderoso, no menos. Su abstinencia de acción era el colmo de lo regio, un ejercicio de soberanía mucho más categórico que cualquier intervención drástica, un poco como el perdón es a menudo un gesto de poder más ejemplar que la sentencia más sanguinaria. Se sentía como una causa sin efectos. A veces, de regreso de una de aquellas excursiones, se sentaba en un sillón en la penumbra y se quedaba un largo rato quieto, en pose de pensar pero con la mente al ras, en blanco total, ocupada por una sola pregunta: ¿y si fuera eso ser un ángel?

La idea no era suya, por supuesto. La había sacado de una vieja película alemana de la década infame, una película que no había vuelto a ver en treinta años, a tal punto el encono que lo enemistaba con ella era sordo e imprescriptible, pero que cada tanto reaparecía en su vida de manera errática, astillas de una estrella extinguida que, después de mantenerse a flote en el espacio, inmovilizadas por el frío glacial, se encendieran de pronto y cayeran a tierra, a la tierra impasible que él soñaba con ser, como ciegos relámpagos de fuego. Los ángeles: esas causas sin efectos. Más que sacarla, en realidad, la idea le había quedado. No era el fruto de una decisión, era una secuela, uno de esos efectos colaterales propios de ciertas experiencias estéticas que afectan a quien las experimenta de manera profunda pero no unívocamente, y junto con las impresiones visibles, buenas o malas, que se pueden reconocer y ponderar, inoculan otras más sutiles o a primera vista menos significativas, cuyas cargas a veces tardan años en liberarse.

Ah, sí, Savoy odiaba esa película. La odiaba casi tanto como la década a la que pertenecía y que, a su manera culta y pomposa, como si la contradijera, en realidad representaba. Pero la odiaba menos por lo que era en sí, porque, mirada en retrospectiva, no carecía en el fondo de virtudes, que por lo que había hecho con él, de él, la primera vez que la vio. La odiaba porque lo había engañado. Mientras él se dejaba fascinar por el mosaico de cuchicheos de su banda sonora, los planos aéreos de una Berlín todavía partida en dos por el muro y la impresionante fuerza de condensación de las historias a veces ínfimas que sus dos héroes, la pareja de ángeles mejor vestida de la historia del cine, bajaban de las nubes para escuchar, por momentos tan cerca de quienes las protagonizaban que él no podía creer que esos dos mundos no se tocaran, la película contrabandeaba segundo a segundo su cargamento de humanidad, su aliento de *sagesse* y misericordia, su gravedad histórica, su empalagosa apología de la inocencia, toxinas que nadie estaba tan entrenado como él para repeler y que sin embargo lo habían infectado en el acto.

¿Ángeles? ¿Qué podían importarle a Savoy esas especies de sacerdotes de incógnito con sobretodos carísimos y colitas en el pelo de *rockers* retirados, taciturnos y comprensivos como terapeutas *new age*, siempre ubicuos y siempre incapaces de actuar, preparados en todo momento, sin embargo, para encarnar el dolor de la enfermedad, el desamparo, el acto suicida que no habían impedido? No, él no caería tan bajo. Pero cada vez que le abrían la puerta de un departamento desconocido y lo invitaban a pasar, y Savoy entraba y se abría paso en esos espacios llenos de señales, marcados por las vidas de sus habitantes como la pared de una celda por los días de su huésped, tenía la impresión de que, aunque los lugares fueran nuevos para él, y también las personas con las que trataba y que lo guiaban, su trayectoria siempre tenía algo de *déjà-vu*. Sólo que el antecedente cuya sombra le parecía percibir no eran todas las visitas que había hecho hasta ese momento, lo suficientemente numerosas para componer una especie de modelo de visita general, platónico, sino cierto aire de naturalidad, ese estar en su salsa que Savoy recordaba con toda claridad como uno de los efectos singulares de aquella estafa alemana: la fluidez, la falta de tropiezos, la impunidad caritativa con las que Damiel y Cassiel, paladines de la empatía, emisarios de la asistencia social angélica, se paseaban en la película por entre los escombros de las vidas de los desgraciados cuyas agonías se limitaban a acompañar, posándoles en el hombro una mano tenue como una nube —lo mismo que nada. Tal vez fuera un ángel a pesar de sí. Tal vez sólo así, a pesar de sí mismos, algo o alguien llegaba a ser un ángel.

Fue sin duda por eso —una recidiva de su aversión a lo angélico, combinada con la crisis de representación que acabó con su proyecto de asesoramiento inmobiliario— que sus rondas por el mercado de las propiedades en alquiler se volvieron más esporádicas. Sin beneficiarios concretos a la vista —sus "clientes", alertados por Renée, fueron desistiendo del servicio con pretextos diversos—, y hostigado por el recuerdo de los ángeles de la película alemana, que, como representaciones de la vergüenza, lo asaltaban cada vez más a menudo, las visitas se le hacían particularmente penosas, rémoras huecas que subrayaban el dolor, la pérdida de la experiencia que intentaban reproducir y sólo pervertían. Deambulaba por los departamentos a paso lento, triste, como un señor feudal por las posesiones que algún cataclismo social, pronto, lo obligaría a resignar. Había empezado a sacar fotos. Solía pedir permiso antes, aunque la costumbre era bastante común por aquellos días y Savoy siempre podía alegar, cuando, sobre todo en los casos de los departamentos habitados, notaba que la idea generaba algún resquemor, que necesitaba las fotos para informar a un hipotético arquitecto de las características del lugar que pronto, si todo iba bien, le tocaría remodelar. Pero pedía permiso menos por urbanidad que por afán teatral, para preparar mejor el golpe de efecto que sobrevendría después.

Le gustaba el desconcierto que leía en sus anfitriones cada vez que extraía de un bolsillo una de esas pequeñas y versátiles cámaras digitales que los teléfonos celulares, en apenas un par de años de expansión desenfrenada, habían confinado sin piedad al sótano de la obsolescencia. Y mientras fingía encuadrar manchas de humedad, el mamarracho de azulejos de un baño, la ubicación sospechosa de un termotanque o las grietas que dibujaban en el techo los movimientos de la losa, lo que robaba, en realidad, eran las viñetas furtivas de todas esas vidas con las que no volvería a cruzarse jamás, vidas banales, anónimas, sin mucho que decir, que el solo hecho de intersectarse con la suya, y de intersectarse allí, en esa intimidad en principio vedada a toda mirada forastera, volvía súbitamente radioactivas: platos sucios en una pileta de acero inoxidable y dos guantes de goma dados vuelta, con todos los dedos mutilados; un pie vibrando nerviosamente sobre un piso de granito negro, con su piel casi transparente y esos pequeños, pálidos racimos de venas secándose detrás; una mujer de perfil con un cigarrillo apagado entre los labios, contando dinero junto al teléfono; un cepillo de dientes y un tubo de pasta dispuestos en cruz en el ángulo de una bañadera colmada de juguetes; "Me fui" escrito en mayúsculas en el dorso de un *flyer* de comida árabe; un minúsculo televisor blanco y negro prendido junto a una hornalla donde algo está por hervir. Esas pocas fotos póstumas fueron todo lo que le quedó. A veces, para matar los tiempos muertos, casi tan frecuentes, con el paso de los meses, como los vivos, Savoy las contemplaba enternecido y jugaba a completarlas imaginando la escena que las precedía y la que venía después: el gorgoteo del agua yéndose por el desagote de la bañadera, dejando a la intemperie, huérfanos, los juguetes que antes flotaban felices.

Ya daba la era de las visitas por muerta, con esa mezcla de aflicción y orgullo con que los vicios personales a menudo se enaltecen como fenómenos históricos. Se preguntaba qué sería ahora de él, con, de pronto, toda esa inmensa playa de imaginación ociosa por delante. Una tarde, mientras Savoy, con el pantalón a la altura de los tobillos y la camisa a medio desabrochar, saboreaba el dejo amargo de una nueva refriega sexual, una flaqueza en la que caían de tanto en tanto de las maneras más intempestivas, menos por deseo que por la creencia, la superstición, incluso la curiosidad de que, acostándose juntos, la vieja amistad que compartían se transformaría en esa otra cosa con la que se suponía que cada uno soñaba sin confesárselo al otro, Renée, ya vestida, se metió en el baño, único lugar ajeno donde toleraba la resaca de una decepción erótica, y quedó pasmada por el repertorio de productos para el pelo que se apiñaban por todas partes. Polvos, ungüentos, cremas, geles, ceras, redes...: un museo del primer auxilio capilar. "La psoriasis", explicó él. Acentuó la *p* con claridad, trabajo que se tomaba muy a pecho, casi como una responsabilidad social, y que llevaba a cabo también con se*p*tiembre, descri*p*to y cualquier otro caso con el que su grupo consonántico preferido le recordara que existía. (Ah, cómo le hubiera encantado fumar, tener ganas de fumar. Pero había dejado hacía veinte años, y el recuerdo de las náuseas que le daba el menor rastro de olor a cigarrillo le daba náuseas).

El cuero cabelludo, en efecto, era la escala más reciente del itinerario de un mal que, en su caso particular, parecía haber canjeado la severidad, esas picazones intensas y masivas, a menudo coronadas por sangrados, por una condición púdica e inquieta a la vez, que le permitía moverse, colonizar zonas del cuerpo desatendidas por manuales y estadísticas, casi siempre poco accesibles a primera vista. Salvo los dos o tres años dedicados a descamarle el frente de las piernas a la altura de las tibias, sus blancos predilectos solían ser intersticiales, menos superficies que repliegues, esas anfractuosidades del cuerpo donde la degradación no era tan obvia y resistía mejor a la erradicación: el dorso de las orejas, el glande del sexo (para asombro, primero, y luego disconformidad de un par de novias de la adolescencia tardía, poco intrigadas por la genitalidad texturada), corvas (fáciles de ocultar con rodilleras) y uñas de los pies, donde atendía la sucursal más longeva y próspera de la enfermedad: tres dedos tomados en cada pie, si esos tubérculos deformes todavía merecían el nombre de dedos.

Renée le hizo notar lo que faltaba en el elenco: shampú. Savoy dijo que estaba atrás de uno, en efecto, muy recomendado por uno de los muchos médicos a quienes había confiado su piel maltrecha, un tipo severo que prácticamente sólo hablaba con palabras técnicas. Como toda solución verdadera, de fondo, el shampú era extremadamente difícil de conseguir. Savoy ya había agotado —en vano— las farmacias de media ciudad. Pero no desfallecía. Mientras tanteaba debajo de la cama en busca de uno de sus zapatos, Renée le sugirió que probara con *loqueseteocurra.com*, la plataforma de comercio electrónico que encabezaba los rankings de nuevos emprendimientos elaborados por los mensuarios de economía y negocios. Sí: Savoy recordaba la cara de su fundador. Había visto su retrato multiplicado en los puestos de diarios de la ciudad: un elfo lampiño, malicioso, que ensayaba la pose del Pensador de Rodin desde el trono donde se suponía que se le ocurrían las mejores ideas: una computadora de cartón, o plástico, o madera balsa, del tamaño de un aparador provenzal. Tenía bien presente su piel tersa, como de niño de porcelana, y el modo en que apoyaba la punta de sus diminutas zapatillas de duende en la tapa del monitor de utilería, y la cadena de vulgares carambolas conceptuales que, al amparo de un corte de luz, mientras tomaba un baño de inmersión, había desencadenado la idea que lo había hecho millonario, que todas las portadas de las revistas reproducían más o menos en los mismos términos, como transcribiendo uno de esos comunicados militares que habían animado la banda sonora de la adolescencia de Savoy.

Savoy se rio. Fue todo lo que se le ocurrió para ahorrarse lo que tenía ganas pero no fuerzas de hacer: hablar pestes del comercio electrónico y su panteón de héroes saludables e ingeniosos, proclamar su desconfianza de toda transacción que prescindiera de la intervención humana, reconocerse incapaz, sobre todo, de lidiar con el laberinto de gestiones que adivinaba necesarias para un uso satisfactorio de la plataforma. Se rio y, alcanzándole el zapato, que encontró más cerca de uno de los suyos de lo que sus respectivos cuerpos habían estado entre sí los siete u ocho lamentables minutos que había durado la escaramuza, le preguntó, a la vez intrigado y desafiante, por qué. "Algo te conozco, creo", dijo Renée, calzándose el zapato y admirándose el empeine mientras movía el pie a un lado y otro, como si estuviera probándoselo en una zapatería: "Está hecho para vos".

Savoy se resistió, naturalmente, como se resistía siempre que le decían que se parecía a alguien, que probara un plato nuevo que lo deslumbraría o conociera una ciudad en la que se moriría de ganas de vivir —en parte por amor propio, como si admitir que pudieran existir tantas cosas "hechas" para él que él no conocía conspirara de algún modo contra su integridad personal, en parte por un reflejo defensivo, para proteger cierta dimensión opaca o recóndita de su personalidad de la mirada de quienes, como Renée, se jactaban de conocerlo a fondo, arrogándose el derecho de revelarle todas las almas gemelas que circulaban en el mundo y en las que, seguramente por un exceso de orgullo, también, aún no había reparado. Tendía a pensar que no había cosas "para" él, en particular, ni "para" nadie en general, y que los casos de entendimiento profundo que a veces traían a colación para contradecirlo nunca se debían a una coincidencia natural, preexistente en algún repliegue íntimo del destino, sino a una convicción, un esfuerzo y una vigilancia continuos, y podían verse comprometidos ante el menor desfallecimiento o distracción. Era irónico, además, que la sugerencia, formulada con una convicción absoluta, viniera precisamente de Renée, con quien apenas diez minutos atrás ni siquiera habían conseguido el escalón más elemental de la sincronía física.

Unos días más tarde, sin embargo, Savoy se descubrió tipeando la dirección de la plataforma. Su desconfianza seguía intacta. Así fuera para disimular la vergüenza que le daba ceder a una idea que ya había evaluado y descartado, se dijo que en realidad lo hacía, como le pasaba a menudo, para no desairar la consideración con que Renée lo había honrado: después de todo, en particular después del mal trago que habían compartido entre las sábanas, o más bien encima, porque no habían abierto la cama, a tal punto sobreactuaban, en esos encuentros esporádicos, los clisés del arrebato pasional, era altamente improbable que la hipersensibilidad del cuero cabelludo del hombre que acababa de volver a frustrarla fuera una prioridad para Renée. Pero lo hacía sobre todo para no desairarse a sí mismo, convencido, en el fondo, de que sus reservas con respecto a la plataforma (las mismas que tenía con todas las réplicas del mundo real que el virtual proponía como si fueran originales) estaban fundadas, y que yendo a fondo con el asunto no haría más que corroborarlas. (¡Tener razón! ¡Cómo le gustaba tener razón, independientemente de la cantidad y variedad de posibilidades y mundos que quedaran en el camino!). Para su sorpresa, la tipeó sin fallas, con los dos dedos minusválidos con que solía llenar de erratas las palabras más simples, señal de la seriedad con que había decidido tomarse la empresa. De ahí en más, todo anduvo sobre rieles. No tuvo problemas en registrarse —quizás el paso que más aprensión le despertaba, en parte por temor a su propia torpeza, que Savoy solía agravar con una impaciencia indignada, en parte por la desconfianza visceral que le inspiraba que una instancia anónima, sin rostro, le exigiera sus datos personales antes de seguir adelante con una gestión. Lanzó el nombre del shampú a las fauces del buscador y en menos de cinco segundos comparecieron una serie de envases blancos perfectamente encolumnados, como soldados listos para una batalla de la que lo ignoraban todo. Eran idénticos, misma marca, mismo volumen, pero los precios —como en una subasta espectral, sin rematador ni ofertantes— variaban considerablemente. No se atrevió a comprar el más barato; la tentación era demasiado obvia, casi una trampa a la vista, una de las múltiples que sospechaba al acecho en cada paso que el protocolo de la plataforma lo obligaba a dar. Optó por uno de precio intermedio, confiando en que moderar la codicia despertaría la piedad del monstruo cibernético. Un mensaje lleno de signos de exclamación le confirmó que la compra había sido exitosa. Otro, más aplacado, le proponía una serie de opciones para reunirse con el shampú. Un resto de sospecha o de moderación —no quería quererlo todo, no al menos la primera vez que operaba en la plataforma— lo decidió por la opción más incómoda pero, para él, más segura: pasar a retirarlo por el domicilio del vendedor.

Savoy no podía saberlo entonces, tan desconcertado estaba por la docilidad con que se le allanaba un camino que jamás hubiera elegido. Pero lo que le había sugerido Renée un poco al pasar, mientras confirmaba para sus adentros que sí, que los zapatos le encantaban pero eran medio punto demasiado chicos y ya era tarde para cambiarlos, pronto lo sorprendería como algo más complejo que una mera solución para el escozor que le roía la cabeza periódicamente, casi siempre por la noche, antes de dormirse, y más en invierno que en verano. Por lo pronto, lo puso en movimiento. No conocía la calle del vendedor; el barrio le sonaba de manera vaga, como uno de esos anexos exóticos que cada tanto arrojaban las transformaciones de la ciudad. Así que acudió con regocijo a la guía de calles que llevaba en la guantera del coche, codo a codo con los discos que seguían esperando que arreglara o cambiara el equipo de música, cuyo cabezal desmontable, sellado por una capa de chocolate endurecida, coqueteaba bajo el asiento con un matafuegos vencido. Le gustó rastrear la calle en la lista de nombres que se apelotonaban al final y, luego, en el mapa del barrio, siguiendo de arriba hacia abajo y de izquierda a derecha la dirección, el delicioso suspenso de las coordenadas. Era casi una revancha, como si esas páginas toscas, sucias de grasa o lavadas por el sol, cuyos nombres y números a veces apenas se leían, recuperaran de algún modo los puntos de ventaja que le había sacado el mundo virtual.

Tardó más de lo previsto. Había tráfico, tuvo que esperar ante una barrera que se abrió a los diez minutos, tan inexplicablemente como había bajado, sin que hubiera pasado tren alguno, y sobre el final anduvo un rato sin rumbo, confundido por el diseño ensortijado del barrio y un par de manos de calles mal señalizadas por la guía o alteradas por el curso de las cosas —la edición tenía diez años: había venido con el auto, que tenía otros diez. Por fin, Savoy se detuvo ante un cubo de ladrillos a medio revocar, versión búnker de una casita de suburbios como las que vio que abundaban en el barrio, con una gran puerta de chapa verde y una ventana ínfima donde se secaban flameando dos trapos rejilla mellizos. Todo era nítido y brillante, diez, cien veces más real de lo que hubiera sido si le hubiera tocado verlo diez años atrás, cuando todavía se sentía joven, no le habían recetado anteojos y el mundo visible no tenía que pulsear con ningún espejismo rival. Llamó a la puerta, alguien salió y le pidió que esperara y cruzó la calle. Por la puerta entreabierta, Savoy pudo ver un puñado de personas en paños menores —musculosas, ojotas— sentadas a una mesa larga, al pie de la cual montaban guardia tres perros expectantes, probablemente hambrientos, mientras una mujer de pie se inclinaba sobre una olla enorme y humeante.

A la vuelta, parado en un semáforo, Savoy bajó la vista y miró el frasco de shampú. Se lo habían dado así, pelado, sin bolsa, y así viajaba ahora en el asiento del acompañante, un poco desvalido contra el gris oscuro salpicado de pequeños relámpagos rojos del tapizado: un liliputiense pálido, de hombros caídos, vestido con una remera estampada con el dibujo de la raíz, la planta, la semilla hechicera de los que estaba hecho y que apagaría de una vez por todas el fuego de su cabeza. La desproporción entre ese logro de la química artesanal y la imagen de los fideos encajados en el reluciente ángulo acerado de la tijera se le apareció con una fuerza extraordinaria. Estaba salvado. Sin saberlo —eso fue al menos lo que ella dijo cuando él la interrogó—, Renée acababa de revelarle algo precioso, una esperanza a la que Savoy difícilmente hubiera podido acceder por medios propios: un más allá, una sobrevida radiante y sustentable —a juzgar por el éxito de que gozaba la plataforma— para su vocación de etnógrafo de vidas ajenas, ya dada por perdida. Todo volvía a ser posible —con el agregado clave de que, de ahí en más, gracias a la plataforma, nunca le faltarían motivos para meterse en casa de otros. Ya no tendría que mentir, fingir ni prometer nada que no tuviera intenciones de cumplir. Se había convertido en esta vulgaridad: un comprador. (Pasarían sobre su cadáver antes de oírle decir usuario). Y era razonable que un comprador fuera en busca de lo que había comprado. Y esa condición que, por el solo hecho de inocularle interés a un impulso hasta entonces signado por la gratuidad, tenía todo para contrariarlo, ahora de algún modo lo aliviaba. Si algún fantasma angélico rondaba aún su deseo de ser testigo, la dimensión prosaica del comercio lo conjuraba por completo. El mercado no es lugar para ángeles.

Después del shampú, en vertiginosa sucesión, vinieron un cargador de computadora (un fogoso radiador había derretido el cable del anterior), una lámpara de pie flaca y alta, con cuatro brazos articulados, parecida a un mamboretá, un estante de vidrio para la heladera y una serie de bienes y servicios más o menos superfluos a los que llegaba por inercia, mecido por la lógica derivativa de la plataforma y hechizado de pronto, siempre un poco sorpresivamente, como por el flash de un *paparazzo* en un callejón oscuro, por alguna de las ofertas con que se empeñaba en demostrarle que sus deseos no tenían secretos para ella, entre ellos un par de zapatillas de cuero blancas, aparatosas como botas de astronauta, un *voucher* para retapizar dos silloncitos también descubiertos en línea (que nunca llegó a comprar), un juego de media docena de cuchillos de cocina japoneses (acompañados de un curso básico para hacer sashimi) y un perchero de oficina de los años cincuenta color bordó, con paragüero y un pie de aluminio abollado, copia pobre pero digna del original donde de chico solía colgar el saco y el portafolios cada vez que pasaba por la oficina de su padre al salir del colegio. Nunca se engañó, ni siquiera con el perchero, a cuyo extorsivo maná sentimental bien podría haberse rendido. Aprendió rápido —inusitadamente rápido dados los forcejeos payasescos, salpicados de gruñidos e invectivas contra una pantalla muda, en los que acostumbraba a trenzarse con cualquier propuesta de interacción automática— los recursos que la página ponía a su alcance para examinar el producto que pretendía comprar —sobre todo si era usado—, las precauciones indispensables para que no lo estafaran y los pasos para elegir, en los casos en que había dos o más ofertas del mismo producto, el que más le convenía. Pero si Savoy aprendía rápido era precisamente porque nada de todo eso le interesaba realmente. Ya fueran utilitarios, estéticos o simplemente caprichosos, los argumentos que se daba para comprar esas chucherías eran el colmo de lo inconsistente. Coartadas escuálidas —y él era el primero en reconocerlo. Y nadie disfrutaba como él de verlas desmoronarse cuando confirmaba la compra con un clic de su mano agarrotada y por fin, blanco sobre negro, la pantalla le entregaba lo único que en verdad hacía arder su deseo, el nombre y la dirección que lo hacían saltar de su silla.

Salvo en casos de urgencia, cuando la plataforma ofrecía productos o servicios de primera necesidad que escaseaban en el mundo real, esa celeridad no era moneda corriente. Funcionaba en una primera fase, cuando los compradores compraban, contactaban a los vendedores y averiguaban cómo reunirse con lo que habían comprado. Pero solía suceder que para hacer efectiva la operación se tomaran su tiempo, como si al vértigo de la compra —que, por más que la práctica del comercio virtual estuviera cada vez más generalizada, seguía teniendo algo mágico, un carácter de juego y de espejismo— lo sucediera una especie de distracción o lasitud, el tipo de distensión indolente que sucede a las crispaciones más intensas. Savoy, en cambio, siempre salía disparado. No bien hacía contacto con el vendedor —una posibilidad que la plataforma recién concedía una vez consumada la compra, hundiéndolo en las conjeturas más sombrías—, se ponía encima lo primero que encontraba —nunca lo que el clima pedía—, se metía en el coche y mientras lo calentaba con aceleradas inútiles —viejo y todo, el motor era a inyección, un detalle del que todos en la cuadra, empezando por los cuidadores de coches, estaban al tanto salvo Savoy—, reconfortado por la vibración de la carrocería y los cálidos vahos de aceite quemado, que lo reconciliaban con el mundo material olvidado al pie del teclado, buscaba la dirección con ansiedad y cierto sórdido deleite, sintiendo cómo la pátina de grasa que cubría los mapas de la guía se le quedaba adherida a las yemas de los dedos, y con el dedo todavía plantado en el mapa, aplastando la hormiga de su destino, ponía primera y zarpaba.

Lo creían un adicto al consumo, un coleccionista, un acopiador compulsivo, un demente para quien nada era más vital que la posesión, la posesión básica, física, y por eso, porque el bien no existía si no estaba cerca de su cuerpo, lo tenían ahí ipso facto, tocándoles el timbre casi antes de que la plataforma hubiera dado por hecha la transacción, sacándolos de la cama, convenciéndolos de dejar lo que estuvieran haciendo y acudir al punto de entrega a toda velocidad. Se equivocaban, aunque no del todo; sólo que apenas acertaban volvían a equivocarse. Como hubiera podido comprobarlo cualquiera que examinara su historial en la plataforma, era un acopiador, sin duda, y compulsivo como el que más. Compraba mucho, con una regularidad alarmante. A veces repetía la compra del mismo producto con un par de días de diferencia, lo que cualquiera con dos dedos de frente habría atribuido a la distracción (un extravío) o la torpeza (destrucción por mal uso). El hecho, sin embargo, ilustraba hasta qué punto las cosas en sí lo dejaban indiferente, o sólo lo estimulaban de manera indirecta, en tanto indicios, cabos sueltos de los ovillos complejos —perfiles humanos, rostros, lugares, pequeños desprendimientos de vidas que se abrían como flores desconocidas, siempre inéditas, mostrándole por un segundo la textura de un interior escondido, para volver a cerrarse y dejarlo afuera— que eran el objeto primero y último de su avidez. El afable viudo albino que no conseguía pronunciar su apellido ni siquiera separándolo en sílabas le importaba mucho más que el taladro eléctrico casi nuevo que le llevó quince largos minutos encontrar, vaya uno a saber dónde lo tenía guardado en la trastienda de la pequeña farmacia de Almagro donde lo había citado, y finalmente, empapado en sudor y con aire de haber llorado, otros quince traerle, envuelto de la misma exacta manera en que se lo había regalado su mujer, fulminada dos meses atrás por un infarto mientras paseaban por la Garganta del Diablo. Pero si un taladro eléctrico le permitía asomarse aunque más no fuera unos minutos a ese fugaz retazo de tragedia ajena, ¿por qué no apostar a que la correspondencia no fuera del todo arbitraria y proponerse repetirla, y, con el primer taladro olvidado sin desembalar en el cuartito de los trastos, de donde nunca saldría, entrar otra vez en la plataforma para buscar un segundo, y luego un tercero, y quizás un cuarto? Desde luego: los vendedores eran todos distintos, siempre, y los taladros todos iguales —en especial el Black & Decker HG7255, que, por alguna razón, quizás el color rojo furioso, quizá la foto habitual que lo publicitaba, en la que parecía sodomizar sin muchas ganas a la amoladora también roja que completaba una promoción imbatible, era el modelo en el que Savoy había terminado especializándose. Pero el taladro nunca era nada y los vendedores siempre algo, una aparición nueva, única, original, aun cuando no fueran albinos ni viudos y, lacónicos como espías, mantuvieran bajo estricta reserva sus dramas personales, limitándose a entregarle la caja por la bandeja giratoria de una pared de blíndex —mientras un sigiloso puntito de sangre, fruto de uno de esos accidentes casuales que pasan inadvertidos cuando se producen y, una vez descubiertos, cobran una dimensión ominosa, empezaba a agrandarse y cubrir la costura del algodón de uno de los guantes blancos con los que había tomado la precaución de enfundarse las manos.

No todo era un lecho de rosas. Por virtual que sea, comercio es comercio, y el hecho de que sólo hubiera contacto humano una vez efectuada la transacción, disipadas las muchas variables que podían complicarla o amenazarla —desperfectos u omisiones en la comunicación, negligencias, falsas expectativas, mala intención—, estaba lejos de garantizar la felicidad del intercambio. Más bien al revés, y no tanto por la intervención humana, que, sujeta al azar, sensible a condiciones o contextos extremadamente locales y por lo tanto difícilmente predecibles, siempre podía irse de quicio y malograr el acuerdo más conveniente, como por voluntad, si la palabra era lícita, de la plataforma misma. Según rezaba su ley fundamental, la única que no admitía discusión ni libertad de interpretación alguna, primero había que comprar —después venía todo lo demás, lo que normalmente debía venir primero, puesto que era todo lo que el comprador necesitaba saber para tomar la decisión de comprarlo: el nombre, el número de teléfono, la dirección del vendedor; la posibilidad de hacer contacto con el producto, verlo, poder tocarlo, cerciorarse de que existiera, confirmar que respondiera a la descripción dada de él en la plataforma, que estuviera en el estado en que se aseguraba que estaba, que funcionara como se aseguraba que funcionaba.

De modo que el veneno de la ansiedad también infectaba al comercio electrónico. Savoy se indignó, naturalmente. Le pareció risible que lo que regía las inversiones millonarias, los milagros tecnológicos y la exquisita ingeniería de todos esos batallones de programadores diplomados en las fábricas de *nerds* más importantes del mundo, fuera algo tan basto como el lema que desde tiempos inmemoriales guiaba el proceder de los ventajeros más mezquinos: más vale pájaro en mano que cien volando. ¡*Primero comprar, primero comprar*! Si se acercaba un poco a la computadora, Savoy creía oír, reconocer la voz de la plataforma tratando de disimular la impaciencia con la tosca sobriedad de sus frases cortas, el tuteo inconsulto y esa amplitud de miras que la alentaba a ofrecer siempre más de una posibilidad —efectivo o tarjeta, envío a domicilio o retiro por el domicilio del vendedor—, a la vez que la blindaba ante cualquier posibilidad que su menú de opciones no hubiera contemplado. Comprar era urgente, imperioso, crucial; lo demás era hojarasca, detalle menor. Ya habría tiempo para considerarlo —más tarde, y ese más tarde no era un tiempo al que la compra daba lugar sino uno que la compra debía abolir, o volver intrascendente, o posponer de manera indefinida, hasta el olvido total. Sin embargo, anteponiendo la conclusión a la condición, el efecto al proceso, lo que la plataforma conseguía no era sólo su objetivo primordial, eliminar rodeos, ir al grano, inmunizar las transacciones contra los peligros de siempre —la conversación, el más básico, en primer término—, sino también, por una suerte de efecto colateral, exactamente lo contrario: crear retroactividad, hacer que el después revirtiera sobre el antes y lo afectara de manera radical, y que instancias aparentemente fuera de combate como charlar, ponderar o negociar reaparecieran de golpe, sedientas de venganza, y lo complicaran todo.

Si a Savoy no le pasó fue en parte porque estaba sobre aviso. Lo había alertado Renée, que sabía con qué bueyes araba e intuía hasta qué punto el mecanismo de inversión lógico-temporal de la plataforma podía sacarlo de quicio, forzarlo a dar ciertos pasos en falso que terminarían perjudicándolo. "Ahí la reputación es todo", le advirtió: "Podés descuidar cualquier cosa menos el prestigio". Le extrañó que Renée viera sociabilidad compleja en un mercado virtual, sin espesor simbólico, libre de la tortuosidad propia de los intercambios presenciales. Pero se tomó la advertencia muy en serio, como solía hacer con todo lo que viniera de Renée. Recién la entendió, sin embargo, cuando un par de conocidos más jóvenes y menos aprensivos que él, para quienes el aplastamiento del comercio de tracción a sangre por su verdugo electrónico era la toma del Palacio de Invierno del siglo XXI, le confesaron los percances con los que venían tropezando en la plataforma. Como buenos devotos, habían comprado sin ver, sin precisar detalles ni hacer comprobaciones, según se lo proponía el sistema: uno, una impresora monocromática, otro, una lámpara de escritorio, un tercero, una bicicleta inglesa. Todas cosas usadas. Convencidos de que la supresión de toda instancia intermediaria —salvo de la plataforma en sí, evidentemente— era sinónimo de transparencia y univocidad, jamás se les ocurrió pensar que las salvedades que la página consignaba a propósito de las cosas que compraban, por lo general leves, mencionadas al pasar, más por escrúpulo que porque fueran dignas de notar ("rayones menores", "poco uso", "marcas propias del tiempo", etc.), pudieran volverse problemáticas, y las dudas que pudieron tener quedaron disipadas apenas leyeron el reglamento de la plataforma, al que no les fue fácil acceder. En caso de que el producto no fuera de su entera satisfacción, decía el estatuto, siempre podían dejar la compra sin efecto y optar, de común acuerdo con el vendedor, por calificar la *performance* de ambas partes como neutra, subterfugio que resolvía de manera salomónica —al menos en teoría— las sospechas que el fracaso de la operación podía despertar en el resto de los usuarios de la plataforma, convertidos en un público imperceptible pero decisivo. La solución de neutralidad mataba, pretendía matar, dos pájaros de un tiro: borraba una operación abortada (es decir: un fracaso, el único tabú que ningún mercado, menos uno virtual, podía tomarse a la ligera) y liquidaba toda posibilidad de controversia entre las partes (un lujo en el que el comercio electrónico no estaba dispuesto a perder tiempo).

Pero todo lo que la plataforma pretendía evacuar antes —merodeos y miedos, la telaraña sutil del reparo, las histerias de la seducción y el regateo— era precisamente lo que volvía después, humano y real hasta la náusea, encarnado en un ínfimo pero intensísimo drama de litigio y condena social. Un problema de prestigio, como había anticipado Renée (mientras los conocidos de Savoy, embriagados por su propia fe, preferían escuchar otra música). Cosas que suceden: un bolo de papel bloquea el intestino de la impresora, la pedalera de la bicicleta cruje de más, la lámpara flexiona un brazo y el codo despide un bulón letal. Nada grave, pero las operaciones se cancelan. Un apretón de manos y todos contentos. Pero mientras los compradores, fieles a la letra de la ley, califican a los vendedores con un neutro, absolviéndolos y absolviéndose de cualquier responsabilidad, manteniendo todos los prontuarios en juego intactos —condición básica para seguir en el mercado—, los vendedores, sangrando por la herida de los negocios perdidos, vuelcan su rencor en el teclado y lapidan a los compradores con una calificación negativa, que justifican, además, con alegatos infames en los que un comprador es acusado de "vueltero", otro de "indeciso" y el tercero de "irresponsable". No eran necesarios —lo que, al menos para Savoy, les confería algún interés, aunque más no fuera el de inocular cierto *charme* coloquial al desolador paisaje lingüístico de la plataforma. Era suficiente con la calificación, que era irrevocable. No había posibilidad de réplica o descargo. A lo sumo una voz de acento vagamente centroamericano, cuyo dejo metálico hacía dudar de que fuera humana, que —una vez sorteado el delta de contraseñas, esperas y derivaciones que protegía al disco duro encargado de emitirla— sugería por teléfono: "Contacte al vendedor y pídale que cambie su calificación".

¿Por qué no?, piensa el comprador, ilusionado por una lógica que puede fallar —de hecho ya ha fallado una vez— pero al menos huele a humana. Y mientras llama sin parar, y el vendedor deja su teléfono sonar y sonar, y su bandeja de entrada llenarse de ruegos que un filtro insomne redirige con extraordinaria puntería hacia la papelera, unos ominosos blasones rojos van tiñendo de deshonra el historial del comprador y ensombreciendo su futuro comercial. Eso en el mejor de los casos, si no le han cerrado ya la cuenta, si no lo han expulsado sin aviso del sistema, medida extrema que la plataforma tomaba de manera automática, naturalmente inconsulta, cuando, como le había sucedido a otro de sus conocidos, un coleccionista soltero (banderines de compañías aéreas) que acababa de debutar en la plataforma, el comprador alcanzaba el récord al parecer inadmisible de dos operaciones concretadas (en el caso del coleccionista, un banderín de Avianca, elegido, comprado y retirado sin problemas, y el Pan Am de la discordia, genuino y encantador pero con una fisura entablillada en el mástil, un detalle que el banderín, perfilándose con habilidad ante la cámara, ocultaba en la foto de la página) y un cincuenta por ciento de calificaciones negativas.

Savoy lo surfeó todo sin mayores dificultades, en un equilibrio precario pero regular. Surfear, no sufrir —era su lema, uno de tantos, la mayoría de los cuales, quizá por pereza, quizá porque eran demasiado lúcidos o poéticos, o tal vez porque eran música y sonaban perfectos y nada de todo lo demás, empezando por lo que significaban, podía estar a su altura, Savoy nunca conseguía cumplir. En este caso, sin embargo... Hubo, es cierto, algún notorio abultamiento en el rubro "extras", ese cajón que los presupuestos bien hechos destinan a las contingencias. Pero en la economía de Savoy todo era de algún modo un extra, empezando por sus ingresos, que, sobrios pero puntuales, le llegaban mes a mes desde el más allá, a la vez del pasado y desde los muertos, con la intermediación de una agencia de recaudaciones eficaz pero invisible, que sólo condescendía a manifestarse a fin de año, con esas horrendas tarjetas de celebración tridimensionales que Savoy tiraba sin abrir. El sufrimiento estaba lejos, aunque más de una vez se volvió de un galpón al que le había costado mucho llegar con una baratija que no le decía nada y que, dado el estado en el que estaba, cualquiera en sus cabales habría rechazado. Gajes del vicio, como las lluvias insólitas que transforman en pantano el valle tradicionalmente seco que el cazador de mariposas no veía la hora de conocer. Lo que le importaba a Savoy no tenía precio. Estaba fuera del mercado, de todos los mercados, incluso los virtuales, aunque en ningún otro lado se revelara tan luminosamente como en ellos. Viajando en su busca, Savoy había visto paisajes que ni siquiera sospechaba que existieran, la radio, en el camino, le había endulzado la mañana con voces y músicas sorprendentes, que hacía años no escuchaba, y una ceremonia de entrega tonta bajo un cielo soleado y frío le había proporcionado el alimento tibio, insípido y perecedero que más lo regocijaba, el que mejor perseveraba en su museo secreto: un timbre que no funciona y lo deja esperando afuera, testigo aterido —se promete llevar guantes la próxima vez— de los movimientos de un barrio al que no volverá; el *rottweiler* sin dientes que objeta la transacción, o su precio, ladrando encadenado; la patineta flúo con que le embiste un tobillo el nieto con la nariz llena de mocos; el póster del pastor caído en desgracia que no termina de despegarse de la pared; el zumbido de la vieja heladera; el soplido del sol de noche; la radio prendida; las ojotas deportivas al pie de la silla, preguntándose desconcertadas dónde se habrá metido su portador.

Savoy habría pagado por todo eso. De hecho pagaba: la prueba era la complicidad sólida, afectiva, en la que cada uno de esos ramalazos de vida ajena quedaba asociado en su memoria con las porquerías que compraba. Pero habría pagado mucho más —fortunas, de ser necesario. Y eso, que, comparado con la experiencia diletante de su período inmobiliario, parecía una desventaja o un retroceso, era en realidad un salto cualitativo, en la medida en que pagando —aunque lo que pagaba nunca fuera el precio del ramalazo en sí, por otra parte incalculable, sino el del pretexto del que se valía el ramalazo para manifestársele— le aportaba a la experiencia la dosis espuria, el elemento de vileza que necesitaba para despojarla de toda connotación angélica, en especial de esa posición de superioridad íntima y distante, conmovida y sobria, que asumía la pareja de abrigados con alas en la película alemana cuando impartía a los mortales de la biblioteca pública, el U-bahn, las plazas y las calles de la Berlín de antes de la caída del muro, sus bendiciones imperceptibles, no tan distintas, en el fondo, de las que solía impartir él cuando se colaba en los departamentos en alquiler que visitaba. A veces, afectando una contrariedad o una decepción que estaba lejos de sentir, Savoy llamaba la atención del vendedor sobre algún detalle defectuoso de la compra, una unión mal encolada, el pequeño motor que tarda en arrancar, la solapa cuarteada de un libro presentado "como nuevo", y apenas le daban las explicaciones del caso —lo que no siempre sucedía— lo asaltaba cierto remordimiento, como si se sorprendiera en medio de un ensañamiento gratuito, pero se resarcía diciéndose que si lo hacía no era por sadismo sino para recordarse el juego que estaba jugando y jugarlo mejor, para refrescar, volver explícita la dimensión comercial de un acto que para él era muy de otro orden. Savoy fruncía el ceño y los labios, Savoy bruxaba, como un genio del ajedrez ante el medio juego embrollado que le opone un rival del que ni siquiera recuerda el nombre. De golpe, despertando de una larga desidia, se descubría alerta, vigilante, extremando los controles de calidad en ramos diversos y ajenos: cafeteras Volturno, carruseles Tin Treasures, almohadillas eléctricas.

¿Desde cuándo era tan buen actor? Él mismo no salía de su asombro —él, para quien la mentira más trivial solía ser una empresa titánica y casi siempre fallida. ¿Dónde había aprendido esa reticencia de *connaisseur*, esa severidad de examinador insobornable, todo ese suspenso de cejas sagaces y carrasperas contrariadas? ¿Dónde a esperar así, a dilatar con esas playas de incómodo silencio el momento de decir: "OK, gracias" y dar media vuelta y mandarse mudar, llevándose de una vez la chuchería que ya había pagado, a sabiendas, en muchas ocasiones, de que estaba tirando la plata? No, sin duda, en las clases de teatro que había tomado de joven, muy de joven, cuando todavía creía que "las cosas" tenían solución o podían corregirse, en particular la timidez enfermiza que lo perseguía desde siempre, con Reto Hofmann, gurú del noventa y cinco por ciento de los no actores profesionales que treinta años atrás, de la noche a la mañana, como por milagro, en una especie de insurrección telepática, habían tomado por asalto escenarios, sets de filmación y estudios de televisión, desalojando sin contemplaciones, como un ejército de ocupación salido de las sombras, a los cientos de estrellas, actores llamados serios, actorzuelos y hasta extras que cada principio de mes pasaban por las ventanillas de la tesorería del sindicato de actores —uno de los más sólidos y principistas del mapa gremial, el último, de hecho, en rendirse a los imperativos de flexibilidad de la misma política laboral que ya había arrasado con todas las demás industrias del país— a retirar, siempre envueltos en la tibia nube de orgullo de saberse únicos, lo que les pagaban por el apostolado de darle carne y huesos a la ficción. Un mes, cuatro clases, a razón de entre cuatro y cinco horas por clase: demasiado poco según Reto —más que demasiado para Savoy, que las había sufrido como maratones del tormento, una expresión que Reto minimizó, sepultándola bajo una de esas carcajadas atronadoras con las que solía festejar los chistes que le gustaban, en especial los propios, que eran bastante malos, pero que algo, más tarde, debió llevarlo a reconsiderar, porque así, *Maratones del tormento*, sin que mediara consulta alguna con Savoy, después de todo el autor de la expresión, fue como tituló el experimento con el que volvería a la dirección —si es que algo parecido a una dirección podía reconocerse en esas siete horas de estrépito, espasmos, incontinencias grupales y tribalismo desaforado— al cabo de un cuarto de siglo consagrado a formar alumnos, esas "máquinas de mentir", como las llamaba.

No se refería a Savoy, eso seguro. ¿O no había ido a golpear la puerta de chapa de aquel galpón húmedo, sorteando quién sabe qué infinidad de cercas electrificadas mentales, precisamente con ese propósito: para aprender eso que el buen Reto, con su pechito de paloma en cueros, los brazos en jarra y sus sempiternos pantalones cargo, llamaba "su naturaleza"? Cuatro clases sin calefacción (en el agosto más gélido del lustro), compañeros implacables, tan ajenos al arte, y al arte del teatro en particular, como era posible —Reto, que tercerizaba buena parte de los engorros de la docencia en parejas rotativas de jóvenes laderos, se ocupaba de fiscalizar los antecedentes de los candidatos personalmente, con *lupa Stasi* —otro hallazgo de Savoy del que no tuvo empacho en apropiarse—, atento sobre todo al pelo que delatara una infracción al sagrado principio de castidad artística—, pero inflamados por una ambición feroz, albañiles, taxistas, recepcionistas de galerías de arte, secretarias, abogados, programadores informáticos, repartidores, todos —menos Savoy— a la medida de las exigencias del maestro, el perfume de cuartel del mate cocido, los tubos fluorescentes de los vestuarios y un programa de ejercicios tortuosos, más o menos bestiales, de los que Savoy recordaba en particular los jirones de uno, confusos, ondulantes, como esos sueños que no cesan de deshacerse a medida que los revisamos, en el que dos alumnos pasaban al escenario, un arenero rectangular enorme, bastante poco higiénico, se desvestían por completo (en el agosto más gélido, etc.) y se escupían a la cara, por turno, todo lo que aborrecían del cuerpo del otro. (La tesis de Reto era que la joya de la mentira sólo brillaba con fuerza auténtica una vez extenuado el camino de la sinceridad). A la clase número cuatro, cuando desertó, más educadamente de lo que hubiera deseado —quiso pegar un portazo, la puerta no tenía picaporte y se le escabulló, y con el filo de la chapa (galpón, etc.) le hizo en la mano el corte con cuya cicatriz en forma de horqueta se entretenía siempre que lo dejaban esperando—, Savoy no tenía la menor idea de cómo mentir. Pero sus cejas despobladas, más rubias que el resto del pelo, y la desviación ínfima de su tabique nasal (una hamaca perdida) y la proximidad que había entre sus rodillas, detalles de su aspecto en los que nunca había reparado, habían pasado a ser preocupaciones de primer orden (no las lacras-fuerza que Reto pretendía que fueran) gracias a su *partenaire* en el ejercicio de sinceridad, un repositor de supermercado flaco, locuaz, de aire asustadizo, al que dos meses después, ya reconciliado con las imperfecciones que le había enrostrado, Savoy volvería a ver en la televisión, más flaco y más locuaz, haciendo de repositor de supermercado en una novela de la tarde.

Había también algo vil, una especie de estafa fútil, sin consecuencias materiales, en la ficción de que sabía comprar, en la meticulosidad con que desplegaba las herramientas para calibrar la distancia entre lo que buscaba y lo que le ofrecían. Y aun así, ¿qué diferencia real había? Todo eso —la cautela del comprador desconfiado, la manía del escrutinio, las preguntas con trampa, los testeos de calidad— terminaba en chasco. Porque, no importa el tiempo que se tomara, los rodeos que diera o lo mucho que tuviera en vilo a su vendedor con sus vueltas de comprador exigente, Savoy terminaba confirmando la compra. "Es raro que siempre compres. ¿No tendrías que deshacer alguna vez una operación?", sugirió Renée, a quien la cuestión de la verosimilitud le importaba tanto como el prestigio. Savoy lo había pensado, pero temía las represalias. Además, se le hacía demasiado cuesta arriba. Bastante milagrosa le resultaba la soltura actoral a la que había llegado, cien por ciento espontánea y aun involuntaria, hasta donde él mismo podía saber —a menos que la prédica de Reto Hofmann, tan fundada, a simple vista, en la inmediatez de la sorpresa, la presión, el impacto, tuviera también sus efectos residuales, y todas las enseñanzas que en su momento lo habían espantado o dejado indiferente, ahora que las había olvidado, estuvieran en plena floración—, como para arriesgarlo todo por un afán de realismo. Comprar era el desenlace perfecto. Una acción limpia, que no corría riesgo de despertar reacciones inesperadas, acotaba cualquier derivación potencial de la situación y, lo que era más importante todavía, resolvía de manera ejemplar, sin esfuerzo, con un grado de eficacia admirable, un problema con el que Savoy no habría sabido cómo lidiar: cómo pasar a otra cosa. Otra compra, otra postal de vida ajena.

Una vez se encaprichó con una de esas lámparas para niños inspiradas en los viejos zootropos, en cuyas pantallas cilíndricas se proyectan los prodigios de la cinética popularizados por el primer cine: trenes a todo vapor, atletas corriendo, caballos acompañados en pleno salto. Por apresurada que fuera, la referencia a una pre-historia mítica de la imagen en movimiento —y el lazo de pronto íntimo entre la infancia de la industria audiovisual y la infancia de un niño, un niño doblemente niño, porque imaginado siempre a punto de dormirse— tocaba en Savoy algún punto débil y lo desguarnecía ante el encanto de esos objetos equívocos, cuya factura artesanal —uno de sus atractivos— dejaba mucho que desear, en la medida en que los fabricaban líneas de montaje de niños malayos o vietnamitas no mucho mayores que los que su fantasía imaginaba como destinatarios del regalo, durmiéndose a la luz siempre demasiado fuerte o demasiado débil de un velador inadecuado, trasplantado de alguna habitación de adulto. Los había regalado más de una vez, sin embargo, y sin engañarse en lo más mínimo, consciente de la modestia extrema, incluso la indigencia de lo que regalaba, pero orgulloso de que en esa chuchería siguiera latiendo de algún modo una tradición artística noble. Estaba bien al tanto, pues, de lo precarios que solían ser, fabricados como estaban en condiciones infrahumanas por mano de obra mal paga: el mecanismo giratorio interior se descomponía de nada, la pantalla se desprendía del tronco o tendía a despegarse, las bombitas se quemaban enseguida y eran difíciles de reponer.

La que compró era una más: aunque estaban movidas, las fotos de la plataforma, iluminadas con la luz cruda y brutal del porno amateur, no alcanzaban a disimular sus defectos, su mala factura, la vida breve y desdichada que tenía por delante. Pero el historial del vendedor era intachable, y el lugar de entrega estaba en uno de esos confines de la ciudad a los que Savoy había terminado por volverse adicto, barrios tradicionales de casas bajas, calles empedradas y obesos buzones rojos ociosos, cuya modestia, alguna vez dichosa o despreocupada, se degradaba por efecto de la desidia y la pobreza, o distritos nuevísimos, fastuosos, fantasmales como un decorado de cine o la proyección tridimensional de un *render* digital. Aun así fue el precio, bajísimo, casi más de desecho que de ganga, lo que más le llamó la atención. Atónito, Savoy se preguntó cómo era posible que alguien se tomara el trabajo de vender algo, cualquier cosa, por un precio tan irrisorio, cuando sacárselo de encima gratis, tirándolo en un *container* en la calle, era a todas luces más cómodo y conveniente. Buscó en la plataforma casos análogos. Del puñado que encontró, varios equiparaban la cotización de la lámpara (un juego de gomas elásticas usadas, un clip guardaplast para Clio 2, Megane y otros modelos de coches Renault) y dos, increíblemente, la mejoraban: una maceta de plástico imitación barro cocido rota, una tuerca para escape de diez milímetros. Pero ninguno emulaba la desproporción fantástica, como de cuento de hadas, que había entre lo que la lámpara era, cualquiera fuera su estado, y lo que pedían por ella. Pensó que alguna instancia razonable, su tarjeta de crédito, por ejemplo, escandalizada ante la irrelevancia del gasto, o la plataforma misma, con sus ínfulas de modernidad, pondría el grito en el cielo e impediría la operación. Se equivocaba, una vez más. Cinco minutos después de teclear los pasos de rigor, todavía perplejo, con la franja engomada del *postit* con la dirección del vendedor entre los labios —siempre se las ingeniaba para salir con las manos ocupadas con cosas que no necesitaba—, se subía a su coche.

Varias veces pensó en desertar durante el viaje. Había en la situación algo ridículo que lo intranquilizaba, una especie de sencillez atractiva y ominosa, como esos garajes reconvertidos en cuartos de herramientas modelo, paraíso ordenado del *bricolage* y los afanes artesanales, que en las películas esconden mazmorras equipadas con los últimos gritos de la industria del suplicio, llenas de sangre y vísceras. No tuvo el coraje. Le pareció que dejar inconcluso el círculo de una operación consumada sonaría más impertinente a los oídos hipersensibles de la plataforma que el arrepentimiento, el litigio o cualquiera de las causales de descrédito de las que ya estaba advertido. Fue en un garaje, de hecho, donde lo recibieron con la sinécdoque de siempre: "Ah, sí, la lámpara giratoria, ¿no?", como si leyeran lo comprado en su cara de comprador. Le pidieron que esperara un segundo. A diferencia de la mayoría de sus colegas, a Savoy le gustaban esos tiempos muertos. Eran inesperados, contrariaban las veleidades optimizadoras de la plataforma y solían depararle muchos de los hallazgos que coleccionaba con fervor.

Más que un garaje, en realidad, el lugar era un museo del descarte. Flotaba en una nube de polvo brillante, tan densa que Savoy hubiera podido meter una mano y retirarla pegoteada, como si la sacara de una telaraña. Pero la estrella del lugar, su joya máxima, era el DKW gris mate en cuyo guardabarros trasero izquierdo se había acodado a esperar. Sesenta años después de fabricado, el coche parecía, muerto, diez veces más pesado y más quieto que vivo, como sucede a menudo con las cosas impedidas de moverse. En vez de quejarse, sin embargo, se había vuelto útil, tierra de asilo de una sombrilla a rayas verdes y blancas, un cocodrilo inflable con una mano y una pata mustias, tres reposeras de lona mal plegadas, un barrenador de telgopor con los cantos roídos —posible cortesía del mismo ratón que jugaba a las escondidas entre tachos de pintura— y media docena de cajones con envases de cerveza, todos sobrevivientes de la misma edad de oro estival.

En un momento, por una de esas cosas inexplicables, el tiempo decidió saltearse una nota —un hipo, un extrasístole— y

Savoy, volviéndose hacia la puerta corrediza por la que el vendedor había desaparecido, oyó dos voces que se solapaban en una discusión, o una voz y un gemido que luchaban, hasta que la puerta se abrió a medias, lo suficiente para que el vendedor, perfilándose, entrara con la lámpara en las manos. "Acá está la criatura", dijo, apoyándola sobre el guardabarros delantero del DKW con precaución y reverencia, como si fuera un incunable de cristal. La criatura lucía peor que en las fotos. La pantalla tenía varios desgarrones, el tronco estaba torcido, la bombita probablemente quemada (los filamentos todavía bailaban) y la base temblaba, al punto de que el vendedor, que la había soltado con alguna aprensión, no del todo seguro de que Savoy fuera capaz de apreciarla como correspondía, tuvo que atajarla para que no cayera al piso. Lo logró, pero no del todo: la pantalla se desprendió y rodó por el piso y la base terminó de separarse del cuerpo de la lámpara, dejando a la vista una porción de cable despellejado y su relleno de tripas de cobre.

Todo fue muy rápido: un truco de magia fallido pero vertiginoso. Aprovechando el momento de zozobra, un chico había irrumpido en el garaje y ahora estaba quieto junto a la puerta con la pantalla en las manos, mirándola con una expresión indescifrable. "¿Me la das?", pidió el vendedor. Más que preguntar, el tono ordenaba. Los ojos del chico viajaron de la pantalla a la cara del vendedor y otra vez a la pantalla. Alzando dos puntos la voz, el vendedor repitió el pedido. El chico dio un paso lento hacia atrás, hacia la puerta, en un amague de retirada que el vendedor cortó en seco avanzando sobre él, arrancándole la pantalla de las manos. "No pasa nada", dijo: "en dos minutos se la dejo cero kilómetro". Reunió las piezas y se puso a montar la lámpara sobre el guardabarros, explicando cada cosa que hacía al tiempo que la hacía, como si diera clase. Savoy lo miró hacer unos segundos, pero había perdido todo interés.

Era el chico lo que le importaba ahora: esa presencia oscura, a la vez desvalida y amenazante, que seguía de pie con los brazos pegados al cuerpo y los puños tensos y de algún modo se las había ingeniado para acercarse, como si aprovechara los momentos en que no lo miraban para moverse. El vendedor, entre rezongos, hurgaba en el aparato destartalado. En menos de un minuto, a medida que los componentes le oponían resistencia, se rompían o simplemente no aparecían, la sencillez de la lámpara dejó de ser una virtud de diseño para justificar una precariedad crónica, una decepción y, por fin, el precio, menos un precio que un chiste, que, a su vez, disculpaba todo lo que a esa altura era evidente que no podría reparar. Así y todo, la lámpara (o un doble muy parecido a ella) resucitó, y cuando la tuvo entera y lista, el vendedor la empujó hacia Savoy con delicada determinación, como si renunciara a ella de manera definitiva. Savoy pensó en pedirle que la enchufara para ver si prendía. La idea lo avergonzó. Pero la fracción de segundo que le llevó descartarla fue suficiente: el chico, que había vuelto a adelantarse con su sigilo de sombra, se puso en puntas de pie, se apoderó de la lámpara y se quedó inmóvil, aferrado al botín, la reliquia, el talismán, el tesoro, el *souvenir* sagrado, lo que fuera que esa chuchería decrépita era para él, dispuesto a hacer frente a todo.

"Dame eso", le dijo el vendedor. El chico no se movió. Ni siquiera pestañeaba. Abrazaba la lámpara como a un perro recién nacido. "Por mí no hay problema", quiso interceder Savoy. "Podemos...". "¡Sht!", lo atajó el vendedor, casi apoyándole una mano en el pecho. Y se volvió hacia el chico y repitió: "Me das eso ya". Con la lámpara entre los brazos, el chico giró apenas el cuerpo y se encorvó un poco, ofreciendo a modo de escudo el frágil diseño óseo de su espalda. "Julián", dijo el vendedor, acercándose al chico. "Se llama Julián", pensó Savoy con un escalofrío. Y el hecho de que el chico tuviera nombre, ese nombre en particular, que por algún motivo le sonó a nombre de hijo adoptivo, le inyectó a la situación toda la dureza, el peligro, la tasa de realidad que le habían negado hasta entonces los hilos tenues e imprecisos de los que colgaba. "Hagamos una cosa...", empezó a terciar Savoy. Dio un paso adelante, nada invasivo, apenas una señal, algo que le hiciera sentir que tenía alguna incidencia en la escena. No había contado con el gato mecánico que sobresalía, izándolo para una revisión improbable, bajo la panza del DKW. Así que tropezó, abrió los brazos como alas y se apoyó en el hombro del vendedor para no caer. Balbuceó una disculpa —la acción, para bien y para mal, ya estaba en otro lado, en el chico, en el cerco que los brazos del chico formaban alrededor de la lámpara para protegerla, y que el vendedor intentaba romper metiendo a la fuerza una de sus manos. El chico giró otra vez, usando el cuerpo de escudo, pero como ya tenía la mano del otro enredada entre sus brazos, medio lo arrastró consigo en el giro y se lo cargó a la espalda, pesado y oscuro como un animal. Entraron unos segundos en uno de esos intervalos de quietud tensa, donde todo rechina pero nada se rompe, en los que ciertos luchadores pueden instalarse largamente mientras buscan la posición, la llave, el golpe que desequilibrará la situación. Pero los cuarenta kilos del chico no lo habilitaban para luchar contra nadie, ni siquiera para aguantar el peso que tenía encima. De modo que el vendedor, sin moverse, fue abrazándolo muy de a poco, con una especie de delicadeza criminal, hasta que extendiendo la mano que le quedaba libre pellizcó el borde de la pantalla y se puso a tirar para arriba. Hecho un ovillo, casi perdido dentro del cuerpo del otro, el chico resistió, y Savoy reconoció los quejidos que había oído antes del otro lado de la puerta corrediza. Algo crujió, por fin, y Savoy, en simultáneo, como en una pantalla múltiple, vio las esquirlas de la situación que estallaba. Una parte de la lámpara apareció, trofeo malherido, en la mano del vendedor, mientras el resto caía al piso en cámara lenta, hecho pedazos, y el chico salía despedido contra una pila de ladrillos de cemento que duplicaba su altura. Cuando se incorporó, todavía aturdido por el golpe, un hilo de sangre le cruzaba la frente como un mechón de pelo.

La lámpara quedó en un cajón, donde sus restos descansaron entre las baratijas que Savoy llevaba meses comprando, *rara avis* en una secuencia de ferretería compuesta por tubos de pegamento, clavos, tacos de plástico, papel de lija, cinta de embalar, cinta frágil, cinta peligro, hasta que muy pronto los cubrió el olvido. El sacrificio tenía fuerza de ley: algo debía morir, y no sólo morir sino disiparse por completo, como una nube de humo, para que otra cosa —una impresión, una huella— naciera y persistiera. Ahora, en todo caso, Savoy estaba sobre aviso. Eso que con dosis parejas de curiosidad y desapego llamaba "vidas ajenas" era cualquier cosa menos el espectáculo remoto, contemplado a través de un velo de nostalgia, que siempre había pretendido que fuera.

Si siguió adelante, si cada vez que abría la página de la plataforma volvía a acelerársele el corazón, uno de sus órganos más perezoso, no fue por automatismo, pues, u obstinación, dos razones afines a la indiferencia o la ilusión de comodidad con que se había lanzado a navegar las aguas del comercio virtual, pero poco compatibles con el estado de confusión en que lo había hundido el *affaire* lámpara. La prueba es que lo que eligió a continuación, cuando cualquiera que se jactara de leerle lo que su propio pensamiento no se atrevía a reconocer que pensaba —Renée, sin ir más lejos, que por esos días tuvo oportunidad de verlo algunas veces, dos de ellas desnudo, y asistir a la extraña agitación de la que parecía ser presa, novedad alentadora dado el patrón apático que lo caracterizaba, aunque no muy útil para corregir su desempeño en el historial erótico que compartían— le hubiera vaticinado una inmersión en el reino de las compras insípidas, no fue el portarretratos de rigor, ni el set de medias térmicas, ni siquiera el alicate de uñas usado que alguna vez había entrevisto al dormir, sonriendo con sus labios romos, rojos de óxido, en el cielo sin estrellas de un sueño poco feliz, sino un animal.

Dio con él un poco al azar, como todo en la plataforma, gracias a una de esas derivaciones aberrantes que en los mundos tradicionales exigían transiciones tortuosas, llenas de fases, pasadizos, recodos y escalas intermedias, y en ése sobrevenían de manera instantánea, sin esfuerzo, con la misma naturalidad con la que se sucedían los segundos en el cuadrante del reloj pulsera que Savoy insistía en usar, inmune a las imputaciones de anacronismo con que sus amigos —aun los de su generación, tan poco llamados a chequear la hora en sus teléfonos como él, por las rendijas de sus ojos présbites— intentaban disuadirlo. Vagaba por el rubro álbumes fotográficos, que imaginaba rico en la clase de entretelones íntimos que le interesaban, y luego de codiciar de manera abstracta un bello retrato familiar *velero lago epecuén san josé 1962* que un vendedor de Barracas ofrecía por 78,35 pesos, pasó a una antigua foto familiar 15 × 10 cotizada en 50, en la que un hombre muy parecido a Stalin posaba junto a una brigada de cinco niños formados por escrupuloso orden de estatura —al fondo los tres más altos, al frente, intercalados de uno en uno, los dos más bajos—, y de ahí a una extraordinaria *niña con perro embalsamado circa 1900* (220 pesos difíciles de justificar) que, como sucedía a menudo en la plataforma, más todavía cuando lo que se ofrecía eran fotografías domésticas, cuyos detalles periféricos cautivan tanto o más que lo que tenían la intención de mostrar, clausuró álbumes fotográficos y abrió el archivo animales, y tras sobrevolar sin entusiasmo las ofertas de una subsección vagamente porno (*mascotas interactivas gatita blanca club petz* a $2969, *rascadores gimnasio para gatos* a $3080), cayó de lleno en la sección taxidermia, donde, abriéndose paso entre gallinas ($500) y salmones de diecisiete kilos con la boca abierta de asombro, remachados contra planchas de madera ($20 mil), tropezó por fin con la presa, la única, la menos previsible, a la que no pudo resistirse.

¿Qué le importaban a Savoy los *hamsters*? Nunca había tenido ni codiciado uno, lo dejaba frío el estrellato recóndito que ciertas leyendas les atribuían en la vida íntima de Richard Gere y los Pet Shop Boys, se había mantenido siempre a distancia de los especímenes que sus amigos coleccionaban de niños con extraña liberalidad, como si fueran menos seres vivos que figuritas 3D, y así también perdían, para volver a encontrarlos por casualidad semanas después, muertos por asfixia en la caja de zapatos donde se habían deleitado viéndolos buscar en vano una salida y los habían olvidado, o despanzurrados por el perro, o ensartados por el taco aguja de un sillón escandinavo, y al pasar ante las vidrieras de las veterinarias, cuando los contemplaba en plena sesión de trabajos forzados, pedaleando en el vacío de sus jaulas, siempre había percibido en las semillas de sandía de sus ojitos el relumbre de rencor y deseo de venganza que un optimismo sensible, típico de dominadores, se empeñaba desde siempre en hacer pasar por simpatía, ternura, piedad o cualquiera de las emociones simples que suscitan las cosas vivas cuyo tamaño no exceda el de media pechuga de un pollo pequeño. Una vez más, para el anticomprador que Savoy se jactaba de ser, la cosa era lo de menos. En ese sentido, no había ninguna diferencia entre el *hamster* por el que no tardaría en entrar en acción, con su plus biológico disecado pero todavía vigente, y el carácter cien por ciento industrial de la lámpara giratoria que ya integraba, aunque algo maltrecha, su catálogo de desechos adquiridos. Aunque el valor agregado que aportaba el factor embalsamamiento era insoslayable. Fue eso, de hecho, lo que atrajo primero la atención de Savoy: que la plataforma incluyera cosas que alguna vez habían estado vivas.

Daba por sentado, porque era una de las primeras fantasías que disparaba la idea de mercado virtual, que el arco de productos ofrecidos era inmenso y variado, pero aun así no se le había ocurrido que incluyera cadáveres, y su reflejo inmediato fue de desagrado, la aprensión instantánea y visceral que suscita una profanación. Recién entonces, por el rodeo de lo muerto, que en general funcionaba más bien a posteriori, concibió la posibilidad verdaderamente profanatoria de que la plataforma, como los mercados de la Antigüedad, donde ratones, pollos, frutos y alfombras se ofrecían a la venta junto con seres humanos, ofreciera organismos vivos con vida.

Pero lo compró. Un *hamster* de Roborowski, como le informó la noticia biográfica-obituario de la página, que de pronto nimbaba con cierto halo aristocrático esos pobres ochenta gramos de roedor tieso, sesenta y tres de los cuales correspondían al trozo de corteza de árbol que le habían elegido de pedestal. Le llamó la atención que el vendedor no tuviera antecedentes. Quizás eso explicara el modo desmañado en que describía la pieza, que se apartaba del desapego o la exaltación descarada que campeaban en la plataforma y por momentos parecía titubear, como si una descripción segunda, inconfesable, habitara la primera. El uso de la palabra "entrañable", por ejemplo: yuxtapuesta con datos más bien convencionales, medidas (5,5 cm), peso, precio, le sonó incongruente, tan sospechosa como esos lapsus que ciertas intrigas del hermético pero belicoso mundo editorial de la Edad Media dejaban en los textos cuando un copista era destronado por otro, perdía control sobre la versión en la que estaba trabajando y lo recuperaba después, ya sofocada la revuelta, aunque sin advertir los rastros que la mano golpista había sembrado en ella. De modo que Savoy, por una vez, se tomó el trabajo de leer las "conversaciones" que el famoso *hamster* de Roborowski había suscitado a lo largo de los más de cuatro años que hacía que estaba en venta. Eran más o menos una docena, no siempre fáciles de seguir, redactadas en la media lengua impaciente en la que se movían como peces en el agua los usuarios de la plataforma. *Murio hoy como seria? lo guardo en donde cuando t lo llevo. Buen dia se me murio un gato hace 40 horas se puede embalzamar? Buenos días, tengo dos pieles de oso polar y una de leona, en muy buen estado. Le interesan o sabe de alguien que pueda estar interesado? T interesa una ardilla que se electrocuto? Esta entera. Hola emalsamas perros??? Tengo un pequinés está viejito ya. Cuando se valla lo quiero seguir teniendo conmigo* —y así sucesivamente. Eran todas improcedentes, por supuesto: nadie quería el *hamster* (no había una sola consulta que lo tuviera por objeto) y el vendedor no era el taxidermista profesional que todos parecían necesitar —lo que explicaba su falta de historial. El pobre había tratado de aclarar la situación de entrada, pero sus razones debieron resultar poco convincentes o sus corresponsales demasiado sordos, porque las consultas siguieron multiplicándose, siempre idénticas más allá de la variedad animal y las peculiaridades de la prosa, y brotaban todavía (*Kiero Embalsamar cabeza de cierbo. Pequeña*) cuando el vendedor, sin duda desalentado, llevaba ya meses sin contestarlas. En el conjunto, sin embargo, indicio de una de esas trastiendas vagamente pecaminosas que anuncian las pequeñas puertas con mirilla en la parte trasera de ciertos locales nocturnos, brillaba la huella de dos consultas abortadas, que la plataforma, en una operación simultánea de censura y promoción, destacaba con un pequeño signo de exclamación naranja y la leyenda *Tuvimos que borrar esta pregunta porque no cumple con nuestras políticas de publicación.*

En cuanto a Savoy, era ahí, a ese nicho de inquietudes borradas a donde estaban destinadas las únicas preguntas que se le ocurrían y no hacía. ¿Quién sos?, por ejemplo. ¿Qué sos —si no embalsamador o coleccionista? Y ¿qué es eso que ofrecés, si no el fruto de tu oficio o de un hobby demente, desplegado por las noches en algún sótano insalubre, a la luz de una lámpara de quirófano, con los mismos guantes y el mismo instrumental con que otros fanáticos del *bricolage* biológico eviscerarban niñas en edad escolar después de violarlas? ¿Qué era esa rata? ¿Un *souvenir*? ¿La pieza más sentimental —aparte de las cajitas de música llenas de mechones de pelo, los pastilleros cargados de uñas y las peinetas españolas— del legado de un tío soltero muerto en circunstancias turbias en una ciudad de provincia? ¿Por qué poner en venta una miniatura convencional, sin gracia, capaz de extraviarse en el fondo del bolsillo donde se llevan el dinero y las llaves del coche? ¿Por qué, en caso de querer deshacerse de ella, no tirarla a la basura? ¿Por qué no quemarla?

Nada que pudiera compararse, de todos modos, con el *Hola, ¿es culeable?* con que alguien interesado en cierta *gallina colorada de San Vicente* parecía haber burlado al comité de censura de la plataforma y conmovido al vendedor —que respondía: *Para vos, sí*. Pero Savoy compró el *hamster* de Rodorowski, y eso era lo que importaba. Y mientras iba en camino a recogerlo, abrigado en el coche con bufanda, gorro y guantes de lana, como un cazador esquimal rumbo a una tormenta de nieve —un invierno de fantasía, límpido y seco, había partido al medio la primavera—, iba contestándoselas en orden, con la misma cautelosa disciplina con que repasara las respuestas a un cuestionario de examen facilitado por algún ayudante de cátedra venal. Era tarde, quizá demasiado, empezaba a oscurecer. Tal vez por eso, porque sintió de pronto la opresión de una inminencia ominosa, Savoy había contactado al vendedor sin perder tiempo y arreglado una cita para una hora más tarde, lapso suficiente, calculó, para bañarse, rastrear la dirección en la guía y llegar cómodo aun con las calles cortadas sin aviso por las cuadrillas de podadores que a esa altura del año tomaban la ciudad por asalto, aun perdiendo el rumbo porque no alcanzaba a leer el nombre de una calle o lo confundía con otro, más eufónico o más conocido. Bulnes, Blanes, Balmes... (¿Un *souvenir*? Pero entonces ¿por qué venderlo? Aunque ¿no era ésa una de las promesas irresistibles de la plataforma: hacer realidad la fantasía de, un buen día, por hartazgo o simple *souci d'épater*, deshacerse de *todo* lo que se poseía, absolutamente todo, sin jerarquías ni discriminación, peras, palacios, puertas, pinceles, pestañas, pinzas, pífanos, plátanos, pétalos, poniéndolo en venta? ¿Acaso por necesidad? 200 pesos pedía el vendedor. ¿Quién podía necesitar *tanto* esa suma ridícula para creer que la obtendría vendiendo un ratón embalsamado en una plataforma de comercio electrónico?).

La impaciencia era suya. Aun así, le costaba reconocerse. Normalmente, esos trayectos eran para Savoy treguas de reposo y voluptuosidad, pretextos para una ensoñación que paladeaba el placer de rozarse con una trayectoria ajena, que el mundo no tenía motivos ni obligación de poner en su camino. Por lo demás —seguía diciendo el demonio chillón que vocalizaba en su cabeza, cebado por los temblores a los que se entregaba una de sus piernas en cada semáforo—, ¿quién podía creer que habría alguien interesado en una rata muerta? Y sin embargo... (Savoy se preguntaba, Savoy se contestaba, como en un ping-pong para un solo jugador). ¿No era ése otro ardid genial del comercio virtual? Infundir la ilusión de que no había cosas no interesantes y la fe en la posibilidad de una satisfacción universal, la idea de que había *alguien para todo*, de que hasta el bien o el servicio más extravagante, inclasificable y fútil tenía en Alguna Parte su usuario predestinado, su destinatario, su alma gemela, que lo deseaba y esperaba y haría todo lo que estuviera a su alcance por encontrarse con él. Una vez más, Savoy iba hacia esa alguna parte.

Prendió y apagó varias veces la radio, clavada en una señal de música festiva de la que ni siquiera consiguió moverla apretando a ciegas todas las teclas —incluido el encendedor—, único método que toleraba para resolver controversias técnicas. Los semáforos lo exasperaban, sobre todo el amarillo, con su tibio, estúpido mensaje de moderación y cautela. Tomaba a cualquiera que se interpusiera entre la trompa magullada de su coche y el futuro por un provocador o un sádico, y tenía que contenerse y retirar los pies de los pedales de golpe, como si ardieran, para no hacérselo saber embistiéndolo. Arrancó bruscamente; el coche dio dos pasos y se paró en señal de disconformidad. Lloviendo del cielo, una solución verdosa se derramó sobre el parabrisas, la espuma se extendió, apagando el mundo de golpe, bailaron volutas, burbujas, células inquietas, hasta que el filo de goma de un enérgico secador barrió el jabón con la costra de mugre del cristal y el rostro del limpiavidrios apareció pegado al parabrisas, sonriente, sin dientes, cantando. Todo fue rápido, como un operativo comando, y Savoy no estaba preparado. No tenía monedas a mano —pero ¿no era ésa la razón de ser de las monedas: nunca estar a mano? Y mientras las buscaba, hurgando a ciegas en la prodigiosa variedad de cavidades que le ofrecía el coche, todas más o menos húmedas y pegajosas, los autos que lo pasaban por los costados lo miraban con sorna, los que esperaban que arrancara de una vez lo hostigaban a bocinazos. Pagó la fortuna de medio *hamster* por la limpieza del vidrio —un billete de cien rescatado con esfuerzo del fondo de un bolsillo—, arrancó por fin y anduvo despacio por el carril central de la avenida, viendo cómo los coches lo dejaban atrás, el último del pelotón, y cómo el malhumor se evaporaba. Se fue serenando, casi adormeciendo, solo en la avenida donde la luz blanca y brutal del alumbrado público, que acababa de prenderse, batallaba con el caos de colores de un anochecer que se encapotaba: púrpura, amarillo verdoso, el sucio gris de la agonía y negro, un negro radical, recóndito, de cuenca o de caverna carbónica... ¿Cuándo había sentido esa misma debilidad, esa flaccidez deliciosa, como de párpados líquidos y músculos que se derretían?

Cuándo, ni idea. Dónde, en cambio —la calle Oro: el Automóvil Club. Era muy temprano, un percance que no recordaba le había deparado una hora de tiempo libre. Mientras manejaba a paso de tortuga pensando cómo gastarla, Savoy se topó con la entrada del lavadero de coches del Automóvil Club. Se zambulló sin pensar, con la temeridad descabellada con que un padre de familia modelo empujaría la puerta de un lupanar vistiendo el mismo traje con el que habría dejado a sus hijos —dos niñas y un niño, de edades perfectamente escalonadas— en la puerta de la escuela católica, y con el mismo escalofrío del padre modelo ante el menú de opciones del establecimiento, muy parecido, en la nostálgica imaginación de Savoy, al Mustang Ranch —el prostíbulo de Reno (Nevada) donde milenios atrás uno de sus ídolos de infancia, Ringo Bonavena, adaptando el *dress code* de la zona al gusto de su añorado Parque Patricios —piel blanca como la leche, botas tejanas, sombrero Stetson y un suspensor vencido, único vestigio del antiguo pudor humano—, había enamorado a Sally Conforte, madama septuagenaria, y sucumbido a la escopeta de Ross Brymer, guardaespaldas de un marido despechado—, miró un poco por encima las variantes de lavado que ofrecían y eligió la más cara y completa, que por poco no incluía su ropa interior y sus dientes. Pagó —el equivalente de cuatro *hamsters*— sin bajarse. Nervioso, convencido de que lo arruinaría todo con alguna torpeza, Savoy acató las indicaciones que le daba entre bostezos un empleado en overol: cerró ventanillas, trabó puertas, encajó las ruedas del coche en los rieles paralelos que los gestos del empleado le marcaban en el piso y morían unos metros más allá, en la pequeña plataforma circular donde esperaba una guardia de cepillos gigantes. Y apagó el motor.

Nunca había hecho nada desde un coche —nada que no fuera manejar, insultar a otros coches o pagar peajes, una práctica cuyo erotismo momentáneo —dedos y dinero— no lo dejaba indiferente. Así, todo lo que sucedió en los quince minutos que siguieron fue para Savoy una novedad radical, y lo experimentó con un deslumbramiento pueril, parecido al que había sentido al viajar por primera vez en avión, a los once años, o a los diecisiete subiendo cuarenta pisos en un ascensor de vidrio transparente. Apoyó las manos en el volante y abrió las piernas, dejando caer las rodillas a los costados, abandonándose. Le pareció que flotaba en algo muy denso y muy cálido. Cuando abrió los ojos, un segundo después, no encontró el mundo, ni siquiera el inframundo de sus propios pensamientos, a esa hora más bien desierto, sino una lámina gelatinosa, multicolor, que se extendía como una mancha de aceite y cubría todo su campo visual, ondulando a la manera de un organismo submarino, y se agujereaba y volvía a restañarse una y otra vez, célula proteica, mientras miles de frenéticas salvas líquidas disparadas desde algún planeta vecino la dispersaban tatuándole arabescos ilegibles. El prólogo del enjabonado psicodélico le dio ganas de drogarse, unas ganas tan intensas y súbitas que el efecto psicoactivo duplicaba el que le habrían hecho, si se le hubiera ocurrido buscarlas, las tucas de marihuana olvidadas en la guantera del auto y el cenicero. Duró poco, previsiblemente —lo suficiente para profundizar, refinándolo, el estado de dichosa invalidez al que se había entregado confiando el coche a la maquinaria que ahora se disponía a cepillarlo. A través de las ventanas, todavía veladas por capas de líquido que languidecían, Savoy vio los rodillos verticales activarse, ponerse a girar como monstruosos trompos velludos y avanzar hacia el coche, amenazantes. En segundos estaba en el epicentro de un abrazo prodigioso, sofocado por media docena de orugas anaranjadas que se frotaban frenéticas contra la carrocería del coche.

Qué raro era todo. Qué infantil. Hacía mucho que no se sentía tan vulnerable. Erosionada por la fricción, la chapa, única piel que lo separaba de los rodillos, parecía a punto de ceder, allanándoles el camino hacia la presa —su cuerpo— que los había puesto en movimiento. Tardó poco en verse rozado, raspado, abrazado, compactado hasta la trituración, reducido a la pulpa de sangre, tejido y huesos con que los responsables de la fase manual de secado, los últimos en intervenir en la cadena del lavado, se encontrarían al final del proceso, cuando volvieran a abrir las puertas del coche. Y sin embargo, nada podía tocarlo. Era como si ver el asedio que la maquinaria desplegaba contra el coche, verlo casi sin sonido, asordinado por los cristales, la carrocería y la radio, que Savoy había olvidado apagar y emitía una especie de nieve sonora, de algún modo lo pusiera a salvo de lo que veía. Las formas citoplásmicas, el trance giratorio de los rodillos, hasta la viga de metal del primer secado, el mecánico —que bajaba sacudiéndose, como un autómata rudimentario, y detenía su aliento seco y cálido sobre el coche, a dos dedos de hundir la chapa o hacer estallar el parabrisas: todo era bello e inquietante pero también torpe y lejano, versión virtual, para adultos, de los parques de diversiones que de chico lo atormentaban con sus truculencias elementales, murciélagos de pacotilla, esqueletos danzantes, rieles sembrados de trampas, ataúdes animados y la puntería siempre desalentadora de sus hachas, invariablemente clavadas a centímetros del vagoncito en el que viajaba, tribulaciones de las que Savoy emergía temblando, con el estómago revuelto, y a las que media hora después, con la sal del llanto viva en la boca, no veía la hora de volver. Creía sin creer, sufría sin sufrir, gozaba sin gozar. Si había otra manera, a Savoy, al menos, no le había tocado.

Llegaba. Pero antes de llegar se llevó una mano sobresaltada al bolsillo y palpando el bulto de la billetera confirmó lo que temía: que tenía sólo medio *hamster*, el otro medio se lo había llevado el limpiavidrios. Buscó, mientras bajaba la velocidad, el cartel luminoso de un cajero automático. Se dio cuenta de que estaba en el barrio más comercial de la ciudad. Vio tiendas cerradas, muchísimas, una pegada a la otra, con sus letreros modestos, sin luz, borroneados por la noche prematura. Un largo reguero de basura —retazos de tela, serpentinas de papel— corría junto al cordón de la vereda. Ya empezaba a preocuparse cuando detectó en la esquina el brillo de un cajero, y se arrimó al cordón y la mitad del coche pisoteó el colchón de desechos haciéndolo crepitar. Savoy bajó. Era la época en que la señalética urbana, sobre todo la luminosa, vivía un momento de plagio generalizado: todos los carteles eran parecidos, más allá del rubro comercial y la importancia de cada negocio. Las estaciones de servicio copiaban a los bancos, los bancos a las prepagas, las prepagas a las tiendas de equipos electrónicos, las tiendas de equipos electrónicos a los cementerios privados. De modo que Savoy entró al banco decidido, con la tarjeta en la mano, y se encontró teletransportado a un kiosco, rodeado de golosinas, bebidas, paquetes de galletitas, baratijas de plástico. Dio media vuelta y salió a la calle otra vez. Se quedó en la esquina buscando un cajero sin esperanzas. Rumiaba la contrariedad de no poder llegar estando tan cerca cuando dos sombras emergieron de un zaguán y se le fueron al humo. Eran policías. Estaban a punto de proceder a un allanamiento, necesitaban un testigo que avalara la legalidad del operativo.

Savoy vaciló. Conocía muchas historias por el estilo. No les creía demasiado, pero lo intrigaban siempre. En la calle había poca luz, apenas lo que llegaba del zaguán que había escupido a los policías a la vereda, pero era obvio que estaban de civil. Savoy hizo un gesto en dirección al coche mal estacionado. Fue la única excusa de todas las que atinó a reunir que se le ocurrió invocar sin temer represalias. "Está con baliza: no se lo van a llevar", le dijo uno de los policías, el más alto. Savoy esperaba otra respuesta, algo más digno, a la altura del desamparo que le hacía sentir que lo reclutaran en la oscuridad de un barrio muerto, inundado de basura: no una coartada de manual de tránsito (que Savoy, al poner él mismo las balizas, demostraba no necesitar que le refrescaran) sino una gracia, un privilegio, quizá la concesión de un fuero especial, cuya inmunidad lo absolvería a priori de cualquier delito que se le ocurriera cometer mientras estuviera al servicio de la ley. (Matarlos, por ejemplo). "¿Tiene encima su DNI?", preguntó el otro oficial. Tenía una voz dulce, gastada por una ronquera leve que se notaba que lo entristecía. Savoy se lo imaginó un domingo en el fondo de su casa, abrazado a una guitarra, cantando clásicos del folclore para un auditorio de parientes resignados. La imagen le produjo una sedación fulminante, sublingual, que tuvo casi que disimular, por pudor, para mostrar el documento. El oficial cantor lo examinó a la luz de su celular y comparó la cara de la foto con su cara real entrecerrando un poco los ojos, con esa mezcla única de solemnidad, concentración y amor propio que todos los policías del mundo desplegaban siempre en ese sencillísimo trámite de verificación, *highlight* total de la experiencia de encarnar la ley. El oficial dejó escapar una risita, bastante menos agradable que su voz. Compartió el documento con su colega y dijo, risueño: "Parece diez años más joven". El otro miró la foto al pasar. "Vamos", dijo con voz seca, como quien abre una puerta y se interna en el túnel de las cosas serias.

Recorrieron un pasillo largo y descubierto, mal iluminado, de paredes descascaradas y piso de baldosas irregular, hostigados por los ladridos de un perro que embestía en algún lado contra una puerta de chapa. "Usted viene como testigo", le dijeron los policías: "No tiene que tocar ni hacer nada. Va a mirar cómo se desarrolla el procedimiento y firmar el acta". En la mitad del pasillo los esperaban otro policía, de uniforme, y un hombre arrodillado en el piso, atareado en la cerradura de una puerta. "Ya estamos", les avisó llegando el policía cantor: "Abrí nomás". El cerrajero alzó la vista, ofreció una complicidad que Savoy no retribuyó y se refugió en su caja de herramientas, de donde sacó una especie de punzón que insertó con cuidado en la cerradura. El perro tardó veinte segundos en calmarse, la puerta treinta en crujir, ceder y entreabrirse apenas, lo suficiente para que el cerrajero, siempre de rodillas, retrocediera dos pasos, como previendo un estallido. "El testigo primero", ordenó el policía de uniforme. Todos hicieron de cuenta que se apartaban —aunque nadie le cerraba el paso a nadie— y Savoy dio un paso adelante. Se quedó en el umbral, bajo el arco de la puerta, sin atreverse a entrar, igual que el pequeño grupo que encabezaba, todos fulminados por la misma orden secreta, el mismo pavor.

Era una habitación amplia, cuadrada, sin ventanas ni otra puerta que la que dudaba enfrente en entreabrirse y daba a un baño de paredes azulejadas, en cuyo espejo, alto y todo, Savoy creyó ver su propio rostro y los de sus acompañantes, quietos, serios, como posando para una foto de familia. A la izquierda había una cocinita abierta, con medio metro de mesada de granito verde y negro y una heladera baja, de pieza de hotel. Sepia sobre amarillo, un amarillo pálido, sucio, de enfermo, un viejo empapelado multiplicaba una y otra vez la misma escena en las paredes: un cazador de barba y sombrero, de perfil, como una figura egipcia, apuntando su escopetita de juguete contra un trío de zorros muy rojos pintados saltando, en fuga o distraídos. Contra la pared de la derecha, una cama angosta y larga, sin una arruga, con su almohada y una áspera frazada ocre cubriéndola por completo. En el centro, una mesa rectangular de patas finas, abiertas, con tapa de fórmica verde agua y cuatro sillas, del respaldo de una de las cuales, la que le daba la espalda a Savoy, colgaba un saco de lana gris con coderas. No faltaba ni sobraba nada: hasta el aire que había entre las cosas era el justo. Todo lo que había en la habitación estaba a la vista, y lo que no se veía no existía. Pero todas las luces estaban prendidas, al pie de la cama había un par de botines con largos cordones deshilachados, en la mesa esperaban una cuchara y un plato hondo con un polvo gris verdoso en el fondo y en la cocina, silbando, una pava escupía un chorro de vapor.

Entonces entraron, él primero, Savoy, el testigo, y apenas sintió la alteración irreversible que introducía su cuerpo en la habitación, algo, un toque en la frente, una especie de percusión minúscula lo detuvo en vilo junto a la silla con el saco de lana, donde posó un poco a su pesar una mano desconcertada. Vio en la fórmica dos paréntesis de sombra, quizás huellas de pies. Algo de pronto le salpicó la boca, algo que no llegó a saborear. Y luego otra vez el golpecito en la piel, mínimo, opaco, como un golpe de tecla —y una especie de lágrima empezó a correrle por un costado de la nariz, una y luego otra, y otra más, en un goteo cada vez más precipitado, hasta que alzó los ojos al techo y justo encima de su cabeza vio un boquete inmenso, de bordes irregulares, cruzado por vigas a medio despedazar y hierros retorcidos, tres capas de entrañas de techo a la vista, y más allá el cielo y la noche y el parpadeante fárrago de rayos y nubes y detonaciones sordas del que nacía la lluvia, el llanto.

DOS

"Chatroulette fracasó y yo te voy a decir por qué".

Carla no se lo dijo, por supuesto. Aprovechó una distracción cualquiera y se dejó llevar por los afluentes secundarios de la conversación, que con ella, según había descubierto Savoy en cuestión de días, solían ser más interesantes que el canal principal, y en unos minutos de navegación indolente los depositaban lejos, muy lejos de la costa de la que habían zarpado. Savoy, por su parte, tampoco se lo reclamó, pero no porque hubiera olvidado la promesa de Carla —jamás olvidaba una promesa, mucho menos si venía de alguien que de pronto, de la noche a la mañana, formaba parte de su horizonte, un poco como esas moscas voladoras que irrumpen por un costado en el campo visual y ahí se quedan, y ya es imposible mirar nada sin mirarlas— sino por miedo, o quizá comodidad, porque la isla a la que habían ido a parar a fuerza de irse por las ramas le gustaba más incluso que la costa, y también porque, aunque en un primer momento la promesa de Carla lo entusiasmó, Savoy, en el fondo, no tenía necesidad de que se lo explicaran. (Lo que lo había entusiasmado, en rigor, era el tono provocador, casi desafiante, de la promesa). ¿Era eso, acaso, empezar a intimar? ¿Esa sociedad en la negligencia, esa manera de ir perdiendo cosas en el camino sin preocuparse, sin ceder a la añoranza ni a la ansiedad de reponerlas?

Savoy, que nunca se divertía tanto especulando como cuando lo hacía sobre cosas que conocía de segunda mano, tenía su teoría sobre el fracaso de chatroulette. Había fracasado por paradójico. Porque era un chat —palabra que le daba escozor y pronunciaba con pinzas— pero prescindía del cáncer del perfil. Era anónimo de verdad, anónimo en el sentido de que no invitaba a desplegar poses, máscaras, alias, sino a *olvidarse*. El tipo de interacción que proponía —esos cruces fugaces, fortuitos, que él, con su sempiterno siglo veinte a flor de piel, no podía evitar asociar con el cruce de dos viajeros sentados junto a la ventanilla de dos trenes que, viajando por vías contiguas en direcciones opuestas, se detenían de pronto uno junto al otro en una estación, la menos pensada de ambos recorridos, preferentemente una frontera a los efectos dramáticos, quedaban frente a frente por espacio de dos o tres minutos, tiempo suficiente para que subiera y bajara el proverbial contingente de policías con perros, el meritorio de utilería prendiera la máquina de humo y ellos, mirándose a los ojos, comprendieran que estaban hechos el uno para el otro, y luego se alejaban para siempre— excedía el marco y la voluntad de control característicos de las redes que habían terminado por derrotarlo. No había trámites de ingreso en chatroulette. Nadie quedaba registrado. No había fotos ni datos ni rasgos ni declaración de dotaciones o apetencias —nada que identificara al usuario más allá del rostro o el pedazo de cuerpo o el decorado o el vacío de la pared vacía que hubiera optado por mostrar, que por lo demás sólo eran visibles y persistían en línea si otro usuario, al cruzárselos, les concedía el interés o la dosis de rareza suficientes para detenerse en ellos, pero de los que después no quedaba rastro alguno, arrasados por la tentación del rostro, la parte de cuerpo, el decorado o el vacío que estaban por venir, agazapados en el futuro.

Y a veces ni siquiera eso. A veces bastaba con un detalle, un detalle suelto: por ejemplo, un cordón de zapato, un cordón de zapato de dos colores, empeine blanco, costados negros, un cordón de zapato de dos colores desatado, que se derrama sobre el empeine de un pie sorprendido mientras se balancea en el aire con un descuido casi aristocrático.

Savoy no reclamó la explicación. Estaba demasiado asombrado por la rapidez con que desbarrancaban —la palabra, preciosa, era de Carla— en temas personales y un poco avergonzado, quizá, por la actitud misericordiosa, casi perdonavidas, con la que Carla había recibido la confesión de la única debilidad que Savoy admitía sufrir —haber sufrido, en realidad— en un mundo, el llamado virtual, del que se consideraba un paria, cuando no una simple víctima. Se dio cuenta enseguida de que acababa de omitir su paso por *loqueseteocurra.com*. Pero, aunque no lo había hecho adrede, no se arrepintió, y por eso tampoco corrigió la omisión ahora que tomaba nota de ella. De más está decir que no creía en la sinceridad como valor absoluto, y mucho menos en fases tan prematuras de algo que técnicamente podía llamarse *coup de foudre* (y por definición carecía de fases). Pero —a pesar de Reto Hofmann y su método de tortura, o quizá gracias a ellos— creía en el teatro, en el efecto eminentemente dramático que tienen en esa fase en particular, tan frágil y por eso tan abroquelada, las cosas que cada uno declara sobre sí, sobre su personalidad y su pasado y todo eso que era hora de que el amor, pensaba Savoy, se decidiera a llamar de una vez por todas *archivo*. Y del teatro, sobre todo, creía en las bambalinas (en las que el teatro creía más bien poco), que era el escenario donde sucedía lo mejor, lo más extremo, lo que era imposible de representar. Le pareció que esa trastienda siempre en penumbras, poblada de los paisajes más diversos en versiones bidimensionales pintadas por genios de la ilusión óptica, llena de muebles de época, bibliotecas con libros huecos y mesas cubiertas de banquetes de utilería, era el lugar idóneo para guardar su temporada de *raids* en el comercio electrónico, breve pero de una rara intensidad. Por lo demás, confesar que hacía o había hecho chatroulette —en las dosis que fuera, pues Savoy aumentaba y disminuía la asiduidad y fuerza de su hábito estratégicamente, según los requerimientos de la conversación con Carla, lo que probaba entre otras cosas lo poco genuino que era— era de algún modo, veladamente, confesar su pasado no tan lejano en la plataforma de comercio virtual, y no sólo por las afinidades que había entre las experiencias sino también, y sobre todo, porque, estrecha o despreocupada, íntima o diletante, su relación con chatroulette había empezado poco después, casi inmediatamente después, en realidad, de retirarse de la compraventa en línea. Así, como los adictos con pudor confiesan qué droga los enloquecía al nombrar la que los obligan a tomar los médicos para desintoxicarse, Savoy, en cierto sentido, se sentía inimputable. Un paria, sí, pero inocente.

"Un *ludita*: qué encanto", había dicho Carla, y después encadenó con la promesa del alegato antichatroulette que quedaría debiéndole para siempre. A Savoy, por el momento, la palabra ludita no le decía gran cosa. Sabía vagamente lo que significaba y qué clase de batalla le daba sentido. Pero a él, en tanto paria —es decir, básicamente, alguien que no era nada en particular, salvo quizá cuando cometía un error, tocaba la tecla equivocada o hacía clic en la única opción que no debía elegir y se sentía (pero no era, no, no era) como una mosca herida, con un ala y una pata menos, adherida a una tela de araña gigantesca cuya dueña no tardaría en aparecer—, no le decía mucho. Sin embargo, algo que vio en Carla, su manera de desviar los ojos de la pantalla —tenía la computadora siempre abierta y siempre cerca: una mascota obsecuente—, de parpadear rápido, varias veces, como si tuviera una mota de polvo en un lagrimal, y mirarlo, le hizo pensar que de algún modo ella adivinaba por qué desistía de reclamarle el alegato. El problema —si es que había un problema, y si era el mismo para ambos— ya no era que Carla hubiera renunciado u olvidado dar la explicación prometida, sino que Savoy, que la tenía bien presente, pasara por alto pedírsela. Era extraño cómo una anomalía se dejaba reemplazar por otra, cómo lo que sucedía después ocupaba el lugar de lo que había sucedido antes, que en rigor lo había causado y era su razón de ser. Savoy lo veía todo como un gran acto de magia; lo presenciaba estupefacto, en modo espectador, aunque en realidad fuera su destinatario o su conejillo de indias, uno de esos incautos tímidos, con vocación secreta de notoriedad, que los magos reclutan entre el público para probar que la magia también funciona con humanos comunes y corrientes. Sólo que, a diferencia de los voluntarios, que sólo se dejan aserrar o volatilizar en manos de magos, Savoy ni siquiera podía estar seguro de que fuera ella, Carla, la que ejecutaba los trucos. No había señas visibles, en todo caso. A menos que ese parpadeo robótico fuera una. No, era ridículo. Sucedía, simplemente. Tal vez esa evidencia de espontaneidad —en la que cualquier enamorado incipiente se habría apurado en ver una señal auspiciosa— fuera para él más difícil de aceptar que la idea de que detrás de lo que sucedía, en especial de lo que él no alcanzaba a explicarse, había algo más, algo distinto, no necesariamente un plan o una intención, pero sí una presencia.

No, no había un problema. No para Carla, en todo caso. Entonces y siempre, desde el día en que se habían conocido, cuando Savoy, víctima de otra mala pasada de su reloj pulsera, llegó media hora tarde a la cita en el departamento de Vidal que había pactado el día anterior por teléfono, ella parecía moverse como patinando, en estado de leve levitación, un poco al modo de los vampiros, y sortear los contratiempos sin tomarse el traba-jo de eludirlos, probablemente alertada, según dedujo esa tarde Savoy, por alguna clase de radar que se los anticipaba y los iba eliminando uno tras otro, sin dejar rastros. Los problemas no eran un problema para ella. Y no es que fuera resolutiva. Si te-nía recursos o no, Savoy nunca tenía tiempo para comprobarlo, sencillamente porque Carla o algo en Carla parecía activarse, actuar antes, intervenir en la situación cuando el problema no era una amenaza, ni siquiera un horizonte, sino apenas un amasijo de coordenadas múltiples, heterogéneas, de la que podían surgir cosas mucho más inesperadas que un problema.

Fue eso, de hecho, lo que esa primera tarde en Vidal, la tarde del *flash* del cordón desatado derramándose lánguido sobre el empeine blanco del zapato de dos colores —lo primero que había visto de ella por la puerta entreabierta del departamento al salir del ascensor—, los separó de manera radical. Cuando entró, Carla ya estaba en la cocina, atendiendo por el portero al siguiente interesado de la lista. La oyó disculparse y pedirle que la esperara un rato, pero lo irritó enterarse de que compartía con otro el horario que daba por suyo. Era raro, pero en su vasta experiencia de *scouter* nunca le había pasado. De modo que no sólo llegó media hora tarde; también quiso discutir. Adelantó hacia ella su muñeca izquierda levemente quebrada, casi provocándola, y le mostró el reloj, el mismo que era obvio que llevaba un buen rato sin consultar. Y mientras él se internaba en su ciénaga vindicativa, ella lo esperaba quieta y como distraída en su lugar, a años luz de sus embestidas, y se daba el lujo incluso de aceptar su desafío y evaluar el disco chato y brillante, recubierto de vidrio, que él la urgía a considerar.

¡Un reloj! ¿Cuánto hacía que Carla no veía uno? Mientras tomaba la muñeca de Savoy con delicadeza, experta en huesos de cristal, y se la acercaba a los ojos para mirar el reloj, le dijo que no se hiciera problemas por el retraso: estaba viviendo en el departamento; no tenía otra cosa que hacer que atender las visitas y mostrarlo, de modo que media hora más o menos no cambiaba nada para ella. Pero fue la intriga que le había despertado el reloj lo que hizo que Savoy, de pronto, con una alarma súbita, retrajera la muñeca y decidiera consultarlo antes él, para terminar comprobando lo que Carla había sospechado aun antes de sucumbir a su encanto anacrónico: que el reloj estaba muerto, clavado en un pasado próximo pero imperdonable. Antes de que pudiera avergonzarse, sin embargo, Carla, franqueándole una de esas salidas de emergencia que sólo ella conocía, se puso a hablar de relojes —no necesariamente a él, un poco al aire, como ensayando ante un espejo una especie de monólogo ensoñado—, a citar formas de hablar que siempre le habían llamado la atención —"aprender la hora", "saber la hora"— y sólo conocía de oídas, igual que el sonido del tecleo de las máquinas de escribir y el placer de fumar en el avión, ligadas como estaban a cosas y costumbres de otro mundo.

Era joven. Savoy la miraba y no podía evitar imaginársela como "una holandesa", si bien era consciente de que su experiencia con lo holandés, en el rubro que fuera, tulipanes, Van Gogh, zona roja, *coffee shops*, bicicletas, por nombrar sólo la lista de obligaciones que se había tomado el trabajo de recolectar a los dieciocho años, en vísperas de un primer viaje a Europa, y que una vez en Amsterdam, por supuesto, se tomó el trabajo de olvidar, no justificaba ni de lejos la temeridad. Por holandesa, siempre sin pensar, limitándose a imaginar a la mujer que tenía adelante, quería decir un rostro abierto, despejado y pálido, de una palidez invernal, a la vez intacta y expuesta, reacia al sol y siempre a la intemperie, en la que el vértice de los pómulos, la punta de la nariz y el borde de los labios, en especial el surco vertical que unía el arco de Cupido con la nariz, aparecían a toda hora y en cualquier estación del año (generalización brutal) cubiertos por esas manchitas de un rojo álgido que el exceso de frío o de viento deja, paspándolas, como el roce más leve con el mundo la mejilla de un recién nacido, en las pieles sensibles o demasiado blancas. Quería decir alta, también, holandesa, y huesuda, y de hombros alineados: una mujer con un aire general —un "lejos"— que en los tiempos en que se decía "un lejos" para hablar del aspecto general de una persona habrían llamado, alzando un poco las cejas, "masculino", y que Savoy identificaba más bien como andrógino, como si las líneas rectas del cuerpo, la falta de volumen, la tonicidad blanda de los músculos, menos dispuestos a contraerse que a plegarse, no respondieran para él tanto a las consignas del sexo opuesto como a cierto estado de inmadurez, esa antesala de indecisión precoz, neutra, de la que cualquiera de todos los sexos era una derivación igualmente posible y fortuita. De ahí venían toda la juventud que no explicaba su edad y también esa energía extraña, un poco convulsiva, capaz de pasar largas temporadas en reposo, como desconectada, y de pronto activarse en un estallido de brío y vigor. "¿Holandesa?", se rio Carla. "Una vez cuidé la casa de una mujer en Rotterdam. La casa y a su perra, una Jack Russell que me destrozó unos zapatos muy parecidos a los que tenía puestos el día que viniste a Vidal. Era una mujer petisita, más bien redonda, muy tetona". Un caso típico del estrabismo retórico que fascinaba a Savoy. Puede que Carla, desconcertada con el retrato que le devolvía Savoy, trajera a colación la anécdota para dejar sentado que dudaba o disentía, pero lo hacía de manera indirecta, evitando los choques frontales. Cuando se reía como se rio aquella vez en el balcón de Vidal, dos semanas después de conocerse, en medias, con los talones de los pies apoyados contra el borde de la baranda y una cerveza en la mano, lo que hacía, en cambio, no era discutir ni burlarse sino volverse intangible, sacarse de encima algo que no reconocía como propio o no le quedaba bien antes de que pudiera rozarla, barrerlo sin rechazarlo, con delicadeza, pudor y una pizca de malicia que brillaba y era leve como un paso de baile leve.

Increíblemente, era torpe. Como otros que, urgidos por detonar ellos mismos las bombas que sabían que no podían desactivar y tarde o temprano estallarían, aprovechaban las primeras citas de amor para confesar creencias, enfermedades, fobias o hábitos extravagantes de los que ni siquiera los apartaría la fuerza del amor, seguros, con razón o sin ella, de que eran constitutivos de su personalidad, cuando no sus encantos más irresistibles, y, una vez consumada la confesión, se entregaban a sus consecuencias por completo, con incertidumbre pero también con alivio, la torpeza era lo único que Carla parecía sentirse en la obligación de anticipar sobre sí misma. Lo hacía obligándose literalmente. Nada más alejado de ella, nada más hostil a la convicción discreta con la que imponía su presencia, que esa manía del autorretrato que, bajo distintas formas, algunas más irónicas, otras más descriptivas, presidía desde hacía cierto tiempo la manera en que las personas salían (o entraban) al mercado de las relaciones. Al principio, un poco desconcertado, Savoy confundió esa discreción con opacidad. Carla sólo hablaba de sí cuando él le hacía preguntas personales. De lo contrario, parecía no existir para sí misma, o existir sólo como portadora de una serie de atributos, funciones y valores que, más o menos convencionales, sin duda naturalizados, no le despertaban mayor interés, ni siquiera cuando tenía la posibilidad de exponerlos ante un desconocido al que era obvio que podían no resultar tan convencionales y estaban lejos, sin duda, de ser naturales. Por eso lo sorprendió que se confesara torpe. Recortada contra esa invisibilización de sí que parecía practicar sin desmayos, y al mismo tiempo sin ninguna ostentación, la torpeza se cargaba de un dramatismo extraño, propio de las confesiones que se pretenden únicas, y también un poco infantil, como si la importancia atribuida a lo confesado respondiera menos a lo que la torpeza era en sí misma como defecto o amenaza que al hecho de que, siendo única, era difícil medirla, calibrar la naturaleza y envergadura de sus efectos.

Savoy se descubrió pensando en cataclismos a gran escala ocasionados por algún gesto ínfimo ejecutado a destiempo, tragedias irreversibles desencadenadas por una palabra mal puesta en una conversación telefónica o una anécdota inoportuna referida al interlocutor equivocado, reacciones en cadena catastróficas —accidentes de coche, enfermedades mortales, divorcios— nacidas de algo tan nimio como el roce de una de sus crestas ilíacas con el borde demasiado saliente de una bandeja cargada de copas de cristal. Todo era más simple, sin embargo, más vulgar. Savoy pudo comprobarlo después, cuando Carla, más en confianza, o estimulada por lo único que pedía su torpeza para manifestarse en todo su esplendor, la presencia de un espectador, eventualmente una víctima, ilustró su confesión con un puñado de clásicos del descuido. Todo se reducía, por ejemplo, a bajar del coche y hundir un pie en el charco maloliente que la lluvia había hecho crecer entre el estribo y el cordón, abrir botellas de agua mineral con gas y rociar a las personas y cosas que tenía a dos metros a la redonda —un poco como en las viejas ceremonias de coronación de la fórmula uno, de las que Carla no tenía la menor noticia y que Savoy, que a menudo se las topaba de chico viendo televisión, consideraba el único hito entretenido, descontados los accidentes y su suculento festival de coches despedazados, neumáticos girando en el aire y corredores cruzando la pista convertidos en antorchas humanas, lo que arrojaba alguna sombra de duda sobre el factor antiflama de sus trajes antiflama, de un deporte mortalmente aburrido—, derramar tazas o platos soperos que cayeran en sus manos y requirieran un traslado de más de diez centímetros, extender una mano en busca de sal, aceite o pimienta y derribar copas en cadena, pisar mierda de perro y darse cuenta una hora más tarde, luego de perfumar felpudos, alfombras y ascensores, o hacer pedazos, tras el breve forcejeo inaugural de rigor, todos los paraguas chinos que la obligaban a comprar los aguaceros intempestivos.

Según Savoy —otra razón por la que la confesión le sonó tan inesperada—, Carla no daba el *physique du rôle*. Su experiencia con torpes no era muy superior a la que tenía con lo holandés, pero por comodidad o automatismo se había acostumbrado a asociarlos con gente incómoda con su propio cuerpo, varada en una fase de transición, una especie de adolescencia, y por lo tanto condenada a desear y aborrecer al mismo tiempo los dos estados, uno previo, otro posterior, entre los cuales habían quedado estancados. Carla, además de "holandesa", era deportiva: había nadado, ahora corría. (Cómo le gustaba a Savoy entreabrir los ojos a la mañana temprano y, entre jirones de sueño, verla enfundar su cuerpo en ese restallante uniforme de lycra flúo, escuchar el chasquido del elástico de la cintura golpeando contra su piel y sentir el peso de su cuerpo hundiendo el borde de la cama en la que él seguiría dormitando cuarenta minutos más, en el mejor de los casos soñando con ella, para atarse las zapatillas con un par de tironeos enérgicos). Extrañaba la relación con el agua, la concentración, sobre todo el olor a cloro, pero correr era más práctico, se ajustaba mejor al régimen de vida errabundo que llevaba desde hacía por lo menos cinco años.

Sus únicos apegos eran su teléfono y su computadora, que renovaba con puntualidad. Todo lo que le importaba cabía en una valija de mano, el único equipaje que aceptaba llevar no importa adonde fuera, la estación del año en que le tocara viajar y la duración del viaje, un modelo *spinner* rígido, de un turquesa apagado y sucio, sorprendentemente espacioso, pero cuyas medidas satisfacían las exigencias de las compañías aéreas más quisquillosas, aun las de bajo costo que, ávidas por recuperar el dinero que perdían con las tarifas, cobraban sin pestañear por todo lo demás, desde mirar por la ventanilla hasta usar el baño, pasando por caminar por el pasillo para evitar trombos en las piernas y hasta el deber de abrocharse el cinturón de seguridad, y descargaban a sus pasajeros en aeropuertos de provincia en ruinas o a medio construir, olvidados en localidades más distantes del destino final del viaje que el propio punto de partida del pasajero, desde las cuales un taxi hasta el centro de la ciudad terminaba costando lo mismo, cuando no un poco más, incluidos los peajes, que el pasaje aéreo comprado una madrugada por monedas en un rapto de alborozada avaricia. Aquella primera tarde en Vidal, la valija yacía de panza a un costado del living, con medias y piernas de pantalones y mangas de camisas sobresaliéndole como tripas por los labios dentados del cierre. Savoy, todavía turbado por la combinación del cordón desatado, su propia impuntualidad y el papelón del reloj descompuesto, se la llevó por delante y casi se desnuca.

Carla —en cuya billetera no había lugar para una sola tarjeta de millaje más— emprendía esos ascensos al infierno del cielo con una sonrisa impasible. El blindaje de la costumbre, pensó Savoy, atribuyendo el buen ánimo con que ella aceptaba incomodidades y maltratos al papel crucial que desempeñaba en su trabajo la desregulación del espacio aéreo, del que las compañías de bajo presupuesto eran sólo la punta del iceberg. La economía del cuidado de casas era simple, pero su eficacia —su rendimiento— dependía de eslabones muy frágiles: los traslados, por ejemplo. Una clave de la rentabilidad era reducir al máximo el lapso ocioso entre casa y casa, encadenar un compromiso con el siguiente sin dejar en el medio ese hueco a veces inevitable que el *house sitter* debía asumir por su cuenta y financiar de su propio bolsillo. Por precarios que fueran, los vuelos baratos que cruzaban de una punta a la otra el Viejo Mundo satisfacían plenamente ese requisito. Era el tipo de argumentación atinada, pertinente, al que solía recurrir Savoy para dar cuenta de los fenómenos que le llamaban la atención y le planteaban alguna clase de enigma. Y era frecuente que no se equivocara, en general y en este caso particular. Pero saber que no se equivocaba no necesariamente resolvía el enigma. Más bien lo ampliaba y profundizaba, volviéndolo más oscuro y complejo. En efecto, si Carla se la pasaba viajando en esas latas de sardinas sin presentar quejas, no era sólo porque sabía perfectamente todo lo que su forma de vida les debía. Era porque nada de eso le importaba en lo más mínimo. Y no le importaba no por indiferencia, o por desidia, o por necedad, sino porque cada cosa que le pasaba, buena o mala, feliz o accidentada, era para ella una cosa, una cosa en sí, nunca algo que le pasara en relación con lo que esperaba o temía que le pasara. Nunca se quejaba, pero no porque fuera estoica o tuviera pudor. La queja le era ajena, desconocida, igual que un plato exótico o el circunloquio alambicado con que un dialecto tribal elegía decir "comer" o "casarse". De modo que tampoco tenía nada en contra, lo que para Savoy, entrenado en la escuela del antagonismo, probablemente fuera algo más difícil de tolerar. Ése, si había alguno, era el verdadero enigma.

Carla vivía "en el mundo": dos semanas en Madrid, tres en Oaxaca, diez días en Montevideo, cinco en Varsovia, si es que los traslados de un destino a otro, siempre a un promedio de diez mil metros de altura y en esas cámaras de abducción que son los aviones, tenían lugar "en el mundo". Era raro que tuviera más de dos o tres semanas libres por año, bastante común que rechazara pedidos. Tenía las máximas calificaciones en los cuatro sitios de *house sitting* en los que estaba registrada. Muy pronto, al cabo de una semana de verse día por medio, media de encuentros diarios —con pernocte incluido— y casi una de convivencia casual, menos sorpresiva para Carla, según Savoy, que para Savoy, que se llevaba por delante la evidencia de la nueva situación cada vez que, todavía dormido, buscaba a tientas su cepillo de dientes en el estante de vidrio del baño y no lo encontraba, Savoy pudo comprobar el porqué de ese prontuario intachable, y hasta qué punto ese tribunal del terror disfrazado de democracia evaluativa, de cuyas arbitrariedades había tenido señales suficientes en su paso por el comercio virtual, en el caso de Carla se volvía sensato y confiable. Pero lo comprobó —privilegio extraño, que de algún modo lo enrarecía todo, como nublándolo con un velo de ficción— viéndola moverse allí mismo, en el departamento de Vidal, es decir en Buenos Aires, la ciudad donde ella había nacido y él vivía, el último lugar del planeta que él hubiera asociado con "el extranjero", es decir, con el mundo remoto donde Carla llevaba años dando vueltas.

¿Padres? Infantil como era para atacar lo que lo desconcertaba, fue el primer obstáculo con el que se le ocurrió a Savoy que habría tenido que barrer ese nomadismo profesional. Carla, en otra de sus fintas, descartó la implícita reconvención y se quedó con la curiosidad —tan legítima como la reconvención. El padre, al parecer, estaba melancólicamente disperso en el médano de Villa Gesell que habían sabido escalar juntos en verano, en esos veranos en que el sol nunca terminaba de ponerse, ella era chica y lo único que no estaba dispuesta a hacer era perder tiempo, médano al que el padre pidió que lo devolvieran antes de encerrarse en el baño para darse el atracón de pan francés con manteca que le dinamitó la vesícula, uno de los pocos bastiones más o menos enteros de un organismo minado por el enfisema, la hipertensión y los embotellamientos vasculares. La madre, muerta unos años después, con los ojos congestionados por el hombre al que no había dejado de llorar, ocupaba una parcela pequeña en una de esas canchas de golf que habían empezado a proliferar como hongos, bajo el nombre de jardines de paz, en las afueras acomodadas de la ciudad, a la par con los barrios cerrados y las universidades privadas. "Eran grandes, él 54, ella 43", lo atajó Carla cuando vio que se compungía. "Soy hija —única—", aclaró en un aparte confidencial, tan impúdico pero no tan amenazante como el que había usado para confesar que era torpe, "de uno de los primeros cruces felices entre la ciencia y el vidrio".

Era puntual, confiable, escrupulosa. Las instrucciones domésticas por escrito, pieza clave para la actividad, dado que no siempre los dueños de casa estaban presentes en el pase para trasmitirlas en persona, eran de una simplicidad tan pérfida como la de las recetas de cocina, pero a Carla no le presentaban obstáculo alguno. A diferencia de Savoy, que no conseguía poner en marcha un electrodoméstico o montar una estantería prearmada sin maldecir, hecho sopa y con las manos despellejadas, el manual de uso con el que venían embalados, atribuyendo a ciertas oscuridades de redacción o la media lengua pintoresca en la que estaban escritos la confusión, la falta de sentido común o la incompetencia práctica de las que en rigor sólo eran responsables sus propias manos, Carla las entendía de manera instantánea, como los buenos espectadores un buen cuadro, y entre entenderlas y ejecutarlas había un simple paso, casi una formalidad, a la que ella procedía con la misma solvencia que los dueños de casa que las habían redactado.

Era limpia y prudente. No perdía llaves ni olvidaba sacar la basura del último día, dos de las negligencias que más exasperaban a los usuarios de *house sitters*. Evitaba al máximo las simultaneidades peligrosas, ducharse mientras algo se cocinaba al fuego, por ejemplo. No dejaba luces ni calefactores prendidos cuando no estaba en la casa o dormía. No era alguien dado a ahorrar —su economía no obedecía otro principio que el pragmatismo—, pero, como buena parte de su generación, y no por ideología sino por sentido común, veía con malos ojos la compulsión al consumo y sobre todo odiaba —si es que un temperamento tan poco afecto a las pasiones como el suyo aceptaba un verbo tan crispado— el derroche, lo odiaba con la vehemencia inflexible que ningún otro crimen parecía capaz de suscitarle, al menos no de esa manera visceral. Se llevaba bien con las plantas y —activo importantísimo de su currículum, casi más apreciado que el estado impecable en el que dejaba las casas que cuidaba y la impresión que causaba en sus vecinos, a menudo más satisfactoria que la de los propios dueños de casa— muy bien con los animales de compañía, como Savoy se enteró de que llamaban ahora, "en el mundo" donde Carla se movía como pez en el agua, a lo que él habría llamado automáticamente mascotas, pasando sin duda por alto la primera idea que la expresión le inspiró, que el estatuto de acompañantes con que se los honraba en ningún caso había sido elegido por ellos y que la nueva denominación, ya discutible aplicada a las criaturas que más "naturalmente" parecían adecuarse a ella, perros, gatos, pájaros pequeños, tortugas o *hamsters* de Roborowski como el que Savoy había comprado pero nunca llegó a retirar, interceptado por el caso del hombre que voló al espacio desde su departamento, se volvía un poco irrisoria referida a iguanas, serpientes, axolotes, erizos, tarántulas y otras criaturas más bien ariscas que preferían permanecer horas, días y hasta semanas en aislamiento, haciéndose las muertas en sus jaulas de vidrio o atrincheradas en las madrigueras que improvisaban lo más lejos posible de la vista de sus amos, a quienes lógicamente no tardaban en alarmar, en todo caso indiferentes a los llamados a confraternizar con que se los tentara, y que, puestos a elegir, elegirían sin pensarlo dos veces la ciénaga, el pantano, el desierto tórrido, la selva sofocante y la compañía menos condescendiente de sus pares antes que el departamento tipo, la casa chorizo, el chalet con techo a dos aguas o el búnker modernista de hormigón y vidrio que les proponían compartir sus amos.

Carla, en cambio, no parecía tener preferencias. En todo caso no acusaba la ansiedad característica del que las tiene y por alguna razón no consigue satisfacerlas. Aceptaba cada trabajo —los llamaba temporadas: "hacer una temporada", según la fórmula impuesta por bañeros de playa, actores y otras profesiones que dependían del factor estacional— con una especie de conformidad neutral, automática, como si la casa con gimnasio y pileta climatizada o el oscuro monoambiente custodiado por un mastín incontinente que la reclamaban fueran exactamente lo que tenía en mente antes de que la contactaran para cuidarlos. Era obvio que no todo le daba lo mismo, y que en su disposición a aceptar, que era constante, había un mensaje profesional destinado a sus clientes, a persuadirlos de que podían contar con ella de manera incondicional, lo único, en el fondo, capaz de garantizarle trabajo a largo plazo. Pero cuando tenía gustos, lo que no siempre era el caso, porque no siempre la casa que le tocaba cuidar, o lo que le decían de ella las fotos y descripciones que le enviaban sus dueños poco después de contactarla, afectaba su sentido del gusto, jamás permitía que interfirieran en sus decisiones. A las virtudes y defectos propios de cada casa, en todo caso, Carla, a la hora de aceptar una y desestimar otra, anteponía cualidades de otro tipo, relativas, de orden estructural, como el lugar que ocupaban en el mapa general de sus compromisos, el modo en que se combinaban con la casa que había cuidado antes y la que le tocaría después, el juego que hacían entre sí las ciudades respectivas en las que estaban ubicadas, y los respectivos hemisferios, con sus estaciones, climas, exigencias, y así de seguido. Después de Vidal, por ejemplo, tenía dos candidatas: una casa en Santiago, en el barrio Lastarria, y otra en Recife. La de Santiago —Savoy accedió al *dossier* de manera ilícita, aprovechando que Carla había ido a la cocina a recalentar los restos de un almuerzo— era amplia, luminosa, y estaba decorada con ese buen gusto puritano típico de la alta burguesía chilena; la de Recife tenía poca gracia, estaba en un barrio sin atractivos e incluía a una anciana más o menos postrada que rara vez salía de su habitación, pero de cuyas comidas y medicamentos habría que ocuparse. Carla eligió Recife: quería un poco de calor —no el frío carcelario que intuía que la esperaría en Santiago—, la temporada empalmaba con el fin de Vidal sin solución de continuidad y estaba en dirección norte, camino a Charleston, Carolina del Sur, donde tres semanas después la esperaba una familia ansiosa por irse de vacaciones.

"¿Recife?", pensó Savoy cuando se enteró, y lo pensó con tanto énfasis, casi escandalizado, que le pareció que el nombre de la ciudad, que hasta entonces le había dicho poco y nada, sonaba en el interior de su cabeza como pronunciado por un brasileño minúsculo y (hubiera jurado) un poco burlón. Era la primera señal que le llegaba de que la vida con Carla, cada vez más cotidiana, tenía una fecha de vencimiento. Pero lo que lo desconcertaba no era tanto la señal en sí, que de buenas a primeras transportaba a Carla, la misma adorable Carla de shorts y musculosa gris que se mordisqueaba mechones de pelo como otras cutículas, a un contexto de calor húmedo, cielos tormentosos, agua de coco y costas patrulladas por tiburones famélicos, un espacio-tiempo casi inimaginable, que contradecía en todo al que Savoy compartía ahora con ella, como el efecto secundario del que acababa de cobrar conciencia: la evidencia de que Savoy —o algo en él que no se atrevía aún a nombrar, algo ciego y obstinado, una especie de creencia— había dado hasta entonces por sentado que no había razones para que terminara.

Lo impresionaba verla moverse por Vidal. Había aterrizado en el departamento apenas diez días antes que él, pero mientras Savoy seguía sin localizar los interruptores de luz, abría siempre el cajón de los repasadores cuando buscaba el de los cubiertos y en medio de la noche, cuando algo lo despertaba, no un llamado de la proverbial vejiga hiperactiva con que lo amenazaba Renée, que recababa información sobre envejecimiento masculino como quien acopia armas para una batalla inminente, sino otro más oscuro y menos reconocible, difuso y tóxico como el veneno que se escapa de una cápsula partida al medio por dos dientes desesperados, no podía dar un paso seguro sin prender el velador y, aun prendiéndolo, con la consiguiente caída en cadena de objetos inocentes, la puerta que terminaba abriendo no lo comunicaba con el alivio que un estúpido automatismo nocturno le ordenaba buscar en la cocina, el living, incluso el baño, por innecesario que fuera, sino con la lana húmeda, perfumada, de una impenetrable selva de abrigos, Carla, altiva y regia, parecía dominar el espacio de memoria, tenerlo grabado en la cabeza, los dedos, el cuerpo, y sin salir de la cama, como adivinándolos a partir del reguero de ruidos con que él iba regando el departamento, lo sacaba de esos pequeños apremios nocturnos con instrucciones siempre certeras, monosilábicas pero de una soñolienta cortesía. Era eso lo que hacía que sus raptos de torpeza resultaran increíbles: ese fondo de inteligencia espacial imbatible contra el que se recortaban, menos conquistada a fuerza de ensayos y errores —como habría sido el caso de Savoy de haber pasado en Vidal una o dos semanas más de lo que la agenda de Carla le concedió pasar— que innata, o connatural a la experiencia que constituía el corazón de su vida: la ocupación de lugares desconocidos.

No dejaba rastros. Ése era su arte. Tenía algo de bailarina, de ladrona más bien: la sutileza corporal, la ingravidez de esas heroínas de doble vida que pasan ocho horas al día en un *call center* cualquiera, aplacando la ira de clientes remotos con un manojo de ardides aprendidos en el curso de capacitación, y de noche, enfundadas en *catsuits* de reluciente vinilo negro, trepan medianeras de aluminio e irrumpen —burlando sofisticadas redes de vigilancia— en los cuarteles generales donde cerebros del mal dispépticos urden la toma del planeta. Era como si su ideal, su objetivo último, fuera que a los dueños de casa, al volver, les fuera imposible probar que alguien había estado allí durante su ausencia. Transcurrida cierta fase idolátrica, en que se dejó subyugar por esa levedad de movimientos como por las figuras de alguna disciplina oriental, Savoy se preguntó si, de ser él uno de esos dueños de casa, no desconfiaría en realidad de alguien que no dejaba huellas a su paso. Y en eso estaba, debatiendo, cuando Carla, materializada como de la nada, vaya uno a saber cómo, le capturó el cuello con la llave de sus muslos fibrosos, todavía húmedos por los cinco kilómetros corridos al alba alrededor del lago, y lo hizo rodar en la cama limpiamente, sin que la bandeja del desayuno tuviera que lamentar daños.

Suponiendo que sus impresiones revelaran algo sobre lo que las causaba, algo en todo caso no tan banal como lo que revelaban de él, que se limitaba a registrarlas, Savoy tenía la impresión de haber caído bajo el hechizo de una mujer del futuro —eso suponiendo que lo que llamaba futuro fuera algo más, o algo distinto, de lo que un presente plagado de limitaciones como el suyo era incapaz de ver o alcanzaba a duras penas a imaginarse. Tampoco en ese rubro Carla daba del todo el perfil. No tenía la cabeza afeitada, sus ojos eran claros pero seguían animados por dos pupilas oscuras y vivaces que reaccionaban moviéndose, cambiando de tamaño y de forma, a la luz, el alcohol, los sobre- saltos del corazón, y, al menos por lo que a Savoy le tocaba ver en la proximidad que compartía con ella, cada vez más íntima y asidua, tanto que a la tercera semana prácticamente no se despe- gaban un minuto, aún no vestía esos overoles de piel de delfín metalizada sin costuras, ceñidos al cuerpo como fundas, que las películas predecían que vestirían las mujeres en la era de la ciencia ficción, cuando la civilización hubiera abolido la necesidad per- fectamente prosaica de llevar cosas en los bolsillos. Tenía desde luego una ciudad natal, la misma que él, por otra parte, y un pasaporte, el mismo que el suyo, que era reconocido y admitido con mayor o menor indiferencia —rara vez con fervor— en la mayoría de las fronteras del planeta y que él, cediendo a un re- flejo arcaico, el mismo que de niño, cada vez que su padre volvía de viaje, lo movía a ignorar el botín de regalos, motivo principal, si no único, de su deseo de que volviera, para abalanzarse sobre su pasaporte y verificar la media docena de sellados nuevos que engordaban sus páginas, prácticamente le había arrebatado de las manos y examinado a la luz difusa de la madrugada, minutos después de dormir juntos por primera vez. Fue como un rapto. Lo abrió, miró con algún estupor la foto de Carla con el pelo muy corto, o mojado, o engominado —la luz, el proverbial aturdimiento poscoital, incluso el ataque de vergüenza, súbito pero tardío, que acababa de asaltarlo por la indiscreción que cometía con ella, a quien, como se dice vulgarmente, recién empezaba a conocer, impedían obtener mayores precisiones al respecto— y avanzó a los tropezones hasta las páginas de los sellados, que empezaban muy pronto —alguien, una adormilada oficial de migraciones del aeropuerto de Lima, según Carla, había usado para sellar incluso la página de la advertencia sobre reválidas— y estaban tatuadas de punta a punta, y luego se lo devolvió como si ardiera, retirando las manos de golpe, para esconderse bajo las sábanas, abochornado.

Con todo, lo que Savoy más asociaba de ella con el futuro era que casi no manejara dinero. No le costaba entender que no le pagaran por cuidar casas ajenas. Disponer de un techo —de muchos, de todos los que le hicieran falta para no dormir a la intemperie una sola noche del año— sin tener que pagarlo le parecía un milagro limpio, elegante, perfectamente capaz de suplir la satisfacción de una remuneración monetaria. Le gustaba que el imaginario del trueque, con su ética de la reciprocidad, la equidad, la sustentabilidad, desalojara los protocolos degradados del trabajo. En cuanto al resto, a todo lo que el sueño del techo asegurado no alcanzaba a resolver —viajes, subsistencia, vida cotidiana, placeres, esos zapatos bicolores cuyos cordones redondos, diabólicamente encerados, tan proclives a desatarse y caer lánguidamente, etc., habían sido el principio de todo—, Carla lo pagaba con lo que ganaba dando clases de idiomas en línea. Pero todo lo que le dejaban las clases le entraba por vía electrónica, sin otra incomodidad material que la campanada de alerta con que su banco le avisaba cada vez que un nuevo crédito se incorporaba a su cuenta. Tal vez de ahí viniera, pensaba Savoy, la extrañeza de actriz principiante, que tarda más de la cuenta en ponerse en el pellejo de su papel, que se apoderaba de Carla cuando no tenía más remedio que manejar dinero en efectivo, tan parecida a la que exhiben los niños cuando, puestos a hacer de adultos, eligen representar una escena de intercambio económico, comprar, vender, alquilar, comerciar, cualquier cosa que involucre dinero, esa cosa mágica que para ellos constituye la quintaesencia de la adultez, y acompañan la solemne impericia con que hacen circular la plata con las formas de contar y calcular en voz alta más extravagantes, capaces de saltar de tres a cincuenta sin solución de continuidad y recibir de vuelto el doble de dinero que pagaron. Los billetes siempre eran muchos, siempre demasiado viejos (se rompían) o demasiado nuevos (se pegaban entre sí), y cada vez que salía de un cajero automático Carla parecía uno de esos cautivos que se enfrentan con la luz del sol luego de pasar semanas recluidos en una celda subterránea: salía —desobedeciendo las advertencias de Savoy— con el dinero en la mano, la boca abierta de incredulidad, incapaz de explicarse, entre otras cosas, por qué los cajeros, que, a diferencia de los de muchas otras ciudades del mundo, no ofrecían la posibilidad de elegir el tipo de billete solicitado, se negaban tácita pero sistemáticamente a entregar billetes pequeños y grandes y escupían únicamente los de valor intermedio, negándoles a los usuarios más pobres el cambio que necesitaban y a los más ricos los billetes grandes que mantendrían a sus billeteras satisfechas pero en forma.

Una noche Savoy oyó un tañido breve y brillante. El sonido lo sorprendió, porque al bullicio de la fiesta en la que trataba en vano de abrirse paso le habría costado poco aplastarlo. Fue la curiosidad, no la campanada, lo que lo despertó. Estuvo un rato boca arriba con los ojos cerrados, viendo cómo todo lo que trataba de retener de la fiesta —un hombre tatuado, la vista a través de una ventana, un incidente con ropas cortas y copas rotas— se volvía cenizas y desaparecía, aspirado suavemente por una tronera oscura. "Estoy en Vidal", se dijo, como las últimas cinco noches, para tranquilizarse. Se dio vuelta en la cama, vio que el lado de Carla estaba vacío y se levantó. A medida que avanzaba por el pasillo fue llegándole su voz de menor a mayor, en un degradé perfecto, como si alguien le destapara los oídos con delicadeza. Se asomó a la puerta del living y la vio: un gran holograma generado por el haz de la lámpara de pie que la iluminaba en medio de la oscuridad. Estaba de espaldas, en bombacha pero con la blusa a cuadros puesta, sentada a la mesa que usaba de escritorio, hablando con su computadora abierta. La pava silbó en la cocina. "Dame un minuto", dijo Carla en inglés. Una voz metálica y con eco le contestó desde la pantalla. Carla se levantó y fue hacia la cocina y Savoy aprovechó para meterse unos pasos en el living. El chico que vio en la pantalla tendría quince, dieciséis años, y dos bancos de acné simétricos en las mejillas. Un típico chatroulette. Era oriental, probablemente japonés, usaba una musculosa muy holgada, que le colgaba de los hombros como una bolsa. Dos matas de pelo negro le brotaban de las axilas. Desde la oscuridad, Savoy lo miró mirar a cámara un poco perdido, hundirse en la nariz un dedo rápido, ávido, cuya punta examinó y desdeñó, y dejarse absorber luego por algo que lo reclamaba más abajo, entre sus piernas, más allá del cuadernillo de ejercicios de castellano elemental para extranjeros que cubría el teclado de su computadora.

Más tarde Savoy descubrió que la blusa a cuadros, como casi toda la ropa que usaba, Carla la había tomado prestada del mismo armario contra el que él solía arremeter de madrugada en sus embestidas de desvelado. Esas prendas encontradas en hibernación, envueltas en fundas de plástico, eran su único vicio, casi lo primero que Carla buscaba cuando tomaba posesión del hogar de turno. Una frivolidad, tan punible y encantadora como cualquier picardía adolescente, que Carla cometía más o menos sistemáticamente, siempre a espaldas de sus dueños —muchos colegas habían quedado fuera del sistema por tomarse libertades menos significativas— y con dosis parejas de responsabilidad y arrogancia. Jamás robaba —robar era demasiado disruptivo para una economía que, como la suya, se fundaba en el equilibrio. Las prendas, una vez usadas, eran devueltas perfectamente limpias al armario, el perchero o el cajón de los que habían sido sustraídas, plegadas y acomodadas de la misma manera en que las había encontrado, y Carla, aunque no se engañaba, pensaba en el fondo que su debilidad era menos una infracción que un derecho adquirido, el privilegio excepcional, discutible pero legítimo, al que la hacía acreedora una foja de servicios sin manchas.

Una vez más, para asombro de Savoy, Carla mataba más de un pájaro de un tiro y lo hacía sin premeditación, como si un olfato infalible pero secreto, desconocido para ella misma, la guiara de la mano hacia las soluciones más simples. Resolvía por lo pronto el problema de la ropa, álgido para cualquier viajero y crucial para Carla, que, obligada a moverse entre hemisferios y estaciones distintas, vivía siempre tironeada por exigencias antagónicas: la nieve y el calor, las botas forradas de lana de oveja y el protector solar, la reclusión y la intemperie. Además de ahorrarle tiempo, energía y dinero, gastos en los que no estaba en condiciones de incurrir o que sólo podía enfrentar al precio de comprometer la estabilidad de su forma de vida, usar la ropa que encontraba en cada casa —"desviar", usaba ella— le permitía ser local de manera instantánea, una condición a la que ni siquiera accedería comprándose en cada caso la ropa que el clima le requiriera, porque buena parte del efecto local descansaba en el hecho de que la ropa que usaba era usada, no sólo ajena, y ese plus —la dosis de vida de otro que circulaba por las venas de esas prendas— no había dinero en el mundo que pudiera comprarlo. "Ya sé", decía Carla, "ahora los usuarios de airbnb se reciben de locales contratando los servicios extra que la plataforma ofrece junto con el alojamiento. 'Experiencias', los llaman. Degustar cervezas artesanales con músicos de moda, recorrer cordones industriales en ruinas de la mano de fotógrafos profesionales, ronda loca por la noche LGBT, caminata del hummus, *bricolage* solidario... Yo con una blusita me arreglo".

Cómo agradecía Savoy la modestia con que Carla ocupaba ese mundo que lo ignoraba. Cómo agradecía además que esa modestia fuera natural, genuina, y no una afectación fingida para evitar herirlo, congraciarse con él o acortar distancias, condescendencias que Savoy, en algún trance de desesperación, quizás habría necesitado y hasta buscado pero cuyo poder letal no le costaba nada intuir. El punto, por otro lado, era cómo le quedaba a Carla esa blusa a cuadros —y ese pantalón de corderoy mostaza con pitucones, y ese buzo gris con capucha cuyos cordones no podía evitar mordisquear cuando buscaba en la pantalla opciones baratas de traslados aéreos, y ese ridículo impermeable reversible en el que, con tal de no vestirse, se metía desnuda, con un sol que rajaba la tierra, cuando tenía que bajar al supermercado chino de enfrente a comprar algo de urgencia. No era exactamente que la ropa ajena le quedara "bien": Carla no era de esas mujeres que, dotadas del ojo clínico necesario para detectar el encanto de lo que no ha sido hecho para ellas, descubren en tiendas de segunda mano las gemas huérfanas de calce perfecto que ningún diseñador sería capaz de confeccionarles a medida. De hecho, era raro incluso que la ropa que encontraba y usaba fuera de su talle. No había nada particularmente excepcional en sus medidas, pero bastaba mirarla con un poco de atención para advertir una suerte de irregularidad en su contextura, una rareza de relaciones internas, de proporciones, acaso de escala, que sólo se volvía visible al contacto con la ropa que llevaba y que, por supuesto, ningún formato corriente desarrollado por la industria textil podía haberse tomado el trabajo de prever. No era raro, incluso, que las imperfecciones que se insinuaban cuando la lucía fueran incompatibles entre sí: la misma camisa que le ajustaba los hombros tenía mangas demasiado largas; el pantalón que le colgaba, demasiado ancho para sus caderas un poco masculinas, se interrumpía abruptamente, sin explicación, dos o tres centímetros por encima del borde de sus medias, desnudando una franja centelleante de tersa piel holandesa. Era como si el cuerpo de Carla fuera dos o tres cuerpos posibles, pero no en potencia, con uno obvio y el resto agazapados, sino en acto, simultáneamente. Pasado el primer impacto, de desconfianza o sospecha, el efecto era de "elegancia", una elegancia equívoca, nacida de esa encrucijada donde una misma manifestación formal puede aspirar con el mismo derecho a ser un error, un chiste o una ocurrencia genial. Pero con qué gracia, equívoca o no, llevaba ella esos centímetros de tela de más o de menos, esa luz entre el tobillo y el reborde de cuero del zapato, esas ondulaciones que la botonera de la camisa improvisaba en su pecho o su vientre cuando se sentaba.

En todo caso, no era algo que a ella misma le llamara la atención. No lo suficiente, al menos, para inducirla a comentarlo con una de esas notas al pie circunstanciales, cargadas de frívola sagacidad, con que muchas mujeres malinterpretan a propósito las peculiaridades de su propia personalidad, aunque menos por afán de desconcertar que para atenuar la conciencia, a menudo casi dolorosa, que tienen de ellas —sin por eso ignorarlas. De modo que se limitaba a ensalzar la caída de una tela, un color hace tiempo marginado de los pantones que resucitaba en un viejo pantalón, el brillo extraño, como de nácar, que el uso había dado a los codos de una camisa. Y cuando el asunto le merecía algún comentario, adoptaba un aire más bien ausente, señal de que era más una concesión a su interlocutor que una necesidad propia, y el comentario se refería a la ropa, nunca a los principios —si es que los había— en función de los cuales la elegía y llevaba puesta, tan objetivos y por lo tanto tan imperceptibles, tan poco dignos de mención, como el hecho, para Savoy bastante excepcional, de que llevara un lustro sin pasar más de tres semanas entre las mismas cuatro paredes.

Los cordones de los zapatos, por ejemplo —para volver a la nota al pie que desvelaba a Savoy: ¿se le desataban solos, efecto de la displicencia, el apuro, el desinterés con que se los ataba, o los usaba directamente desatados? Y si los usaba así, ¿era por economía, para ahorrar energía, porque sabía que tarde o temprano se le desatarían, o porque algo en esa imagen de descuido le gustaba, algo, quizás, en el sonido que hacían los cordones al golpear contra el empeine o arrastrarse por el piso? El dilema era crítico, tanto como el limbo de perpleja voluptuosidad al que confinaba a Savoy. ¿De quién estaba prendado, a fin de cuentas? ¿De la Carla negligente, distraída, artista de la casualidad, o de la especialista, capaz de diseñarse toda una personalidad a partir de algo tan minúsculo, tan susceptible de pasar inadvertido, como la gestión de un cordón de zapato? (Porque era uno, sólo uno —al menos durante las cinco semanas en que le tocó a Savoy ser testigo de su vida—, el cordón que vivía arrastrando por el piso, olvidado pero irreductible como un *clochard*, mientras el otro, perfectamente anudado, lo miraba desde el zapato vecino con desdén, como el hermano serio, intachable, próspero, mira por encima del hombro a su gemelo descarriado). ¿Cuántas veces volvió ese mes a la tarde en que llegó a Vidal por primera vez, a la imagen, al pedazo de imagen que le ofreció la puerta entreabierta del departamento cuando emergió del ascensor: dos piernas cruzadas, la de arriba balanceándose en el aire, el cordón desatado repiqueteando, con cada ascenso del pie, contra el empeine de cuero del zapato bicolor, mientras Carla, fuente invisible de ese sucinto complejo de signos, negociaba por teléfono, en el inglés básico de su especialidad, las condiciones de su próxima misión en el mundo de las casas huérfanas? Volvía a pesar de sí, un poco como el asesino a la escena del crimen, aunque sabía perfectamente que eso que los anales del amor, con el lenguaje modesto de las canciones populares, registran como los chispazos precoces de una pasión, son a menudo irrelevantes para la pasión que se supone que desencadenan, y funcionan más como una trampa que como sede de una verdad romántica. Volvía una y otra vez —aunque esa imagen, la imagen a la que volvía, Savoy la tenía enfrente casi a diario, intacta, lo que probaba al menos que el detalle del cordón desatado no era un accidente excepcional, endémico de aquella tarde, sino uno sistemático. A veces, semidormido, entreabría un ojo y veía de costado, como en una visión de accidente de coche, los dos zapatos de Carla en el piso, tal como los había dejado al descalzarse, apremiada por la pasión, mordiendo cada talón con la punta del otro pie: aun así, inertes, probablemente más dormidos que él, los gemelos bicolores, uno atado, el otro no, insistían en sus respectivas personalidades. Había algo insoportable en la atracción de la casualidad, una especie de indolencia obstinada que le hablaba, que le hablaba a él de una manera particular, como si hubiera encontrado en él a alguien o algo buscado durante mucho tiempo, y a la que él, por más que lo intentara, no sabía cómo responder, o apenas respondía con la mueca idiota de su intrigada fascinación. Rozó uno de los zapatos. Las yemas de los dedos le dijeron que era el que estaba atado, y que el nudo —el moño, si había habido moño alguna vez, llevaba siglos deshecho— era imposible de desatar. Volvió a dormirse.

Un día la acompañó a correr. Se despertó y la vio a su lado, ya enfundada en su traje de superheroína fluorescente. Tuvo que saltar de la cama (muy antes de tiempo, con los ojos todavía pegoteados por la savia de la noche), tuvo que apurarse (la disciplina no espera). Y como la idea de acompañarla, por más contraria a su naturaleza que sonara, había sido realmente espontánea, una de esas ocurrencias sin pies ni cabeza que irrumpen al despertar y, frágiles como son, o demasiado jóvenes aun para la hora temprana en que irrumpen, rara vez sobreviven, barridas por el menú trivial pero implacable de ocupaciones que impone la mañana, apenas plantó los dos pies en el piso de cemento alisado (sus juanetes ya empezaban a tocarse, viejos vecinos reconciliados por el tiempo) se dio cuenta de la gravedad, del ridículo de su situación: zapatillas de calle, pantalones largos, camisa sin mangas. Ése era el equipo con el que pensaba —o más bien no había pensado— aceptar un desafío que la noche anterior, de habérselo propuesto ella, por ejemplo, no habría dudado en descartar con una risita de incredulidad.

Media hora más tarde, sin tener del todo la certeza de que fueran sus piernas, tan desacostumbradas a correr como a exponerse al sol, las que lo habían llevado hasta allí, Savoy, con la parodia de uniforme deportivo que un vistazo rápido le había permitido encontrar en el placar del dormitorio, a todas luces de mujer, de una mujer por lo menos veinte centímetros más baja que él y con una cintura que cabía dos veces dentro de la suya, de una mujer que en materia de ropa deportiva sólo aceptaba las telas elásticas y los estrépitos cromáticos de un trópico de dibujos animados, daba como podía la primera vuelta a una plaza que recién se desperezaba y ya veía a Carla, que corría apenas un metro y medio delante de él, hacer todo lo que toleraba su indómito *élan* de amazona madrugadora para esperarlo y retrasar, mirándolo por sobre el hombro con paciencia, deferencia, misericordia, tres cosas horribles que él dio todo por atribuir al amor, a esa irritante miscelánea de anuncios y amenazas que preceden al amor, para no rechazarlas, el momento fatal en que lo dejaría atrás. Completó esa vuelta y, agónicamente, con el pecho seco y abrasado, como una vieja chimenea en desuso, otras dos, mientras Carla iba convirtiéndose en una confusa mancha fucsia que temblaba en su campo visual y se alejaba diez, veinte, treinta metros más adelante.

Exhausto, se desplomó en un banco de madera. Tenía la boca seca, llena de arena, y sienes y encías en un estado de ardor palpitante, como a punto de reventar. Usó el resto de lucidez que le quedaba para esquivar las áreas blancuzcas del banco, donde las palomas habían descargado sus salvas intestinales —la mayoría. Apenas se reclinó hacia atrás, el contacto de su espalda transpirada con el frío del respaldo del banco lo hizo incorporarse de un salto, como si alguien le hubiera metido un pedazo de hielo por el cuello de la remera. Volvió a buscar a Carla con los ojos. No la encontró, lo que era más que previsible: en el breve lapso que le había llevado a él desertar, desalojar la pista y depositar su cuerpo arruinado en el banco de madera, ella le había sacado más de media vuelta de ventaja, de modo que no era mirando hacia su derecha como la encontraría sino hacia su izquierda, precisamente donde Carla reaparecía ahora, intacta y sin mirarlo, atenta a lo único que parecía absorberla cuando emprendía una actividad física: mantener el ritmo. Esperó algo, al menos esa mirada de alivio distante, siempre un poco sorprendido, con que los niños premian a los adultos cuando el giro de la calesita, después de haberlos privado de su vista durante veinte aterradores segundos, los vuelve a cruzar delante de ellos.

¿La veía mejor, si ella no lo miraba? Savoy desfallecía —pero sonrió, sonrió "para sus adentros", una sonrisa como un pliegue que empezaba en su cabeza y terminaba en su corazón, o viceversa. Sabía de sobra cuánto de ilusión óptica tenía el enamoramiento, cuánto de deformación y hasta de error los alardes de perspicacia de los que le gustaba tanto jactarse. En todo caso la veía más nítida —más nítido él, más "enfocado", como se decía en una de las jergas que más aborrecía, en el deseo que tenía de que fuera de este modo y no de aquél—, con ese filo limpio y brillante, como en relieve, que adquieren los objetos que nos vemos obligados a mirar porque se nos escapan —la claridad del ensañamiento. La adoraba. Pensó, con un raro vértigo, que no le molestaría saber que a partir de ese momento exacto, con los testigos circunstanciales que más tarde, llegado el caso, se avendrían a corroborarlo —el perro vagabundo a la espera de colegas de juego, el barrendero de verde, con su escobillón enclenque y su cigarrillo apagado en la boca, la parejita de escolares de uniforme sentada al pie del plátano, compartiendo el desayuno de emergencia —gaseosa y palitos salados— que habían preferido a una horrenda mañana de pruebas escritas, el puñado de madrugadores saludables que ahora, surgidos quién sabe de dónde, como ninjas, se sumaban a la pista con los ojos clavados en los talones de Carla—, su vida fuera sólo eso: admirar, desde la sede de su exilio, acorralado por la metralla de las palomas, esa estrella sólida, indiferente y bella cuya órbita conocía bien, conocía incluso de memoria, como un astrónomo monógamo, pero que lo dejaría siempre afuera. La vio alejarse otra vez. Habría jurado que sus pies seguían el mismo curso que habían seguido en la vuelta anterior, exactamente el mismo, como si encajaran en una línea de huellas que sólo era visible para ella. Pasó un corredor, un tipo corpulento, macizo, que lo abofeteó suavemente con la masa de aire que desplazó, luego otro, y otro más. No los contó: decidió —guiado apenas por el manchón que se dilataba en sentido horizontal ante sus ojos indolentes— que eran seis o siete, todos vestidos con ropa oscura, un apaisado friso de cuervos arrastrados por la estela fragante de algún ave jugosa.

Una hora después, en el trance de desnudarla, forcejeando con el material elástico de su ropa, fuente de máximo deleite (porque la hacía sudar copiosamente, y el sabor de esa resina amarga, levemente engomada, le resultaba especialmente embriagador) y máxima contrariedad (porque el sudor, al humedecer la ropa, la pegoteaba, volviéndola particularmente reticente a la manipulación), la vio de nuevo en la plaza, a lo lejos, pasando por detrás del tobogán, fugazmente enjaulada por la trepadora roja, hasta desaparecer tras la mole de falsa madera de la fortaleza medieval que ocupaba el centro de la zona de juegos, la misma tras la cual, segundos después, desaparecieron también dos de los resoplantes colegas de negro que corrían más atrás. Se quedó un segundo con la boca abierta, absorto en la masa oscura que acababa de tragarse el cuerpo del que llevaba semanas sin despegarse.

Después volvió en sí, corrigió apenas la dirección de su mirada y con una emoción infantil, de la que él habría sido el primero en burlarse, se dispuso a verla reaparecer. Pasó una nube, silbó un tren, dos mirlos charlaron cerca. No vio nada —nada que no fuera el arsenal inútil de esos juegos recién pintados, laqueados, esmaltados, que relucían bajo el sol, tan idiotas sin ella, y la tapia enana de cemento que los rodeaba, y más atrás una porción de pasto mal mantenido, y más atrás la reja y la calle y un ciclista muy pequeño y encorvado que batallaba pedaleando contra el empedrado. Esperó ¿cuánto? ¿Dos segundos, dos minutos, dos horas? Se levantó de un salto, con el corazón en la boca (y un tirón en uno de sus gemelos, fruto del rápido enfriamiento de un cuerpo hostil a las precauciones). ¿Por qué no? ¿Por qué un jibarizado símil de castillo con escaleras de soga, rampas y puente levadizo diseñado para entretener a niños todavía analfabetos no habría de esconder, como los verdaderos castillos sus mazmorras, sus cámaras de torturas, sus catacumbas sangrientas, uno de esos vórtices sobrenaturales donde el universo, en perfecto silencio, se invaginaba como un guante, suspendiendo todas las leyes conocidas, y arrastraba a la oscuridad voraz de sus fauces todo lo que hubiera a medio metro a la redonda? Estuvo a punto de correr hacia el agujero negro que se había tragado a su amada. Pero algo lo detuvo, algo vago, un poco vergonzoso, que ya no era sólo su aspecto grotesco: la sensación, tal vez, de estar a punto de cometer un error del que no habría retorno posible. La vio por fin reaparecer, corriendo, como siempre, como si la interrupción atroz que había paralizado el corazón de Savoy no hubiera desempeñado papel alguno en su mundo, donde en verdad nunca había tenido lugar. Corría algo ladeada, mirando hacia atrás, como si hiciera tiempo o hubiera perdido algo, y el chorro jovial de su cola de caballo, ágil, irresistible, se sacudía en el aire a cada trote. Ah, qué rápido volvía a adorarla. Con qué velocidad de vértigo se cerraban sus heridas y restauraba el universo las grietas abiertas en él por la vulva cósmica. Pero Carla no había perdido nada. Hablaba con alguien —hablaba mientras corría—, y el privilegio de esa rarísima simultaneidad lo lastimó más que el ancho de espaldas, el cuello macizo como un tronco y los brazos de boa del corredor de negro con el que, creer o reventar, Carla hablaba mientras corría.

Hubo, días más tarde, un incidente menor, muy de otra índole, que para Savoy, sin embargo, quedó asociado con el paso de comedia de la plaza. Buscaban un lugar para comer que alguien les había recomendado. Era lejos, en un barrio oscuro, de casas bajas y calles con nombres europeos que se curvaban hasta morderse la cola. No tardaron en perderse. Con una suficiencia automática, Savoy alargó un brazo hacia la guantera. No tuvo que abrirla para recordar que estaba limpia, impecable, todavía perfumada con el detergente con que la había cepillado, y que su adorada guía de calles, con sus abscisas y sus ordenadas y su colección de erratas ocurrentes —Gorditi por Gorriti, Domado por Donado, Lungo por Lugo—, siempre servicial pero engrasada, húmeda, con la mitad de las páginas pegadas, sucia y senil, ya no estaba ahí para ayudarlo sino en el cajón de la cocina donde él mismo, en un arranque de conciencia higiénica, la había desterrado. Mientras se perdían —Savoy, que trataba de compensar su negligencia con un exceso de concentración, manejaba con el pecho pegado al volante, la cara contra el parabrisas, como un principiante miope—, Carla, todavía envuelta en ese efervescente halo floral que la acompañaba al salir de la ducha, procuraba rastrear la calle en el sistema de navegación de su teléfono. Pero la conexión era débil, o inconstante, y se le iba tan pronto como empezaba a aprovecharla, justo después de dar con la primera de una larga serie de indicaciones salvadoras —el resto de las cuales no tardaría en perderse—, y Savoy, que acababa de doblar a la izquierda en una avenida de doble mano —una contravención que podía costarle muy cara, pero que aceptaba cometer como parte de la *probation* que le correspondía por su negligencia—, se encontraba de pronto atrapado en un ovillo de calles que no le decían nada, sin posibilidad alguna, encima, de retroceder. Estuvieron así, presos de una reciprocidad agotadora, ella lanzando cada tanto las bengalas mágicas que le proporcionaba la pantalla de su celular, muertas a poco de encenderse, él, siempre encorvado sobre el volante, un *coolie* corto de vista a la espera del próximo azote, obedeciéndolas, equivocándose, cayendo en un nuevo callejón sin salida, una rotonda indescifrable, un paredón. Hasta que lo inevitable ocurrió: tras una serie de parpadeos, el celular de Carla se oscureció leve, dulcemente, como la habitación de un niño que duerme, y murió.

Resucitaría veinte minutos después, risueño, fresco y sonriente, tan pronto Carla, que podía darse el lujo de salir sin dinero, llaves o cosméticos pero nunca, ni en sueños, sin el cargador de su celular, lo conectara a un zócalo particularmente incómodo en el restaurante al que finalmente llegaron, sanos y salvos pero cuando la reserva llevaba media hora vencida. Pero, como es sabido, por transitorias que sean, y por euforizantes que resulten las resurrecciones consiguientes, las *petites morts* de la tecnología son siempre fatales, catastróficas y —en la fracción de segundo que fingen durar— eternas. Carla bajó las manos y dejó caer el teléfono, que trazó una rara carambola entre sus muslos y murió por segunda vez sobre el asiento. Apoyó la cabeza contra la ventana, suspiró, su aliento difuminó una suave nube de vapor en el cristal. Mal que le pese al tribunal puritano que falla en asuntos de moral amorosa, hay algo irresistible, una especie de dicha inocente, puramente contemplativa, en el éxtasis que provoca un objeto de deseo cuando sufre, cuando la aflicción o el dolor que lo absorben le impiden ejercer sus modos voluntarios de despertar deseo y lo exponen de manera descarnada, dejándolo a merced de la brutalidad de un interés ajeno. Así que Savoy se dejó arrobar por el medio perfil de Carla que se recortaba contra la ventanilla. Verla desalentada era una novedad, una especie de milagro invertido. Entonces, como un mago vulgar pero eficaz, que invierte en la gestión del *timing* todo lo que le da pereza invertir en trucos, Savoy metió la mano en el bolsillo y sacó su teléfono.

Era un viejo Nokia 105 gris, un gris rata insípido, mezquino, cuyos bordes redondeados encallecían como talones de pies viejos, bastante poco inteligente pero así y todo servicial, si calificaban como servicio los mensajes de texto puntillistas que emitía, reliquias de una era chorro de tinta monocromática en pleno imperio de los colores táctiles. Savoy lo había heredado de alguien, probablemente Renée, tan dada a asistirlo con esos gestos de ambigua caridad, que satisfacían una necesidad y al mismo tiempo ponían en evidencia lo limitado que era su horizonte. Lo aceptó a regañadientes. Lo usaba poco, casi exclusivamente para hablar con Renée, que lo llamaba de vez en cuando sólo para chequear que lo tuviera prendido y preguntarle si lo estaba usando. Pero terminó acostumbrándose a tenerlo, a considerarlo suyo, y cada vez que se lo cruzaba, casi siempre por casualidad, en los sitios donde solía olvidárselo, el bolsillo de un saco, atorado entre dos libros, caído dentro de un zapato o debajo del asiento del coche, la llama tenue de un cariño indeseado pero más fuerte que él lo hacía sonreír, y terminaba guardándoselo y llevándoselo consigo, como se habría llevado a la plaza de enfrente a la tía inválida que el hermano canalla que no tenía le hubiera endosado si, buscando alguna otra cosa, se hubiera topado con la silla de ruedas en la que vegetaba su cuerpo invertebrado. Con el tiempo, los llamados de Renée fueron raleando; Savoy los atendía en el acto, apenas sonaban, señal de que tenía el teléfono a mano, y con el fastidio del que es importunado en plena ocupación, lo que estaba lejos de ser el caso y encubría, en realidad, el malhumor típico del enfermo de indolencia que cree que porque hizo unas semanas de buena letra puede maltratar a quien le recuerde la existencia de su enfermedad. Siguió teniendo el teléfono cerca y usándolo tan poco como antes, casi exclusivamente para tener algo que ofrecer cada vez que el mundo, por motivos cada vez más extravagantes, le reclamaba un número de celular para poder seguir adelante con algo. Sin embargo, en ese uso mínimo que también solía ofuscarlo, porque el teléfono no era más que la condición que el mundo le exigía para seguir teniéndolo en cuenta como ser vivo, Savoy descubría algo parecido a un placer, o una fruición atrevida. Empezó a confundir el anacronismo del aparato, su literalidad obtusa, la rusticidad de su estirpe cien por ciento física —que eran las razones por las que Renée había decidido deshacerse de él— con los signos de una intimidad afectiva extraña, que Savoy nunca había pensado en buscar en un teléfono pero ahora, cuando le tocaba enfrentarla, no veía motivos para rechazar, y que sentía también cuando reconocía el modelo —al pasar, como un rostro que entrevemos en una multitud y nos suena familiar— navegando por las plataformas de comercio digital, siempre con precios ridículos y, resaltada en negrita, bien legible para sus destinatarios específicos, la leyenda *Ideal personas mayores*.

Carla lo llamaba *o cashivashe*, así, a la brasileña, con las mismas *sh* que a veces impostaba —sin duda evocando su vida en Buenos Aires antes de emprender su carrera nómade, cuando esos matices de la lengua llamaban su atención todos los días— para decir *sh*o, por ejemplo, o *sh*ueve o *sh*amame. Savoy, inesperadamente, se lo tomó mal. Se descubrió herido, como esos maridos que flotan en el formol de la apatía conyugal y sienten renacer una vieja intimidad, ahora cargada de orgullo, cuando alguien, en los mismos términos con que él mismo se ha acostumbrado a desdeñarla, habla mal de la mujer que lleva años envejeciendo a su lado. Si la cosa no pasó a mayores fue por la debilidad que Savoy tenía por los anacronismos. Era imposible que Carla hubiera sacado una palabra como cachivache, inaudita hasta para Savoy, de su propio vocabulario, comprometido más bien con la sobriedad, la ecuanimidad, la falta de color local que exigía el castellano para extranjeros que hablaba. Cuando Savoy se lo preguntó, de hecho, Carla no supo qué contestar. Pero la pregunta, como siempre, le sonó más sorprendente, hasta más impropia, que el fenómeno que la había disparado. Aunque la había usado automáticamente, Carla sabía lo que quería decir, reconocía incluso la cuota de *charme* que había en su ranciedumbre, pero era incapaz de reconstruir de qué abuela, qué programa de televisión, qué canción infantil la había tomado. Savoy se contuvo y no insistió. Le pareció que si porfiaba arruinaría algo delicadísimo, mucho más valioso que su propio afán de saber, algo que no tenía tanto que ver con los años que Carla se había agregado al pronunciar la palabra —y que Savoy, sin darse cuenta, se había puesto a contar mientras la pronunciaba— como con el modo en que esa aparición incongruente delataba la impureza de su composición.

Estaban perdidos, la reserva del restaurante se alejaba sin remedio y Carla, desolada, seguía con media cara apoyada contra la ventana. Pero cuando Savoy pulsó su teléfono para despabilarlo —con el dedo índice, naturalmente, porque nada lo exasperaba más que la sobrevida de virtuosa velocidad con que los teléfonos inteligentes habían premiado al dedo pulgar, repatriándolo de la merecida caverna donde se atrofiaba— o *cashivashe* funcionaba. Funcionaba perfectamente, de hecho, y había tenido la diligencia de atesorar el número que Savoy había marcado esa tarde para reservar la mesa, de modo que le bastó con apretar una tecla, una sola —aunque dos o tres veces, cada vez con más fuerza, no tanto porque la tecla se le resistiera como por lo desacostumbrada que estaba la yema de su dedo a acertar en superficies pequeñas—, para que la misma voz nasal que esa tarde, sin que Savoy tuviera que pedírsela, le había ofrecido una mesa en el patio, bajo las estrellas, pero templada por una sombrilla infrarroja de última generación, ahora, sin pedir explicaciones, le dijera que podían llegar cuando quisieran, y le diera las dos o tres instrucciones necesarias para orientarse —no estaban tan lejos, después de todo— y llegar al restaurante, un templo de la cocina asiática que no tardaría en cerrar por falta de público.

No hablaron del asunto. Lo postergaron cuestiones más urgentes: el hecho de que todos los menús estuvieran en coreano, por ejemplo, o la sensación de pintoresca inquietud que sintieron cuando el mozo rescató los largos fideos de arroz del ensopado donde flotaban y los cortó en el aire con una tijera como de podar ligustros. Savoy tuvo la impresión de que, de haberlo mencionado, Carla ni siquiera lo habría considerado, absorta como cayó, apenas les sirvieron la comida, en las criaturas que nadaban en la sopa, mimetizadas con los fideos en un *pas de deux* humeante y fallido. Si había habido un incidente, sólo existía en la cabeza de Savoy, en ese pabellón especial de su cabeza donde la pasión por el fermento se unía al gusto por la clandestinidad, las penumbras mal ventiladas, los cuartos de servicio, los cajones con llave. Así que fue él quien archivó la cuestión. Pero esa noche —una de las pocas que le dieron de descanso a la carne a lo largo de un mes que, en el caso de Savoy, al menos, encabezaba holgadamente sus anales de frecuencia sexual—, antes de dormirse o ya durmiéndose, mientras Savoy sentía cómo el primer hilo de saliva se le escurría por un costado de la boca y goteaba sobre la almohada, desliz de incontinencia que le confirmaba que ya no servía para nada, entró un mensaje —Carla había puesto a cargar su teléfono en la terraza de la pila de libros que usaba de mesa de luz, junto a la botella de agua mineral, con la alarma —un redoble seco, rápido, como de percusión malaya— programada para la hora de otra de sus vueltas a la plaza— y Savoy, desde la antesala del sueño, se preguntó si, en su calidad de víctima pasiva de esos latigazos, como le gustaba llamarlos, no lo asistía al menos cierto derecho a participar de la elección del sonido que los anunciaba. Sus opciones, tomadas en crudo, iban del símil gong al suspiro de hielo que emite una copa cuando la yema de un dedo se desliza sobre el borde de cristal, pasando por el canto alegre de un cucú. La idea (y el repaso de las opciones, cuyo número lo sorprendió) terminó de despabilarlo. Se incorporó en la cama, se dio vuelta y así, mirándola con una suficiencia amodorrada, apoyado en un codo que temblaba, se lo comentó. Carla, con el teléfono en la mano, se limitó a sonreír, pero Savoy nunca supo si por su comentario o por el mensaje que leía en la pantalla.

Era entonces, por ejemplo, cuando volvían a él episodios como el de la noche de los fideos cortados a tijera. Volvían sin ternura, macerados por un leve rencor y cierta sed de justicia, como manchas que un médico irresponsable pasó por alto en una radiografía. Savoy pensaba en su Nokia 105 color rata, en las cuántas ¿cuatro, cinco, seis veces? que su pantalla diminuta, su tipografía rudimentaria, sus toscas teclas de goma iluminadas de verde y su ridículo menú de sonidos, los había sacado de apuros o directamente salvado —*cashivashe* incondicional, modesto y heroico a la vez, como esos figurantes anónimos que se pierden en el paisaje, siempre a la sombra de un actor prominente o un perchero descortés, que sólo irrumpen en escena para marcar a fuego la historia que se empeña en ignorarlos— cuando las cartas estaban echadas, cuando el teléfono superdotado de Carla había caído en otro de sus pozos de sueño, llevándose el brillo, el color, los íconos, los mapas interactivos, las fotos, las canciones y toda la testosterona hiperconectiva que se habían devorado su batería. Si en efecto tenían lugar, si redimían a último momento programas condenados al fracaso, ¿por qué esas hazañas no tenían repercusión alguna? ¿Por qué las daban por sentadas como si fueran naturales?

Y mientras Savoy no terminaba de aceptarlo, seguían entrando latigazos. "Otro latigazo", se decía. Un día, después de mucho rumiar el apodo en silencio, no tanto por no confrontar como por pudor, porque suponía que Carla lo pondría en la cuenta de sus dificultades con la tecnología, y también por el mero placer de rumiar, un clásico de su signo, lo hizo público. "Te entraron dos latigazos", avisó cuando Carla, envuelta en vapor —tomaba baños largos, alarmantemente silenciosos, como una estrella de cine medicada, sin sales pero con abundante

material de lectura y, a veces, bebidas—, salía del baño suje-
tándose la toalla a la altura del hombro izquierdo con la mano
derecha, un gesto de senador romano, y el teléfono, durante su
ausencia, había soltado uno de sus irritantes chasquidos. "Ah,
gracias", dijo ella, abofeteándolo con su suave bufanda de fragan-
cias. Eso fue todo. Ah, gracias. Savoy habría podido llenar páginas y páginas de sofisticadas tesis de doctorado sobre *cashivashe*,
con sus notas al pie, sus prólogos, su bibliografía; Carla escuchaba
"latigazo" y lo único que se le ocurría era dar unas gracias de
protocolo y rumbear hacia el cuarto sin mirarlo, aventurando dos
dedos bajo el ajustado ruedo de la toalla para rascarse el centro
de láctea blancura de su nalga holandesa.

Tal vez ése, y no la juventud, ni la vida sin apegos en la que
nadaba feliz, fuera el verdadero futuro del que provenía: un
horizonte de mujeres impermeables, forradas con un tegumento
invisible y exhaustivo, idéntico a la piel original, de la que re-
produjera con pasmosa fidelidad los signos vitales y las imperfecciones, poros, vello, vasos, manchas, todo lo que de algún modo
la abría y exponía al mundo, pero en verdad completamente
sellado, o no sellado —porque no había en ella nada que em-
bestir, nada parecido a un blindaje— sino más bien resbaladizo,
de manera que si las cosas no le llegaban, si no le dejaban marca
alguna, no era tanto porque fuera impenetrable como porque la
membrana de la que estaba recubierta, escurridiza y homogénea,
las distraía de algún modo de su afán y su objetivo, las desviaba,
las hacía correr y deslizarse, o las mantenía del otro lado, afuera,
a las puertas de la piel que se encarnizaban en marcar, intactas
pero desvalidas, condenadas a la pobre pena de esperar.

Una de esas últimas noches lo vio todo. No fue un sueño, porque la nitidez de la imagen dejaba bastante que desear y había
música, una especie de piano infantil, vacilante, que goteaba
desde algún cuarto vecino, y al mismo tiempo que lo veía todo

lo asaltaba un tropel de objeciones, algunas frívolas (ni con una pistola en la cabeza lo obligarían a usar zapatos con hebilla), otras más de peso (¿por qué tres hijos y no dos, o cinco? ¿Y por qué hijos y perros, cuando era evidente que el trabajo de pasearlos recaería en él?), mientras que los sueños, las pocas veces en que le tocaba recordarlos, eran claros como el mediodía y, por descabellados que fueran, siempre tenían un carácter inapelable. Lo vio todo quiere decir: vio también lo que nadie que se pone a las órdenes del amor sin condiciones está dispuesto a ver, no al menos en ese trance de tembloroso y ciego entusiasmo en el que renuncia a su identidad civil para vestir la ropa de fajina en la que, llegado el caso, no tendrá ningún problema en morir: vio insomnio, hijos, amantes, bancarrotas, sobrepeso, reuniones de padres, pérdida de pelo, cielorrasos que se llueven, camas de hospital, grupos de autoayuda. Y, paseando del brazo en medio de esas hecatombes, siempre un poco más viejos pero impecables, estilizados por la elegancia limpia de la modestia, como una pareja de jubilados japoneses, los vio a ellos dos, inconfundibles, más altos y fuertes que todos los desastres.

Y un día, un día que Carla, antes, con los dedos levísimos de su arte imperceptible, se había tomado el trabajo de sustraer sin dejar rastros de la melancólica cuenta regresiva donde Savoy se empeñaba en añorarlo, Carla se había ido. Un día cualquiera. No fue un acontecimiento sino un hecho, un hecho consumado, sin transcurso ni duración. Carla salía muy temprano —el taxi al aeropuerto era tabú hasta en ciudades que no ofrecían muchas otras opciones—, habían pactado que lo despertaría antes de irse. Pero cuando Savoy asomó la cabeza debajo de la almohada (en el sueño lo bombardeaban, o alguien le hablaba a los gritos), lo único que había en el cuarto aparte de él, de un él incompleto, porque se le había dormido un brazo, era el chorro de luz solar que le quemaba la mitad de la cara.

Habían dormido poco. Más bien se habían quedado dormidos, arrullados por el sonido de sus propias voces cansadas. Antes de sucumbir, mientras la miraba empinar desnuda la botella de plástico y beber un minuto y medio de agua sin respirar, con esa avidez de cautiva en el desierto que él envidiaba tanto, Savoy pensó: "Tengo que poner el despertador" —un Sony negro, patizambo, sistema *flip*, uno de los pocos botines de sus *raids* por el comercio electrónico que tenían algún papel en su vida cotidiana. No le dieron las fuerzas. Confió en Carla, y confió sobre todo en el ruido que no podría evitar hacer al despertarse tan temprano, tan mal dormida y en un ambiente desconocido —el día anterior (la última de sus misiones de *house sitter*) había entregado Vidal a un usuario de una plataforma de oferta de alojamientos, un universitario alemán con sandalias y medias que viajaba con su *schnauzer* cachorro. En un segundo, apenas se dio cuenta de que el sol que le pegaba en la cara no podía ser el de la triste madrugada en la que se había pasado días y días entrenándose para despedirla, saltó de la cama y, desnudo, y con uno de esos calambres benignos que a veces lo acompañaban cuando entraba en la vida diurna, se puso a dar vueltas por el cuarto y luego por la casa en un estado de crispación extremo, pisando el piso de madera con una fuerza bestial, como si aplastara listones rebeldes, menos buscándola —porque en su furia no había la menor esperanza: sólo la vergüenza, el escándalo inconsolable del ingenuo— que haciendo todo lo que recomendaba hacer, aunque no necesariamente con esa vehemencia de energúmeno, el manual de instrucciones del varón traicionado en su confianza, y haciéndolo para un espectador que sólo él podía ver, alguien en cuyas manos quizá descansara su destino sentimental inmediato —la depresión, el duelo saludable, el repliegue a los consuelos habituales—, alguien que en ese momento, para desgracia de Savoy, no estaba mirándolo.

No lloró —cosa que su espectador habría agradecido. Pero eso no quería decir nada. No, sin duda, la prueba de insensibilidad que era para los partidarios de la desdicha explícita. Savoy lloraba siempre tarde, como si la condición del llanto fuera brotar lo más lejos posible, en el tiempo pero también, si le daban a elegir, en el espacio, del estímulo que lo había provocado. Las lágrimas eran indicios, pero la causa a la que remitían nunca era inmediata y rara vez tenía relación, ni siquiera indirecta, o metafórica, con las circunstancias, hechos o personas en presencia de las cuales les tocaba derramarse. No lloraría por Carla, de hecho, hasta dos semanas después de que se hubiera ido, la tarde de sol y transferencias masivas de polen en que caminando por el barrio, entre dos clamorosos desagotes de nariz, tropezó con una ochava a la que no era insensible y, en vez de las paredes rosa viejo que había elegido para fracasar el bar al que había ido no más de dos o tres veces en un par de años, sólo para comprobar hasta qué punto eran falsas las delicias que prometía y viejos y descaradamente incompletos los diarios que ofrecía en tramposas prensas de madera, lo que encontró fue una fachada tapiada por un cuarteto de afiches publicitarios, dos de los cuales eran de compañías telefónicas rivales, y —importunando esas postales de felicidad celular— un aviso de obra que anunciaba un emprendimiento inmobiliario. Savoy lloró, más bien se cuarteó y deshizo en una serie de espasmos lacrimonasales, pero como llevaba el pañuelo en la mano y ya antes de romper a llorar —cortesía de la alergia— tenía los ojos enrojecidos y le goteaba la nariz, casi ni se notó, y el viejo de gorro de lana y bombachas de campo contratado para custodiar el predio a la espera de la demolición no le prestó más atención que la que le reclamaba cierta picazón en el oído derecho, donde taladraba con fruición la afilada y sucia uña de su meñique.

De modo que se puso a buscar huellas, cualquier rastro de Carla que el apuro le hubiera hecho dejar. El ruedo de la cortina de baño estaba húmedo, había marcas de sus dedos en el tubo de pasta de dientes, en el medio, no en la base, donde Savoy habría empezado a sugerirle que lo apretara de haber pasado juntos una semana más, dos a lo sumo. Y monedas, monedas por todas partes, que Savoy fue descubriendo de a poco, igual que los niños los huevos de Pascua en el bosque: primero eran maravillas únicas, milagros; después, a medida que se multiplicaban, señales de una especie de peste disfrazada de felicidad —monedas de todos los países, tamaños, materiales, colores, valores, monedas opacas y brillantes, monedas hexagonales, agujereadas, con incrustaciones, finas como láminas de almendra, la biografía errante de Carla en clave numismática, narrada a través de un reguero discontinuo pero persistente de monedas que empezaba en el estante del baño, donde el cepillo de dientes de Savoy, cabizbajo y solo en un vaso ahora demasiado grande, mimaba su desolación matutina, seguía en la mesa de luz, en el mismo espacio que ocupaba antes la pila de libros, como cenizas valiosas, en el estante de la cocina, intercaladas entre vasos y tazas, y en los dos más bajos de la biblioteca, que Savoy casi no consultaba, y terminaba en la mesa de roble del comedor, la pista de aterrizaje donde Savoy arrojaba las llaves apenas entraba en el departamento, el mismo lugar donde Carla, esa madrugada, aprovechando que Savoy soñaba con unas vacaciones en un viejo hotel cordobés, con sus abuelos vivos paseándose de la mano por la galería de pisos de damero, tras descartar opciones más heterodoxas (el *freezer*, la bañadera, el cajón de las medias), había elegido dejar la sorpresa que Savoy encontraba ahora con las manos cargadas de monedas, todas, curiosamente, de menos de cincuenta centavos de euro. No era un rastro, esa obra maestra de los culpables. Era un regalo, el legado de Carla para el Savoy que vivía en su imaginación, respuesta diferida pero concienzuda, por otra parte, a todas esas quejas con forma de pregunta que Savoy solía musitar al aire, por miedo o vergüenza de hacérselas a alguien en especial, y que después, a solas, en un furioso, incrédulo furor, acusaba al mundo entero de no haber escuchado.

primer don

Antiparras polarizadas Marfed modelo Amazonas color azul ($790)
Gorra Marfed de silicona negra ($270)
Malla slip Speedo negra con monograma lateral ($2800)
Tapones oído de siliconas Marfed ($170)
Un abono mensual de pileta libre ($4500)

TRES

¿Eso?

Acababa de despellejarse el nudillo del dedo mayor, pero, absorto todavía en la sorpresa, el desconcierto, el escándalo que cuatro horas después persistían intactos, recién se dio cuenta cuando fue a traspasar el grana padano que había rallado al ex frasco de mermelada donde guardaba el queso y vio las gotas de sangre salpicando el fragante lecho de hebras amarillas. Le dolió más ver, tener que tirar esa dosis de manjar mancillado, que el desgarro pulposo, abierto como una flor, en el que se había convertido su nudillo. Cómo ardía, sin embargo, incluso bajo el agua fría. ¿Eso —un kit de pileta— era su último gesto, la reliquia que Carla elegía dejar en su lugar para que la recordara?

Al principio le costó entender. Era como si un actor famoso, uno de esos monstruos sagrados capaces de vivir felices con un pie en superproducciones de cotillón (donde daban vida a villanos sádicos y cultivados, devotos de los taladros, las trufas y los versos de Manley Hopkins) y el otro (o el mismo, lo que les permitía tener siempre un pie libre para posarlo en la equitación, la beneficencia, el turismo sexual o cualquiera de los hobbies que se llevaban una parte considerable de sus ingresos) en bodrios *de qualité*, consciente de que lo único importante a la hora de embarcarse en un proyecto era averiguar (mandar a su agente a averiguar) si el personaje con que lo tentaban aparecía en la última página del guion (es decir, en el último plano de la película, ése que se llevarían a sus casas, tibio y palpitante, aun los espectadores que hubieran aprovechado la hora cuarenta de oscuridad para roncar) —era como si uno de esos artistas de la eficacia decidiera aprovechar y, a la primera de cambio, mostrara un área de la boca sin dientes, los pies deformados por los juanetes, el codo de un pulóver que Vestuario se olvidó de zurcir.

¿Él? ¿Pileta? ¿Nadar? La improcedencia lo dejaba perplejo. Si le hubiera regalado un teléfono inteligente, por ejemplo, el gesto habría tenido un sentido. Al menos habría servido para iluminar con cierta ironía retrospectiva las veces que Savoy, sacando pecho para hacer frente a una insistencia puramente imaginaria —porque nadie, y Carla menos que nadie, pretendía convencerlo ni venderle nada—, había proclamado que ni muerto despilfarraría ochocientos dólares en un aparato del que lo menos que sabía todo el mundo, empezando por sus propios fabricantes, era que traía cáncer. Volvió a su plataforma de comercio electrónico favorita, tan olvidada en las últimas cinco semanas, y pudo hacerse una idea de lo que Carla había pagado por su provocación. (Excluyó del cálculo la bolsa de plástico en la que la había envuelto, que era de una tienda de aeropuerto y tenía un agujero —la típica perforación producida por la esquina de un envase de perfume— que Savoy notó cuando, tomándola por una bolsa de compras, la levantó para examinar el contenido y vio asomar la correa de las antiparras. Ocho mil quinientos treinta pesos. La octava parte, pues, de lo que habría gastado regalándole un agente cancerígeno portátil de última generación, lo que, aunque igualmente provocador, al menos le habría dado a Savoy la posibilidad de rechazarlo, o de aceptarlo a regañadientes, sólo para no herirla, y no usarlo, y confinarlo —acostado en su confortable ataúd de fábrica— en el mismo armario donde esperaban en vano una cortadora de barba eléctrica (Savoy era lampiño), un grabador a microcasete (obsoleto antes de nacer), un cigarrillo electrónico (Savoy nunca había fumado) y un *mixer* portátil ingenioso, del tamaño de dos paquetes de cigarrillos (reales) y potencia bastante llamativa, que alguna vez alguien de cuyo nombre y rostro hacía mal, muy mal, en no acordarse le había traído del Mauer Park de Berlín, donde el chico que lo había diseñado llevaba horas intentando venderlo en un inglés paupérrimo).

Lo que más lo irritaba, sin embargo, era la superioridad que emanaba del regalo, su carácter de última palabra, que la ausencia de Carla parecía reforzar casi con malicia. Si se lo hubiera dado en persona, tal vez... Savoy podría haber objetado, dicho o hecho algo... Pero ¿qué? Estaba indignado, pero eso no le daba derecho de hacerse ilusiones. Lo más probable es que hubiera repetido con Carla adelante, es decir: en estado de hechizo, la misma parodia de contrariedad y furor, el mismo ir y venir de fiera enjaulada que hacía ahora a solas, "para sus adentros", mientras se dejaba consumir en la hoguera de su escándalo. "¿Yo? ¿Pileta? ¿Nadar?". Pero entonces recordó las veces que se había quejado ante ella de algún mal físico, unas piernas cansadas o débiles, el chispazo eléctrico que cada tanto le pellizcaba la cintura, los brazos que se le dormían, males menores que en realidad no lo preocupaban, que incluso exageraba un poco, para que la queja tuviera su cuota de dramatismo y también, en el fondo, por coquetería, para que Carla, comparando el mal que él agrandaba con lo que veía de él con sus propios ojos, lo encontrara más joven de lo que Savoy decía sentirse. Puso en fila todos esos pavoneos histéricos, cada uno de los cuales, tomado individualmente, se habría disuelto con sólo soplarlo, y pensó: Qué error. Qué error garrafal.

El kit de pileta era el signo de su error, de su error que volvía convertido en "solución". Para Savoy, quejarse podía ser una afición, un lujo intransitivo, el colmo del arte por el arte, pero Carla lo había escuchado. Lo había tomado en serio, al pie de la letra. Fruto del malentendido o la perspicacia, las dos fuerzas capitales de toda relación amorosa en fase incipiente, el kit de pileta, efectivamente, era una última palabra, más allá de la cual no había lenguaje imaginable. La prueba era que Carla no se había tomado siquiera el trabajo de acompañar el regalo con una carta, una nota, una dedicatoria, algo a lo que Savoy hubiera podido aferrarse para objetar, resistirse, discutir —es decir: seguir hablando... Mandándolo a nadar, Carla limpiaba las penurias físicas de Savoy de toda la hojarasca con que él se empeñaba en acondicionarlas, identificaba y aislaba su núcleo duro y sólo aceptaba dialogar con él, sorda a la frivolidad y al chantaje. Sólo que, a la hora de la prescripción, ese momento de verdad donde un médico revela su plan y su fe, además de sus pormenores caligráficos, el tratamiento que elegía no podía ser más controvertido. Correr, vaya y pase. ¿No había hecho la prueba, acaso? ¿No aceptó dar ese salto al vacío esa mañana en la plaza, cuando los pulmones se le sublevaron y un racimo de buitres en celo, aprovechando que Savoy quedaba fuera de combate, se echaron a revolotear alrededor de Carla? Bicicleta fija —muy bien. Pero ¿qué haría mientras tanto? ¿Ver la televisión atroz de la mañana en un aparato colgado de la pared? ¿Leer? ¿Aprender idiomas? ¿Yoga, tal vez? ¿Una de esas artes marciales mansas, delicadas, que enseñan a mimetizarse con pájaros, árboles, arroyos que corren? Difícil. Toda esa ropa que debería usar. Toda esa jerga que debería aprender. Y aun así ¿por qué no? Pero ¿nadar?

Sí: le sonaba esa operación doble. Sabía de su encanto y sus trampas. Al amparo de la generosidad, un disfraz más efectivo que cualquier crítica, exhortación o consejo, Carla embestía contra él, contra su naturaleza, sus hábitos, sus inclinaciones. Pero ¿qué era ese regalo si no un decreto encubierto, la declaración —implícita y por lo tanto doblemente difícil de rebatir, más todavía ahora que Carla estaba lejos, ventilando —hasta donde Savoy podía saber— el chalet con techo a dos aguas y fondo frondoso donde pasaría tres semanas peinando a una mujer inmóvil y —sorpresa— alimentando a un rebaño de *fox paulistinhas*— de que dándole algo que no era para él no sólo no desvariaba sino que demostraba conocerlo bien, mejor de lo que él se conocía a sí mismo, y que el Savoy que había tenido presente al decidir toda la operación —comprar el slip, la gorra, las antiparras, pagar el mes de abono en la sede de la pileta— era el verdadero Savoy, con sus necesidades, dolores y urgencias verdaderas.

Pasaron semanas en un vacío lento, tenso. Pasaron con asombrosa fluidez, discretamente, invisibles en virtud de lo mismo que parecía darles una extrañeza de vida aparte, entre paréntesis. Savoy, a la vez más viejo y rejuvenecido, volvió a lo suyo. Durmió más, leyó, retomó esa espuma que le costó un poco llamar vida. Salir fue todo un acontecimiento. Es cierto que cinco semanas no era tanto tiempo, y que en ese lapso con Carla había salido más que en los últimos dos años de su vida. Desaparecida Carla, sin embargo, sintió que algo del espesor sonoro de la experiencia se reanudaba en el mismo punto en que lo había suspendido su aparición: la heladera volvía a zumbar, las cañerías a lanzar sus eructos guturales, el ascensor a gemir como el animal vetusto que era, el vecino de arriba a golpear el piso —el techo de Savoy— con su bastón, su bastón de esquí, su paraguas, uno de esos pinches que usan en las plazas para ensartar hojas secas, lo que fuera que usara para trasmitir ese mensaje en morse que Savoy nunca se detendría a descifrar. Volvió al mundo y tuvo la impresión de emerger de un largo cautiverio feliz. El mundo se lo confirmó. El bar de la cuadra estaba cerrado por reformas, habían cortado la calle para destriparla y la vieja casa que cambiaba de ramo según las estaciones —jardín de infantes, geriátrico, laboratorio de análisis clínicos, gimnasio, centro de fisioterapia— era un amasijo de ruinas embellecidas por yuyos curiosos. Una noche, tarde, en un ataque de impaciencia, fue a bailar solo. El club estaba cambiado, por no decir en plena decadencia, y aunque era probable que el declive hubiera tenido lugar a lo largo de los cuatro años que hacía que no lo pisaba, Savoy lo puso en la cuenta de todo lo que las cinco últimas semanas le habían impedido vivir. A la entrada, intacto, con la silla que aguantaba su cuerpo gigantesco haciendo equilibrio sobre las patas traseras, estaba el puerta que lo conocía, con su termo y su pequeña pila de libros, lo único, además de la música de Miles Davis, que lo distraía de un trabajo para el que se consideraba sobrecalificado. Lo conocía, lo dejaba entrar gratis siempre, desde la primera vez, cuando lo reconoció en medio de la fila y le clavó unos ojos alucinados, como si se encontrara por fin con el sosías que dicen que todos tenemos en el mundo. Leía a Sturgeon esa noche. "¿Ballard no?", le preguntó Savoy desafiándolo mientras chocaban cinco, como dos viejos raperos rehabilitados. "A Ballard me lo inyecto", le dijo el otro entre carcajadas. Estuvo en el club menos de media hora. Dos matones de seguridad patrullaban una pista casi desierta, la música era mala y triste y Savoy fue a la barra y se quedó pegado al piso, donde alguien había derramado una bebida energizante.

Llamó a Renée para hacerle saber que "estaba de vuelta", y una segunda vez para aclararle que "estaba de vuelta" en serio. Se sentó a esperar, no una respuesta (que sabía que demoraría semanas) sino un acuse de recibo, la señal más o menos enigmática que llegaba hasta Savoy en zigzag, tras rebotar contra un puñado de amigos comunes cuidadosamente elegidos, y con la que Renée decretaba caduca la cuarentena en la que les gustaba aislar al otro en esos casos. Volvió a chatroulette de manera casual, menos por necesidad que por nostalgia, mientras vagabundeaba por el lote de favoritos que había desalojado de su barra de navegación toda una generación de páginas nueva, más funcional a sus cinco semanas de encierro sentimental, cartelera de cines, restaurantes, eventos, toda clase de agendas para neutralizar el aburrimiento o la desorientación en una ciudad que llevaba mucho tiempo sin usar acompañado. Encontró lo de siempre, sólo que descarnado por la luz cruda, de flash forense, que la arrogancia del satisfecho suele proyectar sobre necesidades antes desesperadas: cabezas con auriculares grandes como repollos, varones en plena paja mirándolo con aire dopado y la boca abierta, una pared reventada por la luz de un velador, la aureola roja que un piercing casero esparcía en una nariz deforme, alguien tosiendo hasta las arcadas (y a su lado, mirando a cámara atontada, una mujer pelirroja fumando, mientras una larga oruga de ceniza hacía equilibrio en la punta del cigarrillo), el algodón cuadriculado de un calzoncillo, el *Hello, handsome*, el *Hi, bro* que Savoy ajustició haciendo clic, sin esperanza alguna, en la tecla del futuro.

No se comunicaron, a menos que por comunicar se entienda un puñado de correos electrónicos frugales, más destinados a sondear si había alguien del otro lado, ahora que no podían verse, que a revelar una verdad imprevista del corazón o refrescar algo de lo que habían compartido a lo largo de esas semanas, con el objetivo de comprobar si tenía algún sentido para el otro y si ese sentido era el mismo para ambos. El primer correo lo escribió Savoy dos días después de que Carla se hubiera ido. Su afán, modestísimo, era darle a entender de manera extraordinariamente no invasiva que para él era posible que entre ellos no todo hubiera terminado la madrugada en que —y aquí, cansado de tanta precaución, se concedió el respiro, el lujo suicida de la ironía— arteramente, violando el pacto que habían suscripto antes de quedarse dormidos, Carla se había ido sin despertarlo, es decir, en términos estrictos, sin despedirse. Lo envió con el último resto de fuerza de un dedo indeciso, tras sobrevolar un par de minutos una tecla que bostezaba, y apenas lo envió tuvo la impresión de que se había apurado o llegaba demasiado tarde. Carla, tal vez haciéndose eco de la modestia de su afán, no se dio por aludida. Contestó y contestó puntual —aunque, como Savoy no podía dejar de notar, no era obvio que sus razones para ser puntual fueran románticas y no profesionales—, pero no dijo una palabra sobre la cuestión de la continuidad. Más precisiones parecieron inspirarle las rarezas de la casa de la que acababa de tomar posesión: corrientes de aire que desencadenaban secuencias rítmicas de portazos, crujidos de trasnoche, un nido de algo en el ángulo del techo de una habitación que había decidido cerrar con llave y no volver a abrir y, sobre todo, la familia de bestias a su cargo, donde los *fox paulistinhas* coexistían con razas y especies imprevistas (una iguana verde, una tarántula, un mono tití), lo que la obligaba a manejar un abanico de tipos de alimentación, rutinas y formas de higiene versátil y agotador.

No era el tipo de precisiones que esperaba, pero Savoy no se ofendió. Odiaba las decepciones y, como muchos, prefería tomar con pinzas sus propias esperanzas en materia de satisfacción antes que pagar los costos de no obtenerla. Pero tenía que quedarse con algo, así que se refugió en la única trinchera que todavía podía proporcionarle lo que necesitaba: una razón para pelear, una razón sólida, resiliente, duradera. De modo que exhumó el kit de pileta del calabozo de inutilidades al que lo había confinado, junto al *mixer* y la recortadora de barba, y lo ubicó en la mesa del living, bien a la vista, como un centro de mesa de un hogar de sirenas, cosa de no tener más remedio que tropezar con él a toda hora y darse la posibilidad, el derecho, la obligación de emitir, cada vez que lo viera, los bufidos de disconformidad que había reprimido al descubrirlo. A veces pasaba y se ensañaba con un detalle particular: el hecho, por ejemplo, de que Carla hubiera elegido un slip negro, sin duda pensando que cualquier otro color le resultaría demasiado estridente, o que, adhiriendo al razonamiento inverso, de todos los modelos de traje de baño hubiera optado precisamente por el slip, un brasileñismo que no habrían tolerado ni él ni nadie de su generación, posiblemente la última criada en la escuela del pudor, o la mala calidad de la goma de la gorra, que le bastaba tocar para sentirla martirizándole el pelo de la nuca —todas tonterías de las que Savoy no habría tenido nada que decir, ni a favor ni en contra, tan ajenas eran a su horizonte de preocupaciones, si a Carla no se le hubiera cruzado por la cabeza la idea de equivocarse con él de ese modo.

Más semanas. Era increíble cómo de pronto el tiempo se medía en semanas. Savoy no había tenido noticias de la semana como unidad temporal desde el segundo año de la escuela secundaria, cuando era un adolescente recluso y lampiño y la métrica de su vida sólo reconocía una escansión feliz: la perspectiva, la promesa, el éxtasis de cada martes a la noche, cuando con su novia de entonces, reclusa también pero no lampiña, la única que había tenido y tendría durante un buen rato, heredada de un amigo inconstante, veían cada uno en su casa la telenovela que mantenía en vilo al país, la fábula de un taxista que desalojaba a un guerrillero muerto en el corazón de una viuda frígida y desataba la ira criminal de la mujer que lo pretendía, una millonaria consentida de voz nasal y piernas de colegiala, y apenas terminado el capítulo corrían a llamarse por teléfono, siempre por turno, un martes él, al martes siguiente ella, para que la llamada no diera ocupado, como tan a menudo sucedía en la telenovela, y se pasaban hora y media de reloj desbordados de entusiasmo, volviéndose a contar lo que habían visto y comentándolo, reconstruyendo escenas, diálogos, giros argumentales y sobre todo el desenlace, ese momento crítico que la novela, luego de calentar el drama hasta el borde de la combustión, interrumpía siempre de manera brutal, al modo de un amputador despiadado, dejándolos una semana con el corazón en la boca, con los compases de un *Nocturno* de Chopin, la voz de Juan Marcelo, los violines de Alain Debray, hasta que dos comandos independientes pero concertados, los padres de ella y la madre de él, menos por sentido de la responsabilidad que porque necesitaban el teléfono, irrumpían en sus respectivas madrigueras y los conminaban a colgar —era tarde, al día siguiente había que levantarse para ir al colegio.

Savoy había dejado de pensar en Carla —la habían eclipsado los dos o tres encontronazos diarios que tenía con el kit de pileta y la resaca agria y tenebrosa que le dejaban— cuando se enfermó. El libreto de rigor: goteo de nariz, el escozor puntual, agudo como una aguja pero inofensivo, en el páramo áspero donde alguna vez estuvo su amígdala izquierda, que lo forzaba a aclararse la garganta con carraspeos constantes, irritación en los ojos, dolor de cintura, calores que el termómetro nunca confirmaba y, por fin, ahogos, flema, supuración de mocos y la sensación general, difícil de entender para los que confundían su catástrofe con un resfrío (Savoy, con la confianza sospechosa que inspiran las cosas que se cree conocer porque se repiten, lo llamaba alergia), de que una forma de vida desconocida, incubada quién sabe desde cuándo en sus senos paranasales, estaba a punto de reventar la máscara que la amordazaba —su rostro dolorido y maltrecho— para verse cara a cara con el mundo. Equinacea, propóleo, té de jengibre y miel: tenía el arsenal para combatirla, mejor dicho para "atravesarla con el menor daño y lo más rápido posible", según la resignada descripción de la epopeya que hacía su homeópata, una mujer cultivada y convincente que lo trataba desde hacía años, a quien Savoy, a la menor molestia o dolor, engañaba con los venenos más frívolos de la farmacología y a cuyos brazos no tardaba en volver, culposo, contrito, con la alergia original intacta y gastritis causada por los antigripales en pleno apogeo. Tenía todo, pero llamó a su prepaga y pidió un médico a domicilio.

Savoy los usaba muy de vez en cuando, no tanto para salir rápido de una emergencia como para demostrarse que también él, con sus remilgos de enfermo imaginario, llenos de síntomas y contrasíntomas, causas secretas y efectos descabellados, podía caer en las generales de la ley. Fracasaba siempre, pero volvía a intentarlo apenas tenía la oportunidad, un poco como le pasaba con las peluquerías, de las que salía con la cabeza hecha un desastre pero mascullando: "La próxima, tal vez la próxima...". La raza, en todo caso, le inspiraba poca confianza. Dudaba incluso de que fueran médicos: no usaban guardapolvo (un blasón corporativo que Savoy consideraba imprescindible, muy influyente, por otra parte, en sus alergias); llevaban sus cosas en bolsas de plástico o mochilas sucias de lona, probablemente robadas a alguna sobrina ojerosa, tatuadas con rabiosos apodos de varón escritos con birome, en vez del adusto maletín de cuero negro combado de su infancia, que con sólo abrirse diezmaban medio ejército enemigo; temblaban cuando manejaban el termómetro (que llevaban suelto, sin su estuche transparente, y que extraían, siempre que podían encontrarlo, pellizcando su sagrada extremidad de mercurio) y lo leían a duras penas, entrecerrando los ojos, acercándolo a un foco de luz que no tardaría en alterar su dictamen. Cuántas veces —porque la matrícula no llegaba a leerse (sello sin tinta), faltaba la firma o el remedio prescripto estaba prohibido o "discontinuado"— le habían rechazado esas recetas que redactaban a las apuradas, distraídos por el programa de televisión con que el enfermo había estado atontándose mientras los esperaba. Savoy recordaba como un hito la sonrisa enternecida con que cierto farmacéutico leyó y le devolvió —casi en el mismo acto, en un alarde de simultaneidad asombroso— una de esas recetas y le dijo resoplando: "El *doctor* Naldoni. Doce materias creo que le faltan —sin contar las seis que aprobó pagando".

Pero le gustaban. No aunque sino *porque* eran impostores. Y cada vez que los veía entrar arrastrando los pies, y debajo de los pies, las suelas gastadas de unos zapatos que nunca habían conocido un lustrado, y simular el aplomo o la simpatía o la solvencia que todo en ellos desmentía, empezando por el cuello de la camisa sucio, el olor a tabaco y encierro —fumaban en el coche para matar el tiempo entre consultas— y los chistes con que sentían la misteriosa obligación de congraciarse con todas las personas que no eran su paciente, todos de mal gusto o dirigidos al interlocutor inapropiado, Savoy no podía evitar imaginar al médico, al verdadero, con su delantal recién lavado, su diploma sin manchas, sus horas de residencia y de congresos y las llaves de su cero kilómetro recién salido del concesionario, amordazado y atado con un resto de cable coaxial en el baño subterráneo de una estación de tren, y el contraste entre las dos mitades de esa pantalla dividida lo hacía retorcerse de risa. Le gustaban los pulóveres apolillados, los puños sin botones, la retórica de venta ambulante con que describían un cuadro de constipación, una contractura muscular, una gastroenteritis, y la acción siempre instantánea de las pastillas que recetaban para remediarlos. Pero también los balbuceos, el desconcierto, la impaciencia —y las ganas de huir antes de que los sorprendan en flagrante delito.

Esta vez le tocó un hombre mayor, que se encorvaba en un traje de empleado de banco de los años cincuenta y cada tanto, con cierta pompa, sacaba un pañuelo donde escupía los derivados de una tos femenina. No bien entró, alabó la economía de muebles del living de Savoy (era obvio que no veía de un ojo). Algo en el piso le llamó la atención. Se agachó (cosa que no le costó mucho), recogió un papelito cuadrado que Savoy no había visto y, luego de dedicarle una mirada nostálgica, tuvo la delicadeza de posarlo junto al teléfono. Cruzaba el living atrás de Savoy cuando se detuvo y se puso a mirar y a señalar a todas partes con aire perdido, como si dos o tres cables de su red nerviosa, cruciales pero bastante deshilachados, hubieran cedido de golpe, mientras preguntaba inquieto por el sur, el norte, el este y el oeste, una preocupación que Savoy, con su experiencia en sondeos inmobiliarios, no podía no apreciar. Terminada la consulta —rápida, inútil, un prodigio de cabos sueltos—, Savoy lo invitó a almorzar. El médico aceptó con naturalidad, como si la contraprestación estuviera incluida en la consulta. Apenas tocó la comida. En un momento sonrió y se iluminó súbitamente: el viejo cospel que llevaba años atorado en algún recodo forrado de sarro se había abierto paso por fin y había llegado a destino. "¡*Monatskarte!*", exclamó suavemente, como para sí, y el tenedor que sostenía entre dos dedos cayó, golpeó contra el borde del plato y quedó tendido en un colchón de puré. Después se levantó, acomodó su silla contra el borde de la mesa y se fue —sólo para tocar el timbre un segundo más tarde, avergonzado, y redactar de pie, manteniendo en frágil equilibrio el recetario, la birome, la credencial médica de Savoy y sus propios anteojos, la receta que se le había pasado por alto hacer, y con un rápido ademán de tahúr, elegante pero poco discreto, llevarse la pilita de viejos posavasos de fieltro de los que Savoy se prometía deshacerse y nunca cumplía. Solo otra vez, pero con la sensación perturbadora de que convivía ahora con algo nuevo, que no podía identificar pero cuya presencia se hacía sentir de manera flagrante, Savoy hizo a un lado la receta (con toda la intención de no usarla) y en ese momento, castigándolo por su imprudencia, o su derroche más bien, lo sacudió un rosario de estornudos clamorosos. Exageraba: un arte heredado de su padre, primer gran estornudador de la familia. Fue entonces, con los codos clavados en la mesa, tratando de reponerse de lo lejos que había llevado la farsa, cuando dio con el cuadradito de papel anaranjado que el médico había recogido del piso. Nunca había estado en la ciudad; o sí, hacía siglos, aunque, demasiado joven para entenderlos, corrompido, quizás, por ciudades más complacientes, había confundido con asperezas el comité de encantos con que lo recibió —un aeropuerto senil, taxistas lacónicos, calles subiluminadas. Así y todo reconoció en el acto, como por ósmosis visual, no con la ciudad sino con Carla, que debía haberla dejado caer al irse, la tarjeta mensual del transporte público de Berlín.

Savoy seguía llorando cuando llamó Carla. Más que llorar, en realidad, gemía, bramaba, se desangraba en lamentos que brotaban desde muy abajo —una especie de cripta húmeda, poblada de desechos más o menos malolientes—, salían poco a poco a la luz, afinándose en una nota aguda, y tras persistir unos segundos en un falsete atroz, hiriente como el filo romo de un vidrio roto, explotaban en una lluvia de alaridos —todo muy desolador pero seco, irremediablemente. Con el llanto a Savoy le pasaba lo mismo que con vomitar: llegaba un momento en que no tenía nada más que dar, nada orgánico; sólo la necesidad de seguir llorando, sobre la que las lágrimas ya derramadas no parecían tener ningún efecto balsámico. Para motivarse, pues, y porque había algo muy antinatural en esos aullidos deshidratados que lanzaba, Savoy se sentaba y se obligaba a contemplar la *Monatskarte*, el kit de pileta, las monedas extranjeras (habían aparecido más, de otra especie, en el bajoventana y el botiquín del baño, ordenadas y en fila como peregrinas), primeras piezas de un departamento *objets trouvés* que con el correr del tiempo, siempre de manera intempestiva y no necesariamente por el olfato de Savoy (la mujer que trabajaba por horas encontró un alicate de uñas y unas medias con estampado de sirenas; Renée, dos entradas de museo y una tarjeta de embarque), iría incorporando nuevos hallazgos.

En ese ritual estaba, a punto ya de desalentarse, cuando apareció Carla. Fue como si la hubiera conjurado. Un caso típico de serendipia: en el afán de llorar, atraía a la única persona capaz de hacerlo llorar. Savoy no pudo apreciarlo; estaba demasiado ocupado en no darse cuenta de dos cosas: que ese sonido era un llamado, que la que llamaba era Carla. Oyó campanadas; pensó que una alarma sonaba en algún lado, lejos, muy lejos de donde su corazón se agrietaba por primera vez, a destiempo, como de costumbre. El sonido siguió, con esa insistencia única, insoportable, que tienen las cosas cuando no reconocemos los mensajes que nos envían. Molesto, Savoy abandonó el teatro de su ritual —si no conseguía llorar en ese momento, pensaba, no lloraría nunca—, siguió el rastro del sonido y llegó hasta el cuarto. Pasmado, como quien descubre por casualidad, vaciando de trastos una habitación que ha vuelto a necesitar, el fondo secreto que anida la valija que siempre usó y el secreto agazapado en ese fondo secreto, prodigios que estuvieron ante sus ojos pero nunca vio y ahora, de pronto, lo convierten en un imbécil y un privilegiado, comprobó que la que repicaba era su computadora.

De modo que eso era lo que llamaban skype. Savoy sabía que el programa estaba en su computadora. Se lo había comentado de entrada, para ponderarle la máquina que pretendía venderle, "usada pero de primera mano", el técnico que le había recomendado Oblomov, un tipo impaciente, de una simpatía turbia, con quien Savoy descubrió un mes después, cuando tuvo que llamarlo de urgencia —una "puesta a punto" inesperada: la máquina no prendía—, que estaban peleados a muerte. Pero eso que sabía era menos que nada. Sabía que estaba "ahí adentro", en alguna parte de ese mar de tedio, esperando, junto a otros soldados igualmente serviciales y desdeñados —herramientas para pintar, componer canciones, elaborar balances contables, diseñar conferencias espectaculares—, que Savoy se dignara a usarlo o lo tirara a la papelera. Estaba ahí, pero nunca había aparecido. Y ahora que aparecía en la pantalla y palpitaba pérfido, elemental, como el mensaje de bienvenida de una escritura jeroglífica diseñada para todos los niños del mundo menos para él, Savoy, en vez de hacer lo que habría hecho en su lugar cualquier sobreviviente de una era mecánica muerta debilitado por una gripe, una gripe de amor, falsa pero mortal, en salto de cama y zapatillas, es decir: precipitarse sobre el teclado y apretar todas las teclas que por alguna razón le parecieran importantes, o mirar la pantalla y cliquear íconos sin pensar, indiscriminadamente, esperando que *algo* sucediera, o zambullirse en el manual de ayuda con el que Renée insistía en vano en familiarizarlo, el estupefacto Savoy, como si estuviera dentro de un sueño y dentro del sueño nevara dentro de la habitación, se preguntaba: ¿Qué está pasando? ¿Cómo puede ser posible?

"Tranquilo: fui yo", dijo Carla. No ella misma, en realidad, sino la voz del más allá que la precedió, teñida de un color metalizado que la volvía irreconocible, retumbando sobre la ventana que de pronto ocupaba casi toda la pantalla de Savoy: un cuadrado negro en cuyo centro insistía en morderse la cola un anillo de puntos. Después, materializándose de un modo imperfecto, como si el trayecto recorrido hasta hacerse visible la hubiera dejado exhausta, una imagen apareció, rudimentaria y enigmática, formada por centenares de pequeños mosaicos de colores que se prendían y apagaban, dibujaban el contorno vago de una cabeza y luego, poco a poco —pero con qué rapidez asombrosa tenía lugar esa gradación—, como si, después de mucho titubear, el elemento proteico de la aparición, cansado de ser una promesa, optara por ser algo, alguien, una de las innumerables criaturas que estaban a su disposición, todas igualmente posibles, componían una cara, y la cara era pálida y tenía una frente amplia y limpia y ojos grandes, con las líneas de agua irritadas, y pómulos filosos y desafiantes y una boca muy roja, tan roja que parecía pintada, pintada con descuido. Y esa boca cuyos labios, ahora, se movían sincronizados con la voz de Carla, decía otra vez: "Fui yo, fui yo, Savoy" —y lo tranquilizaba, lo tranquilizaba por fin.

Al parecer, Carla había entrado en su computadora y activado su skype. La última noche, aprovechando que Savoy dormía (y monologaba mientras dormía, una infidencia que Savoy agradeció, porque era la primera noticia que tenía de que hablaba en sueños, hábito o facultad que por alguna razón, como otros la zurdera o el oído absoluto, siempre había envidiado, pero que no dejó de inquietarlo, dado que Carla parecía usarla para justificar un delito cometido a sus espaldas), le había asignado el alias de usuario —*entaxivoy*— que había estado rumiando durante los últimos días, apenas se dio cuenta de que quería seguir viéndolo y que de ahí en más, quién sabía por cuánto tiempo, era ahí donde lo veía: en una pantalla. Junto con la calma, Savoy sintió una puntada de decepción. Unos segundos antes, oyendo la voz metalizada y contemplando el rostro que no terminaba de formarse en la pantalla —un mosaico bizantino entrópico—, había alucinado que un *hacker*, uno de esos prodigios cuyas hazañas habían destronado del podio olímpico de la precocidad a niños ajedrecistas, ninfas gimnastas y pianistas natos, acababa de apoderarse de su pobre máquina usada, lanzando uno de esos operativos de ocupación a distancia que hacían zozobrar a bancos, corporaciones y servicios de inteligencia. ¿Cuándo había sido blanco de una conspiración por última vez? ¿En primer año de la secundaria, cuando Laborda y su séquito de matones —Degré entre otros, el muy traidor— le escondieron la ropa a la salida de la clase de natación?

Carla y su pelo mojado. Siempre parecía recién salida de la ducha. Era una costumbre que Savoy no terminaba de asimilar: las piezas que intuía que la componían —escrúpulo, fe en la higiene personal, impudor, culpa, cierta vulgaridad— no encajaban del todo y le impedían formarse una opinión cabal. Pero comprobar que en un chalet del norte de Brasil, lejos de él, hacía lo mismo que había hecho una y hasta dos veces por día en Vidal con él, delante de él, con la candidez de una sirena y pavonéandose como una diva, le daba una extraña tranquilidad. Era ella, sí. Ella, Carla, en la pantalla. Masticaba algo. Dos hoyuelos minúsculos, como pinchazos de agujas, le brotaban a los costados de las comisuras de los labios, igual que cuando sonreía. Alzó de pronto los ojos —la entretenía algo que Savoy no podía ver— y lo miró, y librándose por fin de la semilla que su lengua había estado luchando por pescar, muy seria, le preguntó si había estado llorando. Savoy, en un acto reflejo, al modo de esas mujeres que se llevan instintivamente una mano a la cabeza cuando les hacen un comentario sobre el pelo, se sorbió los mocos. Después sonrió con desdén, como desmereciendo la hipótesis de Carla, y dijo que no, que sólo estaba congestionado, que quizás había tomado frío al salir... "¿Qué?", le saltó encima ella, los ojos radiantes de felicidad: "¿Empezaste pileta?".

Previsiblemente, Savoy mintió que sí. Y pasó los cinco minutos que siguieron abocado a una esgrima intensa, paradojal: Carla lo ametrallaba a preguntas, una más caprichosa que la otra —los *lockers* del vestuario (¿madera o chapa?) le interesaban tanto como la temperatura del agua, los horarios más frecuentados para nadar o la oferta de bebidas del bar—, que Savoy atajaba y sorteaba con respuestas cada vez más mendaces, de cuyo nivel de detalle, sin embargo, él, más bien propenso a los planos generales, era el primero en sorprenderse. Mintió y fue capaz de sostener el vértigo de esa mentira originaria, fruto del ingenio de un estafador inspirado, con la fuerza, el tesón, el escrúpulo de un artesano fiel, que sabe que sin esa tarea de esclavo que lo espera cada día no sería nada. Pero la vio tan feliz que muy pronto olvidó la razón que lo había llevado a mentir y siguió mintiendo un rato más, incluso cuando Carla ya no tenía nada que preguntarle, deteniéndose en cosas que nunca se le había ocurrido imaginar y que ahora brotaban ante él como acertijos que debía resolver —formas y colores de azulejos, tipologías de nadadores, modelos de trajes de baño, bañeros, conversaciones de negocios entabladas de ducha a ducha, a voz en cuello, mientras un vapor de utilería envolvía los cuerpos en una niebla espesa y un jabón ávido de conocer mundo patinaba entre pies desconocidos—, por el placer de ver cómo cada superchería que inventaba hacía nacer en ella el eco de una risa, un asombro, una complicidad instantáneas. Hasta que en un momento algo se cortó, la imagen desapareció —"se fue", como Savoy muy pronto se enteraría de que había que decir— y la voz de Carla quedó resonando un momento en el vacío, opaca, con esa reverberación de sueño que tienen ciertas voces oídas en una fiebre muy alta. Hubo intentos de restablecer la conexión, todos por parte de Carla, porque Savoy, perplejo, se limitaba a contemplar el teclado con ojos impotentes. Las campanadas de la primera vez repicaron de nuevo con su irritante insistencia. Pero salvo un breve interludio de espiritismo en que la pantalla viró al negro por completo y la voz sin cuerpo de Carla preguntó: "¿Estás ahí? ¿Savoy? ¿Estás ahí?", como un alma en pena a punto de perder lo único que la ligaba al mundo de los vivos, no llegaron a nada, y pronto Savoy bajó sus inútiles brazos y comprendió lo que ya se temía: que el alma en pena era él.

Miró a su alrededor. La luz había cambiado. No recordaba que el anochecer fuera tan desolador. Le llegó el rumor crispado de la calle y pensó en cuerpos cansados que apuraban el paso, rostros alzados hacia el cielo, suplicantes, esperando que el semáforo se decidiera por uno de los dos colores en los que llevaba minutos fijado, chicos dormidos en uniformes de colegio sucios. Qué difícil era volver a casa. Pero a cierta hora, sin embargo, nadie pensaba en otra cosa. Y cuando todo lo llevaba a hacer lo contrario, Savoy esperó. Esperó sentado frente a la computadora, sin hacer nada. Se quedaría dormido así, si era preciso. Empezaba a cabecear, envuelto en la penumbra como en una niebla, cuando la pantalla se iluminó de golpe. Volvió a ver el espacio donde estaba Carla cuando habían hablado, la misma habitación amplia, superpoblada de plantas, de pisos color ladrillo y paredes tapizadas de platos, ídolos, máscaras de barro. Lo mismo *menos* Carla, y la imagen no tenía sonido. Por un momento creyó que miraba una fotografía. Pero al fondo, hacia la izquierda, una cortina tembló apenas, y el tentáculo colgante de una planta trepadora tembló también, y hubo en la pared un estremecimiento de hojas sutil que un gato que fingía dormir en alguna parte tomó por el rastro de una presa y se lanzó de un salto a capturar. Y aunque en el plano técnico donde se jugaban los acontecimientos no tenía la más pálida idea de lo que estaba sucediendo —para él, a esa altura del partido, una desconexión era una desconexión, no el portal de acceso a las dimensiones desconocidas que pronto, aun a su pesar, aprendería que podía ser—, Savoy supo que había hecho bien en esperar. La pantalla le dio la razón segundos más tarde, cuando Carla entró en cuadro desnuda y empezó a vestirse. Era la misma Carla que antes, la misma que Savoy conocía, con esos omóplatos que se plegaban como alas de ángel, pero el mundo mudo en el que se movía, quizás con mayor fluidez, algo más rápido que de costumbre, parecía empequeñecerla, quitarle presencia, alejarla de él de una manera especialmente dolorosa. Savoy dijo algo para salir de la duda, primero en voz baja, demasiado intimidado por la situación para decidir si quería ser escuchado o no, después más fuerte. De espaldas, haciendo un equilibrio de garza, Carla seguía tratando de meter una pierna en el hueco de una bombacha que tenía otros planes. Entonces la llamó por su nombre, bien alto, como si Savoy fuera el guardia de una tienda y ella una clienta sorprendida en pleno delito, con ese tono de impostada severidad con que, en ciertas películas pornográficas, los hombres empiezan por amenazar a las mujeres con las que no tardarán en trenzarse de las maneras más extravagantes. Enseguida, al comprobar que del lado del mundo mudo nada cambiaba —salvo que el gato, de vuelta de su fallida cacería vegetal, buscaba despertar con zarpazos afables a una mancha opaca del tamaño de un zapato grande, probablemente una tortuga— y Carla, inclinada de perfil sobre un cajón revuelto, descartaba un corpiño rojo por otro azul y se lo ponía frente al espejo del armario, Savoy se puso a llamarla a los gritos, primero por su nombre, luego con los apodos del amor, la necesidad, la sospecha, y por fin con todos los alias injuriosos que su desamparo y su rencor habían encontrado para clavar en los puntos más débiles de su figura de estopa desde que se había ido, un poco como el enamorado demente prueba sobre el cadáver de la mujer que amó y apuñaló un vestido distinto cada día. Así, hasta que una convulsión violenta lo sacudió. Algo se retorció en el fondo de su cuerpo y se aquietó de golpe, al cabo de unos espasmos. Savoy se quedó un rato con los ojos cerrados. Después volvió en sí y sintió algo húmedo que se enfriaba en el hueco de su mano, la misma viscosidad de la que más tarde descubriría algunas gotas esmaltando la fila inferior de teclas, entre la Z y la B, por alguna razón la zona menos gastada del teclado.

Hubo más espasmos más adelante, no unilaterales y furtivos como la primera vez sino consentidos, planeados con esmero, ejecutados con la torpeza y la ansiedad de una pareja de colegiales que aprovecha un castigo seguramente injusto —media hora de plantón— para retozar entre mapas, esqueletos de plástico y pizarrones de repuesto, y también, en ocasiones, simultáneos, aunque con menor frecuencia de lo que Savoy estaba dispuesto a admitir. La razón de estas desinteligencias no estaba en un problema de coordinación —a la distancia, la métrica de sus deseos era tan afín como lo había sido durante la temporada en Vidal— sino en una trampa deliberada: Savoy, con el desenlace a la vista, solía preferir retrasar un poco su propia satisfacción, el tiempo suficiente para abrir los ojos y gozar de la imagen de Carla en pleno éxtasis, un privilegio al que había tenido acceso más de una vez estando con ella pero que, quizá por culpa, se había concedido poco, como si, eligiendo desviarse del camino del placer común, desdeñara la prebenda más codiciada del amor, sacara una ventaja inapropiada o violara una regla fundamental del contrato amoroso.

Se veían por skype, conversaban. En esos primeros escarceos, la charla se iba en frivolidades, saboteada por las mismas preguntas triviales que hubieran podido intercambiar —sin que ninguno de los dos se sintiera en la obligación de contestarlas— de haber sido dos perfectos desconocidos. Pero esos preliminares incómodos, que podrían haber abreviado pero prolongaban a veces dolorosamente, varados en verdaderos páramos de suspiros, monosílabos, puntos suspensivos, los aprovechaban en realidad para lo que verdaderamente les importaba: examinarse con cuidado, atentos a los detalles —un corte de pelo inesperado, el rastro de una lastimadura que no habían mencionado, un color de remera desconcertante, el gesto o la expresión más o menos infrecuentes que cobraban un súbito protagonismo— que pudieran modificar la imagen que cada uno tenía del otro, igual que dos expertos en fraudulencias parados con el ceño fruncido ante el retrato por el que un cándido coleccionista acaba de pagar millones. Una vez que daban con el detalle de turno, todo marchaba sobre ruedas, la incomodidad y la torpeza se evaporaban, la lengua del amor fluía fácil, rápido, cargada de complicidad y promesas excitantes. No era raro que se dejaran engañar por una falsa alarma, algo que les llamaba la atención y tomaban por una novedad, cuando muchas veces ya existía antes, sólo que por alguna razón había pasado inadvertido y ahora, iluminándolo mejor, rescatándolo del segundo plano en el que dormitaba, un cambio de contexto o de encuadre permitía que se volviera visible. Perdían muchos minutos valiosos en esas precisiones: si tal o cual camisa existía ya en Buenos Aires, si ese violeta era el color de uñas de siempre, si los anteojos eran los mismos, si ya habían usado antes, estando cara a cara, la interjección con que lamentaban haberse quemado con una olla o la guarangada que les arrancaba el peor contratiempo imaginable: que algo o alguien los interrumpiera en medio de un encuentro. Pero lo que perdían dudando, sospechando, averiguando —más Savoy que Carla, en verdad, porque él creía en saber, creía que entre el saber y el amor había alguna relación, en la medida básica, al menos, en que querer saber era interesarse, moverse de algún modo hacia el otro, mientras que Carla, cuando le hacía preguntas, se las hacía con criterio pero desde lejos, con el desapego de una profesional, alguien que copia algo que no haría espontáneamente, quizá con el propósito de complacer o sólo de cerciorarse de que es capaz de hacerlo—, lo ganaban en excitación, y el torneo de titubeos en el que habían quedado encallados sufría una brutal sacudida de impaciencia y de pronto se volvía ágil, tirante, atropellado. Entonces hablaban demasiado, demasiado rápido, mordiéndose los talones, anticipándose a lo que otro estaba a punto de decir para festejarlo o contradecirlo, sin corroborarlo jamás, y así iban, atolondrados, invulnerables, saltando de malentendido en malentendido, como si la conversación, en el fondo, no fuera más que un programa de estímulos físicos disfrazado, el camino más corto, sembrado de vivificantes descargas eléctricas, hacia la breve, desmañada escena de paroxismo en la que desembocarían. Cuatro minutos, cinco a lo sumo: eso era lo que duraba todo —contando las campanadas del principio y la evacuación, al final, de las huellas del crimen.

La pileta —con los vestuarios, el cuchitril destinado a la revisación médica y el área común, un salón sofocante que los empleados llamaban *buffet*, donde un mostrador-heladera con un puñado de presos lácteos seguramente vencidos reinaba sobre media docena de mesas dispersas y el turquesa estridente de la pileta estallaba a través de un ventanal enorme, como de pecera— ocupaba casi la totalidad del edificio, sede menor, gastada por años de penuria económica, de un club de fútbol también menor que una combinación de dirigentes ineptos, conducciones técnicas sin rumbo y varias generaciones de jugadores sin talento ni amor propio habían condenado a boquear en las ligas inferiores. El resto, confinado al primer piso, era un rectángulo oscuro, de techo insólitamente bajo, que hacía las veces de *dojo* (el menú de artes marciales incluía capoeira y origami) y dos veces por semana se dejaba alquilar para eventos, una licencia que aportaba algún recurso al club y sacaba de quicio al *shifu*, que daba clase fumando y marcaba los errores de sus alumnos pateándoles los tobillos.

Savoy montó guardia frente al club, al sol, al pie de la rampa de entrada de un garaje. Llevaba el kit de pileta en la mochila, más un toallón y un neceser de falso cuero marrón con todo lo que había pensado que necesitaría si se atrevía a ducharse. Y aun así, a pesar del escrúpulo que había puesto en los preparativos, no estaba seguro de querer entrar. En todo caso, prefería creer no que dudaba, sino que esperaba la señal providencial que lo empujaría a tomar una decisión. Pateando el piso con un pie y luego con el otro para combatir un frío que no hacía —nunca había sido bueno para vacilar en público—, dejó pasar diez minutos indolentes, un paseador de perros con sus trece clientes, todos envueltos en la misma nube de marihuana, dos hermanos que iban al colegio de la mano, encorvados bajo el peso de sus mochilas, una pareja en bicicleta, dos cochecitos de bebés cuyos ocupantes se miraron al cruzarse con desconfianza, un tipo alto y flaco que cargaba un paño de vidrio bajo la axila como si fuera un libro feliz, un libro transparente. Hasta que una bocina lo sobresaltó: la trompa de una camioneta asomaba bajando por la rampa del garaje. Savoy, confusamente, vio los gestos que el conductor le hacía del otro lado del vidrio. No era la señal que esperaba, pero cruzó la calle y entró al club.

Media hora después, Savoy había sobrevivido a dos pruebas para las que no estaba preparado y se sentaba en el borde de la pileta, el gorro en una mano y las antiparras en la otra. En la recepción, una mujer pétrea con aire de haber salido recién de la peluquería —*la perra*, como se enteró pronto de que la llamaban, con distintos matices de odio, en la pileta— le hizo notar que su abono había caducado. Savoy le echó la culpa a Carla. Dijo que el abono era un regalo, que la persona que se lo había regalado había tardado en dárselo, que después se le había traspapelado... El timbre del teléfono interrumpió su explicación. "¡Pileta!", gritó la mujer de mal modo, como si el llamado la sorprendiera tratando de resucitar a un ahogado. Hablaba con monosílabos: "Sí", "No", "Martes", "Tarde". Savoy supuso que del otro lado de la línea se ponían insistentes, porque, alzando la voz, la mujer recitó una cláusula del reglamento de la pileta y colgó. Se volvió hacia él, lo miró a los ojos y con un piadoso desdén sostuvo en el aire el papel del abono vencido. "Qué hacemos con esto", dijo. Savoy le pidió que lo dejara usar la pileta un día, a modo de prueba. "No hay natación libre por día". Era una despiadada radical: emitía su sentencia y se quedaba en silencio, mirándolo a los ojos, esperando. Resignado, Savoy dijo que pagaría un abono nuevo. "Son 4900 pesos". Savoy le mostró el recibo vencido:

"Costaba 4500". "Aumentó". Savoy se llevó una mano al bolsillo donde guardaba el portadocumentos. "Sólo efectivo", dijo la perra. Y, excepción milagrosa, sólo justificada por el impacto retórico que buscaba, agregó: "El cajero más cerca está a tres cuadras". Una pausa brevísima, miserable. "Hasta anoche no andaba, pero por ahí tiene suerte".

La revisación médica fue más amigable, aunque el laberinto de pasillos que tuvo que recorrer, oscuro, sembrado de charcos, y las dos puertas equivocadas que abrió le hicieron temer lo peor, lo que Savoy esperaba siempre de esa clase de aduanas médicas de rutina desde que a los doce años, un día de sol como cualquiera, un médico ni siquiera malvado se agachó, consideró que su primor de prepucio "no corría" con la elasticidad apropiada y lo mandó al quirófano. Lo atendió un venezolano muy joven, recién llegado, que hasta dos semanas atrás había estado vendiendo arepas en la línea D. Pasó volando por sus axilas, sus manos, sus genitales. Las uñas de los pies le despertaron cierta curiosidad. "Psoriasis", se apuró a aclarar Savoy. Era lo único de todo el protocolo pileta que había atinado a prever. Liberado por el diagnóstico anticipado de Savoy, el médico prolongó un poco más el examen, como deleitándose. Luego selló y firmó una tira de papel apaisada que metió con dificultad en el carnet y lo despachó.

Savoy encargó a sus pies —igual de acobardados que él— la misión de sondear la temperatura del agua. No hacía frío, pero tiritaba. Se sentía dos veces desnudo, la primera por el desvalimiento al que lo condenaba el slip negro, la segunda porque era su primera vez en la pileta. Alzó los ojos, miró la chapa curva del techo, perforada por rayos de sol, las paredes manchadas de humedad, el bañero sentado en su trono de plástico, de brazos cruzados y con anteojos oscuros. La profesora de gimnasia acuática se inclinó sobre su viejo radiograbador mientras sus cuatro alumnas esperaban con el agua al pecho, inmóviles, probablemente dormidas. Un bólido que subía y bajaba como una máquina cruzó de lado a lado abriendo un largo tajo de espuma en el agua. Un poco temprano, pensó Savoy, para nadar mariposa. Y de pronto, como si alguien abriera una puerta, todo sonó: el viento en la chapa acanalada del techo, el reguetón en el grabador, los brazos del campeón olímpico contra el agua, las risas de las viejas alumnas amplificadas por el eco.

Tuvo sorpresas. Malas: la cantidad de otras personas que habían decidido nadar, flotar o chapotear en el agua al mismo tiempo que él; la corriente de frío polar que soplaba en la zona de transición entre la pileta y el vestuario; la ducha que le tocó, corta de presión y para colmo bipolar, siempre entre el fuego y el hielo; la radio que crepitaba por los parlantes del vestuario, clavada en los años ochenta de Phil Collins y Rod Stewart. Buenas: la gorra de baño y las antiparras, que primero quedaron en el borde de la pileta, descartadas, señal de su aversión al uniforme que pretendían imponerle, y a las que unos largos después no tuvo más remedio que volver: le ardían los ojos, empezaba a dolerle el cuello, efecto colateral del tic, contraído en la juventud, de sacudir el pelo cada vez que sacaba la cabeza afuera y rociar el aire con una estela de gotas en cámara lenta.

A veces se conectaban y Carla era Carla pero a su alrededor todo había cambiado, y el hecho de no encontrar lo que la última vez había visto atrás, arriba, a los costados de ella, que era lo único que quería ver en el mundo, lo asustaba casi tanto como a su imaginación la posibilidad de que la que hubiera desaparecido fuera la misma Carla. ¿Dónde estaban las paredes caleadas? ¿Y las máscaras de barro? ¿Y las plantas, el gato, las vasijas de cerámica? ¿Qué eran —de golpe, sin el aviso que los habría amortiguado— ese empapelado rojo guinda, esa guirnalda de luces de colores, esos almohadones con labios, ese velador en forma de cala, ese musculoso maniquí en ropa interior que lo miraba con los ojos vidriosos de un alucinado? Savoy sufriría esa extrañeza muchas veces, y aunque no todos los dioramas en los que Carla aparecería ante él fueran tan extremos como aquel —Ciudad de México— ni tan contrastantes con sus antecesores, la experiencia siempre era radical, y la oleada de estupor que lo asaltaba cuando veía a Carla así, no exactamente *en* el cuarto, el living, el jardín o el baño (a Carla le gustaba hacer skype mientras se daba sus baños de inmersión maratónicos, con la mitad de la cara hundida en el agua, como una ninja, y también mientras lavaba los platos, un calvario del que sólo aceptaba encargarse si Savoy estaba a su lado charlándole) sino más bien sobre, encima, pegada a ellos con la técnica rudimentaria de los libros de *stickers* para chicos, que permiten insertar al pterodáctilo voraz de la página tres en la decepcionante llanura vegetariana de la catorce pero se desentienden de la relación de escala entre una garra y una montaña y pasan por alto las leyes de la perspectiva, tardaba días enteros en abandonarlo. La veía siempre un poco en relieve, como si los bordes de su contorno —desperfecto típico de los pegamentos de baja calidad— tendieran a doblarse y despegarse, de modo que durante toda la conversación lo acosaba una incomodidad extraña, parecida a la que sentimos cuando hablamos con alguien que no sabe que tiene una hebra de moco colgando de la nariz o una patilla de los anteojos a punto de quebrarse —alguien acechado por algo que es insignificante pero que sólo nosotros vemos, y que por eso mismo adquiere proporciones de amenaza. Pero si había amenaza, el amenazado era Savoy, una vez más.

No había el menor signo de aflicción en esa Carla troquelada que en cosa de semanas, siguiendo una línea de corte invisible, una mano traviesa desprendía de un entorno para trasponerla a otro más o menos intacta, a menudo en la misma posición. Salvo por la ropa que tomaba prestada, único rubro en el que aceptaba dejarse contagiar por el contexto, Carla era siempre la misma. *Viajaba bien*, como se dice de las novelas que sobreviven indemnes a las traducciones, incluso a las buenas. Viajaba bien sin resistirse ni hacer esfuerzos, en virtud más bien de una perseverancia natural, innata, como la de esas heroínas de cuento —casi siempre niñas, niñas desafiantes, de belleza abrasiva, cubiertas de raspones, que tienen todos los escondites del mundo en la cabeza y contacto telepático *full time* con los animales más salvajes— que se repiten idénticas en los distintos decorados donde transcurren sus aventuras, inmunes al tiempo, el clima, las costumbres, la variedad de insectos venenosos y bacterias y comidas a los que las somete el designio de un autor encadenado, y feliz, a su mesa de trabajo. Savoy, en cambio, sufría. En parte por ese déficit de verosimilitud que creía detectar en cada una de las muestras de vida que Carla le daba, que teñía los encuentros de una irrealidad algo farsesca. Pero más que nada porque Carla, que los conocía con antelación, nunca le anunciaba sus movimientos, los traslados sólo existían para él como hechos consumados, imprevistos que Savoy, todavía abocado a familiarizarse con el destino anterior, tenía que arreglárselas para asimilar.

El cansancio de nadar. Savoy tardaba en disfrutar de la pileta: desvestirse entre hormigueros de chicos gritones, compartir andarivel con desconocidos, lidiar con las gotas que se filtraban por las antiparras y le irritaban los ojos y lo hacían llorar. Llorar en el agua. ¿No era una de esas aberraciones que alguna ley de la naturaleza hubiera debido prohibir? Pero ¿y llover, entonces? ¿Llover en el agua? Había días en que la pileta se reducía a un rosario de batallas indeseables, una más exasperante que otra, todas perdidas. Pero los primeros pasos que daba cuando salía de la pileta lo regocijaban con una intensidad que hacía tiempo no sentía. Empujaba la puerta de vidrio del club —siempre la hoja equivocada, la fija, con el cartel que invariablemente lo invitaba a empujar la otra— y cruzar ese umbral, igual que la escotilla de la cápsula para el astronauta, era cambiar no de luz o temperatura sino de atmósfera: en contacto con el mundo exterior —como llamaba Savoy a la vida de la calle en relación con la pileta, que por otro lado ya era para él un gran mundo exterior—, todos los efectos que una hora de nadar habían provocado en su cuerpo, y que el ecosistema de la pileta, naturalizándolos, de algún modo aplacaba, se volvían nítidos, potentes y sobre todo extraordinariamente placenteros. Era afuera, en realidad, donde Savoy empezaba a nadar. En la calle, entre autos, gente apurada y colectivos lanzándose contra los semáforos, la carrera de obstáculos penosos que la sesión de pileta había sido para Savoy se traducía en puro bienestar, mágicamente. Caminaba despacio, siguiendo un ritmo propio, como si acabara de despertarse de un largo sueño o aterrizara después de un vuelo, adormecido e insomne. En el fondo de sus piernas y brazos entumecidos, sofocado pero clarísimo, el hilo de un dolor casi agradable le atravesaba los músculos de punta a punta. Hasta las arrugas que el agua le había dejado en la piel le parecían un privilegio, rastros de una hazaña privada de la que hubiera podido vanagloriarse pero que en cambio, modesta, como solían ser en Savoy todas las hazañas que no nacían de una voluntad propia —la resistencia al sufrimiento físico, por ejemplo—, prefería guardarse para sí y atesoraba con fruición, transformando la modestia en avaricia. Eran las once de la mañana y estaba recién bañado, pero el perfume del jabón casi no se sentía bajo el peso del cloro, que de algún modo lo mantenía drogado mientras caminaba. Nadar revelaba en él un cuerpo nuevo, o una relación inédita, desconcertante, con un cuerpo viejo, el mismo al que Savoy pasaba revista todos los días, tildando la nómina de sus malestares como un jefe de regimiento sus efectivos. Salir de nadar, en cambio, lo arrojaba a un mundo inocente, crudo, tan joven que un poco lo ahogaba, a tal punto el aire que lo envolvía era ajeno al que estaba acostumbrado a respirar, más puro y violento —un mundo del que lo ignoraba todo y desconfiaba, pero que estaba decidido a no dejar pasar. Así, en esa aceleración atolondrada, volvía a su departamento. Se llevaba por delante el cordón de la vereda, le costaba acertar la llave en la cerradura y si se cruzaba con un vecino que salía podía llevarle un largo y cómico minuto decidir si dejarlo salir o entrar primero. Pero veía todo con una nitidez prodigiosa, como si estrenara ojos, y rozaba con las yemas de los dedos las arrugas del salpicré del hall de su departamento y toda clase de paisajes fantásticos desfilaban por su cabeza. Así volvía a veces a Carla, que lo miraba desde el otro lado de la pantalla —un eufemismo que Savoy había prometido abandonar apenas encontrara un reemplazo satisfactorio— y a boca de jarro le decía: "Fuiste a nadar". Y sonriendo apenas, de costado, un poco a pesar de sí, como sonreía siempre que algo la obligaba a rendirse, Carla acercaba la cara a la pantalla y decía: "Me calienta el cloro". Entonces, al mismo tiempo que un rubor instantáneo le encendía la cara y activaba los pasos del protocolo del *skypesex*, Savoy no podía evitar que una nube minúscula pero oscura, escapada del mismo taller clandestino que fabricaba el noventa por ciento de sus tormentos, nublara leve pero irreparablemente su paraíso de media mañana. Trataba de mantener los ojos en la pantalla, en Carla, que en ese momento, apoyando los dos pies contra el borde de la mesa, se echaba un poco hacia atrás y abría las piernas, pero mientras forcejeaba con la hebilla del cinturón, un accesorio que Carla, que lo consideraba más incomprensible que el reloj, más de una vez le había objetado en vivo, Savoy estaba lejos, en realidad, muy lejos de allí —otro eufemismo—, en el búnker donde se recluía a debatir asuntos de coyuntura con sus lugartenientes, todos idénticos a él, igualmente lúcidos e inútiles, preguntándose si no había cometido un error fatal, si en verdad no había aceptado el kit de pileta, y la pileta, y la sociedad extravagante y repulsiva que venía con ella —con el viejo dismétrico a la cabeza; con él y su bagaje de muletas, mochilas y riñoneras, y con las pequeñas pirámides de piel en polvo que dejaba en el banco del vestuario después de lijarse concienzudamente los callos—, no por lealtad a sí mismo, para sostener la mentira improvisada en aquel primer skype con Carla, sino por y para Carla, simplemente para darle el gusto, y si la atención que ponía en asimilar el mundo pileta, o al menos en describirlo, no era un eco de su propia curiosidad sino una réplica dirigida única y exclusivamente a Carla, el contrarregalo con el que creía sanear una economía desequilibrada, cuando —como le susurraba la nube al oído con su vocecita shakespeariana— no hacía sino contribuir a desequilibrarla.

Cuando no daba con la respuesta —cuando su media docena de lugartenientes, pretextando toda clase de compromisos irrelevantes, se hacían humo y lo dejaban solo en el búnker—, Savoy se repetía este consuelo: que su contrarregalo también era un kit, y que el kit también incluía el odio. El odio inmediato, abismal, que sentía cuando dos piernas desconocidas detectadas bajo el agua a la distancia, mientras nadaba, le anunciaban que tendría que compartir el andarivel donde había pasado apenas diez minutos de oceánica felicidad nadando solo. El odio que le inspiraba todo lo que fuera grupal, grupalmente desordenado, ruidoso, amorfo, en especial las colonias de niños, los contingentes de discapacitados, las sesiones de aquagym al ritmo de los grandes éxitos de la movida tropical. El odio que le provocaban los tironeos de la silicona de la gorra en el pelo, olvidarse el jabón, las ojotas, la ropa de recambio, volver al vestuario después de nadar y comprobar que alguien había ocupado su lugar. El odio que le daba, recién duchado, que la remera se le resistiera, que los pies lucharan con las perneras del pantalón, que las medias nunca terminaran de calzarle —y —como alguna vez desarrolló en detalle ante Carla— no era un problema de telas o materiales; algodón, poliéster, corderoy: había que bregar, siempre. Algo en la atmósfera, quizá la concentración de humedad... Imposible estar seco. Savoy se preguntaba si no sería una cuestión de método. Dar con el orden adecuado. Saber qué ponerse primero, qué después, cuánto tiempo dejar pasar entre una cosa y otra. Había gente —gente común, no superdotados— que parecía ejecutar siempre la misma secuencia. Viejos y chicos, principalmente. La misma secuencia, también, a la hora de guardar las cosas. Primero la bolsa de plástico, después la mochila. La toalla, la malla, las antiparras, la gorra, el jabón, el shampú, incluso la ropa interior y las medias —si aprovechaba la sesión de pileta para cambiárselas. ¿Iban todas juntas? ¿En bolsas distintas? Veía niños que liquidaban el asunto en tres movimientos, a lo sumo cuatro, y nunca se equivocaban. Pero él, Savoy, ¿estaría a tiempo, él, de aprender? Era de la generación de los que forcejean con las cosas. Ropa, cierres relámpago, envases: todo lo que viniera cerrado.

Estaba en Coyoacán, a mitad de camino —le dijo Carla riéndose— entre la casa de Trotsky y la de Frida Kahlo. La había contactado de urgencia un director de arte que había tenido que volar a Los Ángeles (una estatuilla montaba guardia bajo llave en una vitrina, sólida y alerta a pesar de haber perdido el hombro derecho en lo que parecía un mordisco apasionado) para reemplazarlo en el cuidado de un perro pila ya mayor, con la cadera deshecha por la artrosis, que ladraba como si se riera, y de un séquito de jóvenes plantas de marihuana criadas según un método filipino, o alpino, o andino (acá el audio del skype se había cortado, y Savoy estaba demasiado ocupado atajando el alud de novedades para volver sobre un detalle que, por otro lado, le interesaba más bien poco), que recompensaba las atenciones exigidas con resultados aparentemente sublimes. El dueño de casa le había dejado de muestra un par de cigarrillos de una cosecha anterior, no tan feliz como esperaba que fuera la próxima. Ella, al parecer —lo dijo con cierto orgullo, ofrendándole su continencia—, no los había tocado. Savoy le creyó. No quería pasar por ingrato, y quizá lo inquietara un poco el terreno en el que se habría embarcado de haberle preguntado si catar la marihuana cultivada por su empleador estaba dentro de sus obligaciones de *home sitter*. No quería pasar por retrógrado, pero más de una vez había pensado en las plantas viendo el nirvana sonriente desde donde Carla le hablaba o el tiempo que se tomaba, también sonriente, para preparar respuestas que no llegaba a dar, distraída siempre por cosas que le llamaban la atención desde alguna periferia a la que Savoy no tenía acceso.

Una vez lo llamó de noche, muy tarde, cuando Savoy, que no se lo esperaba —habían quedado en verse dos días después—, estaba casi dormido. Tapado hasta el mentón, en medio de una fiesta extrañamente silenciosa, trataba en vano de huir de un pesado que insistía en llenarle el vaso con una bebida espesa y negra mientras lo abrumaba con chismes —todos viejos, la mayoría falsos, el resto conocidos— sobre compañeros de colegio que nunca le habían interesado. Savoy oyó las campanadas desde la fiesta y pensó: Qué raro, no vi iglesias al venir. Y en el momento en que el pesado, inclinándose confidencialmente hacia él, se metía una mano dentro del saco, con la intención evidente de mostrarle algo íntimo, una cosa robada, el absceso acunado por una axila abyecta, Savoy se sobresaltó, como si comprendiera que perdía un tren o había olvidado algo importante, y sacó la cabeza a la superficie. Arrastrándose miserablemente por el cuarto a oscuras, salió al living —si había iglesias y campanarios, era en esa dirección donde debían estar—, reconoció las señales del más allá de siempre —dos etiquetitas verdes, una roja y la cara familiar de Carla, leyendo su eterno libro sin título con los auriculares puestos— y atendió.

Atendió preocupado, con pálpitos funestos en la cabeza. Pero apenas el temor dejó entrever un destello de promisorio egoísmo —algo imprevisto y malo y sobre todo irreparable había sucedido y Carla no tenía más remedio que volver, y perdón por la hora pero era una urgencia y tenía que preguntarle si él...—, Carla, la verdadera, no la fugitiva desvalida que confiaba a sus brazos su alucinación, apareció en la pantalla. Estaba en la cama también, la cabeza hundida en la almohada, como aplastada y ensanchada por un exceso de gravedad, y con ese cuello acortado que se le hacía siempre que hablaba acostada con las piernas flexionadas, apoyando la base de la computadora sobre su panza y la pantalla contra la pendiente de sus muslos. Carla lo miraba sonriendo, envuelta en una especie de beatitud infantil, desde el bienestar de un nido mucho más blando y voluptuoso que esa cama. Dado el ángulo en que la tomaba la cámara, sólo eran visibles su cabeza, la almohada y parte de la cabecera, una placa de mimbre trenzado salpicada de pétalos tornasolados, probablemente lentejuelas, que la imagen a veces convertía en mosaicos diminutos. Pero la punta de algo asomaba y entraba en cuadro desde abajo, quizás el cuello de una camisa, y le rozaba el mentón con imperioso descaro, como una lengua. Esa camisa, Savoy la conocía bien: había pasado minutos sublimes desabrochándola. La sombra de pintura en los labios, la oscuridad alrededor de los ojos, el desorden del pelo (y esa flor de terciopelo azul, otra vieja conocida de Savoy, que Carla había olvidado sacarse) y, por fin, la avidez con que Carla, sin respirar, siempre sonriendo, vació de un trago media botella de agua mineral y se quedó mirando el envase con estupor, hasta que lo tiró a un costado como una reina el carozo de un dátil demasiado seco: a la luz de esa postal de fin de fiesta indolente, todas las dudas de Savoy se disiparon en el acto. Pero lo que ocupó su lugar no fue el alivio sino una especie de amargura maligna, ese sabor acre que daña más por su alevosía, porque ridiculiza nuestras expectativas y nos desaira, que por la repulsa química que provoca en la boca. "Es tardísimo", dijo Savoy: "pensé que había pasado algo". Lo dijo sin convicción, sabiendo que no estaba en condiciones de sostener la discusión que sobrevendría. Carla ni siquiera pareció escucharlo. Se puso cómoda —un reacomodamiento general, del que Savoy vio sólo la parte superior, compuesta por la cabeza y la almohada cada vez más compenetradas, en un falso plano cenital, como hundidas en el fondo del mar—, corrigió la posición de la computadora (que con el movimiento había quedado enfocando el piso, una media, la botella vacía, el zapato abotinado en el que había aterrizado la botella vacía) y, entre suspirando y desperezándose, le dijo cuánto lo extrañaba, lo mucho que había pensado en él en esa fiesta insoportable, que había vuelto corriendo, muerta de ganas de verlo, y le propuso que se tocaran un poco, así, rápido, sin compromisos, sólo para "dormirse mejor y más rápido y con cosas lindas en la cabeza".

Le molestaba que hiciera su vida, por supuesto. En realidad, lo que le molestaba era que "su vida" —en la medida en que Carla la vivía sin él— no tuviera límites ni forma conocida y se extendiera en todas las direcciones imaginables y fuera absolutamente todo, desde el pesado telón color obispo, como de teatro, contra el cual había visto recortada su cabeza a lo largo de tres conversaciones nocturnas, hasta los dos rostros jóvenes, de mandíbulas marcadas y dientes resplandecientes, que se colaban saludando al teléfono por un rincón del plano secuencia con que Carla y su teléfono inteligente pretendían mostrarle dónde estaban en tiempo real, el mediocre cuadro abstracto que pintaban los lotes del campo que atravesaba en coche, yendo quién sabe de dónde a dónde, y por qué, y cómo. Pero esa era una fatalidad con la que Savoy se sentía capaz de lidiar, no importa cuánto la agravara la distancia. Sabía que no podía evitarla —no si pretendía mantenerse dentro de los límites de la institución amorosa de la época, en líneas generales poco comprensiva con modalidades pasionales como el secuestro, la reclusión o la esclavitud, que eran las que en esos casos solían tentarlo. Pero podía disimular, un ardid que, como toda reacción desesperada, solía alcanzar en Savoy grados insólitos de sofisticación. Eso —un maletín lleno de trucos camaleónicos, bastante parecido al que les reclamaba en vano a los médicos a domicilio— era lo único que la edad, esa usurpadora, había condescendido a darle. Cómo disfrazar la zozobra de curiosidad, la sospecha de interés etnográfico, la alarma de asombro, de entusiasmo, de complicidad incondicional. Sufría, naturalmente, y sufriendo no siempre llegaba a esas playas de conocimiento cierto, libres de dudas y nubes, en las que seguía creyendo que lo depositarían las técnicas de inquisición que había desarrollado con los años, prolongación sutil y exhaustiva, por otros medios, de los escalofríos de inseguridad de siempre. Pero sobrevivía y —lo que era más importante— se las arreglaba para que sobreviviera también el amor, y con el amor la ilusión, no importa lo insensata que fuera, de que un día, una de esas mañanas fantásticas que nacen mientras dormimos de las noches de tormenta, pródigas de un sol eufórico, pájaros afinados, árboles de un verdor fluorescente y calles mojadas donde la luz rebota, enceguecéndonos, la vida que Carla hacía, cualquiera fuera, sería la misma que hacía él, y la misma punto por punto.

Sin embargo, todo eso sucedía mientras hablaban, en el intervalo irregular ocupado por esos encuentros de pantalla a pantalla —un lapso a veces dilatado, zigzagueante, lleno de episodios diversos, como una maratón de intercambios autobiográficos concentrada en la cabeza de un alfiler de tiempo, a veces breve y expeditivo, una mera descarga carnal, como la vez de la "fiesta insoportable" —calificación que Savoy, aunque sólo "para sus adentros", había objetado de inmediato, a tal punto le parecía contradecirla el aire de lánguida voluptuosidad que reconocía en Carla. En rigor, verse por skype, para hablar o para cualquiera de sus derivaciones, al menos para Savoy, era ante todo poner en circulación de manera sigilosa, cosa de garantizarles cierta eficacia, aquellas astucias de disimulo por medio de las cuales todo lo que lo alarmaba se volvía entusiasmo, promesa, y, en vez de menoscabar la conversación, como un capital que a último momento decidiera quedarse en la plaza de la que estuvo a punto de emigrar, la prolongaba un poco más, dándole un tiempo extra para profundizar sus pesquisas.

Era un estratega, sin duda. Pero a diferencia de muchos que, convocados a la guerra del amor, se jactaban de ser como máquinas y lo apostaban todo al ejercicio sin desmayos de una frialdad de hielo, Savoy era ardor puro. Con qué impaciencia esperaba cada encuentro. Apenas pactaban la fecha y hora de la cita —nunca más de cuarenta y ocho horas entre una comunicación y otra—, el futuro todo caía bajo el hechizo de esas coordenadas, un poco como el puñado de ranchos de una aldea, con sus corrales, sus ovejas llenas de abrojos, su viejo tanque australiano comido por el óxido y su molino, se dejan oscurecer por la nube inmensa que los cubre. Todas sus ocupaciones pasaban a tener una existencia pálida, subsidiaria, empequeñecida por ese horizonte que brillaba implacable y ensombrecía todo lo que no fuera él. Ir al médico, encontrarse con Oblomov para prestarle dinero (y de paso abrirle las ventanas), llevar a arreglar el coche (la bomba de agua otra vez), incluso comer con Renée, que había vuelto a indultarlo y ahora no exigía de Savoy sino información, única moneda capaz de compensar el rencor de haber sido excluida de su vida: todas esas cosas existían —si era posible llamar existencia a esa resignación, esa manera de dejarse opacar por un punto del porvenir—, pero existían como obstáculo, distracción, mera posteridad melancólica, para llenar el agujero entre Savoy y su cita con Carla, para consolarlo, para aliviar en él la amargura del día después, su vacío, su realidad insensata, su tedio sin límites.

Por momentos su fragilidad era tan grande que le rechazaban un captcha y se largaba a llorar —ahí mismo, sobre el teclado. Tenía la impresión, si las observaba con el rabillo del ojo más seco, de que sus lágrimas reventaban contra las teclas igual que los cuajos sanguinolentos de Chopin contra el marfil de su Pleyel venerado. Sufría porque le negaban el acceso, desde luego, pero sobre todo por la indignación que le despertaba la premisa conceptual del filtro, según la cual reproducir tal cual una secuencia de letras y números o enumerar sin errores las casillas donde aparecían un avión o un perro eran sinónimo de condición humana, algo que Savoy, para quien no había nada más humano —nada menos excepcionalmente humano— que el error, consideraba una mezcla imperdonable de ignorancia, injusticia y crueldad. Así que evitaba los captchas tanto como le era posible. (Huyendo de ellos, de hecho, cayó en los brazos permisivos de la competencia, que se limitaba a pedirle que confirmara con un tilde que no era un robot; el romance, breve, apremiado, nauseoso, como todos los que brotan del tronco de otro, terminó cuando Savoy, tras cliquear por enésima vez con éxito la casilla, se dio cuenta de que quería ser uno y nadie le enseñaría cómo). Cuando no tenía más remedio, o bien porque lo que sabía que lo esperaba del otro lado del captcha era demasiado tentador para echarse atrás, o bien porque la imagen de sí que le devolvía su rapto de cobardía era más humillante que la que veía cuando confundía un seis con una ge mayúscula o una ge minúscula —deformada por el efecto ojo de pescado— con un nueve y un captcha nuevo, saludable, en plena forma, aparecía en el nicho que había ocupado el anterior, ofreciéndole otra oportunidad —entonces Savoy pedía ayuda. Era una suerte que hubiera aprendido a hacer capturas de pantalla, aunque le parecía una herejía malgastar en un captcha el subterfugio que Carla —a pedido de Savoy, porque lo entristecía quedarse con las manos vacías después de cada skype— le había enseñado para retratarla, si quería, mientras conversaban. (Savoy guardaba esos retratos en una carpeta especial, reconocible por el color que le había dado al bautizarla, un amarillo durazno pálido, feo pero bastante ostensible, a la que recurría en momentos de desesperación o tedio profundo o cuando creía que todo estaba perdido; entonces la abría y sacaba las capturas y las contemplaba una por una, largamente, ladeando un poco la cabeza, como si fueran los restos de una muerta). De modo que echaba un vistazo al *postit* donde había anotado la fórmula del atajo para hacer capturas y les mandaba el captcha a Oblomov y a Renée.

Había descubierto que si los hacía competir le contestaban más rápido. Oblomov, acaso por rencor, porque, hundido hasta el cuello en la ciénaga del cibermundo, envidiaba el candor casi infantil de los SOS de Savoy, lo postergaba un poco, lo olvidaba incluso, justificándose con la idea de que el aplazamiento le daría tiempo para resolver la situación por sus propios medios. Renée solía acudir antes. Tenía un teléfono inteligente, lo que le permitía recibir y responder los pedidos de auxilio de Savoy en vivo, y la teoría de que las taras de usuario por las que Savoy se dignaba pedir ayuda, por típicas que fueran, decían de él algo particular, algo a lo que de otro modo le habría resultado más difícil, y sobre todo más lento, acceder. "¿Otra vez?", le contestaba, fingiendo un fastidio que no sentía, sólo para martirizarlo un poco. "Ya van tres captchas este mes. ¿No te estarás volviendo robot?".

No, pero una especie de óxido empezaba a roer las articulaciones de su cuerpo cuando descubría que estaba entre dos citas, equidistante de ambas orillas, paralizado por ese cansancio que no viene del esfuerzo sino del miedo de que lo que está por venir, sea lo que sea, no esté a la altura de lo que sucedió ya. Entonces sus días de pileta recrudecían. Nadaba cuatro veces por semana en vez de dos, en ocasiones hasta los sábados, aun sabiendo que compartiría la pileta con una muchedumbre y saldría más insatisfecho de lo que había entrado. Nadaba para Carla, menos para matar el tiempo —todo tiempo entre dos citas era tiempo muerto— que para multiplicar las ofrendas con que acordonaba su altar. Una tarde llegó, cruzó la puerta de entrada y en los apenas tres metros que tuvo que hacer hasta la recepción, mientras buscaba el carnet en su portadocumentos, notó algo anómalo en el aire. No había nadie en la recepción, así que después de esperar en vano unos segundos se volvió hacia el gran ventanal que daba a la pileta. Todo estaba quieto, como en una fotografía. Finalmente la perra apareció, con su antipatía impasible de siempre. Echó un vistazo desganado al carnet de Savoy y le dijo que la pileta estaba cerrada hasta la semana siguiente. Una decisión municipal. Reabrirían apenas hubieran terminado los arreglos que les exigía la inspección. Eso explicaba la quietud, la ausencia de sonidos, el agua inmóvil, perfecta, del otro lado del vidrio, la ausencia de la chica del *buffet*, el televisor apagado. Era la pileta de siempre menos todo lo de siempre. Esa sustracción, brutal pero invisible, porque no había dejado huellas, le daba al lugar un aire ominoso, como de decorado de cuento fantástico.

En realidad, era lo que venía *después* de cada encuentro lo que más lo desmoralizaba. Llegado un momento "colgaban" —casi siempre Carla, porque Savoy, aunque se propusiera ganarle de mano, no tanto por desinterés o despecho como por amor propio, porque encontraba un poco humillante que Carla permaneciera congelada un segundo en su pantalla y él, en cambio, desapareciera en el acto de la de ella, perdía un tiempo precioso mirándola colgar, capturando la imagen de ella que atesoraría durante las siguientes cuarenta y ocho horas, desmenuzando el decorado desde donde lo había llamado para memorizarlo entero, con todos sus detalles —lo que le permitiría detectar cualquier cambio la vez siguiente que se vieran—, y, ya decidido a despedirse, paseando por la pantalla la hormiga desorientada del cursor, con la que acosaba uno tras otro a todos los íconos disponibles menos el indicado, el más obvio, con su rojo sangre y su minicámara de espía, el único útil si lo que quería era cortar la comunicación. Pero no, no era eso lo que quería. Veía desesperado cómo se iban apagando las frases, lenta, suavemente, como velas entre las ruinas de una cena al aire libre, y, aunque buscaba la manera, era incapaz de reavivar la conversación. Y apenas colgaban Savoy se recostaba, se dejaba caer, más bien, contra el respaldo de su silla, y recién entonces se hacía una idea de la postura tensa, acechante —codos sobre el escritorio, puños cerrados—, con la que había aguantado la conversación, siempre a punto de abalanzarse sobre la pantalla para hacerla pedazos. Miraba abatido la colección de cosas a su alrededor, testigos estúpidos de su desolación: el vaso de acrílico verde que llevaba años haciendo de portalápices, con sus lapiceras sin tinta, su lápiz negro mocho y la birome advenediza que odiaba pero solía sacarlo de apuros; el pie de la lámpara oxidado e inestable; el set —todavía preso en su blíster transparente— de abrochadora, perforadora y sacabroches comprado a través de la plataforma y retirado en Villa del Parque por un local húmedo, con olor a pis y la cortina baja, alguna vez un kiosco veinticuatro horas, a juzgar por las pilas de cajas de alfajores de cartón vacías, los cajones de cerveza, las heladeras apagadas y las Barbies falsas que dormían en sus estuches de plástico en un rincón; el plantel de anteojos suplentes, uno más barato y defectuoso que el otro, reclutados en exhibidores de farmacias o estaciones de tren, que Savoy se ocupaba de tener siempre a la vista, en una dispersión estratégica, de modo de contar con ellos cuando los titulares —dos bastante caros, rayados a diez días de retirados de la óptica— decidieran traicionarlo. Una especie de opresión bajaba sobre él, lo envolvía como una nube oscura y lo dejaba seco, sin más energía que la que necesitaba para salir del programa.

Cerrarlo, no. Eso nunca. Había seguido con atención, y algún escepticismo, porque desconfiaba de todo lo que desconocía, el manual de instrucciones que le había dado Carla para operar con el skype. Pero apenas recibió la orden de mantener el programa abierto siempre, a cualquier hora, no importa cuán lejos estuviera la cita pactada, la hizo suya como un mandamiento y se propuso cumplirla a rajatabla. Y así lo hizo, soportando estoico las oleadas de ansiedad que lo azotaban cada vez que, perdiendo el tiempo en línea, saltando entre páginas y cayéndose en todos los charcos —un ejercicio en el que su torpeza era especialmente hábil—, se topaba de pronto con la ventana del skype y el nombre de Carla lo miraba de reojo, furtivamente, encumbrado y solitario en la columna de sus contactos, seguido de la leyenda *do not disturb*, un "estado" —tecnicismo que Savoy cuestionó con énfasis y razones sólidas y al que terminó rindiéndose sin pena ni gloria, básicamente por falta de contrincantes, porque Carla compartía todas sus objeciones— misterioso e inapelable, bastante parecido al coma vegetativo, del que Carla recién parecía emerger cuando llegaba la hora de comunicarse con Savoy.

Él, por su parte, aparecía siempre como *invisible*. De las pocas opciones disponibles, fue la que más le gustó. Al menos era un estado. Se concedió de todos modos sus quince minutos de protesta, que dedicó a deplorar la razón, si había alguna, cosa que se permitía dudar, por la que la eminencia gris a cargo del departamento de *naming* había decidido bautizar los distintos estados posibles de los usuarios del programa con expresiones de campos tan extravagantemente impares como la señalética de la industria hotelera, el juego de roles tosco de la sexualidad homosexual y la ciencia ficción, un género por el que Savoy, que de chico lo había idolatrado, abocándose *full time* a conjurar inminencias catastróficas protagonizadas por bacterias mutantes, planetas en cuenta regresiva y estaciones espaciales jaqueadas por toda clase de averías mecánicas, conservaba una veneración pálida, inocua, entrañable como una almohada vieja. Se pondría invisible, viajaría un rato en el tiempo, en un estado de gracia superfluo y grato. ¿Qué más podía pedir?

Previsiblemente —así pasa a veces con los juegos de armar que, ya despanzurrada la caja, desgarradas con los dientes las fundas de plástico, extendidos en el piso los cientos de partes de toda forma y tamaño que lo componen, en el momento crucial, cuando el Golem ha cobrado su forma y sólo le queda empezar a moverse, revelan haberse olvidado una pieza, una sola, la más importante de todas, porque es la que lo hará vivir—, la negligente invisibilidad ofrecida por el skype no incluía la capacidad con que la condición lo había fascinado de chico: poder ver sin ser visto lo que decían de él, en su ausencia, los miembros de su mundo más o menos íntimo. En su nueva versión, la desmaterialización prometida era más bien pasiva, de la cepa Greta Garbo: una herramienta más para asociales que para acomplejados.

Savoy, que no se sentía cómodo en ninguno de los dos grupos (aunque sabía que los dos lo consideraban uno de los suyos), volvió a patalear. Esta vez la rebelión fue igual de estéril que las anteriores pero duró más, se acomodó en él como en un sillón raído, tallado por el uso al cuerpo de su ocupante, y hasta se jactó de tener razón y anunció que no retrocedería, no esta vez, y todo porque no había nadie que lo contradijera o lo envalentonara, todo porque Carla no estaba ahí, y Carla no estaba ahí porque lo que sublevaba al Savoy invisible era algo que Savoy no podía decirle, no al menos con la desesperada vehemencia con que necesitaba y se permitía decirlo cuando estaba solo, con la computadora abierta y la página de inicio del skype encubierta por el resto congelado de una película o un portal de noticias que ni siquiera había mirado: ¿por qué, si era invisible, no podía ver a Carla vivir sin ser visto? ¿Por qué no podía verla durmiendo, por ejemplo, o pestañear apenas, todavía dormida, cuando un mechón de pelo le rozaba un párpado, o esperar de pie, otra vez dormida, que la pava se ponga a hervir, con la cadera apoyada contra el filo de la mesada de la cocina? ¿Por qué, invisible y todo, seguía estando tan lejos de él?

De modo que al principio dudó. Era lo menos que podía hacer antes de aceptar una oferta que incumplía por anticipado lo poco que prometía. ¿No era preferible, menos veleidoso, si quería recuperar su viejo sueño de infancia, recurrir al expediente con el que más de una vez, invitado a una fiesta de disfraces —un género que, como tantas otras cosas, aborreció mucho antes de haberlo probado, y que pasó a venerar apenas solucionó el único problema verdadero que tenía con él: su propia vergüenza—, lo había hecho realidad: vendarse la cabeza con un rollo de papel higiénico, calzarse anteojos de sol y un sombrero —un Panamá falso, desteñido, con los bordes del ala en avanzado estado de desintegración, comprado en una playa ventosa— y guantes de látex anaranjados, adaptación modesta pero fiel del atuendo que creía recordar que lucía Claude Rains al principio de la película de Whale, nunca vista entera, por alguna razón misteriosa? Estaba en eso, dudando, cuando Carla, que detectaba esas fisuras a la legua, antes incluso de que fueran evidentes para él, arremetió, acercó a la cámara la cara, inundando con su paspada palidez holandesa la pantalla de Savoy, y le dijo: "Yo que vos me pondría en invisible".

De modo que eso fue: invisible —para todos menos para Carla. (De hecho, Renée, que había dado con él buscándolo al pasar, sin grandes esperanzas, sólo para confirmar el nombre de fantasía que Savoy, un poco borracho, le había contado que Carla había elegido para él y la primicia extravagante de que era usuario del programa, apenas vio su estado desistió de contactarlo). En el fondo, ser invisible era ser visible sólo para Carla: sólo ella sabía hasta qué punto la condición era falaz —Savoy estaba ahí, disponible, prácticamente a toda hora, salvo cuando estaba nadando— y cuál era la razón, de todos modos —puesto que, excluido de toda mundanidad digital, no tenía mayor necesidad de huir de nadie—, por la que había aceptado asumirla. Él, por su parte, nunca la interrogó sobre la suya: *do not disturb*. Simplemente no se le ocurrió, aun cuando lo que tenía entendido que ocupaba los días de Carla no parecía representar el tipo de trabajo ni exigir la concentración que merecieran una advertencia de esa naturaleza. Consideraba, con la miopía proverbial de los que, acostumbrados a vivir solos, sin más límite que un espejo o la cara poco amigable de un vecino o el portero, se apiadan de los demás por padecimientos que sólo existen como tales en su propio mundo, que estar de viaje era trabajo más que suficiente, y que la sola idea de abrirse paso en la selva de una lengua desconocida, aprender los usos locales en materia de propinas o averiguar dónde y cómo se compran los boletos del transporte público —una incertidumbre que le causaba los peores desvelos, aunque estaba enterado de las eficaces máquinas políglotas con que la civilización la había despejado hacía años— justificaban esa clase de advertencias, por abruptas que sonaran, y, sobre todo, que se las respetara sin objeciones. Había sin duda algo asimétrico en la situación. La pesa del *do not disturb* no pesaba lo mismo que la del *invisible*, más teniendo en cuenta que Carla sabía todo lo que había detrás del *invisible* de Savoy y Savoy nada, ni una palabra —más allá de nombres de venenos para parásitos vegetales, marcas de cortadoras de pasto y dietas para cobayos con alguna enfermedad terminal—, de lo que había tras el *do not disturb* de Carla. Y aun así, ese desequilibrio, Savoy no lo asentaba en la cuenta de la economía de la paridad, tan típica de las relaciones incipientes y tan frágil, sensible como es al menor golpe de timón, sino en la del amor, que, aun en términos imaginarios, sólo funciona en el largo plazo, montada sobre una estabilidad de derecho, y lo asentaba no sin cierta solemnidad, a modo de ofrenda, como uno de esos sacrificios que, nefastos en el mundo social, que los tomaba por debilidades y así los castigaba, encontraban en el amor un campo fértil y, quizás, una promesa de recompensa, no importa lo costosos que fueran.

Ya lo reconocían. La perra de la recepción sabía que su carnet terminaría por aparecer antes de que Savoy, metiendo una mano en el bolsillo donde creía haberlo guardado, pusiera cara de no encontrarlo. Le bastaba sentarse a su mesa de siempre para que le trajeran la bebida isotónica que tomaba, y últimamente se la traían junto con el diario completo, con todos los suplementos en su lugar, evitándole el disgusto de estirar el brazo hasta la mesa donde su competidor, un tipo torvo, de cejas superpobladas, que sólo leía las páginas deportivas, se había tomado el trabajo de despedazarlo. Savoy aparecía en la pileta y el bañero, emergiendo de su confortable pozo de tedio, lo miraba alzando una ceja, con una especie de complicidad. Una tarde, en ese parlamento nudista en el que se convertía el vestuario, uno de los litigantes que animaban la posducha había llegado hasta el banco donde Savoy estaba vistiéndose y, sin dejar de azotar al ministro de turno —discutía con todos y para todos, pero nunca con tanta pasión como con quienes estaban fuera de su campo visual, y que sólo por eso parecían ser sus detractores furiosos—, le había alcanzado la jabonera de plástico roja que Savoy había olvidado en la ducha, quizá distraído por la caída de la tapa del shampú o la resistencia que le oponía el nudo de la toalla en la cintura. No le preguntó si era su jabonera; simplemente la depositó en el banco a su lado, entre el hueso de su cadera y la escultura de goma formada por la gorra y las antiparras, mientras con un solo y limpio gesto de justicia empalaba al ministro y su corte de asesores en el patíbulo al que estaba abonado de por vida.

Los lugares tendían a confundírsele. Savoy no lo admitía, naturalmente, porque no quería que la lentitud o las deficiencias de su sistema de atención quedaran más en evidencia de lo que estaban. Pero también porque temía que Carla las interpretara como desaires de amor, uno de esos casos en que el descuido responde menos a una negligencia que a un deseo, a la decisión de dejar fuera del sistema las señales o informaciones que lo dañan o podrían dañarlo. De modo que no hacía preguntas. Daba por sentado que la ciudad, el barrio, la playa, el valle o la sierra en los que estaba Carla ya habían sido nombrados y ubicados en el mapa en alguna conversación anterior y evitaba cualquier otro comentario. Pero lo cierto es que le costaba recordar cuándo y dónde habían charlado de qué, vestidos cómo, a punto de hacer qué —sobre todo Savoy, el único de los dos para quien las inminencias, en cualquiera de sus formas, tenían algún significado— si un cambio de viento no volvía a reunirlos pronto. Puertas adentro, Savoy, decidido a restituir lo que sabía o recordaba de las andanzas de Carla a su contexto original, apilaba sobras que encontraba acá y allá, como las monedas, que seguían emboscándolo en los lugares más insólitos, o la *Monatskarte* que había hecho las delicias del médico, y componía centones espaciotemporales aberrantes, basados en los signos que había podido recoger en la pantalla de la computadora, esa superficie escurridiza, como de sueño, donde un despojado studio islandés prolongaba un patio carioca acorralado por alguna planta carnívora, y una escalera que se contoneaba entre paredes de robusta piedra normanda desembocaba en un largo, opulento, inútil balcón con vistas —era un decir, dada la maciza cortina de smog tropical a la que Carla daba la espalda mientras le hablaba— a una avenida ensordecedora, atestada de motocicletas sin patente abriéndose paso como nubes de langostas. Savoy se descubría de pronto en medio de un viaje que no había elegido, rebotando entre hemisferios, lanzado de un huso horario a otro, girando sobre sí mismo en un tirabuzón demente que trenzaba horas, épocas, estaciones, temperaturas diversas, muy parecido —salvo por el detalle de la ambientación op-art— al túnel que transportaba a sus dos ídolos de infancia, Douglas y Tony, verdaderos *recordmen* del millaje transdimensional, salvándolos de alguna muerte segura (guillotina, fusil Winchester, piedra tallada, leones, según la época en la que hubieran caído), segundos antes del final de cada episodio de *El túnel del tiempo*, la serie de televisión en la que, al menos hasta los nueve o diez años, había aprendido todo lo que sabía sobre las murallas de Jericó, Hernán Cortés, los jacobinos, Abraham Lincoln y el planeta Andros y su atmósfera irreparablemente viciada —un capital fantasioso pero nada despreciable a la luz del asombro que suscitaba entre sus compañeros cada vez que citaba la serie, omitiendo la fuente y borrando las comillas, para contestar la pregunta de la profesora de turno.

Savoy no se quejaba. Viajar por delegación era agotador pero tenía sus méritos, aunque más no fuera el de matizar un poco la incomodidad que le producía su inmovilidad vocacional. Viajaba con Carla, por así decir, y cuando Carla, lo que no era tan frecuente, a tal punto todas las ciudades del mundo parecían ser para ella sucursales de un mismo paisaje, le hacía algún comentario sobre el lugar en el que estaba, algo que le llamaba la atención, una fórmula de la lengua, un plato, una costumbre insólitas, y se daba el caso de que Savoy no sólo ya había estado allí, en alguno de los viajes de la era en que todavía aceptaba desplazarse, sino que conservaba además una impresión más o menos vívida o comunicable del lugar, de pronto saltaba en su silla y se descubría completando la frase de Carla con sus propios recuerdos, aplastándola con ellos —lo que no era fácil, dado el *delay* que solía afectar las comunicaciones—, en un arrebato de ansiedad participativa que él recién advertía, y abortaba avergonzado, cuando descubría el asombro con que Carla lo miraba desde la pantalla, súbitamente callada.

Nadie conocía mejor que él la resaca que sucedía a esos picos de entusiasmo. *Viajar con.* Estaba desesperado, pero no era idiota. Podía apreciar el lado bueno de la metáfora. Podía incluso defenderla en voz alta ante cualquiera. Amor a distancia. Se sabía ese texto de memoria; lo mejor de los dos mundos: la vida del otro como misterio, la libertad que da la lejanía, la intensidad de los contactos esporádicos, la falta de rutina y de obligaciones, el antídoto contra el cáncer de la duración, el aburrimiento, etc. Lo tenía a flor de labios, como un as en la manga o el falso gotero homeopático con su fondo de veneno. Le gustaba enriquecerlo con un par de notas al pie de último momento, encantado de usarlo para ridiculizar al desconocido borracho que, en medio de una fiesta, con su mejor tono de mártir conyugal, le preguntaba por el secreto de un porvenir amoroso feliz.

Pero era un lado que duraba poco, y Savoy sabía que las metáforas son útiles cuando son longevas. Aunque la herida por la que sangraba era difícil de localizar —la ablación de la que provenía era masiva—, era el primero en necesitar, en agradecer los servicios de una prótesis, de cualquier prótesis, incluso la del skype, que lo obligaba a emprender en tiempo récord, bajo presión, el trabajo de desprogramación y reprogramación que se había negado a hacer durante años, que en el fondo seguía negándose a hacer —sus forcejeos cotidianos con el skype eran pura supervivencia— y que sólo hacía superficialmente, en modo *shadow playing*, como vio una vez que hacía alguien que rozaba el teclado de un piano en una fiesta, quizá la misma donde el borracho desconocido había intentado arrancarle sus secretos, de modo que lo que sonaba no era del todo una música sino su víspera, su posteridad, su sombra. Savoy no tenía más remedio: su "programa original", como llamaba a la mezcla vieja y mal calibrada de reflejos pavlovianos que activaba en él el amor, tenía poco que ofrecer para aplacar el cosquilleo —ni hablar del dolor— que recorría toda la extensión de su miembro fantasma, mal llamado su cuerpo. Pero ¿qué podía hacer si, apenas colocada, la prótesis empezaba a fallar, ajustaba demasiado o demasiado poco? ¿Qué si los bordes de su base inofensiva, diseñada para un calce limpio, perfecto, empezaban a magullarlo, se le hundían en la carne y le laceraban la piel, haciéndolo sangrar más, más profundo, que la mutilación misma?

Empezó a obsesionarse con la puntualidad, un remilgo al que siempre había sido indiferente. Lo notó primero donde menos se lo esperaba: en la pileta. Al cabo de semanas de estudiar la relación entre franjas horarias y asistencia de gente, un sondeo emprendido sin otro criterio que el de prueba y error, donde Savoy, que se obligaba a ir a la pileta en cualquier momento del día, era a la vez observador y observado, había llegado a identificar los días y horas que le garantizaban la condición primordial para nadar más o menos agradablemente: tener un andarivel para él solo, a lo sumo para él y otro nadador más, en lo posible una nadadora, porque compartir andarivel con mujeres no le despertaba el sordo furor competitivo que le despertaba compartirlo con varones. Pronto descubrió que la franja horaria que le convenía, determinada a partir de una observación empírica, atenta pero sin mayor respaldo estadístico, presentaba sin embargo límites estrictos, tan nítidas como las coloridas guirnaldas de flotantes que trazaban los andariveles en la pileta: diez minutos más temprano, diez más tarde, y la soledad que Savoy exigía para nadar sin preocuparse por las delicias de la convivencia —roces, retrasos, humillaciones, conversaciones de cortesía, embotellamientos— quedaba seriamente comprometida. El problema mayor, en este caso, por mucho que maldijera entre dientes a los indeseables que le arruinaban la fiesta, era que no tenía nadie a quien echarle la culpa.

Con Carla, en cambio, Savoy llegaba a las citas un poco antes de tiempo, pensando que si ella también estaba disponible, esos cinco o diez minutos robados les servirían para despachar los preámbulos erráticos del *small talk* y resolver los desajustes que a menudo entorpecían el arranque de la conexión, cámaras apagadas, video sin sonido, imagen pixelada, voces que contestan tarde, demasiado tarde, preguntas que envejecieron sin remedio —todos esos desperfectos menores, casi risueños, capaces sin embargo de provocar accesos de peligrosa irritación, porque por algún motivo parecían suceder siempre de uno de los dos lados, nunca de los dos al mismo tiempo, lo que exoneraba al genio maligno de la conexión y volcaba la responsabilidad en aquel de los dos que hubiese cometido la temeridad de denunciar primero el problema ("Yo te veo y te escucho perfecto: debe ser *tu* conexión"), que Savoy, como urgido por la cuenta regresiva de una agenda apretada, no la de él, sin duda, no se resignaba a solucionar dentro del espacio propio de la cita, quizá por juzgarlos indignos de un tiempo tan valioso. Pero era muy raro que Carla estuviera disponible. Ella también hacía sus cálculos, aunque en sentido inverso: no para ganar, como Savoy, sino para no perder. Formada en el dogma de hacer rendir el tiempo al máximo, se tenía prohibido —pero qué indulgentes eran las prohibiciones en su mundo, con qué suavidad cómplice hacían valer sobre sus súbditos todo lo que les vedaban— distraer minutos de un segmento de vida para invertirlos en otro. El colmo de la perfección, para Carla, era que no hubiera resto, principio que aplicaba tanto a la cantidad de pasta que cocinaba como a la administración de su agenda. Savoy tenía fresca todavía la tarde de lluvia en que la había acompañado a hacer unos mandados por los alrededores de Vidal, y sobre todo su perplejidad al ver cómo Carla embutía en el espacio apretado de cuarenta minutos, que ella misma se había asignado antes de salir, media docena de obligaciones de por sí problemáticas —trámites municipales, fiscales, bancarios, de una temporalidad y un resultado siempre aleatorios— que el mal tiempo, además, no desaprovechó la oportunidad para complicar. "Entró todo", dijo en voz baja cuando salían de la última oficina, satisfecha como una samurái tras una carnicería limpia, sin sobrevivientes ni manchas.

No despilfarrar era su lema. Carla reconocía hasta qué punto ese postulado de austeridad, igual que la costumbre de clasificar la basura en cinco categorías diferentes —incluidas dos clases de vidrio—, un celo que la política de administración de residuos de Buenos Aires, con su inepcia, su cadena de intermediarios díscolos, renuentes o venales, la había obligado a deponer, era una de las pocas huellas que habían dejado en ella los años vividos en el extranjero. Si podía, siempre trataba de pagar primero con monedas, indiferente por completo a la corriente de hostilidad que el esmero con que se lanzaba a buscarlas, y el tiempo y el cuidado que dedicaba a contarlas, hacían crecer en la cola que iba formándose atrás de ella. (Savoy, desconcertado por un hábito que asociaba con gente mayor, olvidadiza, obligada por prudencia a manejar las formas de dinero más inocuas posibles, temió al principio que fuera un síntoma de tacañería, una especie de avaricia altiva, casi aristocrática. Después comprendió que era más bien frugalidad: el derroche que Carla no toleraba no era tanto no gastar esas monedas como ignorar que existían, dejarlas morir en un monedero, un bolsillo o el fondo de una cartera sin darles la oportunidad de realizar su destino, por modesto que fuera. Y lo comprendió precisamente cuando las monedas empezaron a emboscarlo en su departamento). No hacía colas.

No esperaba en aeropuertos: leía, comía, contestaba correos, dormitaba, preparaba una clase, actualizaba su perfil en una de las páginas de *house sitting* en las que estaba registrada, pero no esperaba. Solía embarcar entre los últimos, nunca antes de que los altavoces invocaran por décima vez su nombre en tono de amenaza. Combinaba tramos de subterráneos, ómnibus y tranvías con una precisión de orfebre. Jamás llegaba a una estación de tren más de dos minutos antes de la hora de partida, tiempo de sobra para darse el lujo de, sin detenerse, en camino hacia el andén, cuyo número había vuelto a chequear en su teléfono mientras subía la escalera mecánica, comprarse el *cappuccino* y el *croissant* con los que desayunaría cómodamente instalada en su asiento.

A Savoy le costaba asimilar esa discrepancia de ritmos. Le parecía una mala señal, la rajadura delicadísima que malogra una pared recién pintada. Pero como no defraudaba un pacto explícito sino una expectativa íntima, alentada en silencio y sólo por él, aceptaba su existencia como un mal menor y posponía para un futuro menos encapotado la cuestión de saber si era accidental, fruto de circunstancias puntuales y por lo tanto reparable, o esencial, constitutiva de su misma naturaleza, e irreversible, y con el tiempo no haría sino avanzar y ahondarse, y así hasta el desmoronamiento. Pero la impuntualidad lo sacaba de quicio. Diez minutos, cinco, dos —no era una cuestión de magnitudes. Bastaba que Carla no estuviera ahí en punto para que se hundiera en el peor de los desasosiegos, una mezcla de abatimiento y rencor de la que sólo emergía cuando la veía aparecer, por fin, intercalando su llamado entre los muchos con que él la había estado hostigando al no encontrarla a la hora señalada, o bien atendiéndolo cuando Savoy, que ya había dado la comunicación por perdida y sólo insistía por un reflejo mecánico, para no sentir que no había hecho todo lo posible, se despeñaba por el acantilado de las conjeturas. Y cuando Carla aparecía ya no había abatimiento en él: sólo rencor. Hablaba poco, contestaba con monosílabos, fingiendo un desinterés que le costaba sostener, a menudo copiando la atención intermitente que le concedía ella. Se distraía con cualquier cosa, siempre y cuando Carla no pudiera verla. Consultaba su teléfono, tan muerto como de costumbre, asegurándose de hacerlo en cuadro, cosa que corroboraba mirando el recuadro al pie derecho de la pantalla, ese espejo en el que lo sorprendía verse tan ansioso y empequeñecido, o simulaba que algo lo requería de pronto, el portero eléctrico, golpes en la puerta, el teléfono de línea, y sin mirarla, interrumpiéndola con la palma de una mano abierta, se levantaba y desaparecía un par de largos minutos en el cuarto de al lado, hecho un ovillo de contrariedad, descamando la pintura de la pared, mirando el dibujo del piso de madera con las manos en los bolsillos, pensando qué hacer, qué decir, cómo tocarla con la lava en la que ardía, mientras oía los sonidos sin brillo, metalizados, con una reverberación levemente galáctica, con los que Carla y su mundo perseveraban del otro lado. Entonces Savoy volvía y, como otros de celos, le hacía escenas de skype.

Tema retrasos. ¿Cómo se podía llegar tarde a una cita pactada con tanta antelación, cuyo cumplimiento no exigía hacer cuentas ni previsiones, ni vestirse, ni salir, ni dar más pasos que los que hacían falta para llegar hasta la computadora sana y salva, bajo techo y con un trago en la mano, al abrigo de todas las contingencias que hacían zozobrar a las citas presenciales? Tema falsas alarmas. Un tormento peor, lejos. Cómo odiaba esos señuelos diabólicos que lo esperanzaban, anunciándole, por ejemplo, que Carla estaba online, "activa", para dejarlo pagando un segundo después, cuando Savoy, envalentonado, veía cómo su llamado rebotaba larga, tristemente, contra la imagen de su propio rostro urgido, hasta que el programa —no él, él nunca—, una vez alcanzado el tope de timbres permitido, lo abortaba de manera unilateral, inapelablemente. Tema desenlaces abruptos. Peores, mucho peores —aunque sólo fuera porque en la categoría, acuñada por la jerga mental de Savoy en un arrebato de resentimiento reflexivo, entraban todos los desenlaces que no decidía él, que eran prácticamente todos, y porque los desencadenaban intrusiones que Savoy encontraba estúpidas y Carla, en cambio, dignas de ser atendidas —la llamada de una alumna cuya clase habían tenido que reprogramar, el parte semanal reclamado por los dueños de casa—, obligaciones profesionales —trámites, encomiendas que recibir, entrevistas con los candidatos a sucederla en el cuidado de la casa, turnos con el veterinario— o emergencias domésticas —los casos que más afligían a Savoy— como comer, tender la ropa, contestar correos electrónicos, todas cosas de las que Savoy pensaba que Carla bien podía ocuparse sin interrumpir la comunicación, *mientras* skypeaban, si bien Carla se vedaba las dos primeras por pudor y Savoy, por principios, rechazaba la tercera. O tomar un baño de inmersión: la verdadera *bête noire* de Savoy. El enemigo imbatible, la espina más ardiente y dolorosa. Savoy sabía, porque le había tocado presenciarlo, la clase de placer incondicional, fanático, de vida o muerte, que representaba para Carla una bañadera llena de agua caliente. Tenía perfectamente claro hasta qué punto eran falsos, de un oportunismo infantil, y obcecados como mulas, los argumentos con los que pretendía interrumpir la comunicación para ir a bañarse, en particular el del ultraje que infligía a su credo frugal la sola idea de —por culpa de un skype— despilfarrar los veinte litros de agua que habían ido llenando la bañadera mientras hablaban —un juego a dos puntas peligroso, casi una extorsión, que Savoy naturalmente desaprobaba.

Y aun suponiendo que Carla, depuestos sus intereses personales, cumpliera con los horarios como una buena alumna del amor, estaba esa otra atrocidad: la asimetría horaria. No estaban juntos: ésa era la premisa que ordenaba sus vidas. Y era la que fundaba los subterfugios que urdían para convencerse de lo contrario —el skype en primer lugar, con su ceremonia de contacto visual, sus conversaciones virtualmente interminables (Savoy pensaba que era extraordinario cómo el consuelo elemental de lo que no exigía dinero podía sostener las ilusiones más desmesuradas), su intercambio de tonterías cotidianas, su simulacro de sincronía. Se veían y era como si un rostro, no dos, se encontrara con su doble en un espejo. Había algo milagroso, como de ilusión óptica o de magia, en esa correspondencia perfecta: todas las diferencias desaparecían, borradas de golpe por un efecto de identidad impactante, que era general —porque bastaba mirarlo de cerca para resquebrajarlo— y de una eficacia asombrosa a la vez. Era un hechizo: se reconocía y aceptaba como una bendición, sin condiciones ni resquemor, un poco como el náufrago, luego de nadar días enteros al sol, al borde de sus fuerzas, acepta el trozo de balsa podrida que el mismo mar que lo maltrató pone a su alcance y lo abraza sin importarle que arda, esté oxidado y lleno de astillas, sólo porque ese don de la providencia es lo único que queda entre él y el fondo hambriento que lo espera treinta metros más abajo. Pero esos dobles que eran, que Savoy, mucho más que Carla, solía creer por un segundo que eran, vivían en mundos que no se tocaban. Sus órbitas, atmósferas y tiempos eran tan distintos, tan remotos, tan intraducibles entre sí, como el de una *flapper* ebria y un *mujik* enamorado de su arado. Si la ilusión de estar juntos era frágil, aun con la dosis monumental de creencia que Savoy invertía en ella, el menor cambio de hemisferio la hería de muerte.

Savoy, que siempre había escuchado con escepticismo esas historias de parejas que viven a contramano —escritores noctámbulos enamorados de maestras que madrugan, por ejemplo, o actrices que florecen en el desorden de trasnoche casadas con abogados workahólicos—, ahora estaba atrapado en una. A simple vista, que Carla estuviera a una decena de miles de kilómetros era apenas una contrariedad, un traspié de *timing* engorroso pero tolerable, que los skypes —la *idea* de los skypes, en todo caso: verse en vivo a distancia— estaban en condiciones de convertir en un tema de conversación, una de esas anécdotas compartidas que, por indeseable que sea el hecho que las suscitó —el pasaporte que desaparece en la cola del embarque, el coche corto de nafta en medio de la ruta, la botella con lavandina guardada en el estante de bebidas de la heladera, fallas en el cálculo de cierto proceso del ciclo menstrual—, el amor sabe cómo metabolizar y hasta atesora con cierto orgullo en un capítulo prominente de sus anales, menos como una desgracia que como un lujo patrimonial, el ensayo a escala de un drama mayor, tenso pero inofensivo y, sobre todo, sin consecuencias.

Para Savoy, en cambio, *era* el drama mayor. Es cierto que distinguir ensayos de hechos reales no siempre le había resultado fácil, o natural, o aun conveniente. La crudeza, la falta de ornamentación, la indolencia con que se hacían cosas y decían frases que en la realidad se harían y dirían mejor, con más convicción, ropa más adecuada y luces menos dispersas —era precisamente por esa naturaleza inconsistente, entre el borrador y el ideal, que a Savoy a menudo le costaba discriminar un ensayo de la "obra" y la realidad, los dos dobles a los que se suponía que aspiraba. De chico, por ejemplo, en la escuela, los mismos simulacros de incendio a los que sus compañeros se plegaban con bostezos de malhumor, arrastrando los pies en señal de disconformidad, porque el ejercicio enrarecía la jornada escolar pero no la suspendía, que era la fantasía radical con la que especulaban sus insaciables mentes sindicales, a Savoy lo ponían en un estado de inquietud y excitación extremas, como de emergencia heroica, como si la sirena que rompía la monotonía de la mañana, el aplomo estudiado con que los profesores invitaban a abandonar en orden las aulas y el tándem de lápiz y regla que dejaba caer, en la zozobra real de la falsa evacuación, su compañera de banco, una chica tímida, de anteojos, con un tercer ojo de varicela entre las dos cejas, a la que Savoy venía planeando rescatar del gimnasio en llamas desde el anuncio de la realización del simulacro, no fueran simples mojones de un guion redactado por algún asesor en seguridad sino las coordenadas de una de las cimas de intensidad que le tocaría vivir en la vida, y merecieran toda la energía, el afán y la entrega personal que fuera capaz de darles.

Hasta entonces, la distancia había sido para Savoy una noción abstracta, una convención más o menos arbitraria que ni las cartas ni el teléfono, los dos medios básicos con los que estaba acostumbrado a enfrentarla, conseguían traducir a una realidad tangible. Era tanto lo que dejaban afuera del que estaba lejos, tan grande la zona de sombra de la que ninguno de los dos daba cuenta, que siempre quedaba espacio para una inquietud nueva, la necesidad de información, cierta apetencia de detalles, el impulso de confirmar, contrastar, ratificar, todas formas del anhelo que con el tiempo, extinguido el factor ansiedad, terminaban reduciéndose a la práctica por excelencia del amor *in absentia*, extrañar, y a su consuelo más ávido y entrañable, la retrospección, ejercido cuando el viaje y la distancia ya habían pasado a la historia de los amantes como una batalla, y una batalla ganada.

Con el skype, en cambio, la distancia era descarnada: *se veía*. Tenía de pronto el grano ostensible de una imagen pornográfica, no quizá la de las partes suculentas de la película, que, más allá de la indigencia del presupuesto y el ritmo frenético, a contrarreloj, del rodaje, siempre eran dignas de alguna clase de esmero, sino de las que hacían las veces de relleno o de transición, entradas, salidas, traslados, él le quita el tapado, ella se sienta en el sofá, el jardinero la ve cruzar las piernas desde el jardín mientras recorta el ligustro, toda esa escoria que el realizador y su director de fotografía, si es que los había, filmaban sin prestar la menor atención, casi de memoria, ansiosos por cumplir el plan del día como el espectador, más tarde, por llegar a las partes jugosas. Por primera vez Savoy veía no sólo lo que no tenía, lo que lo hacía desear y sufrir, sino también, en todos sus detalles, con su particularidad, sus encantos originales, su mediocridad o su pintoresquismo, el mundo que se lo arrebataba, el lugar y la hora en los que vivía sin él, la vida en la que respiraba, se movía, protestaba o era feliz. De algún modo, la causa de la separación tendía a borrarse y desaparecer. Gracias al skype, que lo ponía de relieve sin piedad, el abismo entre los ecosistemas en los que respiraba cada uno pasaba a ocupar el centro de la escena. En el fondo, ya nada espacial o temporal los separaba. Pertenecían a especies distintas, eso era todo.

Kioto, primera semana de abril, pleno Hanami. En efecto, ¿qué tenía en común Savoy, el Savoy del fin del día en Buenos Aires —no el más exquisito, convengamos: resignado, sin margen para incorporar ninguna novedad, con la remera de dormir puesta— con la Carla que eclosionaba radiante en la mañana oriental, envuelta en el kimono que tanto le había costado elegir y, un poco antes, encontrar, porque el placer que atesoraba la colección, como todos, estaba disimulado en el diabólico sistema de paredes corredizas del ryokan? ¿Y qué otra cosa que decepción, encono y una ráfaga de vicaria lujuria turística podía encontrar el típico Savoy de la mañana, lento, lagañoso, muy poco locuaz, en la Carla recién bañada del final de la tarde, cansada pero entusiasta, lista para recompensarse luego de un día difícil —cónclave con un jardinero muy monolingüe a propósito de una runfla de cerezos renuentes a florecer— con una excursión nocturna por el barrio de las geishas?

No era el primer caso de amantes atribulados por la dislocación que ofrecía la historia de la cursilería. Había miles, a menudo mucho más extremos que los que encarnaban ellos, siguiendo demasiado al pie de la letra, quizás, el guion del varón inerte, clavado en su lugar como un viejo poste de luz, y la chica suelta por el mundo, disponible, sin otro arraigo que los que encontraba —y, pasado cierto tiempo, descartaba— en un programa de simulacros de domesticidad. En esos casos, sin embargo, siempre quedaba el recurso de indignarse y gritar: ¡Maldito espacio!, y hacer un bollo con el mapa y tirarlo al tacho de basura sin apuntar, colmo de los desdenes. Había al menos un culpable, un verdugo, que los amantes procedían a condenar (sin el debido proceso) junto a su séquito de lacayos infernales: océanos, fronteras, rutas, tormenta. Pero no: no era el espacio lo que los separaba. Eso habría sido un juego de niños. Kilómetros, aviones, escalas, aduanas: aunque insistieran en querer complicarlo con aberraciones vistosas —nudos inextricables, *loops*, sótanos con salida a terrazas, escaleras que subían bajando y bajaban subiendo—, el espacio era *algo*; se recorría, atravesaba y consumía como cualquier otra cosa —una bebida, un crédito, una mala película por televisión—, y, aunque en la pista de atletismo de una civilización tan afecta a los chistes como al deporte una vieja tortuga siguiera batiendo a un velocista griego, no había contraejemplo que refutara esa evidencia. La diferencia que Savoy sentía entre Carla y él lo desesperaba porque era irreductible, y era irreductible porque estaba hecha de tiempo, y el tiempo —su manera peculiar de pasar, de herir, de hacerse odiar y añorar— no se resolvía trazando líneas en un mapa, moviéndose de un lado al otro, haciendo valijas o abordando un vuelo sobrevendido con el último aliento.

Un viernes, por ejemplo, la pileta era pura psicodelia. Brillos, reflejos ondulantes, colores que trepidaban. Una cortina de hexágonos luminosos caía a cuarenta y cinco grados. Escamitas de luz tintineando en el agua como lentes de contacto perdidos. Savoy extrañó —primera vez que le pasaba en la pileta— no haber ido drogado. Se consoló pensando que, combinadas, la lisergia de la droga y la de la pileta terminarían anulándose y nadar volvería a ser la experiencia contable y monótona que era, sólo que en clave decepcionante, o que los encantos de una y de otra no tardarían en volverse amenazas, después peligros y al final serpientes venenosas brotando de las cavidades negras de una calavera (exageraba un poco), que era el tipo antipático de efecto por el que, no sin cierto dolor, había dejado de consumir drogas. Pero no siempre era así, y a la hora de preguntarse de qué dependía no se le ocurrían muchas explicaciones. Probablemente de la cantidad de gente (a menos gente más psicodelia y viceversa); de la luz, mucho quizá de la luz y del tráfico de luz entre interior y exterior, muy facilitado por el estado deplorable en que estaba la chapa acanalada del techo. Había días (nublados, en general, que era cuando la pileta de algún modo se cerraba sobre sí misma) en que era realista, de una crudeza documental. Savoy nadaba, y a medida que nadaba y sacaba la cabeza afuera veía desfilar, como en un largo zócalo pintado por un caricaturista de otro siglo, los monstruos que poblaban la pileta: el viejo fumador anunciado por los truenos de su tos, la gorda sin complejos, el rentista desalentado, míster músculo (con su imborrable sonrisa de actor porno), el arribista incontenible, lleno de vida y planes arteros, los muchachos que se las sabían todas, la nadadora que no necesitaba nada, el huérfano, la embarazada cautelosa. Había otros días, en cambio, en que era puramente mental, y nadar era sólo el pretexto, la manera de obligarse a un ejercicio especulativo que podía ser interminable: se la pasaba contando (cuántos segundos un largo de crol, cuántos uno de pecho, cuántas sacadas de cabeza había en cada uno, etc.), y cuando las cuentas lo cansaban o se cansaban, porque no había nada más frágil que una cuenta, nada más susceptible a la distracción, los números abandonaban con discreción el escenario y eran reemplazados por razones, argumentos, pruebas, todo un bagaje de alegatos destinados a volcar a su favor a los jueces que se suponía que dirimirían los litigios absolutamente imbéciles, y por supuesto absolutamente desconocidos para sus contrincantes, que, actuales o pasados, le parecía que quedaban pendientes, y cuya demora en resolverse —aun bajo el agua— lo escandalizaba como muy pocas cosas. Había veces en que la pileta era cine de animación, una especie de Disney de pueblo, con poco presupuesto pero bastante encantador, lleno de cuerpos que se enroscaban sobre sí mismos, sirenas cándidas, pulpos viejos y obesos remolcando su carne por el fondo de la pileta, morsas que resoplaban. Había veces en que era erótica y, como tocados por una varita mágica, los mismos cuerpos que una semana atrás ni siquiera había notado que existían, lo habían dejado indiferente o no le habían gustado le parecían deseables, interesantes, próximos o preñados de misterio, y bastaba que una nadadora joven de malla gris turquesa se quitara las antiparras y le sonriera pidiéndole permiso para cruzar por su andarivel para que se le erizara la piel de alegría. Había veces en que era médica, o anatómica, o fisiológica, y lo único que veía eran colores de piel enfermizos, pies deformados, cicatrices, jadeos de ultratumba, cabezas desproporcionadas, talones en pleno despellejamiento, várices. Y había veces (casi siempre, en realidad) en que una pileta se empalmaba con otra sin solución de continuidad, con sólo trasponer el umbral que separaba el natatorio del vestuario. Ese día, por ejemplo: los brillos tornasolados del agua seguían titilándole en la cabeza cuando se metió en la ducha y, pegado en los azulejos de la pared, como un aviso en vudú, inmundo, aterrador, vio un chorizo vertical de pelo humano de unos diez centímetros de largo.

Una noche discutieron. La típica colisión de dos curvas de malhumor independientes, incubadas por separado a lo largo de un día nefasto: Savoy, que llevaba horas buscando su teléfono, empezaba a convencerse de que lo había perdido, o que se lo habían robado en la pileta, el último lugar donde recordaba haberlo visto, mientras nadaba o, mejor dicho, despilfarraba su hora de nadar haciendo cola, evitando chocar o esforzándose por adelantarse a las dos chicas jóvenes con las que no había tenido más remedio que compartir andarivel, absortas, ellas, sin la menor culpa, en reírse, flotar, salpicarse, ondular bajo el agua como sirenas impúdicas; Carla, cosa rara, porque no solía aceptar trabajos de jardinería, había estrenado y arruinado la cortadora de pasto que el dueño de casa le había encarecido especialmente, más incluso que la pareja de cotorras a cuya jaula se había abrazado entre sollozos al despedirse. Savoy se imaginó a Carla en acción, con pasto hasta los tobillos, empujando la máquina que empezaba a humear, y soltó una carcajada. Carla vio el Nokia de Savoy perdido en medio de una multitud de viejos celulares expósitos y recordó una venganza pendiente. "No te quejes", le dijo: "Era un papelón que siguieras con ese cachivache encima". A esa hora, con el día ya condenado, no era lo que cada uno esperaba oír del otro.

La conversación se les fue en frases apáticas, reproches entre dientes, interrupciones deliberadas. Savoy, como siempre, quería desentrañar, profundizar, como si hasta la contrariedad más banal encerrara un secreto abstruso que valía la pena sacar a la luz. Carla hablaba poco o se distraía, chequeaba notificaciones en su teléfono (que, para irritación de Savoy, había arrimado al teclado de la computadora) o directamente se levantaba y salía de cuadro sin dar explicaciones, y Savoy se quedaba solo ante lo que parecía un galpón largo y feo, con las paredes tapizadas de herramientas, una mesa de ping-pong y, en el fondo, cabizbajo y arrinconado, el cadáver todavía tibio de la cortadora de pasto. Esperó un rato. Después la llamó cuatro veces —contando las dos que pronunció su nombre de este lado de la pantalla, en su mundo, y las dos que el nombre sonó del lado de allá, en el mundo de ella, con la fracción de segundo de retraso de rigor, repetido por una voz muy parecida que Savoy, sin embargo, ya no reconoció como propia. Y después, con dramático hartazgo, cerró la computadora de un golpe, como hacen los héroes de las películas norteamericanas cuando se cansan de hablar y deciden pasar a la acción. En su caso, la acción no fue muy distinta de lo que habría sido de no haberse hartado: se fue a la cama, leyó unas páginas que olvidó enseguida, pensó un instante —de manera muy parecida, curiosamente, a la manera en que había pensado Carla— en su Nokia perdido o robado, en todo caso abusado por un desconocido, y mientras a su alrededor se arremolinaban las primeras caricias del sueño —tan delicadas como la sedación voluptuosa en la que lo dejaba la pileta— estuvo oyendo una pelea abajo, en la calle, con forcejeos de cuero y ruido de botellas rotas —hasta que se durmió. Lo primero que hizo a la mañana siguiente, antes incluso de rascarse la base del cráneo (donde la psoriasis acababa de plantar una nueva bandera), mear o lavarse los dientes, fue abrir la computadora con decisión y la idea vaga pero enfática de exigir algo, un cambio, una promesa de algún tipo. Carla aparecía en línea. "¿Estás?", la tanteó Savoy por el chat. No hubo respuesta. Entonces, mientras Savoy esperaba, entraron dos mensajes seguidos: "Lo siento" y, bien pegado, como un hermano menor tímido: "Te extraño". Decidió llamarla, la campana repicó tres o cuatro veces y enmudeció bruscamente, como pasaba cuando Carla no estaba ahí para responder. Tardó en comprender que el estado en el que aparecía Carla en la aplicación era falaz o antiguo, que del otro lado no había nadie y que los dos mensajes que acababan de llegarle de ella no le llegaban del presente, ni siquiera del presente levemente atrasado, dividido, que compartían, sino del pasado, de una Carla, la de las once y veintidós de la noche, que quizá ya no existiera, y de la celda en la que Savoy, sin darse cuenta, los había confinado con el acto de cerrar su computadora y el programa, donde habían pasado la noche en vela, a la espera de que corrigiera su error y volviera a abrirlos para llegar a destino. Llegaban ahora, y Savoy, que no quería sino devolverlos, y borrar así el rastro amargo de la noche anterior, descubría que no tenía a quien.

"A lo mejor no te gusta cómo es", dijo Renée. Lo dijo en tres partes, cortando la frase con dos gemidos que delataban lo mucho que le estaba costando meter el talón dentro del zapato. Savoy, de pie junto a ella, la miró desconcertado. "Cómo es por skype, quiero decir. No, esto no va para nada". Renée se sacó el zapato y lo dio vuelta para mirarle la suela. "38, dice", dijo sorprendida. Se miró el pie descalzo, extendió la pierna, se sacó el otro zapato (que era suyo) y juntó los pies allá lejos, como comparándolos. "Viste que las personas cuando están frente a una cámara actúan. ¿Me ves hinchados los pies, vos?". "No", dijo él. Y agregó: "Por ahí te están creciendo". Enseguida le pareció un chiste de mal gusto y quiso arrepentirse, pero Renée lo interrumpió: "Digo: a lo mejor te gusta en la vida pero no cómo actúa por skype". Y recogió las piernas, apoyó el tobillo de la derecha sobre la rodilla izquierda y empezó a masajearse el pie con toda la mano, como envainándolo, desde los dedos hasta el tobillo, mientras sus ojos paneaban por la galaxia de zapatos que se desplegaban allá abajo, cada uno mirando en una dirección distinta.

Savoy se preguntó si no sería por eso que, reticente como era a aceptar invitaciones femeninas que exigieran de él saberes, intuiciones, sentido común o un gusto que sabía que no tenía, siempre parecía estar disponible, sin embargo, cuando Renée lo llamaba para que la acompañara a comprarse zapatos. Le gustaban sus pies. Eran pies muy pálidos y suaves, como mullidos, casi sin venas, con dos grupos de lunares diminutos en los empeines y diez dedos increíblemente expresivos, con uñas redondas, relucientes como gotas. "Odio darte la razón", suspiró Renée, "pero me voy a llevar los españoles". Savoy sonrió, se acuclilló casi hasta tocar la alfombra con las nalgas —una técnica de golfista que usaba para preservar su nervio ciático—, recogió el zapato ganador —negro, como de flamenco, con un botón también negro al costado y un taco corto que iba angostándose hacia abajo— y llevándolo colgado de su dedo índice se lo entregó a la vendedora.

Salieron. Savoy llevaba al hombro la bolsa con los zapatos. Pensaba en ellos, de hecho. Renée iba unos pasos adelante, con ese andar desmañado, un poco atropellador, en el que Savoy, que lo admiraba, solía ver la obcecación de un instinto de supervivencia. Esta vez, sin embargo, comparándolo con la despreocupación con que él se rezagaba, daba una impresión de contrariedad, como si la hubiera irritado algo menor pero que persistía, algo de lo que Savoy quizá no era ajeno, que había hecho sin querer, probablemente, o sin darse cuenta, y que le habría costado reconocer en caso de echárselo ella en cara. Savoy pensaba que ésos, los que llevaba al hombro, no eran los zapatos que más le habían gustado. Sus candidatos —que Renée había descartado sin probárselos, apenas la vendedora amagó sacarlos de la caja— eran unos altos, charolados, de plataforma, con un cierre relámpago que les cruzaba el empeine y dos extraños escotes laterales. Una especie de vestido de noche vulgar hecho sandalia, feo pero perturbador, como casi todo lo que osaba traspolar un diseño pensado para una parte del cuerpo y aplicarlo a otra al pie de la letra, sin considerar, más bien brutalizándolas, sus características particulares. Sugirió los de flamenco para no desmerecer su prestigio de *coach* ante Renée, y sobre todo para borrar la mueca que había visto que hacía al comprobar el despropósito de zapato que él había tenido la ocurrencia de imaginar en primer lugar para ella.

No era la primera vez que pasaba. Aunque a Renée no le resultaba fácil la disyuntiva a la que la enfrentaban ciertas propuestas de Savoy —aceptarlas aunque no fueran para ella, sólo para ensayar el tipo de mujer con que Savoy la confundía o deseaba que fuera, o rechazarlas de plano y conformarse con la mujer que era o creía ser—, esas impertinencias no habían afectado en nada los méritos de Savoy como acompañante; al contrario, habían terminado incorporándoseles como pinceladas de color personal, el toque particular, *risqué* pero siempre estimulante, que lo distinguía de los obsecuentes a quienes confiaban esa misma misión sus amigas, maridos, parejas o amantes, en la abrumadora mayoría de las veces, que jamás hacían una sugerencia sin estar seguros de la reacción que suscitaría y cuando les pedían una opinión decían a todo que sí, aun cuando lo que aprobaban fuera un desatino flagrante que las mujeres habían arriesgado por pura curiosidad, para comprobar cuán lejos estaban dispuestos a ir en su servilismo.

A Savoy, por lo demás, se le daba bien ese balanceo. Tenía hasta talento. Era como si la falta de necesidad que caracterizaba su relación con Renée desactivara en él toda susceptibilidad. El hecho de que sus propuestas fueran rechazadas o incluso causaran escándalo —lo que sucedía en ocasiones raras, por ejemplo cuando Renée, como le pasaba con Savoy en el plano sexual, en esa hiriente comedia de sábanas a la que no podían evitar volver, y en la que siempre interpretaban la misma escena, se dejaba cegar por el desencuentro puntual, inmediato, y reaccionaba instintivamente, perdiendo de vista lo que Savoy representaba para ella en líneas generales, más allá de la situación específica en la que estaba decepcionándola— no lo afectaba como algo personal, no llegaba siquiera a afectarlo, tan ajeno a su órbita, en el fondo, como un fenómeno óptico o luminoso que tuviera lugar en el cielo —lo más parecido a una pantalla que la naturaleza hubiera conseguido producir—, que puede maravillar o aterrar pero nunca tocar, no, en todo caso, como toca y hace arder la más estúpida de las lágrimas la piel virgen del que no llora. De modo que Savoy iba y venía entre la audacia más loca, inesperada hasta para él, que antes de ver los zapatos escotados en la vidriera de la tienda, sobresaliendo en medio de un pelotón anodino con una beligerancia desafiante, jamás se le hubiera ocurrido que algo así pudiera interesarle, y el conformismo clásico, de cepa conyugal, que evita remover aguas y festeja como logrado cualquier día que termine sin escenas, que Savoy, en todo caso, matizaba con cierto sentido del *timing*, ahorrándole a Renée —sólo en teoría, porque Renée no toleraba que quisieran ahorrarle nada— el tiempo, el penoso encadenamiento de pasos y la sucesión de argumentos que le habrían costado llegar a una conclusión ya aceptada de entrada.

Solía haber algo tranquilizador en el modo suave, indoloro,

en que aterrizaban en la pista de lo seguro. Era como si una mecha se apagara, aliviándolos de tal modo que hasta podían darse el lujo de mostrarse decepcionados. Renée se detuvo en la bocacalle y lo esperó mientras lo miraba de la cabeza a los pies con una rapidez de experta, como evaluando su aspecto general en vistas a alguna clase de concurso o candidatura que era evidente, por el modo en que lo contemplaba, que Savoy no tenía muchas posibilidades de ganar. "Te llamé un par de veces, *Hotel Savoy*", le dijo cuando él llegó a su lado. Savoy sonrió, pero no fue más que un sutil movimiento interno, sin manifestación visible. O tal vez la manifestación visible, fruto de esos quiasmos singulares que ordenan a veces la relación entre sentimientos y signos exteriores, fuera el cambio que sufrió en ese momento la bolsa con los zapatos, que, en virtud de un rápido traspaso de manos, ya colgaba del otro hombro.

Era la primera vez que Savoy escuchaba una alusión a su identidad virtual de boca de alguien que no fuera Carla, y el hecho de que ese alguien fuera Renée agudizaba la extrañeza, mechándola con una hebra de culpa. "Estoy sin teléfono", le dijo él. "No sé si lo perdí o me lo robaron". Sintió que la aclaración sobraba, o en todo caso sólo se justificaba como un ardid para desviar la atención. Empezaron a cruzar, deslizándose medio de perfil por los pasillos estrechos que habían dejado los autos varados sobre la cebra peatonal. Savoy, que iba primero, echaba cada tanto un vistazo inquieto hacia atrás, hacia Renée, para comprobar que cruzara sana y salva, como abriendo camino en medio de una selva venenosa. En un momento hubo que apurar el paso: el semáforo había cambiado y los coches empezaban a moverse. Llegaron a la otra vereda casi corriendo. "Te llamé por skype", dijo Renée. Ahora, sin dejar de mirarlo, sonreía. Estaba tan contrariada como antes, pero la chispa de malvado placer que le daba su superioridad la ayudaba a sobrellevar el malestar. Savoy no dijo nada. Sentía la presión de la correa de la bolsa a través de la tela de la camisa. "Se ve que es una línea muy privada. Como el teléfono rojo del comisionado Fierro". Él dejó escapar una risa incómoda. Esa señal de debilidad era todo lo que Renée necesitaba para emprender una de esas ofensivas versátiles —pálpitos, chicanas, sarcasmo— con las que le gustaba ponerlo contra la pared, acomodarlo en la posición y a la altura justas para la línea de fuego del pelotón y a último momento, como si algo fortuito y trivial que no tenía que ver con él se le cruzara por la cabeza y la hiciera cambiar de opinión, perdonarle la vida y simular con toda naturalidad, simplemente estilizándolos, que todos esos preparativos enérgicos no anticipaban una ejecución sino un gesto de amor, una de esas prestaciones sencillas, modestas, contra las cuales no hay defensa posible, corregirle el cuello de la camisa que había quedado doblado para adentro, por ejemplo, o, apretándole una mejilla con la yema de un dedo previamente humedecido, liberarlo del peso de una pestaña perdida.

Media hora más tarde, en un cuarto de hotel, desde la cama que apenas habían tenido tiempo de deshacer, Renée apartó los ojos del televisor que colgaba de un ángulo —dos chicas con bocas como ventosas exprimían la entrepierna de un semental increíblemente peludo—, lo miró venir desnudo del baño y dijo: "Odio tener que darle la razón, pero da resultados la pileta". Savoy se había detenido al pie del televisor, preguntándose, bajo el chorro de su luz hepática, qué clase de inepto incorregible podía haber dejado pasar una escena en la que el tótem de carne encargado de hacerla brillar quedaba escondido detrás de dos matas de pelo tupidas y, a primera vista, no muy limpias. De modo que la frase de Renée le llegó tarde, y él reaccionó tarde, y, sabiéndose en falta, le contó su rutina de manera mecánica y atropellada, como quien busca convencer a un médico desconfiado: tres veces por semana, a veces cuatro, preferentemente entre una y dos de la tarde, cosa de evitar tumultos, colonias de niños, clases de aquadance, nunca menos de cuarenta minutos por vez, nunca más de una hora... "No sabía que te gustaban las deportivas", lo interrumpió Renée, dejando en claro que no era así cómo pensaba invertir los minutos de *pillow talk* —pocos, pero a los que no estaba dispuesta a renunciar— luego de otro intento fallido de adaptar al mundo de sudor y de sábanas la complicidad que experimentaban lejos de él. "Es rara tu novia", dijo después, como si borrara todo lo anterior y diera por inaugurada la verdadera conversación. "En fotos, por lo menos". "¿Fotos?", dijo Savoy, buscando algo entre las sábanas. "¿Qué fotos?". Se agachó, miró con fastidio debajo de la cama. Quince minutos antes, cuando Renée, después de tironear en vano del elástico, le había ordenado que se sacara los calzoncillos, Savoy supo lo mucho que le costaría recuperarlos después. Era increíble cómo aun en situaciones breves y desapasionadas siempre había en el sexo ese momento triángulo de las Bermudas en que desaparecía todo: ropa interior, joyas, relojes, condones... No vio nada. Metió un brazo extendido y palpó con un poco de asco la alfombra. Como los actores mediocres, Savoy creía que si hablaba mientras hacía cosas, lo que dijera tendría un impacto doble. "Las dos fotos que hay online, en el pasquín de los que cuidan casas. *The Caretaker Gazette*. No me digas que no te las mostró".

En un rapto de entusiasmo, Renée se volvió en la cama y, boca abajo, se puso a picotear el teléfono con sus pulgares. Una vez más, Savoy sintió que todo había empezado sin él. Como cuando de chico llegaba tarde al cine con su padre y aun así entraban —las funciones eran continuadas: ya verían después del final, en la función siguiente, los diez minutos de principio que se habían perdido— y él avanzaba por la sala tirando un poco el torso hacia atrás, menos por temor, por la aprensión momentánea que da pasar de la plena luz del día a las tinieblas, que para frenar la tendencia de su cuerpo a irse hacia adelante siguiendo el declive del piso alfombrado y, quién sabe, aterrizar al pie de aquella pantalla gigantesca, poblada de imágenes que se desalojaban unas a otras. Qué ajeno, qué impenetrable era eso que le tocaba ver entonces, y con qué increíble rapidez, sin embargo, todo eso entraba en un orden y se aclaraba, y cómo ese testigo pasmado que antes caminaba tanteando el piso para no caer y se metía en su fila intimidado, casi de espaldas a la pantalla, se había convertido en esta máquina de desear, de entender, de devorar lo que parecía que no comprendería jamás.

Era tarde. El cuarto de hotel languidecía, macerado en ese desvalimiento que se apodera de los lugares una vez que se ha hecho, mal o bien, lo que estaba en los planes y se ha pagado por hacer en ellos. Algo se freía en un departamento vecino, pero lo que llegaba no era el olor sino el sonido, que se colaba por la persiana entreabierta y freía también los espejos, los muebles de madera falsa, la alfombra raída, el cubrecama sintético, el clásico potro de torturas forrado de cuerina negra. Los esclavos del sexo —ahora dos galanes atendían a una estridente sirena rubia— seguían en el televisor. "Jean-Pierre, los Reiners, Yolande —ésta es escritora—, Christopher y Hiroko... Acá está tu Carla: la más joven del elenco". Savoy, sentado en el borde de la cama, soltó el calzoncillo que acababa de encontrar hecho un bollo junto a la pata y se inclinó sobre el teléfono.

Al principio no la reconoció. Tenía el pelo largo y lacio, de un castaño agresivo, casi rojo. En una foto llevaba anteojos de sol; en la otra, un sombrero tejano que le dejaba en sombras la mitad derecha de la cara —una mitad prolija, como trazada con regla— y hacía juego con las botas, demasiado anchas para sus piernas, tatuadas a los costados con un logotipo como de rancho. Eran fotos viejas, pero ¿de cuándo? Ahora era tan joven, pensó Savoy, que no podían ser *tan* viejas. Pero en las dos se la veía de cuerpo entero y en las dos, incómodas y avergonzadas como eran, tenía la misma temeridad, la misma determinación silenciosa, rumiada a solas, largamente, y la misma tensión muscular de animal al acecho, sereno pero listo para todo, que Savoy llevaba meses añorando. Volvió en sí, hizo foco otra vez, no ya en las fotos sino en Renée, que lo miraba con la boca abierta y las cejas muy alzadas. "Mi querido Hotel Savoy", dijo, meneando la cabeza, "estás totalmente perdido".

Había, pues, una Carla pública: la que veía cualquiera, la que todo el mundo podía mirar, estudiar, tasar, la que Carl y Josiane y Stéphanie y André y Mikko y Félix y Sonya y Helmut y Marco y Caro (la dueña de Vidal, una chica de cabeza y ojos enormes, como de heroína de animé) y muchos otros dueños de casa sonrientes y aparentemente satisfechos, a juzgar por los cumplidos que se apilaban en la sección *endorsements*, habían elegido en los últimos dos años para confiarle departamentos, casas, estudios, granjas, fincas de fin de semana y, en algún caso, hasta viviendas en construcción rondadas por pandillas de *squatters* al acecho de un techo gratuito ("Dos semanas cuidó la adorable Carla nuestro *penthouse* casi terminado y no recibimos de ella ni una sola queja. Al contrario, cuando volvimos todo estaba impecable, y hasta habría habido fuego en la chimenea si el arquitecto se hubiera acordado de incluirla en los planos..."), con todas sus posesiones adentro, mascotas en primer lugar, esas monarcas sin cetro ni corona —recién ahora Savoy se daba cuenta de hasta qué punto el cuidado de casas era la fachada de razonabilidad que encubría un estado extremo, desesperado, de la relación entre humanos y animales—, pero también plantas delicadas y rentables, como en el caso del director de arte de Coyoacán, y más de una vez familiares farmacodependientes, enfermos o inválidos, sobrinos de vacaciones, albañiles, pintores o plomeros a cargo de trabajos que no podían detenerse y requerían supervisión.

Para Savoy, sin embargo, asomarse a ese perfil público era internarse en una intimidad extrema, radical. El pudor que sintió entonces, husmeando en el mundo que Renée acababa de revelarle, no fue muy distinto del que lo había asaltado en el Rosse Buurt de Amsterdam la primera vez que viajó a Europa, cuando se topó con las prostitutas exhibiéndose en sus cajas de cristal y mientras la mayoría se contoneaba, estampaba besos de lengua en el vidrio o se abría de piernas con las manos en las ingles, una, bastante más vieja que las demás, probablemente bastante más cansada, apuraba una cena tardía con cubiertos de plástico sentada en un silloncito desvencijado, leyendo una revista abierta en el piso. Se ruborizaba ante la información más convencional. Todo el recato que no había sentido en las noches largas de Vidal, animándola a que hiciera por él, con él, cosas cuyo nombre ni siquiera estaba seguro de conocer, se apoderaba de él cuando la página le informaba los idiomas que hablaba, sus destinos y mascotas favoritos —¿Hungría?, ¿conejos?—, sus pasiones y sus habilidades. Todo era sobrio, un modelo de decoro: Carla era "adorable" —la palabra que más repetían sus *endorsements*— y austera, casi una monja zen, como Savoy comprobaría explorando el sitio bajo la tutela de Renée, comparada con el énfasis, la fatuidad, el lujo de detalles irrelevantes ("He pisado más de 60 países. Ya que estamos, calzo 45 —me dijeron que poner números en el perfil da una impresión de seriedad") en los que incurría la mayoría de sus colegas a la hora de autopromocionarse. Pero era justamente ese decoro seco, al que no le sobraba ni faltaba nada, el que hacía que frases como "Doy clases de español" o "Corro" o "Me gusta aprovechar bien el tiempo" sonaran perturbadoras como una insinuación desvergonzada.

Comprobó que con otros perfiles de cuidadores le pasaba lo mismo. Veía toda esa gente con sus sonrisas de dientes perfectos posando contra bahías al atardecer, jardines primorosos, fuegos de hogar, rodeados de flores, de perros, de nietos, y lo que le saltaba a la vista no era lo que se le quería mostrar, esa combinación de alegría de vivir, bonhomía diáfana y buen estado general de salud que hacía de ellas personas inmediatamente confiables. Era más bien el modo en que esas personas vivían *ofreciéndose*: ese esfuerzo, esa dedicación, el esmero artesanal de esos autorretratos pletóricos de espontaneidad, sencillos y sentimentales, toda esa inversión puesta al servicio de una especie de disposición universal, irrestricta. "Aquí estoy, soy esto, mírenme, llámenme"... Como si en el mismo momento en que se proclamaban libres y autónomos, condición *sine qua non* para dedicarse a cuidar casas, mascotas y jardines ajenos, todo ese ejército de jóvenes sin equipaje y adultos mayores ociosos se revelaran más sometidos, más esclavos que nunca, ansiosos —incluso cuando sus calendarios no tenían semanas libres que ofrecer— por dar con el salvador que los rescatara de esa espera eterna.

Feria de la identidad, página planetaria de avisos clasificados, *casting non stop*, rueda de reconocimiento global... Savoy se preguntaba cuándo se había transformado el mundo en eso; en qué momento preciso de su distracción, su olvido, su decisión —o más bien su abandono, porque ni su juicio ni su voluntad jugaban papel alguno en el asunto— de mirar hacia otro lado. ¿Cuándo las tarjetas de presentación habían adquirido esa prominencia insólita? Savoy recordaba las primeras que le había tocado ver, las que usaba su padre en cierta fase comercial de su vida, unos rectángulos de cartón fino, muy blanco, con su nombre impreso en una cursiva elegante y novelesca y debajo, en letras de imprenta, como una especie de sentencia, la leyenda *departamento de ventas*. Las repartía a su alrededor cuando salía de recorrida, y cada vez que la tarjeta pasaba de su mano a la mano del otro y era guardada en alguna parte, un bolsillo, una billetera, a Savoy, que solía acompañarlo, le parecía que su padre volvía apenas la cabeza hacia él y le guiñaba un ojo muy rápidamente, casi como un parpadeo, sin que el otro, "la víctima", como lo bautizaba entonces Savoy, pudiera advertirlo. ¿En qué momento esos pedazos de cartulina fraudulentos, que "las víctimas", si los usaban, usaban para sacarse un resto de comida de entre los dientes o limpiarse las uñas, y luego dejaban caer en la basura o el fondo de un pantalón abandonado, pero de las que el mundo social, sin embargo, no parecía poder prescindir, al punto de que quien no tuviera la suya o no la mostrara en el momento oportuno corría peligro de despertar sospechas, o menosprecio, o incluso de quedar excluido del juego, como era muy posible que quedaran, dicho sea de paso, quienes osaban jugarlo mostrando sus tarjetitas de cartulina barata, impresas en casas de fotocopias, armadas con tal apuro y desinterés que nadie podía sorprenderse de que dijeran *departamento de ventas*, efectivamente, pero ni una palabra acerca del cargo que tenía en él el portador de la tarjeta y ni una, tampoco, del nombre o el rubro de la compañía de cuyo departamento de ventas se suponía que era representante.

Era evidente, ahora, que el programa de oferta de identidades se había generalizado a una escala mayúscula. El uso de las tarjetas de presentación se multiplicaba exponencialmente y se volvía obligatorio en todas las esferas de la existencia. El papel había muerto, desde luego, y con él los prontuarios policiales, los *books*, los *portfolios*, los *curriculum vitae*, viejos géneros de la presentación de sí que resucitaban cambiados, a veces irreconocibles, en la fiebre del perfil inmaterial. *Aquí estoy, soy esto, mírenme, llámenme...* ¿Y todo eso fundado en la reciprocidad? ¿En la confianza? Ahora Savoy sospechaba más que nunca, y por la ranura mínima de sus ojitos suspicaces se colaba un destello de morbosa depravación. Recorría la página de la *Gazette* y detrás del ingeniero agrónomo jubilado y sus mejillas rosadas de idólatra del aire puro veía nítidos el temblor, el vértigo, el tormento del pedófilo incorregible, y a la pareja de *swingers* tras el dúo de montañistas brindando con sus pekineses en brazos, y al gigoló en celo bajo el disfraz del militante ecologista, y a la psicópata armada en el pellejo de la vegana irlandesa que, según la *Gazette*, había cubierto en bicicleta los mil setecientos sesenta y cinco kilómetros desde Dublin hasta Entrechaux, donde la esperaban una bella casa de piedra, dos perros, media docena de gatos, un burro y un viejo jardinero que se estaba quedando ciego. Savoy les sacó el cuero a todos, uno por uno, cebado por la pasividad bovina con que esos monigotes consentían su saña, desnudando la trastienda de rapacidad y sordidez que ocultaban. Tanto se encarnizó que las calumnias que inventaba empezaron a incomodarlo. Cuando terminó temblaba, como asomado a un precipicio. Renée, que había acompañado el arranque a una distancia prudente, con una alarma divertida, menos porque compartiera las sospechas de Savoy que para distraerse del *bluff* sexual que acababan de protagonizar, tuvo que ponerle una mano en un hombro para que volviera en sí. Savoy miró por última vez la pantallita donde humeaban los caídos. En el fondo, de pie, estaba Carla, intacta: la causa de su furor, la única que su furor había perdonado. El teléfono le sonó en la mano y lo dejó caer, levantándose de la cama. Terminaba el turno, de la recepción querían saber si pensaban renovarlo. Renée contestó que no. Empezaron a vestirse en silencio.

El problema, como Savoy, instado por Renée, no tardó en comprender, era que las cosas eran exactamente al revés. No había nada que desenmascarar. Detrás de las sonrisas sólo había sonrisas. Los montañistas amaban las montañas, los naturistas la naturaleza, los caminantes caminar, los ecoagricultores la ecoagricultura. El pretexto, la falsa razón, el motivo simulado: no había lugar, en aquel paisaje luminoso de personas en oferta llenas de entusiasmo, premiadas por fin con la dicha a la que siempre habían aspirado o con la que se habían topado "en la mitad de la vida", y no siempre por causas agradables, porque a menudo era recién después de tocar el fondo del divorcio, la enfermedad, la ciénaga del alcohol o las drogas, cuando comprendían, al modo de los conversos, cuál era el camino a emprender y cuáles las cargas de las que debían desprenderse —no había lugar para la estrategia de disfrazar medios de fines, esa *cultura caballo de Troya* a la que Savoy y su generación tanto le debían. Por extraño que sonara, todos los protegidos de la *Gazette* querían hacer lo que decían que querían hacer: cuidar casas y mascotas, cortar céspedes, mantener piletas, regar plantas —que eran de otros. Todos querían vivir así, en el equilibrio de una economía paradojal, fundada a la vez en el privilegio y el sacrificio: ahorrándose el dinero que hubieran tenido que pagar por un viaje y una estadía como los que elegían hacer, renunciando al dinero que hubieran tenido que cobrar por un trabajo como el que aceptaban llevar a cabo. Se ahorraban el equivalente de aquello a lo que renunciaban.

Y al desaparecer, al esfumarse, el dinero dejaba en el centro de la escena la noble belleza de la operación misma, el doble gesto simultáneo, de ahorro y renuncia, que apuntalaba toda aquella épica del desinterés y la confianza recíproca.

Era un mundo ideal. Tarde o temprano, la casa y la mascota necesitadas encontrarían a su custodio, y el cuidador sediento de viajes y mundo y gente nueva y lenguas exóticas daría con la casa y la mascota que clamaban por él. La fórmula sonaba tan prístina que la satisfacción que postulaba —el encuentro entre dos partes hechas una a imagen de la otra, perfectamente complementarias— era, al menos de derecho, una necesidad inevitable, tan "natural" y tan directa, más allá de los rodeos prácticos que implicara, como la sacudida que arrebata al perro macho y lo propulsa ciego hacia la vulva palpitante de la hembra en celo. Nada parecía poder impedirla. Y, una vez consumada, nada, tampoco, empañarla. A Savoy le llamó la atención el tenor unánimemente favorable de los *endorsements*. Carla era "seria", "responsable", "juiciosa", "independiente" —un título que lo hizo sonreír de placer, casi enorgullecerse, con tal nitidez vio, al leerlo, a la Carla circunspecta, sobria y algo altiva que le gustaba tanto, enemiga de la obsecuencia a la que se rendía sin pudor la mayoría de sus colegas—; era "adorable" siempre, aun, al parecer, cuando fundía cortadoras de césped recién sacadas de la tienda de jardinería (un hecho que a Savoy le gustó ver por escrito, corroborado "objetivamente") o cuando, en un descuido serio pero excusable (una emergencia doméstica que la *Gazette* omitía especificar, según Renée por cuestiones de decoro), dejó escapar al "niño mimado de la casa", un hurón insulinómano, de una curiosidad patológica, que más tarde pudo rastrear y ubicar gracias al chip que ella misma le había injertado. Otros, miembros de una aristocracia de la que Carla no formaba parte, los "recomendados", eran "impecables", dejaban las casas más limpias y ordenadas de lo que estaban al pisarlas por primera vez, ensortijaban a los animales a fuerza de simpatía, juegos y

golosinas saludables, enviaban partes en video sobre la recupe-
ración de las orquídeas y el último día, tras haber empacado y
borrado toda huella que los recordara, exhaustos, agasajaban a
los dueños de casa con cenas sofisticadas a la luz de las velas,
el batallón de gatos bañados y perfumados y la leña para el invierno —objeto clásico de procrastinación— cortada y apilada
junto a la chimenea. El encuentro entre las partes no sólo era
inexorable; también era idílico, inmune, sorprendentemente, a
los imprevistos, desinteligencias y enconos que era dable esperar
de una relación con tantas variables desconocidas, los mismos
con los que Savoy solía toparse en las plataformas de comercio
electrónico cuando revisaba los historiales de los vendedores.

"Debe ser una cuestión de clase", dijo Renée, para quien
los servicios de compraventa electrónicos eran a las plataformas
de *house sitting* lo que la pornografía dura al cine erótico. "Allá
necesitan, tienen ganas, se matan. Acá todos 'desean', son edu-
cados, visten bien, usan filtros. Mirá" —y le mostró una frase
que aparecía grisada, como vista a través de un velo, entre dos
de los comentarios que enaltecían a cierto Philippe A. La frase
decía: *Una persona no recomienda a este miembro.* Ésa era la forma
más cruda que podía asumir el conflicto, cualquiera fuera, en
ese nuevo mundo feliz. No había engaños, ni defraudaciones,
ni robos, ni pactos violados, ni malentendidos, ni diferendos.
Y por supuesto tampoco había competencia —aunque bastaba
abrir la página de inicio de la *Gazette, Nomador, MindmyHouse*
o cualquiera de las cientos de páginas que florecían a nivel local
en los puntos más diversos del planeta para imaginar a dueños
de casa y cuidadores agazapados en sus gateras, impacientes por
largar, calentando motores, dejando chorrear un hilo de ávida
baba y relojeándose de soslayo como en las cuadrigas de *Ben Hur.*

Esa madrugada, inesperadamente, Carla lo llamó desde un tren.
Lo que era madrugada para ella, que iba de Italia a Suiza y se

abría paso por algún reguero de túneles alpinos, para Savoy era una medianoche fría, hostil, llena de sonidos furtivos y crepitaciones. El aire seguía apestado por los gases con que la policía había disuelto una manifestación de repartidores de comida. Eran pocos, no más de trescientos, ninguno llegaba a los veinticinco años. Dos días antes, entregando una pizza, uno como ellos —uno mayor, bastante mayor y con menos suerte que ellos— había sido atropellado por un coche y se había partido la cabeza. Desde el piso, en la misma posición en la que había caído, llamó a la central para avisar del accidente. La operadora que lo atendió le pidió que le sacara una foto al pedido para comprobar si "estaba en buen o mal estado para poder ser entregado". El repartidor dijo que no podía moverse. La operadora insistió, alegando que era "parte del procedimiento". Sin la foto no se podía cancelar el pedido. En eso bajó el cliente, en piyama, vio al repartidor en el piso, sangrando, se enteró (por la mujer que acababa de llamarla, una vecina que pasaba por casualidad) de que la ambulancia iba en camino, abrió él mismo el cofre de la moto y se volvió a su departamento con la pizza.

Además de seguridad y algún tipo de cobertura contra accidentes de trabajo, los manifestantes reclamaban condiciones de trabajo decentes, contratos en blanco y una sindicalización que sus patrones, expertos en precarización y esclavismo, parecían más abiertos a considerar que los jefes del sindicato que se suponía debía ampararlos. Improvisaron un escenario de tablones para las tres o cuatro bandas archialternativas que algún cabecilla del movimiento, probablemente bajista de alguna de ellas, o plomo, o *manager*, había convencido de solidarizarse con la protesta. Un vecino del barrio, también en piyama, puso el grito en el cielo, menos molesto por la manifestación, al parecer, que por el volumen de la música y sobre todo por las letras, poco afines con el decoro familiar del barrio. Alguien con poca puntería le contestó desde el escenario. La botella se encumbró en el aire lenta, como sostenida por la incertidumbre, y cuando bajó reventó la luneta trasera de un coche estacionado. La alarma —el estribillo de una cumbia célebre machacada en clave tecno— exasperó a un nuevo contingente de vecinos, el coche resultó ser de un concejal de prontuario turbio, famoso por la brutalidad de los matones que le hacían de escolta, era fin de mes, hacía tres semanas que no había fútbol por un diferendo sangriento entre hinchadas, escaseaban los billetes de diez, las monedas, las tarjetas plásticas de acceso al sistema de transporte público. La típica, infalible receta del malestar social. Savoy, a pocas cuadras de ahí, había seguido la batalla campal a dos puntas: en vivo, por los ecos que se colaban por las ventanas (nunca había comulgado con el decoro familiar del barrio, pero las letras, con sus futuros perfectos, sus ciudades lluviosas, su rabia desdentada, dejaban bastante que desear), y por la cobertura de un par de canales de televisión en busca de primicias o cadáveres, cuyos afanes chocaban sin remedio con esos *delays* sutiles que justificaban para Savoy la existencia del televisor: los cronistas estaban ahí, donde "sucedían los hechos", pero el sonido rara vez coincidía con la imagen, y el periodista apostado en plena refriega y la pareja de muñecos que lo interrogaban desde el estudio, laqueados por el exceso de maquillaje, parecían vivir en galaxias distintas, tan remotas entre sí como la que Carla atravesaba acurrucada en su asiento, barrida cada vez que emergía de un túnel por el resplandor de una luz blanca, y la que Savoy miraba arder cuando se quedó dormido.

A las doce y diez, cuando las campanas del skype repicaron a la izquierda de la reposera que le había asignado el director de arte de un sueño de agradable tema estival —uno de esos modelos tijera de lona verde pálido y madera que, criaturas endémicas de sus veranos de infancia, nunca había vuelto a ver después en ninguna playa—, los enfrentamientos ya se habían deshilachado en sirenas, alarmas, detonaciones aisladas y algún que otro cántico tardío, empujado por el alcohol y cierta melancolía enconada, como los de los hinchas de un equipo derrotado que quedan boyando por los alrededores del estadio donde fueron humillados. Lo primero que pensó Savoy al salir del sueño fue que le habían amputado los brazos mientras dormía —los dos, a la altura de los hombros: dos cortes limpios y decididos. Se apartó de la almohada, debajo de la cual habría jurado que los había sentido por última vez, y se movió hacia la computadora. Tuvo la impresión indigna, un poco repulsiva, de ser sólo un torso, un torso enano y en cueros, reducido por un flagelo sin nombre a la capacidad inútil pero asombrosa de girar como un trompo. Un fenómeno de circo. Así que giró y algo golpeó contra el metal de la máquina —algo opaco, sordo, sin forma: una gomaespuma sólida. "Algo" era él. Lo pensó con terror, aunque no era la primera vez que le pasaba. Era raro que sucediera con los dos brazos al mismo tiempo. Con uno, Savoy podía al menos mirarse el brazo muerto y reconocerlo, aunque más no fuera como el doble visible del miembro fantasma que era, inepto, perfectamente inoperante, y ayudarlo con el brazo vivo a prender el velador, buscar los anteojos, abrir un cajón, levantar una botella de agua, cualquiera de los desafíos nocturnos que se imponía para traerlo de nuevo a la vida. No habría podido jurar que él o su miembro muerto hubieran tenido algo que ver en el asunto, pero se dio cuenta de que aquel espasmo ciego, todavía rehén del sueño, se las había ingeniado para producir alguna consecuencia, porque vio la pantalla temblar, iluminarse entera después de los parpadeos inquietantes de siempre, y unos segundos más tarde, mientras entraban en un delicioso proceso de desentumecimiento, los diez dedos ortopédicos que coronaban sus extremidades cercenadas dieron por azar con la tecla correcta y Carla apareció en cuadro una vez más, nítida en la nube de luz que proyectaba su pantalla, una burbuja blanca en plena oscuridad, con el cuerpo un poco ladeado y la cabeza apoyada contra la ventana, tapada hasta los hombros con la manta escocesa que Savoy había visto alguna vez en Vidal, con sus largos flecos negros asomando como tentáculos por los bordes de la valija. Qué hermosa estaba, suspendida en un punto equidistante entre el impulso de ofrecerse a él, puesto que lo había llamado, y el deseo de replegarse y desaparecer en la noche de su viaje, cada vez más encogida en el abrazo cálido de la manta. Estuvieron así unos segundos, sin hablar, Savoy mirándola fijo, arrobado, Carla inmóvil, con sus dos pequeños puños a la altura del mentón, aferrados al borde de la manta, y la cara contra la ventana, de la que sin embargo se despegaba cada tanto para volverse hacia la cámara sobresaltada, como se vuelve el durmiente hacia el picaporte o el piso de madera que un intruso acaba de hacer crujir. Savoy entendió que, si había alguno, ése, y no "conversar", ni contarse nada, ni siquiera mirarse, era el sentido lacónico del llamado: hacerle saber dónde estaba, abandonarse unos instantes a su contemplación y después, sin decir nada, con la misma intempestividad con que había irrumpido en sus sueños, hundirse otra vez en la negrura.

Le volvieron de golpe, atontándolo y al mismo tiempo despertándolo del todo, las dos fotos de Carla descubiertas en la *Gazette*, ingenuas y escabrosas como fotogramas de pornografía muda, y con ellas, como un cardumen de extras escoltando a un pez protagónico, todas las preguntas que tenía ganas y miedo de hacerle desde que Renée lo había iniciado en los secretos públicos del mercado donde Carla se movía. Pero se dio cuenta de que no era la hora apropiada —ni para él, que no hubiera sabido cómo formularlas sin ser desagradable, ni para ella, que no parecía tener mucho resto para asimilarlas. De modo que se limitó a repetir "Suiza", buscando quizás un terreno sólido donde hacer pie, y sin malicia, a modo de ejercicio, igual que reanimaba su brazo seco obligándolo a moverse, trató de recordar si era Suiza, en efecto, el destino que anunciaba el perfil de Carla de la *Gazette*, y en ese momento vio en la pantalla que una luz blanca y pálida se prendía en el vagón, y parpadeaba dos o tres veces hasta estabilizarse, definiendo las formas y colores que dormían en la oscuridad. Vio a Carla abrir los ojos y mirar hacia arriba —en esa dirección precisa, increíblemente irritante, cuyo rastro Savoy siempre seguía con avidez hasta que se topaba con el borde de la pantalla—, y asomar apenas la cara por el borde de la manta, uno de cuyos flecos casi la hace estornudar. Savoy sintió, por los ecos que empezaron a llegarle, el torbellino de adormilada agitación que se desataba en el vagón: cuerpos que se desperezaban y se incorporaban, mochilas y bolsos rescatados de los portaequipajes, cierres relámpagos que se abrían. Y mientras él, para sus adentros, volvía a maldecir las acrobacias deductivas que le exigía esa ventana sádica, empeñada en dejar afuera más, mucho más de lo que mostraba, una voz iba acercándose y pidiendo los pasajes en un francés amable pero firme, un perfecto francés de Francia —y cómo quiso entonces Savoy, él, que siempre había tomado el sueño o la ambición de ser otro, tan codiciada por tantos de sus amigos, con una indiferencia divertida, como si fuera un pasatiempo pintoresco, cómo quiso ahora estar en el pellejo de ese controlador que avanzaba por el pasillo del vagón lanzando a izquierda y derecha sus miradas suavemente inquisitivas, satisfecho con sus zapatos recién comprados y el polvo dulce y silencioso con que lo había despedido su mujer esa mañana, cómo quiso sentir la superioridad de su lucidez en medio de esa turba de viajeros dormidos, la tirantez del uniforme en los hombros y en la boca el amargor del café apurado en el bar con la colega recientemente incorporada, cómo quiso ser ese privilegiado inexplicable que luego de verificar una serie de pasajes insulsos, todos en regla, y devolvérselos a sus dueños casi sin mirarlos, se detenía junto al asiento de Carla y de pronto, con todo el tiempo del mundo por delante, podía dedicarse a mirarla revivir, emerger en cámara lenta de su nido y, tras sobornarlo con sus ojos de desvelada, ponerse a buscar el pasaje en su mochila, y buscarlo en vano una y otra vez, revisando cada compartimiento, cada bolsillo interno, cada sobre, incluyendo el de cosméticos, de donde asomaron un lápiz de labios, la punta de la copita menstrual que Savoy había descubierto en

Vidal y un ramo de horquillas de pelo desconcertadas. Cómo quiso ser ese empleado irreprochable y benevolente, dispuesto, llegado el caso —y el caso había llegado—, a hacer excepciones y, uniendo la comprensión que da la edad madura con las secuelas de placer dejadas por un cuarto de siglo de dichosa conyugalidad monogámica, hacer la vista gorda, indultarla, tal vez reprendiéndola pero sólo para mantener las apariencias y prolongar un poco la conversación, preguntarle adónde iba, de dónde venía, a qué dedicaba su bella y joven vida, de modo de borrar o al menos hacer de cuenta que lo que Savoy veía no estaba ocurriendo, que la mano que ahora entraba en cuadro por la izquierda —dedos largos, delgados, de nudillos prominentes: dedos de hippie rico, de guitarrista sin horarios, de experimentado ilusionista vaginal— no le alcanzaba a Carla la versión impresa de su pasaje, que Carla, confundida, no preguntaba: "¿Es el mío?", y que el dueño de la mano —en el mejor castellano de Buenos Aires que una mano podía hablar en ese tren— no contestaba: "Quedaron juntos cuando los imprimimos", que fue lo último que Savoy escuchó antes de cortar, una vez que Carla le entregó el papel arrugado al controlador y volvió a su madriguera de lana a seguir durmiendo.

Se desquitó nadando, no haciendo preguntas. El sábado —quinta vez seguida que lo veía en una semana fría, lluviosa, inhóspita para cualquier cosa que no fuera hibernar en la cama—, la perra de la recepción recibió su carnet y, casi con admiración, le dijo: "¿Otra vez por acá? ¿Está entrenando?". Savoy nadó como otros se ahogarían en alcohol, con la misma determinación y el mismo desaliento con que él mismo, en otro momento, habría pedido explicaciones largas, exhaustivas, condenadas de antemano a no satisfacerlo, y les habría mordido los tobillos cada vez que sonaran vagas o generales, omitieran detalles cruciales o redujeran a una frase breve la contingencia, la situación, el personaje que pedían a gritos un capítulo exclusivo pródigo en aventuras, *flashbacks*, valiosísima información contextual.

En la pileta hubo menos gente que lo habitual, como siempre que hacía mal tiempo. Savoy estaba tan decidido que hasta ignoró su sistema de precauciones. No pensaba en días ni horarios. Simplemente iba, como propulsado: iba y una vez en la pileta se entregaba a lo que sucediera, sin quejarse ni dejarse intimidar, con la misma lasitud distraída con que se entregaban los chicos de las escuelas a las consignas y los silbatos de sus instructores, cabizbajos, aferrados a los bordes de las toallitas de Disney, deshilachados, a fuerza de roerlos, con las que les habían enseñado a cubrirse. El frío (menos atenuado por la calefacción de lo que Savoy hubiera esperado), la amenaza de los truenos, el griterío (que con mal tiempo, por alguna razón, retumbaba el doble), los reguetones del grupo de mujeres mayores, los dos andariveles cruciales bloqueados por alguna reparación, el abrazo helado que lo envolvía en el vestuario cuando venía del vapor de las duchas: ninguno de sus demonios favoritos lo desalentó esta vez. Casi al contrario: entraba en el agua y la antipatía de la temperatura lo reconfortaba, un poco como un dolor de muelas consuela al que ha sufrido la muerte de un ser querido, porque obligándolo a ocuparse de algo concreto y banal pone límites a una aflicción que no los tiene y podría serle fatal.

¿Llegaba y ya había dos nadando en su andarivel? Savoy se sumaba, y la proximidad y hasta el roce con esos cuerpos que habría rechazado, que seguía rechazando, adormecían la molestia que había dejado en él el skype del tren, menos un dolor que un escozor leve pero continuo, como ese zumbido que persiste en el fondo del oído días después del traumatismo que lo sacudió. Fue uno más, discreto y dócil, también en el vestuario, donde la densidad de gente solía sacarlo de sus casillas y evitaba las conversaciones encorvándose, como si fueran cascotazos. Cedió el paso al entrar, alcanzó peines, mallas, toallas olvidadas que colgaban de canillas. Sin que tuvieran que pedírselo, hizo lugar, en el largo banco de madera que le gustaba ocupar solo, disponiendo sus cosas en una calculada dispersión, como piezas de un rompecabezas, a individuos que en una situación normal habría gozado mucho dejando de pie, turbados, con sus bolsos a medio descolgar, por el solo hecho de jadear como búfalos, tener los zapatos embarrados o hacer demasiado ruido. Llegó a extrañar, en el desafinado coro de desodorantes masculinos, el tufo a coco barato del spray con que el empresario textil que nadaba con auriculares tenía la costumbre de rociarse entero después de la ducha (que tomaba con los auriculares puestos). Savoy, que odiaba los auriculares por la misma razón que los anteojos, porque odiaba perderlos, creía escuchar las razones que tenía para considerarse una víctima por un pequeño ejército de parlantes implantados directamente en su cerebro, que trasmitían a toda hora y en todo lugar, pero actuaba en realidad como si fuera culpable, un poco como el hombre de la multitud, que se mezcla con los demás para no llamar la atención sobre un crimen cuyas señales son evidentes para cualquiera.

¿Explicaciones? En la fracción de segundo que le duró la intención de pedirlas —desvelado, Savoy había vuelto a prender el televisor, y en el último noticiero de la medianoche había sorprendido hablando a uno de los líderes de los repartidores, menos un rostro, a esa altura, que una máscara desfigurada por los golpes y por la lente de una rudimentaria cámara de teléfono—, Savoy se preguntó para qué, y sobre todo cuántas. Porque con las explicaciones pasaba eso: se sabía dónde empezar, nunca dónde parar. La misma lógica encadenada que caracterizaba a la mentira. Una mentira podía despertar sospechas, ser objeto de examen, quedar incluso en evidencia y dar pie a la reposición de la verdad, lo único capaz de reparar el daño infligido. Pero ese acto de justicia que parecía cerrar un capítulo, tarde o temprano —más bien temprano, según la experiencia de Savoy— abría otro. Apenas desenmascarada, la mentira ponía en marcha un proceso, y ese proceso era irreversible. Envalentonados por esa primera capitulación, decenas de pequeños fraudes que habían quedado impunes, disimulados en los pliegues del pasado, salían de pronto a la luz y florecían en cadena como ampollas, arruinando en segundos la vida feliz, plena, perfecta, que llevaban años acompañando en silencio.

Savoy temía ese efecto cascada. No tanto sufrirlo como producirlo, una tarea para la que se reconocía capaz, incluso predestinado por cierto talento natural que le gustaba lucir a veces a la hora de interrogar. Siempre había visto con buenos ojos el criterio de escalonamiento sistemático que seguían los buenos interrogatorios en las series policiales. Prefería incluso esos circunloquios largos, farragosos, plagados de matices, posibilidades y complicaciones, antes que las explosiones de acción y violencia en las que desembocaban casi siempre. Sabía por lo tanto hasta qué punto hacer preguntas podía ser una compulsión sin retorno, mucho más si lo que las preguntas pretendían iluminar era la vida que Carla llevaba lejos de él. Savoy, por ejemplo, empezaba por el francés del controlador del tren, demasiado impecable para la boca dialectal de un suizo, para seguir ¿cómo, con qué? ¿Con las incongruencias de horarios? ¿Con esas visitas que a veces interrumpían los skypes, misteriosas, brevísimas, que Carla decía haber "resuelto" cuando volvía a aparecer en la pantalla pero cuyas sombras Savoy sentía acechando en la habitación de al lado, impacientes? ¿Con la palabra *Metropol* bordada en la funda de la almohada, perfectamente legible a pesar de la presión con que la deformaba la nalga derecha de Carla, cuando el hotel al que acababa de contarle que había llegado —un hueco de dos días entre casa y casa que seguramente desmerecería su promedio— se llamaba Bristol, Dunlop, Splendor? ¿Con todas las dudas minúsculas, entusiastas —el ojal que la polilla alcanzó a dejar en el pulóver donde lo ahonda ahora el dedo, el hombro apenas ampollado por el que empieza el despellejamiento de metros cuadrados de piel insolada—, que le habría despertado un examen concienzudo de las aventuras de Carla en línea, tarea a la que renunció a un paso de convertirse en un experto, cuando ya citaba de memoria las listas de destinos y fechas mencionadas en la *Gazette*, en *Nomador*, en *MindMyhouse*?

"Suiza, Francia: qué te puede importar", le dijo Renée unos días más tarde. "Más me preocuparía yo por esos dedos de hippie, si es que existen". Tenía razón, como de costumbre. Savoy ni siquiera intentó convencerla de que sí, de que existían, y de que existían tanto como existían los de ella, siempre raspados, paspados, enrojecidos, siempre con algún tipo de escoriación de cuyo origen nunca parecía estar segura, como si vivieran una vida paralela de la que a Renée sólo le llegaban esas señales bastante enigmáticas, y dolorosas —los dedos con los que Savoy casualmente la veía ahora revolver su tazón de café con crema. Lo revolvía usando la cucharita al revés, con el cabo, para preservar la integridad molecular de la crema, un ardid aprendido de una película francesa que Renée aplicaba desde entonces con fervor supersticioso, si bien un personaje menor de la película —borrado del mapa de la ficción al mismo tiempo que su intérprete del rodaje, acusado de tomarse ciertas libertades con la asistente de vestuario en el decorado del *call center* donde tenía lugar el clímax del drama— usaba unos segundos de la única escena suya que habían decidido conservar para explicarle a la protagonista por qué era descabellada, por qué no le convenía andar divulgándola a los cuatro vientos como un hallazgo de la ciencia alternativa.

El mismo Savoy, de hecho, no hubiera podido jurar que existían. Pero *creía* en ellos más que en sus propios dedos. Era como si apareciendo así, furtivamente, en la superficie de una imagen puesta en peligro por mil amenazas —el servidor de Savoy en primer término, siempre por debajo de la tasa de rendimiento que pagaba por mes, como Oblomov más de una vez le había demostrado, pero también la conexión del tren que transportaba a Carla quién sabe de dónde, ahora, a quién sabe dónde, y la luz más bien pobre del vagón que, prendida de golpe, había quemado la imagen y luego de parpadear, igual que los viejos tubos fluorescentes, en particular uno que Savoy recordaba bien, un tubo de una cocina de campo cuyo resplandor sucumbía sin remedio a la luz del invierno que, difusa y pálida, se metía por la ventana, se había estancado en una claridad avara—, esos dedos tuvieran una entidad, una consistencia, un valor de verdad ante los que Savoy no podía dudar, no, al menos, sin tener la impresión de estar descuidando algo esencial, un elemento que pronto, por alguna razón, cuando lo necesitara desesperadamente, ya no tendría a mano.

Pero lo imperdonable, como casi todo, últimamente, en la vida de Savoy, era un fantasma de doble filo. Imposible eludir uno sin cortarse con el otro, opuesto, tal vez, pero no menos cortante. Si no pecaba de suspicaz pecaba de confiado, de permisivo, de ingenuo. Y a veces, en una suerte de torsión milagrosa, hasta pecaba de ingenuo sin dejar de ser suspicaz, como en este caso, en que podía quedarse clavado en un punto ciego, rumiando el porqué de la confusión de ciudades y de lenguas, por ejemplo, pero omitía cualquier alusión a la mano extraña, a los pasajes que la mano extraña había guardado juntos, tal como al parecer los había impreso, lo que preñaba la escena ya perturbadora del skype de una dosis de pasado que, para decirlo suavemente, no contribuía a simplificar las cosas. Pedir explicaciones era un imperdonable; no pedirlas también. La única diferencia era que la imagen de sí que le devolvía el primer error no le era del todo desagradable, mientras que las que le devolvía el segundo —Savoy el cobarde, el permisivo, el cándido, todas ajenas y ofensivas— le resultaban intolerables. Así, pues, no hacía ni una cosa ni la otra; o decidía no actuar en un plano mientras se entregaba en el otro a una hiperactividad agotadora, desplegando los alardes analíticos que Renée conocía tan bien y hasta apreciaba: escrúpulo para recabar evidencias, genio a la hora de alegar, debilidad por las sentencias rápidas e inapelables.

"¿Para esto me llamaste anoche?", le dijo Renée de pronto, mirándolo con desconfianza. Savoy escuchó "llamaste" y se llevó una mano automática al bolsillo. La frenó a mitad de camino, cuando recordó que no encontraría lo que buscaba. "Te dije que estoy sin teléfono", contestó. Se sentía un poco molesto, no sabía si porque Renée le endilgaba algo que no había hecho o porque acababa de refrescarle una pérdida que le había costado cierto trabajo olvidar. Renée estuvo unos segundos martillando su teléfono con los pulgares, los únicos con las uñas sin pintar. A algo debió llegar, porque de pronto los dedos pararon y Renée se alejó un poco de la pantalla, apenas lo suficiente para posponer una vez más el turno con el oftalmólogo que le recetaría los anteojos que Savoy llevaba meses insistiéndole en regalarle. "Nueve y trece de la noche", leyó en la pantalla, para después, con un ademán brusco, casi inculpatorio, plantarle el teléfono en la cara a Savoy: "¿No es tu número?". Savoy miró la cifra; la reconoció como reconocía muchas de las cifras que ni siquiera recordaba con ayuda mnemotécnica: "en general", por una especie de aura vaga pero inconfundible, detrás de la cual cada número bailaba borroso como tras un velo de vapor. Ésa era la primera llamada, que Renée había oído entrar pero no atendido: manejaba. La olvidó. Recién la descubrió después de contestar de muy mal modo otra, que a las diez y veinte de la noche, con una amabilidad blindada, le proponía cambiar la caja de ahorros con la que su banco llevaba años estafándola por un paquete de cuenta corriente y tarjetas de crédito que le permitiría seguir siendo estafada pero sin notarlo tanto. Cortó. Estaba por tirar el teléfono en la cama (le gustaba mucho ese pequeño rebote) cuando vio la notificación de la llamada perdida con el nombre de Savoy. En ese mismo momento entró la segunda. El mismo número, el mismo aviso: "Llamada entrante: Savoy". Se acordó de que Savoy le había contado que no encontraba su teléfono y atendió. Nadie habló, pero Renée alcanzó a percibir la fracción de segundo de aliento, el flash de sonido ambiente, el ruido que una garganta seca hace al tragar para humedecerse, signos que prueban que del otro lado de la línea hay vida, una vida desconocida, expectante, quizá peligrosa... Después cortaron.

Sin sonido todo era igual. Sucedían las mismas cosas. Era la velocidad a la que sucedían lo que cambiaba, una alteración ínfima pero perceptible aunque más no fuera en la dificultad, mayor que la habitual, que Savoy tenía de sincronizarse con ellas. A veces todo sucedía un poco más rápido y tenía la impresión de no llegar a tiempo, de estar siempre en el medio de otra cosa, interfiriendo algo que desconocía. A veces todo era más lento, lo que lo hacía sentir brusco, descortés, invasivo: un animal con hambre y miedo en un bazar de baratijas de cristal. La tarde en que estrenó los tapones le tocó ver cómo bajaban al agua a un tetrapléjico. No era la primera vez, aunque antes siempre se había negado a mirar, impresionado por un operativo que imaginaba cruento, quizá por miedo a la reacción que su curiosidad podía despertar en los demás, para quienes la situación tenía tanto de insólito como las ojotas nuevas del bañero. Ahora, en cambio, sin sonido, Savoy lo vio todo. Siguió la titubeante entrada del viejo y su cuidador con el rabillo del ojo cuando salía en busca de su largo número cuarenta y dos, y aprovechó las gotas de agua que se le habían filtrado por las antiparras para hacer una escala en el borde más alejado de la pileta, refugio de nadadores exhaustos, haraganes o demasiado conversadores, desde donde podía mirar sin llamar la atención si al mismo tiempo se abocaba más o menos ostensiblemente a cosas impostergables como corregir el ajuste de la correa. Asistido por el cuidador, un tipo calvo y macizo que Savoy había sorprendido alguna vez en algún regodeo obsceno, quizá tonificando con pellizcos suaves el brazo inerte de una mujer diminuta, o talándose los pelos de las fosas nasales ante al espejo del vestuario, el viejo se derrumbó en la silla y quedó inmóvil unos segundos, mientras su carne blanda seguía sacudiéndose. Era una silla de jardín blanca, de plástico y, como su vibrante contenido, sin patas, en cuyos posabrazos mentes bastante más imaginativas que la de Savoy habían soldado una especie de baldaquino coronado por una argolla de metal. El cuidador ajustó el cinturón de seguridad —una faja de colores, como de bombacha de gaucho, con una hebilla cromada— y se metió en el agua, desde donde operó el rudimentario sistema de roldana y polea que izaba la silla con el viejo encima, la mantenía en suspenso sobre la pileta, muy cerca de la escalera, y por fin, con alguna dificultad, porque el dispositivo no gozaba del mantenimiento que hubiera necesitado, la bajaba y sumergía en el agua.

Aun distanciado de la acción por la ausencia de sonidos, que le daba una comicidad un poco vulgar, como de *freak show*, Savoy no pudo evitar sentir cierto estremecimiento. Esa silla no era una casualidad, pensó. Alguien *había visto* esa silla, y la había visto mucho antes de que existiera, cuando era sólo otra idea descabellada más, y no había parado hasta conseguir fabricarla o que se la fabricaran, hasta que él o ella o alguien dieran con la fórmula aberrante capaz de fundir el plástico con el metal como esos cuerpos equívocos de las películas del futuro, en los que ya no era posible distinguir qué era carne original y qué prótesis, réplica, implante. Muda, o con Savoy sordo, más bien, la pileta era más un espectáculo de la carne que nunca.

Ya no se le tapaban los oídos, lo que lo eximía de hacer la escena un poco ridícula que hacía apenas salía del agua, saltar en un solo pie, el del lado del oído que se le había tapado, por lo general el derecho, y caer pisando con fuerza, sacudiendo la cabeza en dirección al piso, como si cabeceara una pelota invisible para un arco que sólo él veía dibujado en los cerámicos. Pero cuando nadaba sin sonido, Savoy se inflamaba; entraba en una especie de protagonismo pleno, extremo. Era como si la dimensión sonora que los tapones le quitaban al mundo se transfiriera de algún modo a él, se incorporara a esa cantera de respiraciones, soplos y latidos que se agitaba en el interior de su organismo. Estaba condenado a oírse a sí mismo, pero a oírse no como cuando se oía hablar, en tanto atleta retórico, sino como una máquina, un monstruo, uno de esos mamarrachos llegados del espacio cuya imagen escamoteaban con cuidado los primeros minutos de las películas, pero cuyas manifestaciones corporales —rezongos, ronquidos, eructos, gruñidos: la música del Otro como compendio de malhumor y trastornos gastrorrespiratorios— ocupaban toda la banda sonora. Al nadar, sordo, Savoy pensaba tanto o más que cuando oía. Cuentas, planes, sospechas, réplicas, especulaciones: toda la red de estratagemas que le servían para reconfigurar el mundo a solas, en particular el pasado del mundo, su dimensión más irreversible, se desplegaban ahora, en la cámara de ecos en que lo convertían dos tapones ridículos, de entre los más baratos del mercado, con el mismo fervor inútil que antes. Pero era como si estuvieran vacías, reducidas a ser un eco más, no de los más agradables, en su concierto de disonancias íntimas.

En el skype, los raptos de mudez tenían efectos muy distintos. Sucedían a menudo, demasiado a menudo para que a Savoy siguiera costándole asimilarlos, y no sólo porque, a diferencia de cuando nadaba, no era él sino una instancia superior, "la máquina" —como llamaba en esos casos a todo lo que había entre Carla y él, incluidas las zancadillas del azar—, la que decidía cuándo, dónde y presumiblemente para qué privar de sonido a la imagen que contemplaba. El problema era que cuando nadaba era sordo, mientras que en el skype era el mundo, una porción del mundo, y no cualquiera sino la única porción que le interesaba, la que dejaba de hablar. Aquí, de su lado, todo seguía sonando como de costumbre; allí, y sólo allí, silencio total. Y como el enmudecimiento tenía lugar precisamente cuando todos sus sentidos estaban orientados hacia allí, Savoy no podía no tomárselo como algo personal. No era un accidente; era un agravio, que lo humillaba y acongojaba por partes iguales. Caído el sonido, un contratiempo técnico que, como todos, ponía al desnudo las variables múltiples, delicadísimas, que debían confabularse para producir una comunicación que luego pasaba por natural, ver a Carla en la pantalla de su computadora no era una experiencia banal, no importa cuán lejos estuviera ni lo a trasmano de sus respectivos horarios, estaciones, estados de ánimo, sino algo anómalo, de una excepcionalidad inquietante, tan perturbador para Savoy como debió ser alguna vez, para los seres queridos que habían quedado en la tierra, ver a los astronautas en su salsa ingrávida, confesándoles cuánto los extrañaban mientras, en un descuido fingido, dejaban escapar el capuchón de la lapicera para mirarlo flotar en el aire.

Savoy faltó a dos citas. Se dio el lujo, ahora sin remordimientos, de no justificarse, o de explicar su desaire sin dar razones, incluyéndolo en el conjunto de negligencias triviales, domésticas, en las que había incurrido en los últimos días casi sin darse cuenta. No dejó de sufrir, pero tuvo la impresión de que así, haciendo de cuenta que actuaba por descuido, sin intención, igual que el diluvio que le impedía ir a una consulta con su abogado o el apagón masivo que lo disuadía de cortarse el pelo, atenuaba la causa de su sufrimiento y la alejaba de sí, del escenario mental donde le gustaba pavonearse sufriendo, confinándola —estrella entre estrellas— a la oscuridad de un cielo bello pero anónimo, que podía ignorar. Con todo, no se engañaba. Sabía el trabajo que le costaba esa indiferencia; sabía cuánto menos eficaz era la reticencia deliberada que su versión espontánea, natural, hija de una autosuficiencia que le resultaba imposible sentir. Era un obrero de la indiferencia. Podía enorgullecerse del fruto de su trabajo y hasta percibir sin equivocarse demasiado, con esa perspicacia telepática que sólo tienen los enamorados, los efectos que ese trabajo tenía en Carla, pero le bastaba asistir al despliegue de una indiferencia verdadera, regia, la que ostentan por ejemplo esos prodigios de la gimnasia artística cuando hacen girar sus brazos y piernas como agujas de un reloj apurado —uno de esos relojes de pared que no miden horas sino años, lustros, décadas, el tiempo que requieran una fortuna en hacerse o gastarse, un amor inmortal en morir, un linaje en extinguirse— sobre el filo de una barra de equilibrio, para comprender el poco futuro que tenía en la disciplina. Pero era lo máximo a lo que podía aspirar en el duelo a distancia que mantenía con Carla. Y así y todo tampoco duraba demasiado. Se resquebrajaba tan pronto la ponía en práctica y no tardaba en deshacerse, pero no por Carla, no por esa ofensiva que Savoy soñaba siempre con verla lanzar sobre él para reconquistar su atención, sino por él mismo, por su debilidad, su impaciencia, su dificultad para estar a solas, callado, con la enemiga deslumbrante que se había propuesto derrotar, tan exasperante como la que no podía disimular cuando compartía un tramo de más de tres pisos en ascensor con un desconocido que no fuera el ascensorista, gremio declinante que le caía especialmente bien.

Una tarde, saliendo de la pileta a una calle fría, blanqueada por la luz, que pegaba en el pavimento empapado y lanzaba reflejos enceguecedores —había caído una de esas lluvias fulminantes, atrabiliarias, cuyas repercusiones en el techo Savoy solía seguir con placer mientras nadaba, tratando de esquivar los goterones que se filtraban por las perforaciones de la chapa acanalada—, se le ocurrió preguntarse si las cosas serían diferentes de haber sido él, y no Carla, el que se hubiera ido, el que estuviera, como decía a veces, "suelto en el mundo". Fue como una revelación, y enseguida un oprobio, y mientras le duró el ataque de vergüenza caminó pegado a las fachadas de los edificios. Era la típica pregunta que, formulada por otro, lo sacaba de quicio. Odiaba todo: sus premisas, el halo de sensibilidad y malicia que la rodeaba, esa sagacidad fácil, vaga, vulgar, que le permitía dar en el blanco siempre y abarcarlo todo.

Diferentes —*por supuesto* que serían diferentes. ¿Quién podía ser tan imbécil en pensar que no —quién además del mismo Savoy, que dedicó una fracción de segundo a evaluar la posibilidad? Sorprendente cómo una medida de tiempo tan ridícula podía servir para tantas cosas distintas. Savoy tuvo tiempo de formularse la pregunta y pensarla, pero también, siguiendo el consejo de una intuición oscura —de la misma familia, quizá, que la que solía susurrarle el punto exacto del andén donde debía detenerse para que la puerta del vagón del subte quedara justo frente a él—, de frenar el paso antes de bajar a la calle y evitar que el taxi que avanzaba pegado al cordón de la vereda tuviera con él la deferencia que tuvo con la mujer que lo precedía, a la que roció de pies a cabeza con los restos sucios del chubasco.

El mundo podía haberse convertido en una gran jaula de dromómanos voladores, el turismo en una plaga, los aeropuertos en parques temáticos y los sistemas de posicionamiento global en salvoconductos de bajo costo. Pero para el paraíso de inercia, de arraigo, de apoltronamiento voluptuoso al que tendía la vocación del amor, irse seguía siendo una decisión comprometedora. Producía zozobra porque alteraba dos condiciones básicas del contrato amoroso, copresencia y reciprocidad, que esa vida intermitente y flexible, de viajeros frecuentes y ardores inalámbricos, reconfiguraba sin parar pero jamás abandonaba. Pero sobre todo por la extraña metamorfosis que operaba en el que se iba, que, responsable evidente de la alteración, adquiría sin embargo un privilegio inesperado, se convertía en centro de atención y, por el solo hecho de haberse ido, sometía la relación a la métrica de sus apariciones y desapariciones, sus señales de vida, sus horarios, sus aventuras. Por una magia descabellada, que Savoy sufría ahora en carne propia, el que se iba ya no era un verdugo, un saboteador, un desertor, sino —increíblemente— algo así como un agente revitalizador, un benefactor a distancia, suelto en el mundo no por propia voluntad sino para cumplir con una alta misión sentimental, vivificar el amor con partidas periódicas de comparecencia.

Savoy bien sabía, hablando con cierta propiedad, que nada de todo eso que había conseguido apretujar en una fracción de segundo era válido para él, ni para ellos, ni para el lazo todavía prematuro, a la vez intenso y desapegado, que él, en todo caso, sólo llamaba relación por una mezcla de pereza y desconcierto, porque la palabra aprovechaba la falta de competidoras a la vista y se le escapaba y lo avergonzaba, forzándolo a dar explicaciones que no daba. ¿Qué era un mes, en efecto, para las magnitudes de tiempo básicas exigidas por una relación? ¿Y cuál era ese lugar del que se suponía que Carla se había ido? ¿Vidal —un sitio de paso, por el que ninguno de los dos había sentido ni sentiría nunca nada? ¿El departamento de Savoy, donde Carla había pasado una noche, la última, y sobre todo por comodidad, porque ya había entregado Vidal a su inquilino alemán y Savoy rechazó con escándalo su idea —solución clásica, sin embargo, de la era del *house sitting*— de pernoctar en el aeropuerto? ¿Lugar? ¿Qué lugar? ¿La computadora de Savoy, donde de hecho se encontraban? ¿El lugar "Savoy", Savoy mismo: su manera desenfrenada de esperarla, su espectro enorme de anhelos no formulados, su paciencia rencorosa, su fidelidad sin condiciones, tan imposible de resistir como de pagar?

De modo que diez minutos después de salir de la pileta, con el pelo todavía mojado, Savoy, no sin tristeza, porque aun las cosas condenadas de antemano a no existir podían producir tristeza, descartaba esa línea de argumentación —como solía llamar a esas vidas posibles que le gustaba imaginar para sí por un rato, con rigor, sin duda, pero también con la despreocupación que conceden los plazos acotados, sabiendo perfectamente que algo, casi siempre él mismo, o algo en él, quizás el miedo, la indolencia, la procrastinación, las volvían imposibles. Y apenas la descartó, según un salomónico principio hidrostático que rige también la física de la imaginación, entró Castro.

Supo que había entrado —viniendo de dónde, no tenía la menor idea. ¡Castro! Como pasa a menudo con los nombres de personas largamente olvidadas que retornan, le costó al principio verlo como un nombre, verlo sin sentido, como lo que era, una mera flecha expeditiva apuntada a una persona, y perdió unos segundos tratando de entenderlo, como si fuera una palabra exótica, o arcaica, o propia de una jerga que no dominaba. Después —segunda aplicación del principio hidrostático— el nombre fue brutalmente desalojado por una cara pequeña, muy redonda y muy pálida, casi blanca, con una boca de un rojo intenso y el pelo negro, brillante, sorprendentemente corto para los cánones de la época, y un flequillo como trazado con tiralíneas que caía medio centímetro antes de la línea de sus cejas, las más negras y tupidas que Savoy hubiera visto en una chica. Era blanca, negra y roja, Castro, pionera de un *sex appeal* cadavérico que tardaría al menos veinte años en emigrar de la familia Addams a las tapas de las revistas de adolescentes y que ella enriquecía con unas sonrisas inmensas, bruscas como relámpagos, y era su novia, aunque ni él ni ella usaran, ni cada uno para sí ni mucho menos entre ellos, una palabra que les daba miedo (Castro) y asco (Savoy) y que por lo demás, en quinto grado, difícilmente hiciera justicia al pegoteo forzoso, desconfiado, mil veces resistido y por fin, en casos tercos como el de Castro y Savoy, de una complicidad casi obscena, al que los había condenado el primer día de clase un reparto de bancos arbitrario.

Cómo la adoraba Savoy. Cómo disimulaba que la adoraba, camuflando todo lo que hacía por y para ella —desde mirarla cuando entraba al aula a primera hora de la mañana, siempre sin aliento (una madre con el sueño pesado), abrumada por la fusión de portafolios y mochila de cuero que le había traído un tío de Europa, y seguirla con su mira telescópica hasta que se sentaba a su lado, hasta prestarle la escuadra (un minuto después de haberle robado la suya) o las revistas de historietas que leía clandestinamente, contrabandeadas dentro de carpetas intachables, para no sucumbir al tedio— con el disfraz casual, prácticamente invisible, de una relación de compañeros de banco, ni más ni menos comprometida que la de dos empleados tomados de rehenes en un asalto del que puede que nadie salga vivo. No era bella en términos convencionales, nada bella, como quedaba claro por los cuchicheos sarcásticos con que glosaba sus entradas al aula el comité de arpías que fiscalizaba los patrones de belleza de la división, que esperaba verla entrar con tanta impaciencia como Savoy. Se ensañaban en especial con sus zapatos, caros pero antiguos, o demasiado grandes, o con hebillas exageradas, como de moda monárquica, y siempre imprácticos, que solían dejarla al margen del frenético menú de actividades físicas que estaba de moda en los recreos (y que ella, por otra parte, detestaba). Era muy flaca; cualquier peso extra —un suéter alrededor del cuello, un pañuelo en la cabeza, anteojos, una pluma escapada de un pájaro enfermo que aterrizaba en uno de sus hombros huesudos— y sus rodillas bizqueaban. Pero su voz, también de otro talle, como sus zapatos, era ronca y sugestiva, como de *flapper* dipsómana. Eso solo ya era más que suficiente para que Savoy se interesara por ella. Los golpes de gracia —causales no de interés sino de adoración—, Castro, sin embargo, se los guardaba bajo la manga. Sólo Savoy, obligado a compartir banco con ella, estaba autorizado a sufrirlos: una dislexia leve (sovietizaba las E, las F, las B, que escribía al revés), asma (ah, qué privilegio verla agacharse y, escondida debajo del banco, como una adicta, meterse dos dosis agónicas de broncodilatador), paciente homeopática (era sulfur) en pleno auge antibiótico, una fe que se tomaba muy en serio —mucho más que su madre, que la combinaba con los entusiastas, rudimentarios psicofármacos de la época— y la obligaba a andar todo el tiempo con su farmacopea encima: pequeños goteros con etiquetas de otro siglo, sobres con polvos blancos, frasquitos de glóbulos que contaba siempre sin equivocarse, de un solo vistazo, y luego dejaba disolver en la boca durante un largo rato, con las mandíbulas ligeramente tensas y un aire de extrema concentración. Y la cereza de la torta: hija de padres separados, una condición tan poco frecuente entonces como el culto del evangelio del doctor Hahnemann, de la que Savoy se jactaba de ser el único ejemplar en toda la escuela —hasta que Castro, veinticinco minutos tarde, porque su padre creía que le tocaba llevarla a su madre y viceversa, hizo su aparición.

¡Castro! No compartían sólo el banco de estudiar, fruto de una decisión ajena, sino otro, elegido, hecho o maltrecho a la medida de la alianza que habían establecido, un viejo banco de plaza olvidado en alguna mudanza a la salida de la rampa que bajaba hasta la cocina del comedor de la escuela, donde juntaba moho a la intemperie, envuelto en los perfumes pestilentes que llegaban desde el sótano. Ahí pasaba Castro los recreos, como en penitencia, mirándose la punta de los zapatos y royendo los *snacks* —galletitas de cóctel, rodajas de pepino, papas fritas de paquete, turrones— que ella misma rescataba de una heladera descompuesta o una alacena con las esquinas negras de polvo. Savoy la acompañó desde el primer día, como si su misión fuera seguirla a sol y a sombra. Pero el banco era precario: unos clavos oxidados con las puntas hacia arriba, como ojivas nucleares, arruinaban las pocas partes donde la madera no estaba podrida. De modo que Castro pasaba el recreo sentada en el único extremo más o menos decente y Savoy de pie a su lado, las manos en los bolsillos, pateando cada tanto una piedra contrariada en dirección al patio donde sus amigos, felices, vandalizaban una soleada mañana de invierno.

Todas las tardes, a la misma hora, diez minutos antes de que terminara el día escolar, un ritual ridículo los obligaba a guardar sus cosas y esperar quietos y en silencio el sonido del timbre. Todas las tardes, Savoy, con el portafolios listo sobre su mesa y las manos apoyadas sobre el portafolios, se volvía hacia Castro y le decía: "Y ahora me voy y no me ves nunca más". Se lo decía sin intención, como quien comenta una información sobre el tiempo o una novedad del barrio de último momento:

un desperfecto en un semáforo, una calle cortada, un negocio que cerró. Pero en esos diez largos minutos, lo único que ocupaba la cabeza de Savoy era la acción del anuncio fatídico en la cara de Castro: el enrojecimiento gradual de esa palidez, esos párpados, esa boca, el temblor que abría pequeñas muescas en su mentón, la fuerza con que sus dedos, finos y huesudos como ramitas de un árbol invernal, estrujaban las correas de cuero de su portafolios-mochila importado de Europa. Y a los diez minutos, gracias al orden de una lista tan arbitraria como el reparto de bancos, el nombre de Savoy sonaba en el aire, Savoy se ponía de pie, recogía su portafolios, cruzaba el aula rozando los bancos con sus caderas y se iba. Así todos los días durante un año, a las cinco menos diez de la tarde. Y a la mañana siguiente, asomando su cara de sueño por la puerta del aula, Castro lanzaba una mirada exploratoria en dirección al banco y tropezaba con la sonrisa de Savoy, una sonrisa firme, fiel, confiable —la mueca de un crápula amnésico—, que la inundaba de alivio y felicidad, y durante nueve horas, otra vez, era como si nada hubiera sucedido. Hasta que volvían a faltar diez minutos y todo empezaba otra vez.

Savoy no era supersticioso. Lo intranquilizaban un poco los billetes escritos con cadenas de salvación o catástrofe cuando sobrevivían en sus bolsillos más de lo normal, como si los vaticinios que transportaban los preservaran del pecado de desaparecer en una vulgar transacción comercial. Pero que el nombre de la melodiosa operadora de *call center* que atendía su consulta en Panamá coincidiera con el de la presidenta del consorcio de su edificio, una escribana menuda y ágil sospechada de mantener tratos *non sanctos* con el presidente de la administración, no era para él un signo fatal de que la operación bancaria que pretendía abreviar por teléfono fuera a profundizar las pérdidas que buscaba frenar, y que la diminuta batería de litio de su reloj —tan difícil de reponer, por otra parte, sin internarse en esas galerías polvorientas, siempre a punto de cerrar o de la clausura, especializadas en servicios técnicos de informática, casas de relojería y compraventa de oro y *sex shops*— hubiera decidido capitular a las tres y dieciséis no lo predisponía de manera especial contra una hora de la madrugada que solía sorprenderlo durmiendo. Pero la aparición de Castro lo había alarmado, y cuando se lo contó a Renée tuvo la impresión de que, además de para compartirlo, porque era consciente de lo mucho que Renée apreciaba esos sobresaltos de la memoria sentimental y la poca frecuencia con que él se los ofrecía, lo hacía por temor de que la irrupción de esa astilla de pasado fuera un presagio y que Castro estuviera enferma, en peligro, quizá muerta, con la intención de confirmar o desmentir el pálpito lo antes posible y la esperanza, que por supuesto no confesó, de que Renée rastreara a Castro en las redes sociales, donde Savoy tenía la vaga idea de que esa clase de resurrecciones eran moneda corriente...

Renée escuchó. Cuando Savoy terminó se quedó mirándolo en silencio, esperando que algo en él delatara la clase particular de anzuelo que trataba de hacer que mordiera. Dada la manera ociosa en que el Savoy que conocía ocupaba su lugar en el mundo, le costaba creer que tuviera un pasado y mucho más uno en tres dimensiones, con zonas radiantes y alfombradas para sus monumentos oficiales y otras de sombras, mal señalizadas, para sus hitos clandestinos, un pasado lo suficientemente versátil, en todo caso, para esconder tesoros modestos pero suculentos como el que acababa de servirle en bandeja. No fue la historia de Castro lo que la convenció. La chica, insoportable y enternecedora, en la que le hubiera gustado reconocerse, tenía todo para ser un invento de Savoy o, más probablemente, una criatura de libro ilustrado para jóvenes (de donde lo habría robado Savoy). La turbó la emoción ansiosa, desmañada, que Savoy había puesto en contarla: el tipo de arrebato del que necesita deshacerse de algo que acaba de pasarle, no regodearse con una pesadilla nocturna ya desactivada.

"Así que Castro", dijo Renée por fin. Hubo un toque de coquetería en la desconfianza de su tono, como si flirteara no con él, ni con la emo *avant la lettre* que de ahí en más vería siempre de rodillas, azotada por la fusta del sádico Savoy escolar, mirando a cámara, es decir a Renée, con una sonrisita canallesca, sino con la memoria misma de Savoy, y las sorpresas que descubría que podía depararle. Pero bastó que Renée entrara a su teléfono (y no "entrara en", como insistía en decir Savoy) y pusiera en marcha la pesquisa para que Savoy entendiera por qué ese saldo de infancia no se había disipado enseguida, apenas reaparecido, como era normal que le pasara con esa clase de recuerdos. No era Castro lo que le importaba. Era la idea, tan clara que lo estremeció, de que Castro ya estaba ahí desde antes, mucho antes que uno de los ordenanzas incompetentes a los que había confiado la custodia de su pasado la dejara escapar. La idea de que Castro era Carla, de que Carla era la forma elegida por el fantasma de Castro para volver y vengarse, torturando a Savoy con el mismo libreto atroz, sentimental, con que Savoy la había martirizado cuarenta años antes, todos los días, a las cinco menos diez de la tarde, durante un año entero.

"Lástima", dijo Renée: "Me gustaba más la historia sin fantasmas". Su teléfono empezó a vibrar. Savoy hizo el gesto de decir algo: abrió la boca, alzó una mano —nada que llegara a dibujarse en el aire lo suficiente para ser visible. Renée tenía los ojos clavados en la pantalla. "Disculpame un segundo", dijo, y se levantó de la mesa —el cinturón de su tapado viboreó entre tazas y copas sin tocarlas— y salió a hablar a la calle. Savoy, contrariado, buscó en la mesa algo con que desahogarse. Terminó pellizcando los dos *amaretti* que Renée no había tocado y los dejó caer dentro de su boca como gotas. Liquidó de un trago el vaso de agua. Se secó la boca con dos servilletas de papel, una de las cuales —estampada con el *rouge* sonriente de

Renée— le dejó un gusto a jabón y a cereza. La miró por la ventana: Renée hablaba dando vueltas sobre sí misma, con un estilo perruno y confidencial, como una espía entusiasmada por la misión que le asignaban después de meses de espera. En una de las vueltas quedó de frente a Savoy, alzó los ojos —lo único que se veía de ella, como si un pasamontañas invisible le tapara la cara— y lo miró breve, furtivamente, y Savoy, que no había dejado de mirarla, habría jurado que hablaba de él. Hablaba de él. Pero de él ¿en calidad de qué? ¿Su amor imposible? ¿Su confidente? ¿Su lastre insoportable? ¿El idiota babeante que veía a la cuidadora de casas de la que se había prendado hasta en la imagen de la novia anoréxica en la que volvía a pensar después de cuarenta años?

Si la historia era de venganza, *tenía que* haber fantasmas. Aunque más no fuera el fantasma de un placer muerto. Savoy recordó la presión deliciosa, el toque de dos dedos frágiles, desesperados, que sentía en la base del cráneo, junto a las orejas, todos los días, desde que se alejaba del banco hasta que salía del aula y se perdía en el pasillo de la escuela: los ojos láser de Castro apuntándole, llamándolo, suplicándole que se diera vuelta y la mirara una vez más antes de desaparecer en el más allá por el que decidía dejarla. Recordó el placer sublime de ser mirado de espaldas. ¿No era la versión invertida de ese regocijo lo que lo atormentaba ahora? Carla se había ido. Todo lo que hacía, todo lo que hiciera de ahí en más, dondequiera que estuviera, sería para él un espectáculo. Todo lo que Savoy hiciera, por apasionado o discreto que fuera, sería una torpeza o una impertinencia, como el comentario sarcástico que un espectador vuelca en el oído del que tiene a su lado o el crepitar de un papel metalizado de caramelo, que distraen al actor en el momento justo de acometer el monólogo que ahogará en sangre a los demás personajes del drama. A menos que —Savoy tuvo una idea. Una sola, arrogante y prematura, que titiló con miedo, sin saber cuánto estaba llamada a durar, si era buena o no, de qué modo patético la arruinarían.

Entró una ráfaga fría; Savoy sintió su cachetada en un costado de la cara. El cielo volvía a encapotarse. Renée pasó por delante con las solapas del abrigo levantadas. Estaba despeinada, tenía las mejillas muy rojas, como si hubiera corrido. Se sentó despacio, sin dejar de mirar el teléfono. "¿Todo bien?", preguntó Savoy. Ella se tomó un segundo: dejó caer el aparato sobre la mesa, y recién cuando la luz de la pantalla se apagó levantó los ojos y lo miró —primero sin verlo, usando su cara como pista de aterrizaje. Por fin hizo foco y asintió, sonriendo con una especie de perplejidad divertida. "Era él", dijo. "¿Él, quién?". "El tipo que tiene tu teléfono".

Fue automático. Savoy hizo el alegato del que tantas veces, hecho por otros, había desconfiado. Se sentía desnudo, vejado, impotente, etc. Lo hizo tan bien, tan convencido, que hasta sintió en alguna parte del estómago el remolino helado de inquietud del que "entra a una habitación y se da cuenta de que no está vacía porque alguien ha cerrado la puerta a sus espaldas". La descripción no era de él. La había escuchado de alguien que contaba que le habían robado el teléfono. Pero ¿de quién? ¿Cuándo? Lo había impresionado bastante, quizá por su exageración. En cuanto a él, llevaba días ya sin teléfono. Había dejado de buscarlo, y casi de pensar en él. Tal vez porque Carla estaba lejos, y Carla había sido la última razón, por no decir la única, para que Savoy excavara el viejo Nokia del cajón donde vegetaba —el mismo, por otra parte, donde terminaría atesorando las monedas que había ido encontrando tras la partida de Carla— y lo resucitara con una especie de orgullo despechado, emblema de una resistencia con la que sólo tenía una afinidad circunstancial. El aparato había perdido toda importancia. Las pocas veces que se le había vuelto a cruzar por la cabeza aparecía siempre del mismo modo, opaco, dos veces más feo e inútil de lo que era en verdad, completamente irrelevante, y no sólo para

Savoy, que después de todo tenía algún motivo para apreciarlo, sino también, pensaba, barajando esas ficciones con las que cosemos los saltos de lo real, para cualquiera que se lo hubiera encontrado por casualidad, tratando de recuperar unas monedas caídas en el resquicio tenebroso entre el asiento y la puerta del taxi, o subiendo a ese mismo taxi, tirado en el piso, al pisarlo o patearlo sin querer, o en el cine, debajo del asiento, o en la sala de espera de un consultorio médico, intercalado entre revistas y folletos de laboratorios farmacéuticos.

Hasta entonces, Savoy no tenía dudas de que lo había perdido. La mera posibilidad de un robo le sonaba increíble, casi como un reconocimiento filantrópico. Por eso, cuando Renée le dio la noticia, su primera reacción fue de incredulidad. "No puede ser", protestó, nervioso. Hizo la misma mueca que hacen los padres en las películas cuando reciben un llamado de la policía dándoles la noticia de que encontraron a su hijo muerto, su hijo del alma, joven, saludable, gran deportista, al que media hora atrás vieron llegar en forma, sonriente como siempre, y subir y encerrarse en su habitación a estudiar. La misma mueca sólo que al revés, teñida no de espanto sino de orgullo y satisfacción, a tal punto la confirmación del delito echaba sobre su objeto una pátina de prestigio que de otro modo jamás habría conseguido.

Renée lo frenó. "¿Cómo sabés que te lo robaron?". Para Savoy, ahora, era obvio. No veía otra posibilidad; cualquier otra posibilidad le parecía un retroceso inconcebible. Y sin embargo ¿por qué no pensar que lo habían encontrado en algún lado, o comprado de buena fe en una tienda de segunda mano? Solía pasar. La mitad de los teléfonos que circulaban por la ciudad eran robados. "¿Eso te dijo? ¿Que lo compró en una tienda de segunda mano?". Renée, algo incómoda, asintió con la cabeza. "¿Y vos le creíste?". Durante un par de segundos no sucedió nada. Un diálogo áspero de bocinas vino de la calle, la máquina de café tosió. Tintineos, voces superpuestas, alguien echándose a reír con cristalino descaro. Hasta que Renée levantó los ojos y lo miró en silencio, y Savoy vio en su cara una expresión nueva, tan nueva que no habría podido definirla. Vaciló —y entendió el drama de esos tubos fluorescentes que parpadean en un pasaje subterráneo. No era necedad ni obcecación. Era algo todavía más duro: una especie de fe. "¿Qué más te dijo?". "Eso", dijo Renée: "que lo había comprado en un lugar de usados. Que el teléfono estaba sin resetear...". "¿Y?". "Y que había encontrado mi número entre los contactos". "También estaba el mío". "Ya sé, Savoy", suspiró Renée: "te los puse yo los contactos". "Digo que podría haberme llamado a mí, si lo que quería era devolver el teléfono". "No quiere devolver el teléfono". "Ah, ¿no?". "No". "¿Qué quiere, entonces?". "No sé", dijo Renée, encogiendo los hombros: "¿Conocerme?".

Dos días después, mientras nadaba, la pregunta de Renée seguía vibrando en sus oídos, nítida a pesar del estrépito de la pileta —jardines de infantes, adultos mayores, una sierra en pleno desenfreno *gore* en el piso de arriba. El tono era retórico, un puro alarde de arrogancia, como lo dejaría en claro la misma Renée un segundo más tarde, cuando le confesó que había quedado en volver a hablar con el ladrón del Nokia para definir el día, la hora y el lugar en el que se verían. "Vernos", fue lo que dijo, y el "nos" acoplado al verbo —un verbo tan corto, además, tan ávido de lo que viniera después de él— lo hizo estremecer más que cualquier obscenidad. Era el modo en que la pregunta estaba de más, sin embargo, lo que tardaba en írsele a Savoy. Seguía con esa espina clavada cuando empujó la puerta del consultorio —tocaba revisación, rito mensual que Savoy había conseguido elevar a bimestral por unos pocos pesos— y sorprendió al médico leyendo las páginas deportivas del diario, mientras despachaba una ensalada de frutas en un pote de plástico. Le costó reconocerlo: cara, piel impecable, el pelo al rape, la doble hilera de dientes perfectos, blancos como la leche. Tenía todo para ser el médico de siempre, cuyo negligente ojo clínico ya lo había indultado tres veces. Todo menos—

"¡Ah, es que yo soy otro!", citó el médico, apiadándose del desconcierto de Savoy. Acababa de llegar, el otro, y se llamaba Ednodio. Ocuparía por un tiempo el puesto que había dejado vacante su hermano mellizo, tentado por el sueldo que le ofrecían los dueños de una cadena de lavaderos de coches. Era chef y actor, en realidad. Cuando Savoy se sacó las medias y le mostró los pies, fue el Ednodio médico, sin embargo —la menos convincente de sus personalidades, aunque la única diplomada—, el que frunció el entrecejo. "No soy tan permisivo como mi hermano", lo amenazó, golpeándole con el cabo de la birome el principio de pezuña en que se le estaba convirtiendo el dedo pulgar, antes de sellarle la constancia de revisación con una sonrisa. Después, como ofreciéndole un servicio clandestino, le mostró una foto en la que aparecía con gorro y uniforme de cocinero, picando algo muy rojo sobre una tabla de madera y mirando a la cámara de reojo, pero Savoy no supo si la había sacado de su *portfolio* de chef o de actor. Ednodio volvió a la ensalada y protestó: "Ustedes no tienen idea de lo que es la fruta".

Savoy nadó rápido, mal, gruñendo contra las sombras de nadadores que braceaban a la par. Había vuelto a olvidarse los tapones en el fondo del bolso, bajo las medias y el calzoncillo suplentes, así que le entró en los oídos más agua de lo normal. Al salir, para sacársela, pegó los saltitos de rigor y cayó mal y el arco de un pie se le contrajo en un espasmo de dolor. Volvió al vestuario rengueando. Había momentos, por suerte, pocos pero dichosos, en que el vestuario lo acogía con una especie de comprensiva hospitalidad, como un refugio de montaña modesto, sin otro lujo que el tosco grosor de sus paredes de madera y su techo, la humanidad aterida de un grupo de montañistas tras un descenso arriesgado. Apenas entró lo envolvió una nube de vapor, secuela de la misma ducha que había empañado los espejos, regado innecesariamente el piso y vivificado el cuerpo más bien fláccido del nadador cuyos tobillos alcanzó a ver, yéndose del vestuario, por la parte inferior de la puerta batiente, que todavía batía. El dolor del pie empezaba a ceder. Savoy se dio cuenta de que estaba solo: tenía todo el vestuario para él. Un lujo raro, rarísimo, que le tocaba por primera vez y temió, de pronto, no saber cómo aprovechar. En la duda, lo dilapidó.

Apenas se sentó, abriendo las piernas exageradamente, como un matón con un día lleno de jugosos ajustes de cuentas por delante, y ocupando con sus cosas un banco para cuatro personas —lujo que sólo se daban los discapacitados del grupo de los jueves a la tarde—, Savoy escuchó la música que uno de los viejos parlantes, probablemente el único que funcionara, colgado de un cable poco confiable, volcaba directamente sobre su cabeza. Sabía que sonaba música desde siempre, por supuesto. No le había prestado demasiado atención, pero daba por sentado que ese tipo de clubes rara vez soportaban el silencio en los espacios comunes. Ahora, en cambio, la escuchaba por primera vez, como si unos dedos sutiles, enguantados, lo hubiesen liberado de su antigua membrana de sordo. Y lo que Savoy escuchaba no era sólo lo que sonaba ahora, Culture Club, *Karma Chameleon*, sino *todo* lo que había sonado y él ignorado día tras día desde su primera vez en la pileta, Phil Collins, Eurythmics, Rod Stewart, Duran Duran, Erasure, Annie Lennox, el Paul McCartney de "Live and Let Die". Y ahora no sólo lo escuchaba con perfecta nitidez, habría jurado que en el orden y con las mismas frituras chirriantes con que lo había escupido en su momento ese mismo parlante, sino que descubría que lo conocía y reconocía todo, todas y cada una de las canciones, con sus arreglos originales y los nombres de sus autores y bandas y hasta el maquillaje, la ropa y la coreografía que lucían y bailaban en los videos que habían acompañado el lanzamiento de las canciones, al punto de que si en ese momento alguien hubiera entrado al vestuario y lo hubiera desafiado a reproducir de memoria un verso, uno solo, de *Karma Chameleon*, Savoy, sin pensarlo dos veces, le habría cerrado la boca recitándole la canción entera, de principio a fin, sin vacilar ni equivocarse, como si esa bendita canción y todas las que la habían precedido y sucedido en el precario sistema de audio del club desde que había empezado a nadar, Savoy, lejos de haberlas mantenido a distancia, fuera del radio de su memoria, no hubiera pasado un día, en realidad, sin prestarles oído, sin captarlas y atesorarlas hasta el menor detalle, como su bien más preciado y más íntimo.

Y sin embargo las odiaba. Cómo las odiaba. Cómo reconocía todo lo que odiaba en ellas ahora que las escuchaba: las superficies brillosas, ese entusiasmo de víspera de fiesta adolescente, el metalizado de trajes y decorados, los desbordes de color, la histeria de la imagen, todo lo que de joven intuía u oía decir que irradiaban —porque se tenía prohibido comprobarlo por sí mismo, prendiendo de una vez la radio o sentándose ante el televisor, aun cuando la prohibición no se presentara como tal, no era idiota, tampoco, sino disfrazada de una indiferencia aristocrática, el tipo de desdén sin énfasis con que descalificamos las cosas vanas en las que nos fijaríamos, sin duda para confirmar que no valen nada, si algo más urgente y más profundo no se llevara todo nuestro valioso tiempo. Pero no hay mejor conservante que el olvido, y el dicho del poeta, que Savoy no conocía, no se aplicaba a nadie mejor que a él y a la porfía, la fidelidad, el escrúpulo sagrado con que algo en él había registrado todo lo que de joven había odiado, al mismo tiempo que se abocaba a una inmunidad que consideraba inexpugnable. Sí, habría cantado *Karma Chameleon* sin tropezar con una sílaba, fallar una sola entrada ni forzar la métrica sustituyendo una palabra por otra, y cualquiera que hubiera tenido el honor de presenciar su interpretación habría notado con sorpresa primero, luego con admiración, por fin con incomodidad, como quien, absorto en el fenómeno, no sabe si el número que debe marcar es el de la asistencia pública o el de la producción del *talk show* de monstruos que bate récords de audiencia a la hora de la siesta, que no había allí en sentido estricto interpretación alguna, ninguna de las variables más o menos aleatorias implícitas en la evocación y actualización de un material almacenado en la memoria (lo que explicaba sin duda la infalibilidad con que Savoy hubiera cantado la canción), sino una transmisión en el sentido más mecánico de la palabra, la reproducción sin filtro pero también sin intención, deseo, afecto ni juicio algunos, de uno de esos patrimonios íntimos que nadie buscó ni hizo nada por acumular pero ahí están enteros, sin un raspón, amparados por el mismo milagro que los implantó, igual que el arameo, el chino mandarín, el hindi o cualquiera de las lenguas descabelladas que el pentecostal sub-alfabetizado ve brotar incrédulo de sus propios labios en pleno arrebato glosolálico.

Entonces estornudó —no Savoy, aunque estaba a punto, porque se enfriaba y la luz del tubo fluorescente le hacía cosquillas en la nariz, sino un nadador que acababa de entrar en el vestuario y avanzaba entre la pared de espejos y la hilera de duchas, frotándose la cabeza con saña y un toallón morado que habría podido envolverlo entero. Estornudó y tarareó, en ese orden —aunque puede que el estornudo hubiera interrumpido el tarareo, que venía de antes, de la pileta misma, probablemente, donde la canción sonaba también—, la melodía que Savoy sabía que ya no se sacaría de encima, y de pronto, asomando una cabeza increíblemente pequeña por entre los pétalos de la toalla, descubrió a Savoy sentado, abierto de piernas, mirándolo, y para sortear la incomodidad, duplicando la apuesta, decidió ponerle letra a la música y llevó el tarareo al canto, al himno solemne, sobreactuado, operístico, con que los fanáticos entrados en canas siguen honrando los fervores que los sobresaltaron de jóvenes. Le cantó dos estrofas enteras de *Karma Chameleon* prácticamente en la cara, en modo *hooligan*, poniéndose la toalla a manera de peluca y sacudiendo los brazos en el aire, una invitación al duelo o la complicidad —debían ser coetáneos— que Savoy aceptó cantando el estribillo entre dientes. Aprovechó que el otro se metía en la ducha, arriado por su envión vociferante —"¡Los vi en vivo! '¡Putos!', les gritaban. '¡Putos!' ¡Y yo! ¡Los vi! ¡En vivo!"—, para reanudar, para empezar más bien a vestirse, y Savoy lo hizo tan rápido que cuando empezó ya había terminado y las gotas de nadar eran de sudar.

La sospecha no tolera las cosas de a una. Ve pares por todas partes, alianzas, familias. En el *buffet*, de pronto, mientras Savoy notaba un dejo rancio en su Gatorade, pócima que siempre había creído inmune al envejecimiento, el *groupie* de Culture Club se puso a orbitar alrededor del hueco negro dejado por su teléfono robado, igual que la perra de la recepción, menos hostil esa tarde que de costumbre, y que la chica que le había alcanzado la botella hasta la mesa, en cuya sonrisa diastémica le pareció ver un flamante destello de burla. Todos podían ser culpables. Tal vez uno se había quedado con el aparato, pero los demás lo habían celebrado, o encubierto, o ignorado. Savoy vio la secuencia entera, con sentimentalismo y sus fundidos encadenados: el Nokia deslizándose por la rendija del banco de madera del vestuario; el Nokia en el piso; el Nokia interceptando el lampazo desganado del empleado de limpieza; el Nokia —como un viejo y débil esclavo nubio— en manos de la chica del *buffet*, de la perra de la recepción, del fanático de Culture Club. ¿Era ese crápula, entonces, el candidato de Renée? ¿El que usaba *su* teléfono para susurrarle cosas? Tuvo el impulso de quedarse, de encararlo cuando apareciera en el *buffet*. Tenía que aparecer. La puerta batiente, el pasillito, el *buffet*... Era el único camino. No había otra manera de salir. Pero ¿para decirle qué? Nada sobre Renée, eso seguro. Aunque algunas cosas que decir tenía. Ideas no del todo fervientes sobre el porvenir de una relación nacida del robo de un teléfono discontinuado. Dudas sobre temas probablemente menores como "amor y confianza", "amor y sospecha", "amor y miedo", que ya había evaluado en el bar, al enterarse por Renée del giro que tomaba la situación, en tres mesas redondas mentales breves y concluyentes, y, viendo el papel patético que jugaba en ellas, había reprimido.

No, se concentraría en el teléfono. El robo: eso era "objetivo". Lo cruzaría ahí, frente al ventanal —raro que hubiera tan poca gente nadando, qué hermosas las letras de luz que escribían en el agua los rayos de sol— y le diría: "Vos tenés algo mío, me parece". Savoy paladeaba la frase, se preguntaba dónde la había escuchado antes, si en la ficción o la vida, cuando vio entrar por la derecha de su campo visual un teléfono pequeño y negro, primo joven de su Nokia robado, que le tendía una mano muy pálida que florecía en dedos finos, rematados por uñas pintadas de violeta y roídas hasta la carne, una mano que comunicaba con un antebrazo cubierto de tatuajes —flechas, cadenas, corazones, dos versos muy cortos de una canción que le hubiera gustado que le gustara— y allá, más arriba, luego de un brazo increíblemente velludo y un hombro en punta, con tres lunares alineados, la cara de la chica del *buffet*, con su horrendo teñido y sus dientes separados, que lo miraba y le decía: "Te llaman". Savoy la miró con la boca abierta y la chica le adosó el teléfono al oído, como habría hecho con un inválido. "¿Es tuyo esto?", oyó Savoy que le decía una voz lejana. Alzó la vista y por el ventanal que daba a la pileta vio al bañero que sacudía en el aire unas antiparras. Las suyas.

"Pobrecito: no tenés paz", le dijo Carla esa noche, después de que él hiciera un recuento algo exagerado de sus pesares. Fue todo lo que le dijo. Se lo dijo sin mirarlo, de perfil, con esa voz queda con que los labios dicen lo que la cabeza no tiene tiempo o ganas de pensar. Y Savoy tuvo la impresión de que la falta de paz por la que lo compadecía no se debía para ella al robo del teléfono —dijo "pérdida" las dos veces que lo mencionó, y nunca "teléfono": "cachivache"— sino a la lealtad del sistema de sonido de la pileta al pop de los años 80, fundada acaso en un acuerdo comercial no escrito cuyos beneficiarios —colegas de natación de Savoy, probablemente— tenían más de un motivo para ser anónimos. Pero qué preciosa estaba con su turbante de toalla, y con qué cuidado se esmaltaba las uñas a la luz trémula de las velas, desperdiciando en la tarea buena parte de la atención que Savoy hubiera preferido atraer con la crónica de sus últimos días. Viéndolo en la pantalla, extrañó, por un momento, oler el perfume del esmalte, sentir su pueril toxicidad alcohólica, tan parecida a la de los marcadores de tinta permanente, hipnótico legal de su infancia. Privado de la compasión que esperaba, o más bien de su énfasis, que era lo único que en esos casos le hacía efecto, Savoy se reprochó luego en voz alta todo lo que alguna vez le habían reprochado Carla (que siguiera insistiendo con ese cachivache) y la misma Renée (que no hubiera seteado una clave de seguridad en el teléfono) antes, pero no tanto antes, de que esa misma imprevisión de Savoy cumpliera para ella la función providencial que le prometían en vano las aplicaciones de citas.

"Todo eso tiene solución", dijo Carla, volviéndose por primera vez hacia él. Y mientras se soplaba las uñas de la mano esmaltada, altiva como una pistolera que ya no se acuerda cómo eran las cosas cuando no siempre daba en el blanco, usó un par de dedos de la otra, los dos más largos y más hábiles, para levantarse el borde del short en la zona de la ingle y hurgarse, quizá rascarse un poco la franja de pubis que le picaba cuando se excedía depilándose. Eso no fue lo que Savoy vio. Fue lo que habría podido ver si las velas hubiesen iluminado algo más allá del círculo donde Carla había estado pintándose las uñas. Pero las velas eran avaras, casi tanto, quizá, como los dueños de casa que, hostiles a la electricidad y el petróleo, vivían sin luz, mejor dicho "sin lo que los vándalos que destruyen todos los días este planeta llaman luz", según decían en la *Gazette* cuando describían la casa, regla que habían aceptado violar parcialmente y sólo en este caso, porque querían a Carla y no a un *house sitter* cualquiera y para que Carla pudiera seguir con sus clases en línea. "¿No habrá un veladorcito?", se oyó preguntar Savoy sin fe. Estaba la pantalla de Carla, única fuente de luz no genuina, más que insuficiente, por otra parte, para blanquear sus aventuras en el submundo inguinal. Pero eso —ese rapto de lánguida exploración prestidigital— fue en todo caso lo que Savoy dio por sentado que tenía lugar para sentirse con derecho a retrucar, en su caso sin claroscuros, bajándose primero el cierre de la bragueta y luego, en un ataque de impaciencia, porque el cierre parecía tener otros planes, los pantalones mismos, que yacieron a sus pies, como en los chistes de exhibicionistas, en un extraño, fláccido desvalimiento. Después, fieles a la costumbre que habían contraído con los encuentros por skype —comentaban lo que hacían apenas terminaban de hacerlo, como si sólo el comentario sancionara la realidad de lo que habían hecho— se dijeron que les había gustado. Pero Savoy mintió, o no dijo toda la verdad, si es que había una digna de llamarse toda. No dijo que no había acabado, que los desvalidos no eran sólo sus pantalones. Claro que la deseaba, y con una intensidad que le era difícil soportar, a tal punto estaba más allá del alivio que podría haberle aportado un desahogo demasiado prosaico. Pero no podía dejar de mirarla, y aunque en un primer momento lo estimulaba, esa fascinación por la imagen, sostén de algún modo de una industria planetaria, no tardaba en su caso en anular cualquier otra acción, deshaciendo todo vínculo causal entre eso que veía —aun cuando lo que veía fuera la versión mosaico bizantino de la cara de Carla en éxtasis, mordiéndose sus propios labios, con aquellas estrellitas rojas —vasos vanos, villanos— estallándole en la piel pálida a medida que se dejaba ir— y las terminales nerviosas de su cuerpo.

Por lo demás —a Savoy le resultaba increíble que en algún momento, como si nada, pasaran a las cosas de todos los días—, Carla estaba bien, había vuelto a correr, tenía un parque a dos cuadras y un par de alumnos nuevos. Estaba contenta de no tener nada ni nadie a quien cuidar por dos semanas —las orquídeas de Praga y la pareja de pugs de Budapest la habían agotado. Desde que vivía sin luz dormía más de la cuenta. Más de una vez se había topado en sueños con los tipos de velas que la sorprendían de día en los rincones más inesperados de la casa: velas-cactus, velas-reloj, una vela-dildo de un rosado perfecto, hiperrealista, con su prepucio corrido y su correosa vena central, y hasta una serie irónica que replicaba —del velador a la lámpara de leer, pasando por el sol de noche, la linterna a pilas, el tubo fluorescente— todos los artefactos de iluminación prohibidos por los dueños de casa. Estaba cansada. Se movía en cámara lenta. Días atrás se había quedado dormida en el banco de un museo, mirando a la guardia de la sala, que se dormía parada. "¿Cuándo volvés?", la interrumpió Savoy. "No sé", dijo ella. Se encogió de hombros: "No me llaman de Buenos Aires", dijo, y extendió los dedos esmaltados y los miró fijo. "Yo te llamo, Carla", dijo Savoy. Y la idea única, arrogante, prematura —la idea volvió. "Yo te amo", dijo.

Savoy lo dijo justo cuando Carla, después de soplarse una uña, una que parecía secarse muy lejos, sin ganas, alzaba los ojos y volvía a mirarlo, y cuando terminó de decirlo Carla seguía ahí, mirándolo fijo, distante y a la vez acorralada, sin saber qué decir. Savoy pensó que había cometido un error fatal. Tal vez la carta que se había arriesgado a jugar fuera la buena, la más alta, la carta de triunfo. Pero ahora ¿cómo lo sabría? ¿Cómo lo sabría ahora, que ya no estaba en la mesa, que se la había tragado el abismo de una inoportunidad mayúscula, irreparable? Y sin embargo no podía retroceder, no, ya no, de modo que apoyó los codos sobre la mesa y acercó la cara a la pantalla y, como desafiándola, repitió más alto: "Yo te amo, Carla". Esperó unos segundos una señal de reciprocidad; después, viendo que no llegaba, esperó una reacción, cualquiera fuera, el gesto, la mueca, el tic que liberara a ese rostro amado, cinco minutos atrás transportado al cielo ciego del placer, de la máscara impasible que lo escondía. Desalentado, extendió por fin una mano para cortar. El cursor buscaba temblando el pequeño círculo rojo cuando la cara siempre impávida de Carla desapareció repentinamente, y sonó en algún lado la señal de la imagen ida, una nota opaca, disonante, equivalente al

¡plop! que Savoy solía jurar que escuchaba en los chistes gráficos cuando uno de los personajes, la víctima del chiste, fulminado por la perplejidad, caía de pronto para atrás cabeza abajo y patas para arriba, y la pantalla se oscureció por completo.

Al rato la campana del skype volvió a repicar, la primera vez, corta, confiada, la segunda más insistente. Savoy no atendió. La dejó sonar un rato largo, llenar la habitación y la casa y el espacio inmenso y desolado de su cabeza con esa repercusión que había llegado a conocer tan bien, de la que estaba quizá despidiéndose: una pelota de ping-pong de bronce golpeando con cierta parsimonia musical contra las paredes de una cápsula-gong funesta. La dejó sonar, rebotar, hasta que se apagó y Savoy cerró la computadora y se levantó, y cuando arrimó la silla al escritorio con cuidado, sin hacer ruido, como habría hecho en un lugar público lleno de reglas, una biblioteca, por ejemplo, vio que el escritorio estaba vacío, pelado, y se dio cuenta de que mientras la campana repicaba, como en un ritual higiénico, o fúnebre, había ido guardando en los cajones todas las chucherías que solían poblarlo, que rara vez usaba o usaba sólo para distraerse o fingirse ocupado.

Estuvo un día y medio sin sentarse frente a la computadora. No fue un ayuno radical, porque sabía que tampoco eran tantas las solicitudes que desoía con su indiferencia. Pero había una señal corporal, una mezcla de dolor y de orgullo, como la secuela de una herida que, ya cicatrizada, sigue irradiando, en entrar a la habitación a hacer algo, guardar ropa o recogerla, cambiar sábanas, cerrar una ventana, y hacerlo sin acercarse al escritorio, sin siquiera mirar, incluso, a veces, la caja chata, negra, de la computadora. Y el solo hecho de pensar que Carla podía estar llamándolo y topándose una, tres, diez veces —había varias Carlas en danza en su imaginación, cada una con su grado de sorpresa, de alarma, de ansiedad— con la consistencia opaca de su silencio, fuera cual fuera la imagen, el "estado" con los que ese silencio se manifestara ante ella, determinados no por Savoy, naturalmente, sino por el programa mismo, le daba tal vez el sentido que el mismo Savoy no habría sido capaz de darle, no, al menos, en ese momento, cuando su único objetivo al cerrar la computadora había sido acotar, aislar un fenómeno que no conocía pero del que percibía ya los efectos funestos, un poco como una brigada de jóvenes reservistas sella con cargas de cemento, para impedir más filtraciones, las fauces de una planta nuclear en llamas.

Nadó. ¿Qué iba a hacer? Pero qué fría estaba el agua, qué traidor el filo del escalón con el que se cortó el canto del pie, qué solo se sintió, solo en el vestuario, mirándose el pie que le sangraba. Fue al cine —un bodrio elegido con saña— y llegó tarde, con la película empezada, y poco antes de que se prendieran las luces de la sala se tiró al piso y esperó escondido a que empezara la función siguiente para ver los diez minutos que se había perdido, como cuando era chico y las funciones eran continuadas. Habló con Renée, que declinó la invitación al cine y a su vez, con la rapidez de una toma de judo, lo consultó sobre restaurantes, y cuando Savoy objetó que ése era un rubro en el que él solía consultarla a ella, Renée, con un tono triunfal tan largamente almacenado que casi fermentaba, le dijo que sí, que en efecto, que así era y probablemente seguiría siendo, pero que se le había ocurrido que podía tal vez aprovechar la puesta al día en materia de salidas románticas a la que lo había forzado la aparición de "su holandesa"... Volvió a nadar y, otra vez solo en el vestuario —curioso cómo el mundo, a veces, haciendo una graciosa concesión, mimaba sus estados en vez de provocárselos—, se miró el pie con la herida al aire y mientras pensaba en la curita que ahora, lejos, flotaba en el agua de la pileta, reconoció la voz de Laura Branigan, y se subió desnudo al banco y de un tirón seco cortó el cable ya gastado del parlante, que enmudeció y cayó contra el piso mojado. "Qué argentino", tuvo tiempo de pensar: "el cable del que colgaba era el mismo que lo hacía sonar".

A las treinta y seis horas y un minuto, como se vencen los plazos en los cuentos de hadas, Savoy capituló. Reunió a su círculo de confianza —la abrochadora, la agujereadora, el portalápices, la pilita de *postits*, un *pack* de cinco libretas de tapa blanda que ni siquiera había liberado de su chaleco de celofán—, testigos silenciosos de sus encuentros con Carla, y despertó a la computadora como de costumbre, primero golpeando la barra espaciadora, luego, dado que no había respuesta, y algo de rencor inconfesado, aun de temor, había en ese reencuentro, levantándola con las dos manos y dejándola caer sobre el escritorio. ¿Cuánto hacía que no andaba por chatroulette? Y sin embargo, nada había cambiado. La bienvenida seguía siendo de un minimalismo precario, casi artesanal, la gráfica un prodigio de pereza, la falta de estímulos y anzuelos visuales una declaración de principios. Tal vez eso fuera también lo que lo atraía de la plataforma: su indiferencia total a la actualización, su desatención a las modas, su manera despreocupada pero irreductible de perseverar en una idea, una imagen, una fórmula —las originales, con las que había nacido, signadas por el entusiasmo desbocado de una inspiración adolescente y también por su pereza, su indolencia, su debilidad procrastinadora— y no moverse de allí por nada del mundo. Le gustó incluso más eso, esta vez, esa especie de mística *grunge*, de la que el mismo Savoy ignoraba que fuera tan cómplice, que la galería de flashes de vida que tenía para ofrecerle. Le gustó tanto que toleró con benevolencia las dificultades que solían exasperarlo, como cuando caía la noche en la pequeña ventana central por la que desfilaban los *partners* y la plataforma se quedaba "buscando", o la cámara por alguna razón se negaba a registrarlo y la plataforma, con su dialecto aborigen en versión colonial, le avisaba y le pedía: *Search rejected because no face was found. Please, try again.* Era curioso, pensó, que la plataforma insistiera en buscar caras, y hasta se mosqueara un poco al no encontrarlas, cuando las estrellas que animaban sus fogonazos de conexión eran principalmente pijas, pijas de toda clase, tamaño y raza, erectas o rumbo a la erección, pijas aisladas, recortadas como por un campo quirúrgico del cuerpo al que pertenecían y divorciadas de la cara con la que en algún momento, si todo iba bien, y si eso que Savoy volvía a ver después de meses sucedía, en efecto, en el mundo llamado humano, compartirían la dicha deparada por un mismo rapto de efusión sanguínea. Eso, naturalmente, si acababan alguna vez, cosa que Savoy siempre había puesto en duda. No tenía un record de millaje en la plataforma pero la había frecuentado lo suficiente, y aunque cientos de pijas habían desfilado ante él en distintas fases del trance masturbatorio, no le había tocado ver ninguna en el momento de acabar. Ni una sola. Y eso, que podía llamar la atención y no sólo por motivos probabilísticos, porque era raro que, entregada a la lógica del porno amateur, la plataforma no dejara gema de crudeza sin mostrar, desde la textura de un frenillo hasta una ingle con eccema, pasando por los pliegues de una cama deshecha o el algodón sucio de un calzoncillo, pero omitiera el que se suponía que era su número central, aparecía como una evidencia, incluso como la única posibilidad, apenas Savoy comprobaba la indolencia, la falta de ímpetu, la apatía de esas escenas de paja, la falta absoluta de dirección de esas manos atareadas en masajear, la sensación de dejadez y pereza que transmitían. No había progreso en esa paja tántrica. ¿Acabar? No: acabar era justo lo que no querían los *chatrouletters*. Era lo que aplazaban, lo que diferían una y otra vez, hasta que se evaporaba del todo en el horizonte, pajeándose como quien hace tiempo o lo mata, se aburre ante el televisor o escuchando por teléfono una voz que no soporta pero debe tolerar, como esos chicos que se tocan mientras dibujan o ponen en escena combates entre monstruos. Pero en un momento Savoy sorprendió la sucesión milagrosa de dos caras, las dos de mujeres, las dos hermosas a su manera, la belleza triste y soñadora de las mujeres que miran fumando por una ventana, y se dio cuenta de que era eso, caras, lo que buscaba, y que si había ido a buscarlas ahí, donde cada vez quedaban menos posibilidades de encontrarlas, era sólo por una especie de reflejo atávico, tan enfermo de pereza, probablemente, como el adolescente que había diseñado chatroulette en su aguantadero pestilente de Moscú y los cientos de miles de manos que se amasaban, enrulaban, enceraban, pellizcaban la pija en la plataforma. Las vio, quiso detenerlas, las perdió. Tenía el micrófono desactivado, el volumen en cero, algo por el estilo, y ellas ni siquiera lo miraron. Las perdió para siempre.

Pero tenía las caras de Carla. Estaban ahí mismo: al lado, debajo, entre, al costado, dondequiera que fuera que estaban las cosas en las pantallas. "Caras de Carla", decía la carpeta. Cerró chatroulette —dejando por la mitad el lentísimo *strip tease* de tetilla de un torso pálido— y la abrió sin pensar, sabiendo —porque sabía sin pensar, Savoy: era su talento— que en un segundo de debilidad dilapidaba treinta y siete horas de admirable, árida entereza. Su colección de Carlas. Había alrededor de una docena. Las había ido reuniendo con el correr de las semanas y los viajes, puntual pero sin premeditación. Esas caras, Savoy las había robado, igual que otros tan resentidos como él aprovechaban la menor distracción para robar de la casa de un viajero empedernido los *souvenirs* de todos los paraísos en los que nunca habían estado. Cada cara era el recuerdo de una casa en la que no había parado, una cama donde no había dormido, una mesa que no había usado para comer, un baño en el que no se había cortado las uñas ni meado. Las abrió como le gustaba abrirlas —otra cortesía de Renée—, todas al mismo tiempo, con el efecto acordeón con que los *croupiers* o los tahúres barajan los naipes para impresionar a las amantes de los ludópatas de cuidado, y en un momento, alineadas, escalonadas, las caras levantaron una especie de vuelo oriental y enfilaron hacia Savoy como si fueran a salir de la pantalla pero quedaron congeladas un segundo antes, más grandes las de primer plano, progresivamente más pequeñas las demás, en una guirnalda inmóvil de Carlas sonrientes, ensimismadas, con turbante, comiendo, lavándose los dientes, bailando, durmiéndose, besándolo.

Era la cara más bella que jamás hubiera visto. Y había visto muchas. De hecho, las coleccionaba desde siempre. A los doce, trece, catorce años, esa edad en que la mayoría de los varones de su generación, exaltados por la fiebre hormonal, tasaban a las chicas según el impulso de meterles las pijas —las mismas pijas moradas, tristes, de suplemento porno de diario sensacionalista, que se dejaban amasar en chatroulette sin llegar a nada— que les inspirara lo que los *jumpers*, la ropa de gimnasia o algún que otro traje de baño, prodigio tan excepcional como el paso de un cometa, regalo único, inolvidable, del compañero o la compañera que cumplían años en verano y decidían festejarlo un sábado a la tarde en una pileta de club, permitían que vieran de sus cuerpos, y consideraban todo lo demás irrelevante, hasta obstructivo, estorbos interpuestos en el camino entre las pijas y eso, hoyo, horno, nicho, fauce cálida, agujero negro, fuera lo que fuera, que las chicas tuvieran entre las piernas llamado a recibirlas, que debía ser instantáneo, Savoy, tan enardecido como sus colegas, sentía ya la atracción, el llamado misterioso de las caras. Había allí una transparencia, una obviedad, una manera de ofrecerse que lo fascinaban. De algún modo todo estaba allí, pensaba, en ese paisaje: sólo había que saber leerlo. Al revés que sus compañeros, que jamás daban un veredicto sobre una chica desconocida antes de verla levantarse y moverse de cuerpo entero ante ellos, Savoy, desde su banco, pedía, rogaba en silencio que la chica de cuya cara había quedado prendado no se moviera de su banco, convencido, de manera inversa pero simétrica, de que "todo lo demás" —esos espectáculos parciales del cuerpo a los que las pijas de sus congéneres parecían responder como soldados, como bufones—, al distraerlo, lo despertaría de su hechizo. Qué hacer con una cara para que no estorbara, fuera bella o fea, era fácil: se la "tapaba con la almohada", según la fórmula asfixiante que la época ponía a disposición de los adoradores de cuerpos. Qué hacer con un cuerpo era más complicado. Savoy eligió los primeros planos, es decir: idolatrar. Si los demás mataban por sofocación, Savoy cortaba cabezas.

Tres días más tarde, como si no hubiera pasado nada, Carla reapareció. Reapareció en la posición, con esa prominencia de cine mudo con que le gustaba descubrirla a Savoy: en el centro de su pantalla, ocupándola prácticamente toda, con la coronilla rozando el marco superior y el mentón el inferior. Cara pura, como las viejas fotos carnet de los documentos de identidad. Estaba en un aeropuerto (altoparlantes, el fragor inconfundible del tráfico de cuerpos, como de guardarropas atiborrado de gente, cierres relámpago abriéndose y cerrándose, algo muy efervescente que salía despedido sin aviso, coronado por risas y maldiciones orientales), esperando, dijo, un vuelo que ya se había aplazado dos veces. Amsterdam, Rotterdam, Nottingham —Savoy, todavía atontado por la sorpresa de tenerla enfrente, no llegó a retener el destino. Vio que sus labios brillaban, como untados con esos bálsamos que se ponía cuando se le cuarteaban. Brillaban, en realidad, por el aceite del *wrap* con el que Savoy pudo ver que luchaba apenas Carla cambió de posición y la imagen se amplió, que iba perdiendo su valioso relleno vegano por todas partes, adornándole manos y dedos con una extraña y colorida *bijouterie* vegetal. Estaba contenta, aunque no había dormido mucho: trasbordos de tren, demoras, *tifosi* festejando una copa en voz alta... Tal vez de ahí, de esa vigilia forzada, viniera el ímpetu extraño, esa especie de inquietud apremiante con la que comía, bebía y hablaba al mismo tiempo, cuando era evidente que ya no tenía hambre, que no veía la hora de deshacerse de esa pulpa que le embadurnaba las manos y que tampoco tenía mucho que decir. Era un skype más, uno de esos contactos "técnicos" fuera de programa que Carla solía establecer entre dos encuentros importantes, sobre todo cuando estaba en viaje, para mitigar la ansiedad de la espera y la falta de noticias, y que dedicaba a enviar señales, poner al día paraderos, anunciar movimientos, planes, plazos: eso que alguna vez, entrecomillándolo, para anticiparse a las burlas de Savoy, había llamado *updatear*. Savoy, que siempre los había aceptado a regañadientes —le costaba tolerar su funcionalidad, signo, para él, de baja carga romántica—, ahora, de pronto, al menos en este caso, no podía no prestarles atención. Después de la última comunicación, que pesaba sobre él como un cielo de plomo, el solo hecho de que ocurriera era una anomalía desconcertante. Y, como el desalentado que ve todo cuanto rompa el horizonte del desaliento como una novedad, un auspicio, no importa lo oscuro o equívoco que sea, Savoy no la resistió, y hasta aceptó cosas que de otro modo habría considerado inadmisibles —que Carla, mientras hablaba, por ejemplo, no dejara de teclear, y que sus ojos se dejaran arrastrar hacia un costado de la pantalla, síntoma, para Savoy, de que había reducido la ventana dentro de la cual lo veía para seguir trabajando con los costados de la pantalla, el más ofensivo de los desaires—, sólo por el impacto que tenía en él la naturalidad con la que ella reanudaba algo que para él, a la luz de la "escena de la declaración", como la llamaba, estaba herido de muerte. Pero mientras la veía entregada a cosas, gestos, pequeñas acciones que eran puros preparativos, ajustarse los auriculares en las orejas, abrir y cerrar sobres de su mochila, arremangarse la camisa, revisar tarjetas de embarque, Savoy no podía evitar preguntarse cómo era posible que nada en ella, nada en absoluto, nada en sus ojos, ni su tono de voz, ni su actitud, reflejara siquiera de manera parcial, o refractada, o incluso indiferente, la desazón que se había apoderado de él. Era como si la "escena de la declaración" hubiera sucedido en dos mundos distintos, en cada uno con un sentido diferente, a tal punto que era difícil decir que fuera la misma escena. Pero *era* la misma. Savoy tenía pruebas... No: las habría tenido de haber sido lo suficientemente rápido de reflejos para hacer una captura de pantalla en el momento de la declaración. Si tenía la prueba, la tenía en su recuerdo, donde sólo le servía para atormentarlo. O no, ni siquiera en el recuerdo, porque tenerla en el recuerdo hubiera sido tenerla en cierto modo a distancia, disponible pero separada de él aunque más no fuera por el desfasaje infinitesimal del recordar, y la cara congelada de Carla, esa especie de máscara atroz, vaciada, inapelable, Savoy la llevaba consigo desde aquel día, la llevaba encima, dentro de él, a su alrededor, envolviéndolo y confundiéndose con él, y estaba más presente para él que todo lo que el presente se esforzara en proponerle para aliviarlo —incluida Carla, la Carla sin dormir, un poco maníaca, que ahora, mientras acercaba la cara a la pantalla y entrecerraba los ojos, como si le costara leer algo escrito en una letra muy pequeña, le preguntaba desde un aeropuerto: "¿Y? ¿Cuál fue el último hit de DJ Pileta?".

Era su oportunidad. Le diría: "No es lo que esperaba que me preguntaras después de lo del otro día". Le diría: "Terminemos con esto". Le diría: "No quiero verte más". Le diría: "Maldito el día que me fijé en el cordón desatado de tu puto zapato bicolor". Le diría: "Que seas feliz, Carla, y que tu avión se estrelle contra una montaña". Le dijo: "'Self control', de Laura Branigan". "¿Laura qué?". "Branigan". "Ni idea". "Una cantante travesti". "¿Pre o post ... 'Like a virgin'?". "Contemporánea, creo. Murió hace unos años de un aneurisma" —"Esperá", dijo Carla, y volvió a acercar la cara a la pantalla. Una sonrisa radiante la iluminó. "¿No atendés?", le preguntó. Savoy se quedó quieto, como paralizado, escuchando. Sonaba, en efecto, un portero eléctrico. *Su* portero eléctrico —demasiado bajo, como de costumbre, un desperfecto que lo había embarcado en una larga querella con la administración del edificio, todavía sin resolver. Algo en la insistencia de los timbrazos sugería que debían llevar un cierto tiempo llamando. Si él, que estaba a cinco metros del aparato, no lo había escuchado, ¿cómo era posible que Carla —"Atendé, Savoy", insistió ella: "Yo me quedo acá: quiero ver la cara que ponés cuando lo abras".

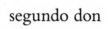

segundo don

Reproductor de MP3 de 8GB Sumergible Natación Deportivo Con Radio ($14980)

CUATRO

Ahora yo debería ser capaz de contar cómo llegué hasta acá.

"Acá" es Berlín, el sudoeste de Berlín, un lago llamado —leo en el mapa— Schlachtensee. En la cola, para disimular, porque Carla, que está a dos lugares de llegar al puesto de entrada, con las monedas en la mano, acaba de darse vuelta para echar un vistazo en mi dirección, buscando a alguien que llega tarde, alguien que no soy yo, doy media vuelta, bajo los ojos y me miro las ojotas que compré por 4 euros en el Rossmann de la esquina del hotel. "Los pies espantosos de mi padre", pienso. Los mismos huesos que se deforman, las mismas uñas engrosadas, amarillas, la misma piel de papel. Dudé mucho, a pesar del precio, que me pareció inmejorable, en comprarlas. Pero era lo más a mano que tenía para improvisar un vestuario de verano que no traje, que la temperatura no justifica y que acá en Berlín no veían la hora de desempolvar, porque apenas el termómetro cruzó la barrera de los 18 grados las calles se inundaron de musculosas, shorts, vestidos cortos, sandalias, y se multiplicaron las bicicletas, libélulas de tierra asesinas. La gente se mataba por una mesa al aire libre. Los únicos felices con sus rincones a la sombra éramos yo y la gente como yo, no-alemanes llegados de países donde el sol sigue siendo miembro del elenco estable de la representación de la naturaleza, no el principal proveedor de vitamina D que urge aprovechar antes de que sea tarde. "Acá" es también la ropa patética que llevo, el uniforme del que no pasó la noche en su casa, del impostor que se aferra temblando a sus secretos: el pantalón, demasiado grueso (abultado para colmo por la malla que llevo debajo), la camisa, ya sudada, y la bolsa de plástico de Rossman (diez centavos de euro) donde llevo el libro que dudo que lea, la toalla que me llevé escondida del hotel, el *Waffel*, el dúo de frutas (banana, manzana) que hice bien en elegir para mimetizarme con los locales y abrir esta temporada de verano prematuro. Todo inútil, pura fachada, accesorios de un disfraz del que espero deshacerme pronto, de manera tan fácil, tan incruenta, como me deshice hace diez minutos del dispositivo.

Lo tiré. Así de simple. Lo dejé caer en uno de esos tachos de basura naranjas adosados a los postes de la calle que a veces largan humo. (Hace seis días que llegué y ya vi dos que tiraban humo y uno en llamas, literalmente, con el viejo *rocker* de cabeza vendada y muñequera con tachas que acababa de incendiarlo todavía acodado en él). Carla iba adelante en su preciosa bicicleta gris, despacio, con Pünktchen en la canasta a modo de mascarón de proa. Yo atrás, bastante atrás, menos por precaución que por cortesía del sistema de cambios de la bicicleta que había conseguido, clavado por alguna razón en segunda, por lo que pedaleaba a toda velocidad pero en el vacío, como en un dibujo animado. Iba escuchando algo, Fertig, Boring, DJ Tennis, vestigio de una lista heredada de la pileta, que ahora no me parecía tan buena. Me pasaba bastante: algo que debajo del agua sonaba bien, así, trasplantado "al mundo", podía perder toda gracia. La vi subirse a la vereda y cruzar el portón de rejas del predio del lago. Aprovechó la inercia de la pendiente, dejó de pedalear y se bajó como se bajan acá ciertas mujeres de la bicicleta, sin parar, las nalgas despegadas del asiento, cruzando una pierna delante de la otra y andando los últimos metros con un solo pie apoyado en el pedal, el cuerpo erguido, lleno de orgullo y un aire invicto, valquírico. Así debió de ser, en realidad, porque yo no podía verlo. Llevaba seis días viéndola vivir desde atrás, de espaldas. Carla tenía ahora una camisa rosada muy liviana y un chaleco violeta, tejido, de lana gruesa, como de negocio de segunda mano. Las mangas de la camisa, muy cortas, apenas le cubrían los hombros. La vi recostar la bicicleta contra la reja y agacharse para abrir el candado. Pünktchen, muy serio, con la cabeza ladeada, la miraba hacer desde la canasta. No lo pensé dos veces. Me saqué los auriculares, los desconecté y me los guardé en un bolsillo, como si, baratos como eran, algún día fueran a servirme de algo. Sentí unos segundos el peso del dispositivo en la mano, hasta que pasé junto al tacho y lo tiré. Ya no lo necesitaba. Creo que cuando lo tiré seguía andando.

Ya había dejado de trasmitir. Era lógico, puesto que Carla y yo habíamos vuelto a compartir un mismo espacio-tiempo. La última trasmisión había sido dos días antes de mi viaje. Fue la que me decidió a viajar, en realidad. Ese día la pileta reventaba de gente y la instructora del grupo de adultas mayores estrenaba una lista de éxitos tropicales. Aun así, la voz de Carla se escuchó nítida en el estrépito, abriéndose paso entre los pliegues de mi música como un relámpago entre nubes. Me pareció escuchar "vidrio", "lirio", "tibio", algo por el estilo. Pero a diferencia de las primeras veces, en que, todavía perplejo por lo que sucedía, hacía lo imposible por entender lo que el dispositivo había filtrado, y eso en medio de un largo, por ejemplo, a menudo con gente nadando detrás de mí y gente adelante, de modo que yo mismo, fulminado por la irrupción de la voz de Carla, dejaba de pronto de nadar y, creyendo que lo que había oído no se había perdido del todo, más bien permanecía almacenado en alguna parte, me ponía a manipular los auriculares y toquetear las teclas del dispositivo, tan minúsculas, como diseñadas para dedos liliputienses, que ya en una situación normal rara vez lograba acertar, parar cuando quería parar, retroceder cuando quería retroceder, repetir una canción, etc., de manera que, quieto en medio de la pileta, absorto en esa especie de frenesí de motricidad extrafina, terminaba provocando la misma obstrucción, los mismos atascos que condenaba indignado cuando los provocaban mis *bêtes noires* de siempre, el viejo que interrumpía su ya lentísimo avance para hacer la plancha, o la fanática de la *bijouterie*, siempre impecable, cuando se daba cuenta de que había perdido un aro —ahora, a diferencia de esas primeras veces, ya no quería recuperar ni entender nada, porque las últimas trasmisiones se descomponían en frases truncas, palabras sueltas, ecos de interjecciones, y hacía rato que había dejado de prestar atención al contenido. Me bastaba con escuchar su voz. Me bastaba con su llamado, no importa cuánto lo degradara la distancia.

Sin embargo, apenas llegué a Berlín y vi todas esas botellas hechas añicos en la calle, los parques, los andenes del subte, pensé que la palabra que había escuchado era "vidrio", y que Carla trataba de contarme algo sobre la relación que tienen acá con el vidrio, rastro a la vez de furor y desmadre —algo sangriento parecen recordar que acaba de pasar esos oasis de astillas brillantes, igual que los monopatines eléctricos y las bicicletas que se ven abandonados de a uno en la calle, volcados, hundidos entre arbustos— y moneda de cambio de una economía de la generosidad, porque es muy posible que la botella que un borracho hace pedazos contra la balaustrada de un puente sea la misma que alguien, después de tomársela, tuvo la delicadeza de dejar a la vista en medio de la calle, al alcance del *homeless* que la cambiará por centavos en algún supermercado. Así que volví a casa, busqué en la agenda el número del agente de viajes y lo llamé. "El número solicitado no corresponde", etc. Cambié un número, agregué un prefijo, hice sin protestar todo lo que los años transcurridos sin viajar me pedían que hiciera y lo hice sin dudar y sin equivocarme, como si Carla y su señal de vidrio, brillando en la noche, me dictaran los pasos a seguir. Sonaba más viejo y amargado, pero era él, el Amílcar de siempre: turbio, con esa eficacia desaliñada, de camisa fuera del pantalón y cinturón fuera de la presilla, con esa euforia al borde del sollozo. Barajó a los gritos un amplio abanico de fechas, compañías aéreas, escalas. Apenas le decía que sí a algo, él me ofrecía otra cosa más corta, más barata, más cómoda. "El primer avión que salga", le dije.

La vi pagar: tenía el dinero preparado, en monedas. ¿Cómo era posible que en casa yo siguiera encontrando monedas en todas partes, monedas de todos los países y todos los colores, sembradas como pistas, algunas incluso con agujeros, si Carla, la única fuente de la que podían provenir, ponía tanto empeño en gastarlas? Otro misterio —a la cuenta de la larga lista que había ido acumulando en una habitación increíblemente elástica de mi cabeza y que pronto, muy pronto, cuando llegara el momento, ni un segundo antes, ni uno después, le pediría que tradujera para mí al idioma de la verdad. Pünktchen ya estaba adentro, esperándola. Carla empujó el molinete con un muslo —una actitud muy "holandesa"—, pero la mochila se le quedó atascada en medio del cruce, y cuando alzó por un segundo la vista leí en sus ojos el desaliento de una protesta inútil, un pedido de auxilio, un mensaje en todo caso exageradamente dramático que ella hubiera preferido no enviar, no al menos hasta dar con la causa del problema —una de las correas de la mochila enzarzada en el molinete—, pero que yo habría dado mi vida por atender, mi vida y la de ella, nuestras dos vidas por fin juntas. Pünktchen puso el grito en el cielo, si se puede hablar en esos términos de los ladridos de un perro salchicha. Entonces entendí lo que Carla quería decirme por skype cuando hablaba del "falsete Pünktchen". Había entre nosotros media docena de berlineses impacientes, ávidos de vitamina D, cada uno pertrechado con su mochila, su bolso de playa, su riñonera, su bolsa de pícnic, su monopatín, su skate, y yo, por mi parte, no quería precipitarme. No arruinaría seis días de monitoreo escrupulosos, casi profesionales, por un arrebato. Antes de aparecer quería ver. Ver sin ser visto. Ver qué era eso que Carla parecía buscar o esperar, eso que cada tanto

—ahora, por ejemplo, que se colgaba la mochila del hombro y la manga, arrastrada por la correa, dejaba al descubierto el hoyuelo que un vacunador desidioso había dejado en la piel más suave de su brazo— se daba vuelta para ver llegar y que no era yo, no, yo no, entre otras razones porque "yo", cinco horas más joven, más impotente, más desamparado, anclado en otro hemisferio, no terminaba de despertarse y ya paladeaba con su pastosa lengua matutina el momento de encontrarse con Carla por skype, por el skype al que yo no llegaría y no por estar lejos, oh no, sino al revés, demasiado cerca, atrás de ella, a distancia de *groupie* o de sombra, listo para saltar sobre ella y sorprenderla apenas la viera buscar su teléfono y llamarme.

Los últimos encuentros no habían sido fáciles. Los había trucado desde la habitación del hotel, y trucar nunca ha sido lo mío. Puedo picar piedras durante meses, años, si es preciso, pero hacer de cuenta que tengo lo que me falta o ponerme un bigote postizo —eso no, eso está más allá de mis fuerzas. No sé qué receta el manual del impostor a la hora de hacer pasar el cuarto de un tres estrellas de Moabit por el dormitorio amplio y luminoso de un departamento de Núñez. Yo cerré las cortinas, bajé la luz, arrinconé la mesa de aglomerado que hacía las veces de escritorio contra la única pared sin empapelar y la primera vez que nos comunicamos, yo recién llegado, con las horas y el aire viciado y las demoras y la cena tóxica del vuelo encima, fermentando, le dije muy suelto de cuerpo, como drogado, antes de que Carla tuviera tiempo de sospechar o preguntarme nada, que me había mudado a un hotel del barrio por unos días: mi cuadra, cuándo no, estaba sin luz desde hacía treinta y seis horas, y nadie se atrevía a arriesgar cuándo volvería. Y funcionó. El colapso siempre funciona. "Uy, pobre", dijo Carla. Entendí con cierto pesar que podría haberme ahorrado lo de cerrar las cortinas, bajar la luz, etc. Preferí tomarlo no como el típico floreo inútil del inepto sino como un aprendizaje, un entrenamiento, las primeras armas que hace el inepto inútil en el arte de fingir, balbuceantes pero imprescindibles. Qué difícil es mentir, sin embargo. Mentir bien, es decir: *creyendo*, única manera de mantener a raya las dos amenazas, las únicas verdaderamente peligrosas, que penden siempre sobre la mentira: la tentación, el vértigo, el deseo de confesar, que acompaña al embustero y lo escolta y nunca, ni una sola vez, deja de susurrarle sus proposiciones indecorosas, igual que el abismo al alpinista, y la distracción, genio menor, maligno. A las dos, en mi caso, de incógnito en Berlín, se agregaba una tercera, que era la conciencia de todo lo que había sabido de Carla en los días en que la había seguido, masa informe de detalles, datos, nombres de lugares, desplazamientos, decisiones, que yo mismo me obligaba a mantener en reserva, aislada, como en cuarentena, pero cuya multitud vengativa sentía palpitar, casi golpear a las puertas de la sala virtual donde nos veíamos, donde yo, que lo sabía casi todo, jugaba a hacerle las mismas preguntas que le habría hecho "yo", que no sabía casi nada.

¿Qué había de interesante en esa masa? ¿Qué de revelador? No mucho, es cierto. Esta mañana, en el Ritz, el café de la francesa loca, mientras montaba guardia frente a la planta baja de Carla, miraba las notas que tomé a lo largo de estos días y la impresión fue más bien decepcionante. Tanto como leí en la revista del avión que solía ser la impresión de los espías de la Stasi cuando les asignaban objetivos de segunda línea, diplomáticos menores, pusilánimes, cuyas máximas irregularidades —que los informes de los espías celebraban con signos de exclamación regocijados, como medicamentos arrojados por un helicóptero en una zona de desastre— eran una mesa de juego de vez en cuando o el intercambio de algún chiste procaz con una potencia enemiga en una recepción oficial.

La *Gazette*, me consta, no mentía. Carla era metódica hasta cuando abría las cortinas (9.30 a. m., según mis notas); era amable, sonriente y luminosa con cualquiera (hasta con el empleado de UPS que le entregó tres veces el paquete equivocado, sin duda para repetir el deleite que le producía el rubor de sus mejillas recién duchadas); se mantenía siempre en forma ("El viejo *jogging* flúo. Bicicleta. ¿Por qué no alquilé una? La sigo corriendo. En el parque —con la lengua afuera—, la veo que se aleja corriendo. Mi mano en el cuero del asiento de su bicicleta, que todavía está tibio"); era responsable ("Albañiles trabajando en la casa. Tras las cortinas, vasos con agua cambian de mano. Risas"), solidaria ("Un manojo de monedas al dúo —charango y siku— en el U-bahn". "Le preguntan por una dirección, una vieja alemana colgada de uno de esos andadores con ruedas que funcionan también como carritos de supermercado. Es obvio que C. no entiende, pero saca un mapa —¡un mapa de papel!— y resuelve"), y su horizonte de intereses seguía siendo amplio ("Restaurante etíope". "Un sótano: festival de nuevo cine esloveno").

Misterios no, pero había incógnitas, sin embargo, que se despejaban. Pünktchen, hasta entonces elusivo, una presencia gruñona en la banda sonora (Carla decía que le tenía fobia al skype), demostraba de pronto tener una existencia tridimensional, por lo demás bastante inquieta. Carla tampoco fingía cuando, en los skypes, miraba hacia abajo y gritaba susurrando: "¡Las medias no, Pünktchen!", ni cuando protestaba porque era hora de sacarlo, ni cuando lo acusó de haber despedazado "por celos" —celos de mí, entendí, quizá con un orgullo apresurado— lo único que se había comprado en Berlín, uno de esos pares de fundas sin forma, de lana de colores tejida, que las vendedoras de mercados de pulgas insisten impávidas en llamar *Pantoffeln*. Existía, se llamaba Pünktchen, Pequeño Punto, Puntito. Y así con todo. Uno por uno —empezando por las orgías interraciales y un novio alto, tímido, sin un gramo de grasa, nómade como ella, lo suficientemente arrogante para ser dos años mayor que ella y parecer dos menor—, mis terrores más atroces, los únicos que me parecían justificar el milagro negativo de que Carla no estuviera en mis brazos, se fueron desmoronando, aburriendo, más bien, hasta que se mandaron mudar, un poco como esos seductores altivos, seguros de quedarse con todo, que una fiesta rica en escaramuzas eróticas decide ignorar y finalmente descarta en favor de candidatos menos vistosos pero más agradecidos.

En seis días de impaciente, exaltada vigilancia, la vi verse en distintos momentos —dosificaba su vida social— con dos mujeres y un hombre, en ese orden. (Hablo de encuentros individuales, no de grupo). La primera de las mujeres —"gorra con visera, campera dorada, zapatillas con plataforma", dice mi libreta— llegó quince minutos tarde, un desplante delicado para cualquiera pero imperdonable para mí, que fui puntual como un soldado y esperé con ella —desde ese mundo paralelo de cercos, hondonadas, ligustros, árboles, trincheras, kioscos y trompas de autos en el que se arrastraba mi existencia clandestina— y reprimí no sé cómo el envión de suplantarla. La sinvergüenza llegó montada a una bicicleta gigantesca, de varón, de la que saltó literalmente —la bicicleta fue a dar contra el tronco del viejo roble que yo había elegido para parapetarme— para abrazarla, mecerla a un lado y otro una y otra vez, como quien busca aflojar un poste embutido en lo profundo de la tierra. Dice la libreta: "Pícnic en el parque — bicicletas acostadas una sobre la otra — hummus, *bretzels*, tomates cherry, mandarinas — un *frisbee* lanzado desde un campamento vecino, que C. atrapa en el aire y devuelve a manos de su dueño sin mirarlo, con la puntería indolente de una niña prodigio". Es todo lo que llegué a apuntar esa tarde —tarde de alegría y alergia, estorninos (*Makrele*) y estornudos. Hay más polen en Berlín (otra vez la inagotable revista del avión) que en las cinco capitales más importantes de Europa juntas.

Con la segunda se encontró en Urbana, una tienda de segunda mano, en una selva de percheros. La misma tienda con la que yo me había cruzado la mañana anterior, antes de ocupar mi atalaya en el café de la francesa demente. Alguien en Buenos Aires me había hablado del lugar, de que la ropa era óptima y estaba asombrosamente limpia y conservada, de que los modelos que la tienda casteaba con fines promocionales desafiaban los perfiles convencionales. O eso en realidad me lo habían dicho de otra tienda, una ya quebrada, caso célebre de trabajo esclavo, que explotaba a su personal usándolo además para modelar. Quizá me mezclaba las cosas. Pero mientras se me mezclaban tuve tiempo de entrar, abrirme paso a machete entre palmeras de pantalones y matas de abrigos de polar y salir con náuseas, sin haber visto ninguna de las modelos tuertas que tanto me habían esperanzado. Pensé —no sé por qué, el olor, quizás, o el color, tan tristes los dos, de todas esas prendas huérfanas, tal vez la luz, tan de oficina pública o cafetería de ruta— en un depósito de vestuario para presos, o para una obra de teatro con presos, y tuve que salir. Por su parte, Carla y su amiga se abrazaron y besaron mucho, pegaron saltitos, fueron y vinieron entre las paredes de ropa. Después, sin dejar de hablar, la amiga se enrolló un vestido de lentejuelas dorado alrededor de la cintura y se lo ajustó con el elástico de la medibacha.

En cuanto al tercero de la lista —ya está, ya pasó. No digo que no sufrí. Pero ¿a qué vine sino a eso? Sufrir, recibir azotes, llorar y desangrarme si hace falta, para llevarme al fin, despellejado, a mi diamante. Me remito a la libreta: "Alto, bastante mayor, más canas que yo — sonrisa muy blanca, como de dentista o cirujano plástico — la toma del codo muy suavemente, casi sin tocarla — un ex profesor — el padre de una amiga (de la que C. hace de mensajera) — un tío lejano, latoso, lúbrico". Se encontraron en Potsdamer Platz, en el patio semitechado del Sony Center. Parecían indecisos. No sabían si hablar de pie, junto a la fuente, ese día de franco, o si sentarse. Terminaron sentándose en el Starbucks. No sabían si pedir algo o quedarse así, ocupando la mesa. Se quedaron así. Hasta que Carla sacó algo de su mochila, algo que no alcancé a ver bien porque se interpuso un pelotón de japoneses que miraban hacia arriba, hechizados por las ojivas del techo del Sony Center, y se lo entregó, y mientras se incorporaba, en un movimiento contradictorio, el galán canoso se inclinó y le tomó la mano, para mí para besársela, y Carla, en un rapto de torpeza o de sagacidad, se la estrechó, y cuando los japoneses migraron hacia otra atracción del lugar, juntos y en fila, como pingüinos, Carla ya no estaba, el galán desenvolvía su paquetito en la cola del Starbucks y yo me miraba las manos secas, tan vacías como siempre.

Ahora, por ejemplo, hay sol y Carla está sola, con todo el día y el lago por delante, y mientras sube (subimos) la hondonada que domina el paisaje, la vida se abre en un tridente de posibilidades: la playa normal, todavía no muy poblada, donde media docena de familias numerosas despliegan ya sus equipos de camping, o el quincho símil Ibiza, con su techo de paja a dos aguas, su barra de tragos, su electrónica de fin de semana, sus reposeras de plástico blancas, o la playa nudista. Carla se detiene. Veo su cabeza desaparecer. La línea recta de sus hombros: un horizonte decapitado. En un efecto especial de animación, la cabeza reaparece, como regurgitada por lo mismo que se la tragó: el teléfono. Habla. Si se diera vuelta ahora, por ejemplo, yo no tendría cómo escapar, dónde esconderme. Sabueso y presa, adicto y droga, quedaríamos frente a frente, y yo ¿qué diría? Porque siempre es lo que uno dice lo que —pero no: siguiendo una indicación que le dan por teléfono, Carla va hacia el cerco que da a la playa. Sus ojos buscan a alguien —que vuelvo a no ser yo— allá abajo. "¿Dónde? ¿Dónde? ¡Haceme señas!", la escucho decir, mientras Pünktchen pega saltos entre sus tobillos. Hasta que sus ojos dan en el blanco y se pone a agitar los brazos un poco alocadamente, como esos muñecos inflables, sacudidos por el viento, de los que nos reíamos juntos en las puertas de gomerías y talleres mecánicos en Buenos Aires, y empieza a bajar con pasos cortos y rápidos por las escaleras de piedra. A la playa. A la playa vestida.

No me olvido de la primera trasmisión. La recibí rápido, unos días después de que me llegara el dispositivo —más sobre este acontecimiento más adelante, por supuesto—, cuando empezaba a acostumbrarme a sus veleidades. Yo nadaba —mejor dicho batallaba en el agua, mientras intentaba nadar, *seguir* nadando, con el cable de los auriculares, las teclas microscópicas, la incompatibilidad casi conyugal entre la silicona de las antiparras, problemática de por sí, mucho más con el pelo mojado, y la aleación alienígena del mp3 (plástico y ¿aluminio? ¿titanio? ¿plutonio?), tersa, rígida, impasible, que, en vez de funcionar por elasticidad y adhesión, como la silicona, se acoplaba, empotraba, encastraba en la correa gracias a unas grampas que se cerraban sobre ella y ahí quedaban y se dejaban llevar, mientras se suponía que los cables de los auriculares, trenzados en toda clase de reyertas con las correas, llevaban a mis oídos la poca y mala música que un par de días de frenesí arqueológico —con ayuda de un cable provisto a último momento por Oblomov— habían conseguido excavar en mi computadora. Todo llevaba su tiempo, como siempre, y todo lo que lleva tiempo en tierra en la pileta lleva más tiempo, más tiempo y peor, porque es tiempo acorralado: el promedio que se te arruina, el nadador que viene atrás y saca la cabeza y te mira ahí quieto, con toda la ira que no alcanza a velar el acrílico empañado de sus antiparras. Sonaba Senni, creo, o DJ Filippo, o Gigli, o alguno de esos ladronzuelos que se dicen discípulos de Morricone y viajan por el mundo —otros que viajan por el mundo— con la etiqueta del precio colgada de sus mezcladoras, y cuando la música estaba en la cresta de la ola, a punto de romper, algo crepitó en mis oídos y entró la voz de una mujer en estado avanzado de indignación, una de esas hienas de programa de radio de la mañana que van por ahí oliendo adulterios ajenos, revolviendo vísceras, reclamando cadalsos, y por unos segundos braceé en el agua como pude, como un náufrago, mientras en el centro de mi cabeza, debatido por tres o cuatro fieras fuera de sí, entre ellos la hiena, sonaba el caso de un actor famoso que había invitado —estafado, según ella— a media docena de colegas algo menos famosos a invertir sus excedentes en las promesas de cierto esoterismo comunitario y piramidal que, al parecer, sólo se habían cumplido para él, que había inaugurado el proceso, y para el par de amigos del barrio que lo habían acompañado de entrada en la aventura.

No sé cómo llegué al borde de la pileta. Sé que me saqué las antiparras y me las calcé en la frente y en el andarivel de al lado, casualidad, ironía sublimes, vi a mi rabino amigo que se hundía y afloraba en el agua con su inconfundible regularidad, a la vez vertical y lanzado hacia adelante, y aprovechaba uno de sus despuntes periscópicos para volver apenas la cabeza y dirigirme lo que interpreté como una sonrisa de saludo. Dos días atrás, viéndome terciar, sentado en el borde de la pileta, en el litigio entre el dispositivo y las antiparras, con los auriculares ya puestos, el rabino me había preguntado si no tenía miedo de intoxicarme escuchando noticias debajo del agua. Me reí. "No soy tan enfermo", le dije. Le expliqué que el dispositivo no tenía radio, sólo la música que uno le cargara. Decidí hacer un largo más —"volver", según la jerga— y, en caso de que la interferencia persistiera, dejar el dispositivo en el borde opuesto, de donde me resultaría cómodo recogerlo cuando terminara de nadar.

Estaba volviendo cuando sucedió. El debate radial se había aplacado, como si lo hubieran mudado a la habitación de al lado, y por un agujero estrecho pero luminoso, de labios sangrantes, parecido al que abre en un cielo de tormenta el sol con su chorro de fuego, me llegó la voz de Carla. Una frase incompleta, embalada entre puntos suspensivos, como esos objetos delicados que envuelven entre almohadones inflables y luego de sobrevivir a un viaje largo y accidentado caen en manos de un par de niños enérgicos que los destrozan. "... había estado todo el tiempo ahí, a una cuadra de distancia, sin moverse del barrio, y lo más desquiciado era que...". Más que dicha por Carla, en realidad, llegaba ya *escuchada*, captada, raptada por el radar que, luego de registrarla, se la había trasmitido a Savoy, que la recibía con la misma mezcla de entusiasmo y decepción con que recibe una inteligencia enemiga los mensajes que interfiere. "Ahí está todo", pensé. Porque acababa de llegar al otro borde de la pileta y volvía a poder pensar. Pero ¿todo qué, si no era nada?

La vi bajar a la playa, sacarse las sandalias y caminar llevándolas en la mano, frenada por la arena, con la tira del talón colgándole de un dedo. Se le cruzaron una pelota, un perro, un niño que perseguía su pelota y su perro, perseguidos los tres por un padre alarmado con el cuerpo a medio encremar. Carla se detuvo apenas para dejarlos pasar y siguió avanzando, mientras Pünktchen se quedaba quieto, como clavado en la arena, mirándolos con reprobación. Se abrazó con su amiga larga, exaltadamente, como festejando algún triunfo muy reciente y angustioso. Después, sin soltarse las manos, fueron hasta la orilla y la amiga señaló algo en el agua. Pero Carla estaba demasiado excitada para prestarle atención, de modo que siguieron hablando así, de la mano, unos segundos, hasta que después de insistir con su imitación —algún reptil amenazante, supongo— sin que nadie le llevara el apunte, Algo terminó de emerger del agua en cuatro patas y se abalanzó sobre Carla rugiendo, súbitamente felinizado, y la abrazó sin hacer la escala técnica de rigor en una toalla, mojado desde el vértice del nido de rastas que era su cabeza hasta la punta de unos pies seguramente perfectos, como pedicurados, humedeciendo sin perdón la tela suave y lánguida de su liviana blusa de verano. Pasó una fracción de segundo, otra, otra más —una fricción de segundo. Otra falsa alarma, probablemente. Pero había que chequear.

Recapitulando: hubo el momento del *frozen* fatal —le dije que la amaba y Carla se quedó de una pieza, muda, sin siquiera parpadear, con el azul de sus ojos congelándome también a mí, que la miraba esperando una respuesta— y durante unos días nada: el silencio espantoso, cargado de polvo y vibraciones, que sucede a una catástrofe. Y después, de golpe, una tarde, las campanas del skype se acuerdan de repicar. Atiendo —si eso sigue siendo atender— y ahí está ella, en un aeropuerto, comiéndose algo mientras espera embarcar. Esa edición, me proponía: su cara congelada en un pico de inexpresividad y, por corte, su boca brillosa, sus manos enchastradas de aceite y una serie de preguntas más bien inoportunas, vacías de toda culpa, todo arrepentimiento, todo romanticismo, sobre lo que había escuchado recientemente en los parlantes del vestuario de la pileta, formuladas para colmo en un estado de impaciencia extrema, como de novia a punto de entrar a la iglesia, cuya causa, me doy cuenta enseguida, no soy yo (vuelvo a no ser yo) sino un aviso, una notificación, algo particularmente urgente que la atrae desde un costado de su pantalla y que no deja de seguir, de chequear de tanto en tanto, en una especie de picoteo de pájaro... Después hay un blanco, o un negro, como quiera que se diga eso en el idioma del cine de la memoria, y lo siguiente que recuerdo es esto: su cara muy cerca, pegada a la pantalla, casi fuera de foco, y ella, con un aire de enigmática suficiencia, preguntándome si no pienso atender. Entonces me doy cuenta de que eso que suena es mi portero eléctrico. Creo que le dije que no, o que no era en casa donde estaba sonando. "Yo que vos atendería", me dijo.

Bajé a recibirlo. Me lo dieron en su blíster transparente, envuelto en una bolsa de supermercado. Carla lo había comprado en una plataforma de comercio electrónico brasileña, rival joven pero pujante de la que yo había frecuentado, que compensaba la pequeñez de su escala con, entre otras cosas, un servicio de rastreo de órdenes de una precisión demencial, sobre todo cuando los usuarios elegían la tarifa de envío más cara. El tipo que me lo entregó no dejaba de sonreír, como si dos minutos atrás hubiera estado monitoreando y gozando de mi desconcierto ante la consola de *tracking* que guardaba en algún lado, tal vez la guantera del Renault 12 en el que había llegado y que, estacionado en doble fila, muy pronto empezaría a recalentar. Su cara me sonó conocida, sobre todo esas matas de pelo que le brotaban de las orejas. Quise ubicarlo y me acuerdo de que pensé en productos, no en personas: un tóner de impresora, auriculares, treinta cajas de cartón corrugado, una de esas lamparitas para leer en la cama que se calzan en la contratapa del libro y quedan encorvadas sobre la página como un pájaro. (Una vez la usé, una sola, mientras Carla se dormía a mi lado. A los diez minutos, derrotada por el sueño que me correspondía a mí, la lamparita se puso a parpadear hasta que se apagó para siempre, y quedó dentro del libro que nunca retomé, convertida en un señalador). "¿Yo no te compré a vos algo antes?", le pregunté, mientras me daba a firmar un recibo con sus huellas digitales estampadas en grasa. "Seguro", dijo, y dio media vuelta y se metió en el coche.

El misterio del congelado no se aclaró. O bien porque para Carla nunca existió, o bien porque lo sepultó de algún modo el regalo del dispositivo, en su doble papel de reparación y chantaje. La piel del amor siempre ha sido sensible al tacto del soborno. Películas inolvidables de los años ochenta ilustraban la evidencia con la operación erótica de vender ("vender", se lee en la libreta) los ojos del objeto de amor, tan alusiva, por lo demás, a la iconografía de la justicia. Yo hubiera podido protestar, incluso indignarme. Estaba en mi derecho. Pero lo preferí así. (Ahora, con esa ternura empalagosa, inadmisible, que nos inspira nuestra propia inocencia cuando la recordamos desde lejos, que ésa no fue la única misión que vino a cumplir el dispositivo. De hecho llegó un par de horas antes de que me despidiera para siempre del Nokia, como si hubiera bajado a supervisar la ceremonia de renuncia. Que por otro lado fue breve, bastante poco ceremoniosa y tuvo lugar en un bar del centro, uno de esos sitios míticos que la sordidez, por alguna razón, nunca llega a empañar, en cuyos sillones de vieja y manchada cuerina roja habíamos intentado besarnos alguna vez con Renée, en otra era, otra galaxia. Fue ahí, menos por falta de opciones, supongo, que para provocarme, donde se le había ocurrido citarse con el ladrón de teléfonos, alias su pretendiente, alias su amante, y fue ahí donde me citó también a mí, que reclamaba ante ella lo que era mío, para recuperarlo por mí mismo. Una escena difícil, que tarda en borrárseme más, mucho más de lo que me llevó abdicar del Nokia. Me acerqué a la mesa (ellos, según pude comprobar desde la calle, llevaban una eternidad en un estado de suspensión animada, hablando y mirándose a los ojos) y Renée, creo que sin mirarme, hizo las presentaciones del caso. Era un ratero cualquiera, quizá algo más elegante que cualquiera. Amagó levantarse, amagó sostenerse la corbata contra la camisa, aunque no estoy seguro de que tuviera realmente una corbata. Me negué a estrechar la mano confiada que me tendió —la misma, seguramente, con la que había raptado mi teléfono para llevárselo a su mundo. No pareció importarle mucho. Sacó el Nokia de algún bolsillo, lo dejó sobre la mesa, apenas unos centímetros dentro de la porción de mesa que me habría correspondido de haberme sentado, y se volvió entero, no sólo la cabeza sino todo él, hombros, torso, incluso piernas, hacia Renée, que lo esperaba con alguna pregunta crucial a flor de labios. Miré el aparato un segundo, sólo para confirmar que era él y que estaba bien. Creo que antes de irme saludé y que al mozo, que se acercaba con la carta de bebidas, no le gustó que me fuera).

Un lago, el que contemplo ahora, por ejemplo, mientras instalo mi puesto de observación detrás de un gran cangrejo inflable color obispo, propiedad, al parecer, de una avara de diez años que no piensa compartirlo con nadie, menos con su hermano menor, que hace de cuenta que puede entretenerse perfectamente con una destartalada pareja de robots mientras rumia un plan para revertir la situación, lo suficientemente lejos del trío (no veo a

Pünktchen) para olvidar el leve estremecimiento de peligro que me persigue desde hace seis días, cuando empecé a seguirla, y lo suficientemente cerca para perderme lo menos posible de todo lo que suceda en la enorme lona hindú que comparten, la pareja de amigos boca abajo, azuzándose mutuamente con toda clase de fintas, cosquillas, estocadas, golpes de karate a las costillas, Carla boca arriba, piernas flexionadas y talones casi pegados a los muslos, con una mano sobre la frente a modo de visera y la otra apuntada al cielo, señalando con un dedo, supongo, la estela blanca, recta, que dejan un avioncito y su piloto, bastante poco imaginativos este domingo. Basta que un lago como éste sufra la helada con que despierta cada mañana para convertirse en una lámina de cristal, una membrana tersa, brillante, alevosa, tan pródiga para atraer al patinador contumaz como para hundirlo, quebrándose sin aviso, al menor paso en falso que dé. Así quedó el terreno con Carla después del congelado. Y yo no quise ser el cruzado entusiasta que lo rajara pisándolo por primera vez. No importa cuánto haya querido pisarlo, cuántas veces y cómo me haya imaginado que lo pisaba; no importan los futuros que haya visto realizados si lo pisaba. No quise. Dejé que todo siguiera así: congelado. Fue quizá lo único que no hice del todo mal en esta historia. La llegada del dispositivo inauguró la temporada de patinaje; las trasmisiones, la del deshielo. No hubo accidentes que lamentar. El lago está aquí, es éste, se llama Schlachtensee, y el sol pega y empieza a hacer calor, un calor real, no el que alucinan los locales pavonéandose con su equipamiento estival, y si no alejo a Pünktchen de esa pinza ese cangrejo tiene los minutos contados.

Le gustan los perros. (No lo leo en la libreta: se me hizo tan evidente en estos seis días que me pareció redundante anotarlo). Los *quiere*. Se nota cuando los toca, cuando les juega, cuando los reta. Pero se nota sobre todo cuando camina con ellos por la calle: el perro puede no estar, pero *hay un lugar en ella para él* —para ese perro en particular, para otro, para un perro cualquiera, para todos los perros. Yo tendría un perro. ¿Por qué no? Es un soborno que no me costaría perpetrar. Hasta ahora no tuve señales de que Carla lo desee, ni siquiera que lo tenga en mente como posibilidad. Vivir a los saltos entre ciudades no es el mejor antecedente para adoptar un animal. Pero supongo que nadie que salta de ciudad en ciudad recogiendo mierda de mascotas de otros puede no imaginarse viviendo alguna vez con una propia. Yo tuve un perro, de hecho, hace siglos: un cocker macho, joven, lleno de energía, que sacudía como una modelo de pelo la larga cabellera enrulada de sus orejas y en tres años de vida y dos dueños distintos (los dos *freelancers* inconstantes, sin horarios) llegó a tener muy pocas cosas claras, pero ninguna tan poco clara como la necesidad, el deber de hacer sus cosas a la intemperie. Yo lo tuve y lo quise. Lo quise mucho no a pesar sino con su tic incontinente y sus intemperancias. Se atrincheraba en el cuarto de servicio, chato como una alfombra bajo una vieja cama rota, mostrando los dientes, y no se movía durante días, dedicado a roer como si fueran huesos los palos de escoba con los que yo trataba en vano de hacerlo salir. Hasta que una tarde, mientras lo acariciaba alrededor de las tetillas, un ritual que siempre nos había encantado, pegó un salto de perro gimnasta y me mordió el hueco de la mano derecha. Ahí se quedó, prendido a la carne, y si no hubiera tenido la boca ocupada en morderme, estoy seguro, por el modo en que me clavaba también los ojos, de que me habría dicho con todas las letras lo mucho, lo irremediablemente que me odiaba.

Es notable cómo éste, Pünktchen, me sigue la corriente. (La niña avara, nada: ni un agradecimiento). Bastó que lo dejara robarme la mitad del *Waffel* para tenerlo más o menos a mi merced, lamiéndome las plantas de los pies —es la única criatura que se atrevería a algo así— y hundiendo el hocico en la arena. Me gustan sus tics —sufre un tipo de Tourette específico de perros, menos coprolálico que el de humanos—, especialmente esa tos que tiene, solemne y profunda, como si se hubiera tragado un diccionario. Me gusta el collar trenzado del que cuelga la chapa con su identificación. Es llamativo, ancho, fácil de agarrar, y tiene un dejo étnico que me conmueve. Ideal como vehículo de mensajes que su cuidadora, por algún motivo extravagante, se viera impedida de recibir de manera directa. El perro como mensajero. A años luz de mis fantasías postales, Pünktchen desenterró el hocico (tenía una medialuna de arena oriental en la punta de la nariz) y después de estornudar dos veces me miró fijo, con esa atención un poco amenazante que muestran los perros cuando esperan algo. "No tengo nada", le dije abriendo los brazos. Vino más cerca, arrastrándose como un soldado. Seguía con los ojos clavados en mí, como si yo fuera lo único que existiera en el mundo. Busqué en la campera que usaba de lona y una por una fui mostrándole, y él descartando, las cosas que encontraba en los bolsillos: un boleto de subte, un puñado de esos espantosos centavos alemanes, el envoltorio de una barra de cereal, un arrugado ticket de compra de un autoservicio chino de Buenos Aires, un botón (con su rebarba de hilos azules), la tarjeta magnética del hotel. "¿Ves?", dije: "Nada". Pero en el bolsillo del pecho, arrinconado por la billetera, di con el *fortune cookie* que me había llevado de la recepción del hotel el primer día y Pünktchen, alerta, se puso en dos patas. Se lo di, lo tuvo un segundo en la boca y lo dejó caer en la arena, donde lo olfateó y lamió y, tras estudiarlo una última vez, ladeando la cabeza, se lo comió en dos crujidos. Volvió a mirarme como si nada. Le mostré el mensaje. Le interesó más la porción de arena donde había estado la galleta y se puso a olfatearla. El mensaje decía: "*You will have some good news from a loved one soon*".

De joven me impresionó mucho una película. Era el segundo o tercer tomo del decálogo de un director polaco que terminó en París, filmando pomposos largometrajes promocionales para la Unión Europea. Recuerdo en especial una escena de sangre: un taxista era asesinado por su pasajero en las afueras inhóspitas de Varsovia. O quizás era al revés: el pasajero era asesinado por el taxista. Da igual. El verdugo, en todo caso, nunca antes había matado, no sabía matar y la víctima, a su vez, no tenía ninguna intención de morir, mucho menos asesinada. Todo se veía amarillo en la película, como velado por el plástico sucio de las bolsas de suero, y duraba muchísimo. Duraba esa eternidad torpe, trabada, de cuerpo a cuerpo sórdido, que a menudo dura el choque entre una persona inexperta y otra reticente que comparten, sin embargo, un mismo gusto por la obstinación. Me acuerdo de que intervenían —en este orden— una soga, un palo o una barra de metal, una manta a cuadros probablemente soviética, una piedra, por fin, y que aunque la secuencia se me proyecta en tiempo real, sin cortes, la interrumpían en realidad planos de caballos, trenes, zanjas, perros vagabundos, digresiones circunstanciales que la mesa de montaje podría haber hecho desaparecer, como la del pie de la víctima contrayéndose junto al pedal del freno y perdiendo su zapato, pero que reforzaban la brutalidad del crimen. Polonia. De pronto, sin pedirme nada a cambio, una película me recordaba lo que las demás se empeñaban en hacerme olvidar: lo difícil que es matar a alguien. Con los seis días de experiencia que tengo en la materia, yo diría algo parecido de seguir a alguien, ese otro pasatiempo del cine, menos sangriento pero tan característico, tan mal retratado, como el duro arte de matar. Más allá del abc que enseñan las películas, rudimentario pero veraz y sobre todo feliz, porque en el cine no hay seguimiento que no conduzca a algo, aunque más no sea a la estúpida verdad epifánica que el héroe que sigue ni siquiera sabía que buscaba, no sabemos nada sobre el asunto. No tenemos idea de cómo es, cómo se hace, qué recaudos habría que tomar, y de buenas a primeras *tenemos que* seguir a alguien. No hay nada más alejado de nosotros que eso, pero nuestra vida está en juego.

Yo supe que estaba en juego mi vida la primera vez que volví a ver a Carla. Era también mi primera vez en el Ritz, donde llevaba un cuarto de hora montando guardia. Tenía la taza de cappuccino en el aire, a mitad de camino entre el plato y la boca, cuando salieron del departamento, Pünktchen primero, con su aire de caballero atolondrado y su chalequito escocés, rémora del invierno que seguramente persistía por razones estéticas; después apareció Carla, mal abrigada con una campera deportiva azul brillante, las piernas perdidas en uno de esos pantalones amplísimos que usan los amantes de los zancos. Estaba rozagante, como siempre, y recién bañada. Del gorro de lana se escapaban dos mechones de pelo mojados que le cruzaban los costados de la cara hasta los pómulos. Como siempre, salía a conquistar el mundo, aun cuando fuera a la esquina a buscar leche de almendras y pasear un poco al perro, como finalmente hizo. Juro que en ese momento dejé de sentir mi mano. Dejé de sentirla como mía, como una mano, y la taza cayó y tuvo la deferencia de partirse en dos pedazos limpios contra la mesa. Un desastre con suerte: le dio la razón a la francesa loca, que ya antes del accidente patrullaba el café gruñendo, y la alivió y hasta enorgulleció, y a mí me dio la pátina de prestigio que volvería a sentir cada vez que pusiera de nuevo los pies en el lugar. Hubo un único daño mayor, con el que tuve que cargar el resto del día: el toque de psicodelia triste que las manchas de café dejaron en mi remera.

Para cualquier profesional, supongo, seguir a Carla las cinco cuadras que la seguí esa primera mañana —incluida la escala en el canil del parque, un perfumado chiquero que Pünktchen pisó para descargar su ofrenda ("caga como los conejos", comenta mi libreta) y del que huyó pegando un salto, cosa rarísima en un salchicha— habría sido un juego de niños, uno de esos ejercicios de primer año de las escuelas de detectives por correspondencia cuyos avisos —impermeables Bogart, anteojos oscuros, narices rotas a la Dick Tracy— embellecían las revistas de historietas que robaba de chico. Un recorrido acotado, a paso humano (a lo sumo perruno) y con una tasa de imprevistos nula de no ser por el roce del hocico de Pünktchen con la fragante vulva de una vecinita encantadora, abortado por los reflejos rápidos de sus respectivas cuidadoras. En cuanto a mí, después de meses de conformarme con adorar a su doble digital, redescubrir el original del que me había enamorado era una bendición, un bálsamo suave y generoso, como las drogas que a esa misma hora, dos estaciones de subte más al sur, seguían haciendo bailar gente en plantas eléctricas recicladas.

Todo sucedía con la fluidez del sueño, del bueno, el sueño que no hace más que avanzar. Pero en un momento, como sucede también en los sueños buenos, que son elípticos, la distancia se alteró y me vi frente a frente —es un decir— con Pünktchen, que parecía muy interesado en mis zapatones de nieve (lo único que me sonó berlinés de todo lo que guardaba sin usar en un armario de Buenos Aires), mientras Carla, de espaldas a nosotros, estudiaba acuclillada la vidriera de un negocio de lámparas, de cafeteras, de zapatos usados, de juguetes de madera, de libros infantiles antiguos. En el sueño yo estiraba un brazo —ese ademán fascista que la escuela primaria llamaba *tomar distancia*— y la tocaba. En el sueño Pünktchen ladraba o tosía y Carla se daba vuelta y todo se hacía pedazos. En el sueño, amparado por la ley, un ciclista aceleraba para atropellar a Pünktchen —cuya cola ocupaba de manera ilegal un tercio de bicisenda—, tentativa que yo frustraba rescatándolo a último momento, justo cuando Carla desviaba los ojos del viejo mapamundi luminoso que el dueño de la tienda acababa de prender y se volvía y... Procrastiné (y el verbo, como una página de prosa, me transportó a un pequeño pueblo de provincia, un pueblo a orillas de un río, alguna vez habitado por indios de ficción). Ya soñaría el sueño cuando fuera la hora, acostado en mi camita de estudiante de provincias del hotel de Moabit que me hubiera gustado que se llamara Savoy.

Mucho pedir. Así que di media vuelta y rogué que Pünktchen me ignorara como me había ignorado hasta entonces, todos y cada uno de los minutos de su existencia rastrera, y fui como en puntas de pie a esconderme detrás de una camioneta de la que dos hombres de blanco, como viejos heladeros, descargaban heladeras.

Fue la primera lección y la aprendí rápido. La distancia entre seguir a Carla y sucumbir a su influjo era lábil, frágil; se dejaba alterar con facilidad, sensible como era a los estímulos del exterior, el aire, la luz, la luz en su cara que empezaba a arrebatarse por el ritmo de la marcha y la obligaba a entrecerrar los ojos, a sonreír sin darse cuenta, el aire, el modo en que cierto movimiento específico —retirar el ruedo del pantalón de debajo del zapato, por ejemplo, cosa de no seguir pisándoselo— le marcaba una línea secreta, sólo visible para mí, y sólo gracias a ese gesto, en la parte interior del músculo del brazo. Descubría que seguirla era ponerme a prueba de un modo particular. Me imponía una disciplina, una especie de ascesis dura, cruel, en la medida en que exponía ante mí, flagrante, lo único que debía estarme vedado, el único objeto capaz de empujarme a traicionarla, sin imponerle a él, que era la causa de todo, nada, ninguna restricción, dejándolo libre, suelto, impune. Hay, algo de monje tiene que haber en el que sigue a otro para que su misión no naufrague del todo, vigilancia, abstención extremas, una castidad firme —porque la menor debilidad puede serle fatal— pero no absoluta, como es en cambio cuando el objeto es retirado de su vista, porque si fuera absoluta sofocaría también el impulso, la curiosidad, el afán sin los cuales sería imposible perseguirlo o sólo se lo perseguiría superficialmente, dejando escapar detalles esenciales. Nadie podía seguirla como yo, porque nadie tenía más razones que yo para no seguirla sin fracasar.

Sí, todo era cuestión de distancia. Salvo quizás un caso, que yo nunca había considerado bajo esa luz hasta que fue demasiado tarde, años de ver merodeadores, detectives privados y maridos celopáticos siguiendo gente en pantallas de diez metros por cuatro no me habían preparado para el problema capital: cómo mantener la distancia justa. Y eso por la sencilla razón de que pasaban por alto el estatuto nuevo, radicalmente desconcertante, que adquiere la presa por el hecho y en el momento mismo de ser seguida. Ahí está ella, efectivamente, moviéndose en lo que cualquiera llamaría el mundo, dando por sentado desde luego que, puesto que compartimos las calles por las que caminamos, los árboles que dejamos atrás, los regueros de vidrio roto que sembró a nuestros pies una trasnoche alocada, es el mismo mundo en el que nos movemos nosotros, que vamos tras ella. Y sin embargo, nada más equivocado. No es el mismo, por incongruente que suene. Todo lo que el mundo de la presa comparte con el nuestro lo comparte sólo a primera vista, a modo de anzuelo, para producir esa ilusión de reconocimiento sin la cual nos sería imposible seguirla. Calles, árboles, regueros de vidrio roto: captamos esos elementos como quien capta los signos que nos orientan en una representación, y así los interpretamos y nos resultan útiles. Todo parece igual, una sola y misma cosa, un solo y mismo universo. Pero basta prestar un poco de atención para detectar la frontera que separa a uno del otro, frontera invisible, un poco irrisoria —como los famosos campos magnéticos que en las viejas series de ciencia ficción justificaban toda clase de imposibilidades inverosímiles—, pero que nadie que siga a alguien osará atravesar, que observará y preservará, en realidad, como la defensa última que lo separa de la catástrofe. Era en el sueño, en especial en esos sueños realistas donde vemos a personas que amamos y conocemos bien ir y venir como de costumbre, cada uno con su cuerpo particular, su manera especial de moverse, su estilo, y los vemos caminar, quizá reírse, vaso en mano, entre decorados que nos resultan familiares, envueltos en músicas que podríamos tararear, y decir cosas que creemos haber escuchado, uno de pie, otro sentado en el brazo de un sillón, otro apoyado contra el pecho que ama, y mientras todo eso sucede y sucede ahí, al alcance de nuestra mano, mientras vemos a toda esa gente actuar para nosotros esa sencilla secuencia de realidad consumada, no hay un segundo, uno solo, en el que olvidemos la ley de la que pende todo eso que vemos: la secuencia persiste sin disiparse sólo porque nosotros, que la soñamos, estamos imposibilitados de intervenir en lo que soñamos —es en los sueños, no en el cine ni en el escenario, donde se aprende verdaderamente a seguir a alguien.

Así que después de insertar el mensaje entre el cuello de Pünktchen y su collar, abrí la libreta y anoté: "*You will have some good news from a loved one soon*". Se me ocurrió que era lo último que escribiría. Nada mal para terminar. Como el dispositivo, la libreta —y todo lo que tenía adentro— sólo tenía sentido si seguíamos separados. Busqué el tacho de basura más cercano. En medio del paneo me topé con los ojos de Pünktchen, suplicantes, con ese velo como submarino de las cataratas. Parecía esperar instrucciones. El mensaje le asomaba bajo el collar como un jirón de cuello de camisa. Hice chasquear los dedos de una mano mientras lo ahuyentaba con la otra. Pünktchen giró medio cuerpo, creyendo que le había tirado algo para que me lo trajera de vuelta. Sí, le tiraba mi vida, mi pobre media vida, para que me trajera la otra mitad y me devolviera entero, eterno. Lo alcé —era liviano y mórbido como un juguete de caucho—, lo di vuelta en el aire, lo posé en la arena de cara hacia la lona hindú, donde Carla se encremaba las manos y —"Andá, llevale el mensajito a Carla, vamos", susurré. Inmóvil, volvió a girar la cabeza y a mirarme, como si no se sintiera a la altura de la misión. "¡Allá!", le grité, y le cacheteé un anca —suponiendo que los teckels tengan ancas. Salió disparado como una bala, una bala blanda, de dibujo animado, de ésas que no llegan muy lejos. En el camino se topó con el cangrejo inflable. Lo olió, se reconoció, trepó como pudo a la pinza (la misma de antes, que empezaba a desinflarse) y se acomodó, dispuesto a una sesión de pensativo sopor.

¿Encremarse? ¿Con los rayos de esa tristeza de sol? Qué exageración. Más teniendo en cuenta el grado ridículo de peligro que podía correr esa espalda, sembrada a lo largo y ancho con panes de un vello tupido, largo, extrañamente lacio, tan largo y lacio que —llegaba a verse incluso desde donde yo estaba— hubiera podido peinárselo. Porque fue ahí, en la espalda del chico de rastas, en esa espalda simiesca que no la necesitaba, donde las manos de mi holandesa procedieron a esparcir la crema que antes —delicadeza extrema, inmerecida— había entibiado frotándola entre sus palmas. Partían de los riñones, las manos, subían juntas y a la altura de los omóplatos se separaban, como hermanas cómplices que la vida lleva por caminos distintos, y cada una trazaba un semicírculo en su mitad de espalda y luego volvían a bajar, y el dibujo general, "tomando distancia", era el de una especie de mariposa, con la vertical de su cuerpo alargado subiendo en el eje de la columna vertebral y sus dos alas desplegadas a los costados, anchas arriba, en los omóplatos, adelgazándose más abajo, cuando las manos volvían al punto de partida, o el de dos orejas grandes, deformes, muy separadas de la cabeza, a ambos lados de una cara flaquísima. A veces, me daba cuenta, yo hacía eso a propósito: desenfocaba la imagen y la dejaba vaciarse, sintetizarse en líneas, formas, movimientos gratuitos, que no significaban nada o aludían a mundos remotos, que me distraían o no me afligían tanto. Todo para refrenar el impulso de correr y meterme en la escena que veía. Una artimaña de desesperación infantil, de niño hundido en el tedio de un viaje de vacaciones interminable, atrapado en un coche, agotadas ya todas las tácticas —lectura, sueño, golosinas, canciones, vandalismo— para abreviar el paso del tiempo y los kilómetros.

Es la única razón por la que me dará pena deshacerme de esta libreta. No voy a extrañar lo que anoté. "Alimentando patos a orillas del canal". "La mano del bicicletero en su hombro". "Cruza el puente mirando el celular". "Se sienta en el subte siempre al revés, en el sentido contrario a la marcha". Cualquiera de esas cosas podría haber sido anotada por cualquiera. Ni siquiera está bien observado; es literal; conserva demasiado —pese a su insipidez de informe de espía, o quizá por ella— esas ráfagas de vida ajena que quisiera olvidar, haber olvidado ya. Los dibujos, en cambio... Más de una vez abrí la libreta para anotar algo, una de esas nimiedades que la ilusión o el rencor nos convencen de que son significativas, y descubrí que mi mano se iba, se perdía, como los perros cuando los desvía el olor de un rastro, y se ponía a dibujar líneas, flechas, formas, un garabato espontáneo, sin causa aparente y sin finalidad, indiferente a cualquier intención figurativa. No eran nada. Eran tan nada como las flores, los nudos, las espirales, los ochos acostados, las estalactitas que nuestra mano hacía por nosotros mientras hablábamos por teléfono en el dorso de un volante, la cuenta del diario, el recibo de la tintorería. Otro automatismo ensoñado que abolía la telefonía inteligente. Eran nada pero después, tirado en la cama del hotel, con las piernas doloridas, amodorrado por el rumor del televisor, los miraba de nuevo y, gratuitos como eran, incapaces de dar un paso más allá de la libreta, el único lugar del mundo donde tenían una razón de ser, les encontraba algo nuevo, no un sentido sino una voluntad, una determinación propias, las mismas, sin duda, que habían apartado mi mano de la escritura para entregarla al mamarracho, pero que ahora, con la llegada de la noche, cuando todo lo que el día había ofrecido vivir ya había sido vivido, parecía perder cierto pudor y mostraba lo que en verdad había hecho, lo que había estado haciendo mientras fingía pavear con todas esas flechas, rayas, círculos: un retrato. El retrato de lo que había visto durante el día, ese día que se iba en una versión abstracta, sinóptica, sintética, tan fiel y tan irreconocible como el retrato que da de nuestro corazón un electrocardiógrafo. Estaba todo ahí, a la vez conservado, porque mirando esos borrones veía también a Carla bajando las escaleras del subte con la bicicleta a cuestas, comiendo un shawarma en el andén, leyendo al sol con Pünktchen a sus pies, y en cierto modo desnudo, despojado de todo elemento de vida, limpio, como se dice que queda limpio un hueso al que se le ha quitado hasta la última hebra de carne. Fue ese truco doméstico, precario, que reducía movimientos a vectores, traducía paisajes a borrones y hacía brotar mariposas y orejas de lo que no era más que piel, piel y pelos, piel y pelos y las divinas manos forasteras de Carla, el que de hecho me salvó en la pileta.

Porque fuimos a la pileta en Berlín. No podíamos no ir. Digo fuimos: el plural es bien plural: había cientos de personas esa tarde en la pileta de Berlín —feriado, vacaciones escolares, alguna calamidad por el estilo—, más el grupo compacto formado por Carla y sus *jeunes garçons en fleurs*, más la amiga que se sumó al grupo después —la misma del lago, por otra parte, que ahora, ausente sin aviso, permite esta desagradable y sobre todo gratuita sesión de blindaje antisolar—, más yo mismo, retrasado por una diligencia de último momento, la compra de la malla que recién me di cuenta de que necesitaría al ver el slip turquesa del nadador ploteado en la puerta de la pileta (que era automática, como me señaló de bastante mala manera la señora que me vio empujándola cuando salía). Es la malla que tengo puesta ahora: negra, abrasiva al tacto, recorrida por esas costuras que pican como hormigas, una de esas prendas vulgares que la emergencia obliga a pagar tres veces lo que valen, que nos juramos usar esa sola vez y descartar apenas podamos y terminamos llevando siempre con nosotros, incluso atesorándola, aunque ya no la usemos, como un *souvenir* o un trofeo. Dudo que sea mi caso. El mismo tacho de basura que se tragó el dispositivo, el mismo que tarde o temprano se tragará esta libreta, se tragará en algún momento de las horas que hagan falta (no tengo apuro, no ahora), cuando vuelva a la ciudad, con el pómulo húmedo de Carla, que habrá llorado un poco contra mi hombro, esta malla horrenda que un empleado en el fondo bastante amable —dadas mi ineptitud lingüística y mi apuro— se las arregló para entender que necesitaba, aceptó levantarse de su puesto para ir a buscar (qué mal trago para los demás integrantes de la cola el cartel que colgó de la ventanilla, supongo que con la leyenda "ventanilla cerrada") y extrajo de la gran caja de cartón donde dormía entre otras, envuelta en una nube de humedad.

No fue grave. Y puede que esta malla fea y ordinaria que me pregunto ahora, frente al lago, tiritando de sólo mirar a esos dementes que entran en el agua a las zancadas, si no me terminaré poniendo, sea la mejor, la más apropiada, la única que el fantasma que debo ser aceptaría. Nada era grave, en realidad, salvo la súbita hostilidad que parecía ser la tónica del mundo, en especial de molinetes, tarjetas magnéticas, expendedores de boletos, botones, cajeros, mi poco tonificada memoria y demás dispositivos encargados de franquearme o vedarme el acceso a algo cuando más lo necesitaba, es decir, cuando los tobillos de Carla se alejaban más de la cuenta. La habría perdido de vista de todos modos poco después, cuando, traspasados los molinetes, el flujo de público se abriera como una lengua bífida y las mujeres fueran hacia el vestuario de la derecha y los varones hacia el de la izquierda (distinción o prudencia que no parecía regir en el sector nudista del lago, según lo poco pero explícito que se alcanzaba a ver desde mi posición). Enfilé pues con los míos, dos adolescentes con la cara poceada y labios turgentes que se apaleaban mutuamente con sus mochilas.

Distraído por la cuestión de la malla, por la estela de Carla, que se me iba, había pasado por alto lo primordial: la pileta a la que entraba era alemana. Todo un mundo de reglas, usos y costumbres desconocidos se me vino encima, hermético, en ominosa letra gótica, cuando entré y me recibieron las ráfagas de aire caliente, el estrépito de los niños saltando en los bancos, metiendo la cabeza en los secadores de pelo como si fueran cascos. Y los zapatos: el archipiélago de zapatos que se extendía por el piso. La exposición universal del zapato. Estuve a punto, pero no llegué a desesperar. Se me ocurrió una idea y la seguí: hacer lo mismo que hicieran los otros, los locales, un ardid que me había traído de un viaje a Santiago de Chile. Estaba en un piso doce del barrio Lastarria, hablando por teléfono, cuando me pareció que las copas colgadas cabeza abajo en la cocina empezaban a rozarse y tintinear y que la mesa a la que estaba acodado se mecía. Salvo usar el ascensor, todo lo demás —quedarme bajo el marco de una puerta, esconderme debajo de la mesa, bajar por la escalera, no moverme—, gritado por el instructor indeciso que me había tocado, sonaba idóneo y sospechoso, como todas las soluciones oídas en el cine cuando las escuchamos en el contexto real. Ni siquiera me daba cuenta de lo básico, si era un terremoto o un temblor. ¿Cómo saber qué hacer? Ellos deben saber, pensé. Ellos: los chilenos: todos los que no eran yo. Me acerqué a la ventana: daba a uno de esos patios de comidas ajetreados, con fuentes de agua y jirones de música funcional. Tragos, almuerzos, mozos apurados, gente de traje abrazándose. Todo el mundo seguía en lo suyo. Yo seguí en lo mío. Me acoplé a la pareja de chicos belicosos, me saqué los zapatos —mi grano de arena para el archipiélago— y me dejé llevar por un luminoso laberinto de *lockers*. No sé cuántas veces habré hecho el ridículo. Muchas, seguramente, todas asociadas con la premura torpe, agravada por el disimulo, con la que nos mimetizamos con los otros para pasar inadvertidos. Me resarcí cuando le presté a mi vecino la moneda de un euro que buscaba en vano para cerrar su *locker*. Hazaña encomiable pero breve. Volví a hocicar diez minutos después, cuando descubrí en el beneficiario de mi crédito al más tímido (no el menos efusivo, curiosamente) de los *jeunes garçons en fleurs* con los que Carla se había dado cita en la pileta.

¡La pileta! Quedé tan aturdido que ahora todo se me confunde. Había una pileta abajo, creo, irregular, llena de puentecitos y cascadas y un largo tobogán de metal que salía al exterior, dibujaba un par de rulos en el aire y volvía a entrar, escupiendo chicos que caían al agua en una nube de alaridos. Una escalera helada, sembrada de charcos como trampas. Arriba, una pileta baja (donde chapoteaban los niños que no cabían en la de abajo), la pileta para adultos, olímpica, con sus dos trampolines y, al costado, una serie de piletones o bañaderas grupales que ofrecían agua caliente, agua salada, burbujas, escarceos de pies adúlteros disfrazados de roces accidentales. La libreta, en todo caso, dice poca cosa de lo que vi y algo más, tal vez, de la impresión que me causó lo que vi. Todo es mancha, líneas que giran sobre sí mismas, verticales que se tachan unas a otras: una especie de torneo de torbellinos sin ganadores a la vista. Vuelvo a mirar las páginas y siento el mismo frío glacial que sentí cuando me di cuenta de que tendría que encontrar a Carla, y tenerla al alcance de la vista, en medio de esa muchedumbre. Que se me entienda bien: no era sólo el miedo de no encontrarla, de no poder ver, de ser humillado por todo lo que no veía. Era el miedo de quedar al descubierto: la posibilidad de que en medio de ese tráfico de cuerpos de toda edad, tamaño, raza, quedáramos de pronto frente a frente, ella con su malla deportiva entera roja —mi preferida—, yo con la mía, este adefesio comprado de apuro, y...

Pero había también columnas en la pileta, anchas columnas de azulejos blancos que aproveché para derivar con sigilo hacia un costado y sentarme por fin, exhausto, cuando todo no hacía más que empezar, en una especie de banco redondo, azulejado también, al lado de un chico que jugueteaba tristemente entre dos piernas flaquísimas con los cordones de su malla. Desde ahí, con la claridad rencorosa que da el haberse autoexcluido del mundo observado, no tardé en verlos, como si sus contornos fueran de neón y brillaran en la selva de cuerpos que crecía a su alrededor. Carla, saltando excitada pero en cámara lenta, como se salta en un elemento líquido, arrojaba algo al agua, algo pequeño y lo suficiente estúpido o precioso para que su corte de admiradores se sumergiera a buscarlo, esperanzados por la promesa de una retribución que no podía sino ser carnal. La escena era de una puerilidad insultante, y ahora el chico a mi lado lloraba en silencio, balanceando las piernas en el aire, y mientras lloraba alzaba los ojos con disimulo y los dirigía hacia el sector de la pileta donde chapoteaban las razones de su pesar —una madre distraída, un hermano mayor sádico, un padre absorto en los planes poco castos que le inspiraban las atléticas ninfas de su derecha. Hubo diversos juegos inocuos, pruebas que el séquito aceptó y sorteó sin otro perjuicio que un mechón de flequillo mojado metido en un ojo, agua de más en la nariz, calambres en el arco de un pie, la llave del *locker* perdida en el fondo de la pileta. Hubo conatos de carreras, figuras subacuáticas de colonia de vacaciones (tirabuzón, mortal atrás, clásicos de la retórica exhibicionista) y hasta un rapto de fatuo ornamentalismo que un bañero íntegramente vestido de rojo no tardó en abortar —los trampolines no estaban habilitados. Sé que todos esos pavoneos tuvieron lugar pero yo no los vi, cegado como estaba por la rápida rabia con que mi dedo pulgar, ya sucio de una página anterior, los difuminaba en las páginas de la libreta, convirtiéndolos en manchas, sombras confusas. Los desflequé, los deshilaché, los reduje a puras masas de cosas que confluían, se entrelazaban y repelían en la arena inestable de un agua que no toqué, que me daba terror tocar, pero en la que no dejaba de imaginarme zigzagueando entre piernas ajenas, de incógnito, como un pez joven y entusiasta, hasta emerger de pronto junto a Carla, vertical, en modo delfín, y poner las cosas en su lugar de una vez. Entendí el alivio, la serenidad precaria pero efectiva que siente el pintor cuando interpone entre él y el mundo la pantalla de un garabato que dice reproducirlo pero sólo lo conjura.

No era una linda imagen, convengamos. Puedo imaginar una docena de escenas más estimulantes que la de un pálido cincuentón en malla bocetando su desesperación en una libretita de tapa blanda en una pileta pública berlinesa. No lo era tampoco para mí, que la daba y era consciente de que la daba en el momento mismo en que la daba, en especial en ese fugaz trance epifánico en el que el niño llorón, probablemente harto de no encontrar respuestas a su llanto en los responsables de causarlo, se volvió hacia mí, hacia mi lado, más bien, y al toparse con mi imagen desoladora dejó de llorar en el acto, saltó al frío piso de azulejos y se fue corriendo a la pileta baja, con esa euforia amnésica de la que sólo gozan los niños y las mujeres sagitarianas. Con todo, la imagen tenía una ventaja: pasaba inadvertida. Gigantescas pelotas inflables iban y venían como proyectiles de una guerra cósmica, racimos de chicos se perseguían entre las columnas, patinando largamente sobre los charcos, tropezando con las patas de rana, los *snorkels*, las manoplas dispersas en el piso como trampas, y no mucho más allá, en algún banco vecino, familias arropadas en toallas húmedas desenvolvían manjares recién hechos, cortaban naranjas, pelaban bananas. Si no lo hubieran amordazado la ansiedad, el miedo a delatarse, el afán de tener a Carla siempre en la mira, aunque más no fuera para, una vez localizada en el caos, esfumar su figura deliberadamente, el comparatista salvaje que se debatía en mí habría sacado conclusiones jugosas de esas dos interminables horas de pileta alemana. Algo, una promesa módica llegó a gotear de todos modos en la libreta. "Afuera del agua", leí que había escrito esa noche en el hotel, sin haber nadado un metro pero con las piernas y brazos adormecidos por el cansancio, mientras esperaba el último skype fraudulento con Carla, "la lección es la misma que adentro: todos saben lo que pueden y no pueden hacer, y ese límite invisible es lo que separa el desorden calculado del azar intolerable".

Había un solo andarivel y estaba saturado de nadadores, como era natural. El resto era tierra de nadie, un infierno sin ley, una encrucijada de avenidas con todos los semáforos descompuestos. Eso dentro del agua. Afuera... Bastaba que algún provocador amagara con saltar la cinta peligro que acordonaba los trampolines para que el bañero de turno lo interceptara con cara de matón. Pero quince minutos después, llegada la hora que la agenda del día preveía para saltar, el mismo provocador, lanzado en bomba desde el trampolín más alto, podía caer a cinco centímetros de un nadador incauto y nadie tenía nada que reprocharle. Los reprochables eran sus víctimas potenciales, el viejo lento, la dulce sirena estilizada —Carla misma, sin ir más lejos, a quien vi maravillado abrirse paso entre la marea de boyas humanas sin rozarlas jamás, como guiada por un sexto sentido de náyade—, que habían olvidado que, a cierta hora de la tarde —marcada por dos relojes enormes, idénticos—, un cuarto del total de la pileta pasaba a ser territorio exclusivo del gremio de los clavadistas. Lo mismo con la comida. Nadie ponía el grito en el cielo si en ese entorno aséptico y resbaladizo, como de morgue mojada, una familia destapaba una de esas loncheras *king size* diseñadas para abrirse y apestar intemperies a la sombra de plátanos centenarios. Pero bastaba que algún hijo, apurado por volver al agua, dejara caer un resto de pan, una lonja de fiambre roída, una cáscara de mandarina, para que sus propios padres o incluso sus hermanos menores —carne de cañón de la policía civil invisible— lo lapidaran en el acto.

Esa noche, cuando nos encontramos en la pantalla (más de una vez debatimos la cuestión, pero nunca llegamos a ponernos de acuerdo si era una o dos), me dediqué a interrogarla sobre "su día". Dudo que notara las comillas, pero algo debió alertarla o sonarle raro, tal vez la mezcla de exhaustividad y *nonchalance* del interrogatorio, porque contestó las preguntas con una sonrisa, tomándose todo el tiempo del mundo, y hasta con un dejo de coquetería que me reconfortó, a tal punto, agotado como estaba, me sentía lejos de merecerlo. Fue el único placer que pude sacar de un día atormentado (descontando la toalla que le escondí en las duchas al mismo paje de Carla a quien le había prestado el euro, que me olvidé de reclamarle, y el frasquito de shampú que otro del séquito acababa de dejar destapado en el piso, que volqué al pasar cacheteándolo con la cara externa de mi pie derecho). Era hermoso, al cabo de un día sufrido, tenerla así en mi poder, sabiendo antes, mejor que ella, cuál era su camino de salvación y cuál el de su condena. Era un poco como volver a ser profesor, estar de nuevo en una mesa de examen y desde esa especie de cima miserable, adornada de condescendencia, paladear el horizonte bífido del examinado, los aciertos que lo acercaban al triunfo, los pasos en falso que lo hacían desbarrancar. Carla no falló nunca. Dijo toda la verdad, toda la visible, al menos, la que yo estaba en condiciones de corroborar, la que mi libreta, a su modo espectral, de distorsión pesadillesca, había archivado. Y yo a mi modo también. Vivíamos en la misma hora, estábamos en la misma ciudad, habíamos ido a la misma pileta. Lo que faltaba era ínfimo: ese trecho absurdo, visible en el espacio pero imposible de creer, que el segundero tiene sin embargo que recorrer para que las cosas sucedan. Las cosas: el amor, por fin, o el estallido de la bomba casera que oculta en su *attaché* el oficinista mal pagado que aceptó llevar, por poco más de lo que pagó por el *attaché*, el paquete que le endosó un compañero de oficina de una timidez patológica.

Hay una cierta generosidad, temeraria pero dichosa, que viene con el cansancio y duele agradablemente, igual que los músculos. Un rato antes del skype, haciendo tiempo en la computadora —dos correos de Renée que pospuse, dos avisos casi *vintage* de una técnica de elongación peneana aparentemente infalible—, había dado en una de esas plataformas de películas con un viejo melodrama inglés que llevaba décadas sin aparecérseme. Lo había visto por primera vez a los doce, trece años, la misma edad, en todo caso, que le tocaba cumplir al héroe de la película en la finca de campo donde pasaba sus vacaciones, rodeado de una familia ajena, perdidamente enamorado, a la vez, de la mujer rica y el granjero brutal para los cuales oficiaba de mensajero clandestino. Una diosa prognática con unos peinados inverosímiles, un rústico sexy, un chico abrumado por el peso de su propia seriedad: mi *ménage-à-trois* inaugural. Me gustó —así, sin pensar ni comparar, con la irresponsabilidad de un salto al vacío, como quien cambia de nombre— dictaminar que en esa historia enterrada acechaba un capítulo clave de mi educación sentimental. La descubrí en la computadora y estuve unos segundos indeciso, jugando con la idea de volver a verla. Pero no tenía tiempo. No me atreví. Preferí *darla*, dársela a Carla. La "proyectaban" —usé la palabra a propósito, sólo para volver a escuchar esa risa condescendiente que adoraba— otras veinticuatro horas más. Carla no la conocía. Me pidió más detalles, en qué época transcurría, que definiera "brutal" o le diera un ejemplo. Me preguntó cómo terminaba.

Pünktchen me mira. "Dale. Andá". Sus ojos parecen piedras brillantes incrustadas en el suelo, moviéndose como lomos de pequeños escarabajos. "¡Dale! ¡Llevale eso a Carla! ¡Vamos!" —y pateo un poco la pinza del cangrejo que eligió para echarse. Desestabilizado, rota sobre su eje, cae sobre la arena y se incorpora sacudiéndose. Y me mira atento, tenso, con ese servilismo irritante que tienen los perros, a la vez de esclavo y de traidor. Oh, sí, tendría un hijo, también. Siempre y cuando fuera igual a Carla: una hija intrépida, enérgica, incansable, que me arrastraría de la mano por el mundo y a la que dormiría noche por medio con cuentos lunáticos, sin pies ni cabeza, improvisados en el incómodo rincón de cama que condescendería a asignarme, y yo me dormiría con ella, un poco después que ella, lo suficiente para gozar unos segundos del espectáculo de su abandono, y ninguna de las obsesiones con las que el departamento reproducción me acosó a lo largo de la vida tendría la menor importancia: ni el pánico de tener una vida ajena entre las manos —tenerla literalmente, es decir: poder literalmente dejarla morir, ya sea por ignorancia, tan inmenso es lo que no sé ni sabré nunca de esa vida, por negligencia o simplemente por agotamiento, para recuperar por fin, después de días consagrados a lidiar con el llanto y el insomnio, esas dos o tres horas despejadas, limpias, todas para mí, todas para las fuerzas diezmadas de mi sueño, que me permitirán resucitar y acudir a su cuna y alzarla y abrazarla otra vez —dejarla morir para amarla de nuevo, esta vez *bien*, no como el espectro harapiento que fui, en el que me fueron convirtiendo ella misma y su llanto y el idioma balbuceante, incomprensible, de sus quejas, un poco en el mismo espíritu optimista y demencial de esa pareja de filicidas que, hartos de las preguntas, las protestas, la curiosidad indiscriminada, las exigencias con que su hija de cuatro años los atormentaba a toda hora, en todo momento, procedieron a decapitarla en la pileta de la cocina, para no ensuciar el piso, supongo, convencidos de que así por fin aprendería—, ni el espanto de una cotidianidad abducida, reglamentada por otro, otro que, al menos durante un buen tiempo, sólo se dirigirá a nosotros berreando, defecando, meándose encima, sacudiendo brazos y piernas sin el menor sentido de la coordinación, todos signos básicos e impostergables al mismo tiempo, de vida o muerte, de modo que un pañal desatendido o la renuencia de un pezón llagado pueden ser fatales como una orden de arresto o un diagnóstico terminal, ni la sensación atroz, de pesadez insoportable, de que esa otra vida que de pronto se adosa a la tuya, embelleciéndola también, naturalmente, y aun proporcionándole toda la felicidad de la que antes carecía, esa otra vida es para siempre, y siempre en sentido literal, en el sentido de cada año de tu vida, cada mes y cada semana y cada día y cada hora y cada minuto y cada segundo de tu vida, siempre, incluidos todos esos extras sagrados, sublimes, que pueda brindarnos el mundo contemporáneo, los sobretiempos de las vacaciones, la plusvalía sensorial de las drogas, la vida suplementaria de las curas de sueño, los tratamientos de rejuvenecimiento, los programas de desintoxicación, todos y cada uno a partir de ahí interferidos, hipotecados o simplemente controlados a la distancia por esa otra vida para siempre —a menos que algo más atroz todavía, algo innombrable, enfermedad, asesino, accidente, se encargue de ponerle fin, en cuyo caso yo —el mismo yo que ahora se acuclilla en la arena, alza a Pünktchen, lo cambia de orientación en el aire y vuelve a posarlo en el suelo, mirando hacia la lona hindú— yo no querría haber existido, yo querría estar muerto.

Allá va Pünktchen, mi Mercurio, con ese andar de muñeco de madera que tienen los salchichas —mientras suena en mi cabeza el repiqueteo que harían sus uñitas al rasguñar un buen piso de roble—, dejando en la arena el reguero de huellas que alguien, más tarde, se detendrá a mirar —las playas, aun las de lago, suelen ser teatros del aburrimiento— y descartará sin siquiera interpretarlas, borrándolas con la planta encallecida del pie. Y un metro antes de llegar a su objetivo, como si la correa invisible de la que tira llegara a su tope, se detiene en seco y se desvía, tentado por los perfumes que le promete un par de zapatillas a medio enterrar. Perro encantador, de paso más bien fugaz por la historia del correo. En la lona, aplastando con sus nalgas, supongo, a una de esas diosas con cabeza de elefante que asustan a niños imaginativos en los restaurantes indios, Carla, sentada en medio loto, trata de incorporarse sin usar las manos, atareadas en eliminar un pliegue molesto de su malla. De pie junto a ella, Encremado considera oportuno, divertido o caballeroso ayudarla y le tiende dos manos flacas, largas, como enguantadas de pelos, que Carla finge evaluar con aire altivo y desecha. Hay alguna vacilación cuando se incorpora, un tobillo que cede, una rodilla trémula, y otra vez las manos simiescas ofrecen su ayuda, ahora con éxito. Así, compensando la zozobra fugaz con la elegancia de un salto deportivo, Carla corre hacia el agua.

Una mujer corre hacia el agua. A veces, no sé cómo, no sé por qué, y hubiera dado mi vida por saberlo, me pasaba que conseguía vigilarla sin apego ni urgencia, como si del hecho de vigilarla, y de las cosas que pudiera descubrir al vigilarla, no dependiera nada, ninguna decisión, ningún futuro, salvo, en el peor de los casos, contrariedades poco significativas como perder una mañana dando vueltas por un barrio cualquiera atrás de una mujer y un perro, sin descubrir nada que pudiera alterar una decisión ya tomada y un futuro conocido. Vigilarla era a lo sumo un error, nunca una tragedia. Y qué alivio, por dios. Qué poco me importaba entonces seguir con mis ojos la dirección de su mirada para ver qué había en esa esquina, ese rincón, detrás de ese cristal, que le interesaba tanto; qué poco saber a quién llamaba, de quién recibía llamados, qué clase de relación la unía a ese enjambre de personas desconocidas con las que sólo parecía rozarse, no importa lo intenso que fuera el rozamiento, y del que esa espalda alfombrada de pelos que acababa de encremar con su técnica deslumbrante era apenas un ejemplo. Yo miraba a una mujer hacer lo que hacía. Punto. Recuerdo en particular una vez: como casi siempre, había dormido mal, me zumbaba un poco la cabeza, sentía el cuerpo entumecido. La vi salir, ir hasta la estación de subte, detenerse un minuto ante la mujer que tocaba de espaldas su instrumento de vidrio y dejar caer unas monedas en un raído cesto de mimbre. La vi viajar de pie (aunque había asientos libres), absorta en su teléfono, que de tanto en tanto martilleaba con sus pulgares infalibles, y bajar, y dudar qué salida tomar, y tropezar, al decidirse, con una de esas amazonas berlinesas cubiertas de ropa, desafiantes, capaces de subirse a un subte cargando al hombro un árbol pequeño en su maceta o una caja de cartón llena de víveres y empujando un coche con mellizos que lloran sin siquiera traspirar, y la vi pedir disculpas, y salir de la estación y echarse a caminar por una avenida amplia, limpia, que un sol inesperado decidió entibiar... Nada que comentar. Y en ese momento de distensión, lejos de la órbita donde sospecha, miedo y ansiedad, viejos compañeros de ruta, seguramente seguían girando, cuando la ficción de creerme fuera de la vida que contemplaba alcanzaba su cima y era perfectamente convincente, el alivio se volvió cristalino, de una nitidez pasmosa, y asistí ya no a lo que veía sino a la idea que lo sostenía, lo alimentaba, lo hacía posible, y esa idea era ésta, la misma que ahora, cuando miro a Carla ir hacia la orilla, me cubre como una sombra: que *en esa vida no hay lugar para mí*, una idea más poderosa y lapidaria que cualquier rival, cualquier amenaza, cualquier imposibilidad.

Va hacia la orilla y en el puñado de metros de playa que recorre todo lo que no es ella, su modo decidido de moverse, el trazo limpio de su contorno, el rojo sangre de su malla deportiva, todo entra en un limbo difuso, todo se borronea y retrocede, intimidado. La amiga vuelve de algún lado cargada de bebidas, pero algo la demora y es como si sucumbiera a una cámara lenta larga, interminable. Encremado está de pie con los brazos en jarra, mirando hacia el lago —hacia la parte de lago donde Carla pronto meterá sin vacilar un pie y luego el otro—, considerando la descarada idea de unírsele. Pero su imagen se aplana, sus bordes se esfuman. No sucederá. Y cuando la playa entera empieza a esfumarse también, envolviendo en esa especie de magma silencioso hasta la última palpitación de la que está hecha, Carla, hundiendo los pies en la franja de arena húmeda, se detiene en vilo, asaltada por un pensamiento de último momento —algo clave, que puede suceder o perderse para siempre en el estallido de un instante—, y gira abruptamente, y al girar sus ojos recorren un arco amplio y la panorámica que trazan pasa por la escollera de cemento, el mangrullo donde dormita el bañero rubio, el enjambre de niños enchastrándose en la orilla, las pelotas inflables, las paletas, las familias que acampan —y pasa por mí, que estoy atrás de las familias que acampan, atrás del cangrejo, con la libreta en las manos y la boca abierta y floja del que asiste a un prodigio, y sigue de largo y cae en Encremado, que ahueca una mano atrás de una oreja. "¿Pünktchen?", pregunta Carla. Encremado mira a su alrededor y descubre el perro al mismo tiempo que yo, mordisqueando la suela de una zapatilla que inmoviliza entre sus manos, como una paloma muerta. "Aquí", señala Encremado, apuntando varias veces el dedo sobre el perro. Carla sonríe, da media vuelta, entra en el agua.

Como si volviera de un mundo mudo, oigo de pronto el chasquido brutal de lonas que flamean y golpean contra postes de madera. Ráfagas de arena me azotan los tobillos. Una gota pega en el centro de la página donde tengo abierta la libreta y se abre en un manchón húmedo con forma de flor, de fruto. Me gustaría pensar que es una señal. Lo pienso —no pierdo nada. Cierro la libreta, la dejo caer sobre el mapa encabritado por el viento y voy hacia la orilla. Recién cuando tengo el agua por la cintura me doy cuenta de que sigo con la camisa puesta, que el sol se fue y que llueve en el sentido de llover, no de hacer señales. Demasiado tarde. Diminuta y redonda, como un alfiler, la cabeza de Carla avanza hacia el centro del lago. Su estela traza una recta negra en el agua gris plomo. Hace frío, me duelen las piernas —en especial una, ya no sé cuál, en ese lugar que mi padre llamaba "el gemelo". Si tuviera un plan diría: tengo un plan: nadar paralelo a ella, manteniendo la distancia, dos cabezas de alfiler abriéndose paso a la par en el Schlachtensee, y apenas vea que se queda quieta acercarme a ella despacio. No se me ocurre un lugar más íntimo que el centro del lago.

Avanzo primero nadando pecho, y aprovecho cada vez que saco la cabeza para comprobar que Carla sigue ahí, al alcance de la vista. Dejo atrás la escollera, me sumerjo para cruzar la línea de boyas y cuando vuelvo a asomar la cabeza tengo un pedazo de planta, de alga, pegado en un ojo, como un parche pirata. Sigo un poco más, manteniendo ahora la cabeza sobre la línea del agua. Veo ya la orilla vecina con sus *ravers* nudistas, sus parrillas que humean, sus parlantes apostados sobre las rocas. Una canoa se aleja, ahuyentada por la lluvia. Envalentonado, cambio a crawl y acelero, pero al tiempo dejo de bracear y paro desalentado, como si el lago no fuera lo que me habían prometido. Estoy solo. No hay boyas, ni bordes, ni andariveles, ni marcas pintadas en el fondo. Busco a Carla. La veo nadar con sus brazadas lentas, regulares. Mi máquina. Mi preciosa máquina holandesa. ¿Y si no se detiene? ¿Y si se hubiera propuesto cruzar el lago a nado? Porque sólo así, de orilla a orilla, pienso mientras floto exasperado, es posible nadar en un lago. Se nada en relación con un límite, y en un lago no hay otro límite que la orilla. Se nada contando. Se nada para contar. Veintiocho brazadas de crawl por cada largo. Treinta y dos de pecho. Extraño la pileta y sus reglamentos, sus laberintos, su dimensión pecera. En el último skype, poco después de que le regalara mi capítulo enterrado de educación sentimental, Carla me había hablado de una pileta de Berlín que tenía abajo, en una pared de la entrada, una gran ventana apaisada que daba al interior de la pileta, por la que se podía ver a los nadadores desde el fondo, en contrapicado, sus cuerpos sin arrugas, flexibles, afanosos, sus bocas escupiendo ristras de burbujas, nadadores vestidos, nadadores que caminan, nadadores sin cabeza... Cruza el cielo un avión y la estela que deja, blanca, es el eco de la que deja mi amada en el agua. Por un momento la pierdo de vista. Tragada por el lago. Puedo imaginarla en uno de sus trances de acrobacia solitaria, hundiéndose hasta el fondo por curiosidad, por el simple vértigo de tantear con los pies la flora que crece allá abajo, ciega. No hay rastros de ella, como no los hay de la canoa que encalla ahora en la costa de enfrente ni del camino que yo mismo tuve que recorrer nadando hasta llegar hasta acá. Hay algo admirable y también inmoral en el modo en que la superficie del agua borra las huellas de todo lo que la toca. Como una piel que se restaurara en el acto, una y otra vez, sin cicatriz alguna, al segundo de ser dañada. ¿Qué tejido tiene ese privilegio? Pero ahí está, ahí asoma la cabeza otra vez y se aparta el pelo de la cara con las manos. Ahora que la hora es una, la misma para los dos, rigiendo lo visible y lo secreto con su ley implacable, ¿lloverá allá sobre ella como llueve acá sobre mí, una lluvia fina, como en diagonal, poco más que una rayadura de agua? Carla mira el cielo, abre los brazos en cruz y se pone a flotar boca arriba. Allá voy.

Hago un cálculo a ojo, sabiendo que voy a equivocarme: en sesenta, setenta brazadas estaré a su lado. Poco más de dos largos de pileta, sólo que enrarecidos, aumentados por la inmensidad, la falta de puntos de referencia en el agua. Podría medir mi avance en función de la costa, esa media luna de arena donde los *ravers* nudistas elevan sus botellas de cerveza al cielo, enardecidos por la lluvia. Pero nadar es lineal y la costa es fractal —toda costa, aun esa pista de baile que pronto será un basural. Lo que parece una distancia practicable, fácil hasta para músculos desoídos como los míos, se vuelve elástica, se dilata y extiende misteriosamente, como si la multiplicara yo con mi nadar, como si en el espacio de cada metro, a la manera griega, apareciera un metro más, y dentro de éste otro, y otro, y otro, hasta que ya no hay manera de medirla. Podría estar nadando horas, todo el tiempo del mundo, y seguiría ahí, frente a la medialuna de arena, como si estuviera inmóvil. Y sin embargo algo debo avanzar, porque la anomalía imprecisa que es el cuerpo de Carla flotando allá lejos se va haciendo más nítida. Ya se distinguen partes, el perfil de la cara, zonas del pecho y los brazos, las rodillas como islotes, las puntas de los pies. Algo debo haber avanzado, sí, porque la lluvia es más densa y ya no muevo los brazos con tanta facilidad, y me doy cuenta de cómo mis pies, que hasta ahora hacían su trabajo en silencio, debajo del agua, como esclavos diligentes, han emergido y patalean a la vista, ruidosamente, envueltos en esa efusión de espuma que delata al nadador niño, al inepto, al que empieza a cansarse.

¿Qué mirará así, flotando boca arriba, tanto tiempo? Lenta, sin ganas, una nube avanza. Me gustaría ser capaz de decir de dónde a dónde sin equivocarme, con los puntos cardinales, como los baqueanos dicen del viento o los pájaros en el campo. Otra, un poco más atrás o al costado, vaya uno a saber, parece deshacerse como espantada por el sol, que de pronto resplandece entre sus ruinas. Nadar. Nadaba. Nadé. ¡Conrado Nadé Roxlo, el único poeta que supe saberme de memoria! "Música porque sí, música vana / como la vana música del grillo; / mi corazón eglógico y sencillo / se ha despertado grillo esta mañana". Ah, cómo quisiera ya hablar en pasado. "¿Es este cielo azul de porcelana? ¿Es una copa de oro el espinillo?". Me rozan cosas los tobillos, los pies, los pies que tardan, ahora, en subir, en emerger y hacer lo suyo. Algas, lianas, fibras, juncos, la baba vegetal y animal de un lago tan oscuro y sórdido como el pantano en el que persiste esta ciudad que no habría pisado de no haber sido por ella. Nado —nadé— sin estilo, si alguna vez lo tuve. En la pileta había veces, inexplicablemente, porque nada lo hacía prever, nada lo justificaba, que nadaba o sentía que nadaba como un atleta, un campeón, una divinidad, como pasa a veces con las destrezas prácticas o los idiomas que manejamos poco o con alguna torpeza y que de pronto, milagro, nos despertamos un día y dominamos con fluidez asombrosa, y nada nos hace vacilar ni nos avergüenza: la erre francesa rueda sin ripio en nuestra úvula; el mueble para armar que nos había humillado o la cerradura rota se dejan someter con una docilidad de ensueño, casi venal. Nadaba, nadaba, más acuático que el agua y más transparente también, y sin ruido, silenciado por mi propia habilidad. Pez en el agua. Pero se nada en presente. Nadar *es* el presente —por eso cansa tanto. Puede que así, de improviso, en medio del lago, con el pelo pegado a la cara como un alga más, puede que Carla no me reconozca. Tendría que haberme cortado el pelo. ¿Por qué no lo hice cuando llegué, cuando se me ocurrió la idea, cuando pasé por la peluquería de la vuelta del hotel y vi a ese chico sentado en ese sillón que le quedaba grande, con los pies colgando en el aire y la cabeza entregada a las habilidades de un metalero viejo, con los antebrazos tatuados, que la examinaba desde arriba, como un titán perplejo un mapamundi de otro mundo, mientras sus manos preparaban el descenso, armadas con tijeras y un peine largo y oscuro más dañino que las tijeras? Ahora nado y de golpe todo está en calma, anormalmente quieto, como si los bordes del lago se hubiesen retirado lejos, muy lejos, y el centro hubiera quedado solo, solo en el centro de nada, de esta nada donde nado y mis brazos, hendiendo el agua, más bien abofeteándola, cansados como están, hacen pedazos el silencio de la tarde en el Schlachtensee. El chico del hotel me explicó qué quería decir cuando me vio buscarlo en el mapa, no hace veinte horas, pero apenas me lo dijo lo olvidé. Diez, doce brazadas más y estaré ahí, sin aliento pero feliz, con el aire de radiante vanidad que tienen los aparecidos. Como el extraño que el héroe de una película se encuentra en un lugar desolado, mientras espera a alguien que tarda, y observa con disimulo y desconfianza, sin saber muy bien si es un aliado que la suerte pone en su camino o un enemigo, el verdugo que lo liquidará justo ahí, en el teatro de la cita de su vida, justo a él. ¿Y si es así como me ve Carla ahora mientras nado hacia ella, mientras algo, un bulto, un cuerpo, nada hacia ella en medio del lago, mientras lo único que hay a metros a la redonda en el centro del lago avanza hacia ella? Quizá, si me diera a conocer hablando... Sí, mejor la voz. Mejor la voz que la cercanía de una presencia. Podría decir su nombre en voz alta mientras nado hacia ella. Decir "Carla" otra vez, así, en vivo, después de siglos. Así: *Carla*. Carla levanta la cabeza. La veo mientras nado más despacio y una especie de pinza o de tenaza que tenía dormida dentro del muslo derecho se despierta de golpe y me retuerce algo que duele, un tendón, probablemente, o un ligamento, nunca supe distinguir bien nada que estuviera dentro de mi cuerpo. Pero no voy a gritar. No ahora, justo cuando la veo quitarse el pelo de los ojos y mirar un poco desconcertada hacia mí, hacia el nadador aventurero irreconocible que debo ser para ella. Mi holandesa. Esas mejillas rojas. La espía que vino del frío. No, no voy a gritar. Voy a decir su nombre en voz alta y el hechizo se astillará como un paño de cristal. Carla. Otra vez: Carla.

Yo mismo lo escucho y me suena raro, como dicho más fuerte que yo pero lejos, fuera de mí, y en el segundo que le lleva a Carla cambiar de posición en el agua, deshacer la plancha que hacía y, contraída como un animal sobresaltado, mirar hacia la orilla, entiendo que es otra voz la que la ha llamado, la voz de otro, uno que está en la orilla, agitando los brazos con el agua por las rodillas. Algo urgente, parece: una emergencia. Desde aquí, al menos, todo se ve más bien como un paso de danza tribal, enfático y descabellado. Y sin embargo tiene su eficacia, porque capta la atención de Carla, que mira hacia la costa con una mezcla de alarma y curiosidad. Conozco bien ese fajito de muescas, como espigas de trigo, que le brotan entre las cejas. Yo lo vi. Lo vi antes que todos. Antes que ella, incluso. "¿Espigas?". "Esas rayitas que te salen entre las cejas cuando algo te intriga". Conozco mucho menos, por no decir nada, el reglamento del lago, pero juraría que prohíbe el *jet ski* y todas sus declinaciones deportivas, artísticas y recreativas, así como el uso de cualquier embarcación o vehículo que funcione con cualquier combustible que no sea la sangre, la palpitante, sabrosa sangre humana. Y sin embargo es un *jet ski* lo que escuchamos de pronto, Carla al mismo tiempo que yo, sin duda, porque también ella hace una mueca cuando el rugido irrumpe en el centro de la nada en la que estábamos empezando a entrar por fin, por fin juntos, y es un *jet ski* o algún pariente cercano, uno de esos estúpidos triciclos, trineos, *ponies* acuáticos, color violeta, para colmo, con su jinete enfundado en neopreno apretando el cuello de la máquina entre los muslos, el que tapa con su reguero de estrépitos mi voz que dice su nombre, mientras Carla nada ya hacia la orilla muy rápido, en línea recta, con esas brazadas bellas, implacables, como de máquina, y la tenaza que se ensañaba con una de mis piernas abre una sucursal en la otra y la atormenta también con fruición, sin misericordia, porque no es propio de un calambre vulgar ceder a la debilidad del cuerpo que martiriza.

CINCO

Hola... ¡Hola! ¡Sí! ¡Hola! ¿Me escuchás? Sí, yo te escucho bien. ¡Que te escucho bien! A ver, esperá que me muevo un poco. ¿Ahora? Qué lindo que me llamaste. ¡Que qué lindo que me llamaste! A ver ahora... ¡Que qué lindo que me llamaste! Ya sé, pero igual. Me gusta que me llames cuando me llamás, aunque me hayas avisado. ¿Hola? Me voy a mover, a ver si mejora. ¿Ahora? Yo te escucho bien. En el lago. Estoy en el lago, en Berlín. ¿Te acordás que te había dicho? Sí, te lo había dicho. Lo sabías. Te olvidaste, pero lo sabías. Basta, Pünktchen. Al perro, le digo. Pünktchen, un perro que cuido con la casa. Un salchicha. Sí, buena onda. Tiene un poco de olor, pero nos llevamos bien. ¿Hola? Se va tu voz. Se va, se va... Hola, ¿me escuchás? ¿Hola? No, repetime, porque te fuiste y me perdí lo último. ¿Diste el examen? ¿No? ¿Por qué? ¡¿Por qué?! Pero si estabas superpreparado. "Estuviera", no "estaría". ¡Estuviera! Imperfecto del subjuntivo. ¡Imperfecto del subjuntivo! Ay, se fue otra vez. Para allá, ¡vaya para allá, Pünktchen! Chicos, ¿lo llaman a Pünktchen? ¡Vaya perro, vaya! ¿Hola? ¡Sí! Debe ser acá, estoy en la playa, no debe haber buena señal... ¿Y ahora qué? Con el examen, digo. ¡Basta, Pünktchen! No sé qué le pasa, no para de darme vueltas. ¡Allá, allá, Pünktchen! ¡Chicos! ¿Lo llaman, por favor, que no me deja hablar? Hola. Hola, sí. Con unos amigos. No, no los conocés. ¿Para qué, si no los conocés? Él se llama Edy y ella Sarah. Sí, es el chico que te atendió. Porque estaba en el agua. Nadando, sí. No sé: ¿22, 23 grados? Pero hay un sol precioso. Fría, pero linda. Viste cómo somos las sirenas. ¿Hola? ¿Me escuchás? Sí, sí, estoy acá. Te vas, te vas y se hace ese silencio feo. Una semana más. Acá en Berlín una semana más. Después Amsterdam y después Viena. Diez días Amsterdam y una semana Viena. Y después... Barcelona. ¿Hola? ¿Estás ahí? ¡Después Barcelona! Mmm... Una casita arriba, en Vallvidrera. Pero es lindo, Vallvidrera. ¿Lejos? De Plaza Catalunya son veinte minutos. Y está el funicular, que es tan lindo. No. Sin mascotas. Muy tranquilo. Sólo una huerta, creo. Y unos muebles que hay que recibir. Y algo que tienen que arreglar en algún lado, que tengo que estar para controlar. ¿Hola? ¿Hola? Ah, sí. ¿Y ahí qué tal, qué novedades? ¿En serio? ¿Todo el departamento? Qué bien. Te creo, sí. ¡Uy! Perdón, perdón. Se me acaba de pegar un mapa. Esperá. Un mapa gigante que se voló y como estoy mojada se me pegó... Un mapa de Berlín. No veo a nadie que lo reclame. ¿Quién usa mapas de papel, aparte de vos? ¡Vos! ¡Está llena de mapas de papel tu casa! Esperá, voy a tratar de... Con lo difícil que es doblarlos... Qué raro. No, perdón. Estoy tratando de doblarlo y veo que tiene un recorrido marcado con marcador. ¡Marcador! OK, "fibra". Así te va con esas profesoras españolas. Qué cosa extraña: es medio el recorrido que estuve haciendo en estos últimos días. Rarísimo. Salí, Pünktchen, te digo. ¡Chicos, por favor! ¿Hola? ¿Hola? Te fuiste otra vez. Ahora sí. Me había olvidado de cómo sonabas por teléfono. Sonás lindo. "Suenas". Todo bien, sí. Tranquila. No, muy poco. No, es la primera vez que los veo. A Sarah en realidad no, con ella fuimos juntas a una pileta. Nada, me quedo en la casa. Leyendo, viendo cosas. ¿Anoche? Anoche... anoche me quedé hasta tarde viendo una película. Inglesa, superinglesa. Una película de época, con unas mujeres con unos peinados increíbles. No, no me gustan especialmente. Me la pasó un amigo. Un amigo de Buenos Aires. No, tampoco lo conocés. ¿Para qué? ¿Lo vas a googlear? ¿Ahora? ¿Ahora me escuchás? Me gustó. Al principio pensé que me iba a aburrir, pero terminé entrando. De un chico, un chico que está de vacaciones en la casa de campo de la familia de un amigo de la escuela, un amigo rico, más rico que el chico, en todo caso, que no es pobre pero está un poco perdido entre todos esos muebles y esos vestidos y esos cubiertos... Una historia muy triste. El chico hace de mensajero entre la hermana de su amigo, que es bastante más grande, y un tipo que tiene una granja cerca, que anda todo el tiempo en cueros, entre animales y bosta. Son amantes, sí. Lo de siempre, ella es rica, él es como de campo, un poco salvaje. Y ella está comprometida con otro, uno de su clase, uno que tiene la cara medio desfigurada. Muy, muy triste. Hay una escena muy linda, cuando el chico, antes de ser mensajero, va a curiosear alrededor de la granja y se lastima una rodilla, y el amante lo ve y medio lo reta por haberse metido en la granja, pero después se apiada y le cura la herida, y mientras lo cura se va enterando de que el chico está parando en la casa de su amante, y ahí medio se le ocurre la idea de usarlo para mandarle mensajes a ella, y de hecho le manda el primero ahí mismo, que es la venda, la venda que le pone al chico en la rodilla, que cuando el chico llega a la mansión ya tiene un poco de sangre, y la amante del granjero lo ve y le pregunta qué le pasó y el chico le cuenta todo, que estuvo en la granja, que se cayó, que el granjero lo curó. Y es muy lindo cuando ella mira la venda y la ve con sangre y le dice que se la va a cambiar, y se la cambia y se queda con la otra, la ensangrentada, y justo en ese momento entra alguien y ella, medio sin darse cuenta, como un reflejo, se esconde la venda con sangre entre la ropa, como si fuera un mensaje de amor clandestino. Marian, creo que se llama ella. Y él Leo, el chico. Tan triste todo. Me hizo llorar. ¿Estás ahí? ¿Hola? ¿Hola? Pensé que habías cortado. ¿Te aburrí? Ahí te fuiste otra vez. ¿Hola? Hola... ¿Y si mejor hablamos...? Algo pasa en el lago. Se está juntando gente en la orilla. No sé, no sé. Están todos mirando hacia el medio del lago, donde hay una lanchita de los bañeros del lago, parada. "Guardavidas". Algo pasó. Y está también el tarado del *jet ski*. Nada, un imbécil que se puso a dar vueltas en *jet ski* en medio del lago. Prohibidísimo, debe estar. ¡En el lago! Los lagos acá son todos Waldorf cien por cien. Hay mucho *Bratwurst* y papas fritas, pero el agua no se toca. Ahora están sacando a alguien del agua. Qué mal. Es un hombre. Hola, Pünktchen. Lo están cargando en la lancha. ¿Me escuchás? ¿Hola? ¿Y vos? Contame de vos. Qué más, aparte del examen... Uno lo acomoda y otro lo envuelve con algo. Toallas, supongo. Basta, Pünktchen. Está como loco, este perro. Se va la lancha. Se lo llevan. Pero ¿qué te pasa? No sé qué le pasa, no para de ladrarme. ¿Qué? ¿Qué, Pünktchen, qué? ¿Qué te pasa, perrito? ¿Qué es eso que tenés ahí? A ver, vení, dejame... ¿Quién te puso esto ahí? ¿Sarah? ¿Te lo puso Edy? Perdón, perdoname. Le saqué un papelito que tenía metido en el collar. ¿Qué es, Pünktchen? Parece... Sí, es eso, es uno de esos mensajitos que vienen con las galletitas de la suerte. Vamos a ver qué dice.

La médula de este libro se escribió durante el año de hospitalidad, malcrianza y estímulos múltiples proporcionados por el *Berliner Künstlerprogramm des DAAD*. Se escribió en Berlín, a pasos del lago donde el héroe, quizás un poco a destiempo, trata de poner en práctica lo mucho o poco que aprendió en una pileta del barrio porteño de Chacarita.

ÍNDICE